KB117409

자유

레아 이피 지음 오숙은 옮김

FREE

가장 고립된 나라에서 내가 배운 것

열린책들

FREE
by LEA YPI

Korean edition published by arrangement with The Wylie Agency (UK) Ltd.

일러두기

- 이 책의 각주는 옮긴이 주와 원주입니다. 옮긴이 주는 따로 표시하지 않고, 원주는 〈— 원주〉로 표시하였습니다.
- 원서에서 이탤릭으로 강조한 부분은 **굵은 글씨**로 표시하였습니다.

나의 할머니,

레만 이피(1918~2006)를 기리며

인류는 자유 의지에 따라 역사를 만들지 않는다. 그럼에도 인류는 역사를 만든다.

— 로자 룩셈부르크

차례

1부

2부

1부

1장

스탈린

스탈린을 껴안았던 그날까지, 나는 자유의 의미를 스스로 물어본 적이 없었다. 가까이에서 본 스탈린은 생각보다 훨씬 컸다. 노라 선생님이 말하길, 제국주의자와 수정주의자들은 스탈린이 키가 작다는 점을 강조하기를 좋아한다고 했다. 사실 스탈린은 루이 14세만큼 작지는 않았다. 그 프랑스 왕은 — 이상하게도 — 키가 자라지 않았다고 노라 선생님이 설명했다. 그러면서 근엄하게 덧붙였다. 「어쨌거나 진짜 중요한 것보다 겉모습에 초점을 맞추는 것이 제국주의자의 전형적인 실수죠. 스탈린은 거인이었고, 그의 업적은 그의 체격보다 훨씬 더 의의가 있어요.」

노라 선생님은 설명을 이어 나갔다. 「스탈린을 진정 특별하게 만드는 건 그 눈웃음이에요. 눈으로 웃는다니, 믿을 수 있나요? 친근한 콧수염이 스탈린의 입술을 덮고 있기 때문이에요. 그래서 입술만 보려고 하면 스탈린이 진짜 웃고 있는지 아닌지 알 수가 없죠. 하지만 스탈린의 꿰뚫는 듯한 지적인 갈색 눈을 보면 단번에 알 수 있답니다, 스탈린이 웃고 있다는 걸요. 상대방의 눈을 똑바로 바라보지 못하는 사람들이 있잖아요. 그런 사람들은 분명 뭔가 숨기고 있어요. 스탈린은 여러분을 똑바로 바라보죠. 기분이 좋을 때나 여러분이 착하게 행동하면 스탈린은 눈으로 웃어요. 스탈린은 늘 수수한 외투를 입고 장식이 없는 갈색 구두를 신어요. 그리고 마치 심장을 쥐고 있는 것처럼, 오른손을 외투의 왼쪽 깃 안으로 넣는 걸 좋아하죠. 왼손은 종종 주머니 안에 찔러 넣고요.」

「주머니에요? 주머니에 손을 넣고 걷는 건 버릇없는 짓 아닌가요? 어른들은 늘 우리한테 주머니에 손을 넣지 말라고 하잖아요.」 우리가 물었다.

「네, 맞아요. 하지만 소련은 추운 나라예요. 그리고 어쨌든 나폴레옹도 항상 주머니에 손을 넣고 있었고요. 그게 버릇없다고 말하는 사람은 없었어요.」 노라 선생님이 대답했다.

「주머니에 넣은 게 아니에요.」 내가 소심하게 대꾸했다. 「조끼 안에 넣은 거죠. 그 시대에는 그 행동이 가정 교육을 잘 받았다는 표시였어요.」

노라 선생님은 내 말을 무시하고 다른 질문을 하려고 했다.

「**그리고** 나폴레옹은 키가 작았어요.」 내가 얼른 끼어들었다.

「그걸 네가 어떻게 아니?」

「우리 할머니가 그렇게 말했어요.」

「할머니가 뭐라고 하셨는데?」

「나폴레옹은 키가 작았대요. 그리고 마르크스의 스승인 〈헹겔〉

인가 〈헤겔〉인가 하는 사람이 나폴레옹을 가리키며 말 위에 선 세계정신을 볼 수 있다고 했대요.」

「헹겔이야.」 노라 선생님이 정정해 주고 말을 이었다. 「헹겔 말이 맞아요. 나폴레옹은 유럽을 바꿔 놓았어요. 나폴레옹은 계몽주의의 정치 제도를 전파했거든요. 위대한 인물 중 한 명이죠. 하지만 스탈린만큼 위대하지는 않아요. 마르크스의 스승인 헹겔이 만약 스탈린이 서 있는 모습을 봤다면, 물론 스탈린은 말 위에 서 있지는 않았을 거예요. 아마 탱크 위에 서 있었겠죠. 그랬다면 헹겔은 역시나 스탈린에게 세계정신을 봤다고 했을 거예요. 스탈린은 훨씬 많은 사람에게, 유럽뿐만 아니라 아프리카와 아시아에 있는 수백만 명의 형제자매에게 중요한 영향을 끼쳤으니까요.」

「스탈린이 어린이를 사랑했어요?」 우리가 물었다.

「물론, 사랑했고말고요.」

「레닌보다 더 많이요?」

「거의 비슷해요. 하지만 스탈린의 적들은 항상 그 사실을 숨기려 했어요. 그들은 스탈린이 레닌보다 나쁜 사람인 것처럼 만들어 버렸죠. 왜냐하면 그들이 보기에는 스탈린이 훨씬 세고, 훨씬, 아주 훨씬 더 위험했기 때문이에요. 레닌은 러시아를 바꾸었지만 스탈린은 세계를 바꾸었거든요. 그래서 스탈린이 레닌만큼 어린이를 사랑했다는 사실이 제대로 알려지지 않았던 거예요.」

「스탈린이 엔베르* 아저씨만큼 어린이를 사랑했나요?」

* Enver Hoxha(1908~1985). 알바니아의 정치인으로, 1944년부터 1985년까지 알바니아 노동당 총서기로 알바니아를 통치했다.

노라 선생님이 머뭇거렸다.

「더 많이 사랑했나요?」

「답은 여러분이 아는 것과 같아요.」 노라 선생님이 온화하게 웃으며 대답했다.

스탈린이 어린이들을 사랑했을 가능성은 있다. 어쩌면 어린이들이 스탈린을 사랑했을 수 있다. 확실한 것, 정말 확실한 것은 비 내리던 그 12월의 오후에 나는 어느 때보다 더 스탈린을 사랑했다는 것이다. 나는 항구에서부터 문화 궁전 근처의 작은 공원까지, 심장이 너무 빨리 뛰어 입 밖으로 튀어나오겠다 싶을 만큼 땀을 흘리고 몸을 떨며 달음질치고 있었다. 죽을힘을 다해 1마일 넘게 달렸고, 마침내 작은 공원이 눈에 들어왔다. 지평선 위로 스탈린이 보였을 때 나는 이제 안전하다는 것을 알았다. 그가 그곳에 서 있었다. 언제나처럼 근엄하게, 소박한 외투와 평범한 갈색 구두 차림으로, 마치 심장을 떠받든 것처럼 오른손을 외투 안에 집어넣은 채 있었다. 나는 달음질을 멈추고 주변을 둘러보며 뒤따라온 사람은 없는지 확인한 다음 가까이 다가갔다. 오른뺨을 그의 허벅지에 대고 두 팔로 간신히 그의 무릎을 껴안자, 내 모습은 보이지 않게 되었다. 나는 애써 숨을 고르며 눈을 감고 숫자를 세기 시작했다. 하나, 둘, 셋……. 그렇게 서른일곱까지 세고 나자 더는 개 짖는 소리가 들리지 않았다. 구둣발로 콘크리트를 구르는 천둥 같은 소리는 아득한 메아리가 되어 있었다. 이따금 시위대의 구호가 울릴 뿐이었다. 「**자유, 민주, 자유, 민주.**」

나는 안전하다는 확신이 들었고, 스탈린을 놓아주었다. 그리고 바닥에 앉아 스탈린을 자세히 쳐다보았다. 그의 구두에 맺혔던 마지막 빗방울들이 마르고 있었고 외투에 칠한 페인트는 색이 바래져 있었다. 스탈린의 모습은 노라 선생님이 말한 그대로였다. 내가 생각했던 것보다 손과 발이 훨씬 큰 청동 거인이었다. 나는 콧수염이 진짜로 윗입술을 덮고 있는지, 눈웃음을 짓고 있는지 확인하려고 머리를 들었다. 그러나 웃음기는 보이지 않았다. 눈도 없었고, 입술도 없었고, 심지어 콧수염도 없었다. 훌리건들이 스탈린의 머리를 훔쳐 가버렸다.

나는 비명이 새 나갈까 봐 입을 틀어막았다. 스탈린이, 내가 태어나기 한참 전부터 문화 궁전의 정원에 서 있던 친근한 콧수염의 그 청동 거인이, 목이 잘리다니? 헹겔이라면 탱크 위의 세계정신을 보았노라고 말했을 스탈린이, 왜? 그들은 무엇을 원하는 것일까? 그들은 왜 〈**자유, 민주, 자유, 민주**〉를 외치는 것일까? 그것은 무슨 뜻일까?

나는 자유에 관해 별로 생각해 본 적이 없었다. 그럴 필요가 없었다. 우리에게는 많은 자유가 있었다. 나는 너무나 자유롭게 느껴져서 종종 내 자유가 짐처럼, 가끔은 그날처럼 위협처럼 다가왔다.

애초에 시위대를 만날 생각은 아니었다. 나는 시위가 무엇인지 알지도 못했다. 불과 몇 시간 전, 나는 빗속에서 어느 길로 집에 갈까, 왼쪽으로 돌아갈까, 오른쪽으로 돌아갈까, 아니면 곧장 갈까 생각하면서 교문 옆에 서 있었다. 나는 자유롭게 결정할 수 있었다. 어느 길이든 저마다 문제가 있었기에, 나는 인과 관계를 저울질하고 그 영향을 곰곰 생각하고 어쩌면 후회할 수도 있을 결정을 내려야 했다.

그날 나는 분명 그 결정을 후회하고 있었다. 어느 길로 집에 갈지 자유롭게 선택했지만 잘못된 결정을 내렸다. 나는 청소 당번이었고, 수업이 끝나고 막 청소를 마친 후였다. 우리는 네 명씩 돌아가며 교실을 청소했는데, 남자아이들은 핑계를 대고 자주 빠져서 여자아이들만 남아 있었다. 나는 친구 엘로나와 같은 조였다. 평소 우리는 청소를 끝낸 다음 학교를 나오면, 길모퉁이의 포장도로에 앉아 해바라기씨를 파는 할머니에게 들러 이런저런 것을 물었다. 「조금만 먹어 봐도 돼요? 소금 뿌린 거예요, 안 뿌린 거예요? 구운 거예요, 안 구운 거예요?」 그 할머니는 세 개의 자루 중 하나를 열었다. 자루마다 구워서 소금을 뿌린 것, 구워서 소금을 안 뿌린 것, 굽지 않고 소금을 뿌리지 않은 것이 들어 있었다. 우리는 각각의 자루에서 두 알씩 꺼내서 맛보곤 했다. 동전이 있을 때는 선택지가 많았다.

그런 다음 우리는 해바라기씨를 우물거리면서 왼쪽 길로 돌아 엘로나의 집에 갔다. 엘로나는 교복 안에 걸고 다니는 자기 엄마의 목걸이에 달린 녹슨 열쇠로 끙끙대며 문을 열었다. 집 안에 들어가면 무엇을 하고 놀지 결정해야 했다. 12월에는 선택이 쉬웠다. 그 시기에는 전국 노래 대회의 준비가 시작되었으므로, 우리는 우리만의 노래를 지어서 텔레비전에 출연하는 척했다. 내가 가사를 쓰면 엘로나가 노래를 했다. 가끔은 커다란 나무 숟가락으로 부엌의 냄비들을 두드려 드럼 반주를 맞춰 주었다. 하지만 요즘 엘로나는 노래 대회에 흥미를 잃어버렸다. 그보다 신부놀이와 아기놀이를 하고 싶어 했다. 부엌에서 냄비를 두드리는 대신에, 부모님의 방에 가서 엄마의 머리핀을 꽂고, 엄마의 낡은 웨딩드레스를 입고, 화장을 하고, 또 인형을 간호하는 시늉을 내고 싶어 했다. 그러다 보면 점심때가 되었다. 그쯤 되면 나는 엘로나가 원하는 놀이를 계속할지, 아니면 달걀프라이를 해달라고 조를지, 달걀이 없으면 빵에 오일을 찍어 먹자고 할지, 그것도 아니면 빵만 먹자고 할지 결정해야 했다. 그러나 그런 선택은 사소한 것이었다.

진짜 딜레마는 그날 교실 청소 때문에 내가 엘로나와 말다툼을 벌인 후에 시작되었다. 엘로나는 비질과 걸레질을 다 해야 한다고 우겼다. 그러지 않으면 자기 엄마가 맨날 목 빠지게 기다리던, 이달의 최고 청소부에게 주는 기(旗)를 못 받을 것이라고 주장했다. 나는 우리가 항상 그 주의 홀숫날에는 비질을 하고 짝숫날에는 비질과 걸레질을 모두 하는데, 그날은 홀숫날이니까 일찍 집에 가도 된다고, 그래도 기를 받을 수 있다고 대답했다. 엘로나는 그런 행동은 선생님이 기대하는 것이 아니라고 하면서, 내가 청소를 대충 했다는 이유로 우리 부모님이 학교에 불려 온 일을 상기시켰다. 나는 엘로나가 잘못 알고 있다고 지적했다. 실제 이유는 월요일 아침에 생활 지도반에게 너무 길게 자란 내 손톱을 들켰기 때문이었다. 엘로나는 계속 고집을 부리면서 그것은 중요하지 않다고, 어떤 경우든 비질과 걸레질을 모두 하는 것이 올바른 교실 청소법이며, 그렇게 하지 않는다면 설사 월말에 우리가 기를 받게 된다고 해도 마치 속임수를 쓴 기분이 들 것이라고 했다. 게다가 엘로나는 더 이상의 논쟁은 있을 수 없다는 것처럼, 그것이 자기가 집에서 청소하는 방식이며 자기 엄마가 그렇게 했기 때문이라고 덧붙였다. 나는 엘로나에게 그저 자기 뜻대로 하기 위해 매번 엄마를 이용해서는 안 된다고 쏘아붙이고는 홧김에 나와 버렸다. 나는 비를 맞으며 교문 옆에 서 있으면서, 다들 자기에게 잘해 줄 것이라고, 심지어 자기가 틀렸을 때도 그렇게 대해 줄 것이라고 기대할 권리가 엘로나에게 있는지 궁금했다. 그리고 내가 신부놀이와 아기놀이를 좋아하는 척했던 것처럼 비질과 걸레질을 좋아하는 척했어야 하는지 생각했다.

엘로나에게는 한 번도 말하지 않았지만, 나는 그 놀이가 싫었다. 엘로나 엄마의 방에 들어가는 것도 싫었고 웨딩드레스를 입어 보는 것도 싫었다. 마치 우리가 그 사람인 것처럼, 죽은 사람의 드레스를 입고서 불과 몇 달 전에 발랐을 화장품을 만지기가 겁이 났다. 모두 최근에 일어난 일이었다. 엘로나는 나중에 내 남동생과 놀게 될 여동생이 태어나기를 손꼽아 기다리고 있었다. 그런데 엘로나의 엄마가 돌아가셨고, 갓난 여동생은 고아원으로 보내졌다. 그 웨딩드레스만 남아 있었다. 나는 드레스를 입기 싫다고 거절하거나, 또는 머리핀들이 역겹다고 말해서 엘로나를 속상하게 만들고 싶지 않았다. 물론 신부놀이와 아기놀이에 관한 내 생각을 엘로나에게 말할 자유는 있었다. 엘로나 혼자 걸레질을 하도록 내버려둔 채, 나를 막아서는 사람 하나 없이 자유롭게 교실을 나왔던 것처럼 말이다. 그러나 나는 기분을 맞춰 주려고 계속 거짓말하기보다는 설사 엘로나가 마음을 다치더라도 진실을 말하는 것이 좋겠다고 결정을 내렸다.

왼쪽으로 돌아 엘로나의 집으로 향하지 않는다면, 오른쪽으로 돌아갈 수 있었다. 그 길은 집으로 가는 가장 짧은 경로였는데, 두 개의 좁은 골목을 지나면 비스킷 공장 앞에서 큰길과 만나게 되어 있었다. 여기에서 다른 딜레마가 나타난다. 매일 방과 후 배급 트럭이 오는 중요한 시간에는 많은 아이가 모여들었다. 만약 내가 그 경로를 선택하면, 이른바 〈비스킷 작전〉에 나도 끼어들 수밖에 없었다. 다른 아이들과 함께 비스킷 공장의 바깥 담장을 따라 줄을 서서, 이제나저제나 트럭이 도착하기를 기다리고, 수시로 문을 확인하고, 자전거를 탄 사람이나 이따금 다니는 말과 마차처럼 교통에 방해될 만한 것의 소리가 들릴까 주의 깊게 귀를 기울이게 될 터였다. 그러다 보면 어느 순간 공장 문이 열렸고, 운수 노동자 두 명이 비스킷 상자를 잔뜩 들고서 마치 지구를 짊어진 쌍둥이 아틀라스처럼 나타났다. 그럴 때면 작은 소동이 벌어졌다. 우리는 구호에 맞추어 모두 앞으로 내달렸다. 「오 욕심쟁이, 오 욕심쟁이, 비스킷, 비스킷, 오 욕심쟁이 아저씨!」 질서 정연했던 줄이 자연스럽게 나뉘면서, 검정 교복을 입은 어린이 전위 부대는 팔을 흔들며 운수 노동자의 바짓가랑이를 붙잡았고, 후위 부대는 출구를 막기 위해 공장 문으로 몰려갔다. 노동자들은 아이들의 손길을 뿌리치려고 하체를 비틀면서도 비스킷 상자를 놓치지 않기 위해 상체를 빳빳하게 세웠다. 만약 비스킷 한 통이 미끄러져 떨어지기라도 하면 싸움이 일어났는데, 그러면 공장 지배인이 모두를 만족시킬 만큼 많은 비스킷을 들고 나와서 그 집회를 해산시켰다.

오른쪽으로 돌아가거나 아니면 곧장 갈 자유가 있었지만, 만약 오른쪽으로 돌아가기를 선택한다면 그야말로 내가 예상할 수 있는 일이 벌어질 것이었다. 간식거리를 찾아 나서지 않고서 곧바로 집으로 가려는 열한 살짜리 아이에게, 공장의 창문에서 풍겨 나오는 맛있는 비스킷 냄새를 무시한 채 계속 앞으로 가라고 요구하는 일은 불합리하고 어쩌면 불공평하기까지 했다. 트럭이 도착해도 무심한 척 지나치는 아이를 보고 어색하게 캐묻는 듯한 다른 아이들의 표정을 무시하기를 기대하는 일 역시 그만큼 불합리할 것이다. 그렇지만 정확히 그것이 1990년 12월 그 비참했던 하루의 전날 밤에 우리 부모님이 나에게 요구했던 일이었다. 어느 길로 집에 갈지에 대한 결정이 자유의 문제와 직결되는 것도 부분적으로는 그런 이유에서였다.

어느 정도는 내 잘못이었다. 나는 전리품처럼 비스킷을 들고 집에 가지 말았어야 했다. 하지만 새로 온 공장 지배인의 잘못이기도 했다. 최근에 고용된 그녀는 새 직장의 방식에 익숙하지 않았고, 그날 아이들의 등장을 일회성 사건으로 잘못 알고 있었다. 그녀는 예전 지배인들처럼 아이들에게 비스킷을 하나씩 나누어 주지 않고 한 통씩 통째로 건넸다. 이런 변화가 불안했고, 그것이 이후 이어질 비스킷 작전에 미칠 영향이 두려웠던 우리는 그 자리에서 비스킷을 먹어 버리는 대신 그대로 책가방에 넣고 급하게 달아났다.

고백하건대, 부모님에게 비스킷을 보여 주며 어디에서 얻었는지 설명했을 때 나는 부모님이 그렇게 소란을 피우리라고는 상상하지 못했다. 첫 번째 질문은 전혀 예상하지 못한 내용이었다. 「널 본 사람은 없었어?」 물론 누군가는, 적어도 비스킷을 건넨 그 사람은 나를 보았을 것이다. 아니, 나는 그 여자의 얼굴이 **정확히** 기억나지 않았다. 그래, 그녀는 중년이었다. 키는 크지도 않았고 작지도 않았으며, 중간쯤이었을 것이다. 또 구불거리는 짙은 색 머리카락을 가지고 있었고, 환하고 따뜻한 미소를 짓고 있었다. 그 순간 아빠의 얼굴이 창백해졌다. 아빠는 머리를 감싸 쥐고 안락의자에서 일어섰다. 엄마는 거실을 나가더니 아빠에게 부엌으로 따라오라는 몸짓을 했다. 할머니는 말없이 내 머리를 쓰다듬었고, 나에게 비스킷 하나를 건네받았던 남동생은 긴장된 마음에 비스킷을 씹다 말고 구석에 앉아 울기 시작했다.

나는 다시는 공장 마당에서 얼쩡거리거나 담장을 따라 늘어선 줄에 끼지 않겠다고 약속해야 했다. 노동자들이 자기 할 일을 계속하도록 두는 것의 중요성을 이해한다고, 그리고 만약 모든 사람이 나처럼 행동한다면 머지않아 가게에서 비스킷은 전부 사라질 것이라고, 그렇게 선언해야 했다. 〈상호주의〉, 아빠가 강조했다. 사회주의는 상호주의 위에 세워진다.

그 약속을 할 때부터, 나는 그 약속은 지키기가 쉽지 않을 것이라는 사실을 알고 있었다. 아니, 몰랐을 것이다. 하지만 적어도 성실하게 지키려고 노력했다. 오른쪽으로 돌아가는 대신에 곧장 간 것, 또는 교실에 다시 들어가 청소를 마저 끝낸 후 엘로나의 집에 가서 신부놀이와 아기놀이를 하지 않은 것, 또는 그날은 비스킷을 무시하기로 선택한 것, 이런 것들을 두고 다른 사람을 탓할 수는 없었다. 전부 나의 결정이었다. 나는 최선을 다했지만, 그럼에도 잘못된 시간에 잘못된 장소에 있었다. 이제 그 모든 자유의 결과는 그 개들이 돌아와서 나를 잡아먹을지 모른다는, 또는 군중의 발에 짓뭉개질지 모른다는 순전한 공포였다.

그렇다고 내가 시위대를 맞닥뜨리게 되거나, 또는 스탈린이 나의 피난처가 되리라고 예상할 수도 없었을 것이다. 최근 다른 곳에서 벌어진 소요 장면을 텔레비전에서 보지 않았다면, 사람들이 구호를 크게 외치고 경찰들이 개들을 데리고 있는 그 이상한 장면을 〈시위〉라고 부른다는 사실조차 몰랐을 것이다. 몇 달 전인 1990년 7월, 수십 명의 알바니아인이 외국 대사관 담장을 기어올라 기어코 안으로 들어갔다. 나는 사람들이 왜 스스로 외국 대사관 안에 갇히고 싶어 하는지 혼란스러웠다. 우리는 학교에서 그 일을 언급했고, 엘로나는 어느 가족의 이야기를 들려주었다. 언젠가 두 형제와 네 자매, 이렇게 여섯 명의 가족이 외국인 관광객 차림을 하고 수도 티라나에 있는 이탈리아 대사관으로 몰래 들어갔다. 그들은 그곳에서 꼬박 5년 동안 두 개의 방에서 살았다. 그러다가 또 다른 관광객, 하비에르 페레스 데케야르*라는 진짜 관광

* Javier Pérez de Cuéllar(1920~2020). 페루의 외교관으로, 세계에서 대변화가 일어나던 시절인 1982년부터 1991년까지 5대 유엔 사무총장을 지냈다.

객이 우리 나라를 찾아와 외국 대사관 담장을 기어오른 사람들과 이야기를 나누었고, 그다음에 이탈리아에서 살고 싶다는 그들의 바람을 당에 전달했다.

나는 엘로나의 이야기에 흥미를 느꼈고, 아빠에게 그 의미를 물어보았다. 「그들은 **울리건들**uligans이야. 텔레비전에서 말하는 대로라면 말이야.」 아빠는 **훌리건**hooligan은 알바니아어로는 번역할 수 없는 외국어라고 말해 주었다. 우리에게는 그런 단어가 필요 없었다. 훌리건은 대체로 성난 청년들이었다. 그들은 축구 경기를 보러 가고, 엉망으로 술에 취해 말썽을 일으키고, 아무 이유 없이 상대 팀 응원단과 싸움을 벌이고 기를 불태웠다. 그들은 대부분 서유럽에 살지만 동유럽에도 일부 있었다. 그러나 우리는 동유럽도 서유럽도 아니었으므로, 얼마 전까지만 해도 알바니아에는 훌리건이 없었다.

나는 아까 맞닥뜨렸던 장면을 이해하려 애쓰면서 훌리건들을 생각했다. 확실히, 훌리건들이라면 외국 대사관 담장을 기어오르는 것도, 경찰에게 소리치는 것도, 공공질서를 어지럽히거나 동상의 목을 자르는 것도 얼마든지 할 수 있을 것이다. 훌리건들은 분명 서유럽에서 벌이는 것과 똑같은 짓을 벌였다. 어쩌면 훌리건들이 문제를 일으킬 생각으로 우리 나라에 몰래 들어왔는지도 모른다. 하지만 몇 달 전 외국 대사관 담장을 기어올랐던 사람들은 외국인들이 아니었다. 서로 다른 이 훌리건들 사이에 어떤 공통점이 있을까?

작년인가, 베를린 장벽 시위라고 불리던 사건이 어렴풋이 떠올랐다. 우리는 학교에서 그 이야기를 했다. 노라 선생님은 그 일이 제국주의와 수정주의 사이의 싸움과 관계가 있으며, 그들은 저마다 상대를 비추는 거울을 들고 있지만 둘 다 깨진 거울이라고 설명했다. 어느 쪽도 우리와는 상관이 없었다. 적들은 시시때때로 우리 정부를 무너뜨리려고 시도했지만 번번이 실패했다. 1940년대 말에 유고슬라비아가 스탈린과 관계를 끊자, 우리는 유고슬라비아와 갈라섰다. 1960년대에 니키타 흐루쇼프*가 스탈린의 유산을 더럽히고 우리를 향해 〈좌파 민족주의 편향〉이라고 비난하자, 우리는 소련과의 외교 관계를 단절했다. 1970년대 후반에 중국이 부유해지기로 결심하고 문화 혁명을 배신하자, 우리는 중국과의 동맹을 포기했다. 그것들은 중요하지 않았다. 우리는 막강한 적들에게 둘러싸여 있었지만, 우리가 역사의 옳은 쪽에 있다는 것을 알고 있었다. 적들이 우리를 위협할 때마다 당은 인민의 지지로 더욱 강해졌다. 우리는 수백 년 동안 막강한 제국들과 싸우면서, 발칸반도 끝에 있는 작은 나라가 어떻게 저항할 힘을 낼 수 있는지 전 세계에 보여 주었다. 이제 우리는 가장 힘든 〈전환〉을 달성하기 위한 투쟁을 이끌고 있었다. 사회주의적 자유로부터 공산주의적 자유로의 전환, 그저 법에 따라 통치되는 혁명 국가로부터 국가 자체가 사멸하게 될 계급 사회로의 전환 말이다.

「물론 자유에는 대가가 따르죠.」 전에 노라 선생님이 설명했었다. 「항상 우리만 자유를 옹호해 왔어요. 이제 **그들은** 모두 대가를

* Nikita Khrushchyov(1894~1971). 소련의 정치인으로, 1958년부터 1964년까지 소련 공산당 서기를 지냈다.

치르고 있죠. 그들은 혼란에 빠진 거예요. 우리는 굳건하게 서 있고요. 우리는 계속해서 모범을 보일 거예요. 우리에게는 돈도 무기도 없었지만, 동유럽 수정주의자와 서유럽 제국주의자들의 유혹에 굽히지 않고 저항했고, 우리의 존재는 존엄성을 짓밟힌 세계의 모든 약소국에게 희망을 주었답니다. 공정한 사회의 일원이라는 영광에 견줄 만한 것이 있다면, 그건 어린이들이 굶어 죽고, 추위에 떨고, 강제 노동에 내몰리는 일들, 나머지 나라들에서 펼쳐지는 그런 일들로부터 보호받고 있다는 것에 대한 감사함뿐이에요.」

그 연설의 마지막에 노라 선생님은 오른손을 올리고 열띤 표정으로 말했다. 「여러분, 이 손 봤어요? 이 손은 항상 강할 거예요. 이 손은 항상 싸울 거예요. 왜 그런지 알아요? 엔베르 동지와 악수를 했거든요. 선생님은 의회가 끝난 후 며칠 동안 손을 씻지 않았어요. 하지만 손을 씻은 후에도, 그 힘은 그대로 남아 있어요. 그 힘은 절대 선생님을 떠나지 않을 거예요. 죽을 때까지요.」

나는 노라 선생님의 손과 불과 몇 달 전에 선생님이 우리에게 전했던 말을 떠올렸다. 나는 여전히 스탈린의 동상 앞 바닥에 앉아 생각을 가다듬으며, 몸을 일으켜 계단을 내려가서 집에 갈 용기를 끌어모으려 애쓰고 있었다. 선생님의 말 하나하나를 기억하고 싶었다. 엔베르 아저씨와 악수했기 때문에 자유를 수호할 것이라고 말하던 선생님의 자긍심과 힘을 떠올리고 싶었다. 나도 선생님을 닮고 싶었다. 나도 내 자유를 지켜야 한다고, 틀림없이 이 두려움을 극복할 수 있다고, 나는 생각했다. 나는 엔베르 아저씨와 악수한 적이 없었다. 아저씨를 만난 적도 없었다. 하지만 스탈린의 다리가 나에게 힘을 줄 수도 있었다.

나는 일어섰다. 선생님처럼 생각하려고 했다. 우리에게는 사회주의가 있었다. 사회주의는 우리에게 자유를 주었다. 시위대가 잘못 알고 있었다. 자유를 찾고 있는 사람은 없었다. 모두가 이미 자유로웠다. 모두가 나처럼, 그 자유를 실행하거나 지키고 있었다. 어느 길로 집에 갈지, 오른쪽으로 돌아갈지, 왼쪽으로 돌아갈지, 아니면 곧장 걸어갈지에 대해 결정을 내리고 있었다. 어쩌면 나처럼 그들도 실수로 우연히 항구 근처에 갔다가 잘못된 시간에 잘못된 장소에 있게 된 것인지도 모른다. 어쩌면 그들은 경찰과 개들을 보고 그냥 겁에 질린 것인지도 모른다. 그리고 경찰과 개들도 마찬가지였을 것이다. 사람들이 달리는 모습을 보고 그들 역시 겁에 질렸을 수 있었다. 양쪽 모두 누가 누구를 쫓는지도 알지 못하면서 그저 서로를 쫓고 있었을 것이며, 바로 그래서 사람들은 두렵고 불안해 〈자유, 민주〉를 외치기 시작했을 것이다. 그것이 그들이 원하는 것이라기보다는 잃고 싶지 않은 것이라는 점을 설명하기 위해서 말이다.

그리고 스탈린의 머리는 전혀 관련이 없을 수도 있다. 어쩌면 밤새 폭풍우 때문에 그 머리가 훼손되자, 누군가 완전히 새것처럼 고쳐서 원래 자리에 곧 갖다 놓을 생각으로 가져갔을 것이다. 날카로우면서 웃음 짓는 눈과 윗입술을 덮은 풍성하고 친숙한 콧수염, 내가 들어 왔던 바로 그 모습 그대로, 언제나 그랬던 그 모습 그대로.

나는 마지막으로 다시 스탈린을 껴안았고, 뒤돌아 지평선을 쳐다보며 집까지의 거리를 가늠한 뒤에 크게 심호흡을 하고 달리기 시작했다.

2장

다른 이피

「Mais te voilà enfin! On t'attend depuis deux heures! Nous nous sommes inquiétés! Ta mère est déjà de retour! Papa est allé te chercher à l'école! Ton frère pleure(드디어 왔구나! 우린 두 시간 동안 기다리고 있었어! 걱정했잖아! 네 엄마는 벌써 와 있다! 아빠는 널 찾으러 학교에 갔어! 동생은 울고 있고)!」 온통 검은색 차림의 키 크고 홀쭉한 형체가 프랑스어로 호통을 쳤다. 니니*는 한 시간 넘게 언덕 꼭대기에서 기다리고 있었다. 지나가는 사람들에게 나를 보았는지 묻고, 초조하게 앞치마에 손을 닦으면서 점점 더 힘주어 실눈을 뜨고서 내 빨간 가죽 배낭이 보이는지 살피며 애태우고 있었다.

할머니가 화가 났다는 것은 한눈에 알 수 있었다. 할머니는 특이한 방식으로 꾸지람을 했다. 상대에게 책임을 느끼게 만들고,

* 할머니 레만 이피의 별명.

상대의 행동이 다른 사람에게 미치는 결과를 되새기게 하고, 자신의 목표를 우선시하다가 다른 사람의 목표를 방해하게 되는 온갖 경우를 나열하는 식이었다. 할머니의 프랑스어 독백이 수그러질 줄 모르고 계속되는 사이, 비탈 밑에서 아빠의 모습이 보였다. 아빠는 헐떡거리면서 작은 화염병 같은 천식 흡입기를 들고 언덕을 뛰어올랐다. 아빠는 미행을 의심하는 사람처럼 자꾸만 뒤를 돌아보았다. 나는 할머니 뒤에 숨었다.

「청소가 끝난 후 학교에서 나갔대요. 레아의 흔적을 찾아보려고 했는데, 아무 데서도 보이지 않아요.」 아빠가 황급히 할머니에게 다가오며 말했다. 눈에 띄게 동요한 아빠는 천식 흡입기로 숨을 들이켰다. 「시위가 있었던 것 같아요.」 아빠는 집에 들어가서 마저 설명하겠다는 몸짓을 하며 소곤거렸다.

「왔어.」 할머니가 대답했다.

아빠는 안도의 한숨을 내쉬었고, 나를 보더니 엄한 표정을 지었다.

「네 방으로 들어가.」 아빠가 명령했다.

「시위가 아니었어요. 그들은 **울리건**이었다고요.」 나는 마당을 지나면서 중얼거렸다. 시위라니, 아빠가 왜 다른 단어를 썼는지 이상했다.

엄마는 대청소에 여념이 없었다. 몇 년 동안 보지 못했던 물건들을 다락에서 꺼내는 작업이 한창이었다. 모직 배낭, 녹슨 사다리, 할아버지가 대학교 때 읽었던 낡은 책들도 있었다. 엄마는 불안한 모양이었다. 엄마는 속이 답답하면 새로운 집안일을 찾아내

화를 푸는 경향이 있었다. 속상할수록 더 야심적인 규모의 작업을 벌였다. 다른 사람들에게 화가 날 때면, 아무 말도 하지 않고 댕강거리며 냄비나 프라이팬을 닦고, 미끄러져 바닥에 떨어진 나이프나 포크에 대고 욕을 하고, 쟁반들을 찬장 안에 던져 넣었다. 자신에게 화가 날 때면, 가구를 재배치하고, 거실에 있는 탁자들을 한쪽으로 치우고, 의자들을 쌓아 올리고, 무거운 카펫을 말아 바닥을 솔로 닦았다.

「**울리건**을 봤어요.」 나는 내 모험을 알리고 싶은 마음에 들떠서 말했다.

「바닥이 젖었다.」 엄마는 무서운 목소리로 대답하면서, 구두를 밖에 벗어 두고 와야 했다는 말 대신 젖은 대걸레 끝으로 내 발목을 두 번 쳤다.

「아니, 훌리건이 아니었을 수도 있어요. 어쩌면 시위대였을 거예요.」 나는 구두끈을 풀며 계속 말했다.

엄마가 걸레질을 멈추고 멍한 눈으로 나를 보았다.

「여기에서 훌리건은 너뿐이야. 이 나라에 시위대가 어디 있다고.」 엄마가 대걸레를 들고 내 방을 향해 두 번 흔들며 말했다.

엄마는 정치 문제에 늘 무관심했다. 옛날에는 아빠와 할머니만 정치 문제에 큰 관심을 보였다. 두 사람은 니카라과 혁명이나 포클랜드 전쟁에 관해 자주 말하곤 했다. 남아프리카에서 아파르트헤이트*를 끝내기 위한 협상이 시작되었을 때는 열광했다. 아빠

* 남아프리카 공화국에서 실시하던 인종 차별 정책. 1948년에 공식화되었고, 1994년 넬슨 만델라에 의해 완전 폐지되었다.

는 만약 자신이 미국에 살아서 베트남 전쟁에 소집되었다면 징집을 거부했을 것이라고 했다. 아빠는 종종 우리 나라가 베트콩을 지지한 것을 두고 운이 좋았다고 강조했다. 아빠는 매우 비극적인 일들을 가지고 농담을 하는 경향이 있었다. 반제국주의 정치에 관한 아빠의 농담은 내 친구들 사이에서는 전설이었다. 내가 친구들을 집으로 초대해 하룻밤을 함께 보내려고 내 방바닥에 매트리스들을 펼쳐 놓는 날이면, 아빠는 자기 전에 문틈으로 고개를 내밀고 인사했다.「잘 자라, 팔레스타인 캠프 동지들!」

최근 동유럽의 발전, 아니 우리가 〈수정주의 블록〉이라고 부르는 것에 관해서는 느낌이 달랐다. 그것이 무엇인지는 잘 모르겠다. 언젠가 이탈리아 텔레비전 방송에서 **솔리다르노시치***에 관해 들었던 기억이 어렴풋이 있다. 그것은 노동자의 저항과 관련이 있는 듯했다. 우리는 노동자의 나라에 살고 있으므로, 나는 학교에서 준비해야 하는〈정치 정보〉소식지에 그것에 관해 쓰면 흥미로울 것이라고 생각했다. 내가 그것에 관해 물었을 때 아빠는 이렇게 대답했다.「그렇게 흥미롭지는 않은 것 같구나. 소식지에 쓸 만한 다른 내용이 있지. 아빠가 일하는 마을 협동조합이 현재의 5개년 계획에서 설정했던 밀 생산 목표량을 초과 달성 했어. 옥수수 수확량이 충분하지 않은 대신 밀로 메꾸었지. 어젯밤 뉴스에도 우리 협동조합이 나왔어.」

시위 이야기가 나올 때마다 우리 가족은 질문에 답하기를 꺼리

* 〈연대〉를 뜻하지만 폴란드 연대 자유 노조를 가리킨다. 반정부 성격의 솔리다르노시치는 1980년대 폴란드 민주화의 중심 세력이 되었다.

기 시작했다. 어른들은 피곤한 표정을 짓거나 짜증을 냈고, 텔레비전을 끄거나 뉴스 소리가 들리지 않을 때까지 볼륨을 낮추었다. 아무도 나처럼 호기심을 느끼지 않는 모양이었다. 가족들에게는 어떤 설명도 기대할 수 없다는 것이 분명했다. 도덕 교육 시간까지 기다렸다가 노라 선생님에게 묻는 편이 더 나았다. 선생님은 항상 분명하게, 얼버무리지 않고 대답했다. 선생님이 정치 문제를 설명할 때 보인 열정은 우리 부모님이 유고슬라비아의 텔레비전 방송에 비누와 크림 광고가 나올 때 보이는 열정과 비슷했다. 아빠는 TV 스코페*에서 광고를 볼 때마다, 특히 그것이 개인위생을 위한 광고일 때마다 곧바로 소리를 질렀다. 「**레클라마!**** **레클라마!**」 엄마와 할머니는 부엌에서 하던 일을 당장에 멈추고, 아름다운 여자가 환한 미소를 지으며 손 씻는 방법을 보여 주는 마지막 장면이라도 보기 위해 거실로 달려오곤 했다. 만약 엄마와 할머니가 조금 늦어져 광고가 끝나고 나서야 거실에 도착하면, 아빠는 사과하듯 선언했다. 「내 잘못이 아니야. 난 분명 불렀어. 두 사람이 늦은 거야!」 보통은 이것이 논쟁의 시작이었다. **두 사람**이 늦은 이유가 **아빠**가 집안일을 전혀 도와주지 않기 때문이라는 것이다. 논쟁은 곧 욕설 교환으로 이어졌다. 욕설이 심해지면 싸움이 벌어지기도 했는데, 그 뒷배경에서는 종종 유고슬라비아의 농구 선수들이 계속 점수를 쌓아 갔고 그러다가 다음 광고 시간이 되면 다시금 평화가 찾아왔다. 우리 가족은 모든 것을 두고 늘 옥신

* TV Skopje. 북마케도니아 TV 채널.

** reclama. 알바니아어로 〈광고〉라는 뜻이다.

각신했다. 정치만 빼고 모든 것에 대해서.

방에 들어가 보니 남동생 라니가 훌쩍거리고 있었다. 라니는 나를 보자 눈물을 훔치고 혹시 비스킷을 가져왔냐고 물었다.

「오늘은 없어. 그 길로 오지 않았어.」 나의 대답에 라니는 다시 울 듯한 표정이었다.

「누나는 방에 처박혀 있어야 해. 반성해야 하거든. 그런데 이야기 하나 해줄까? 말을 탄 남자의 이야기야. 세계의 정신을 닮았지만, 나중에는 머리가 잘려 나간 남자.」

「듣고 싶지 않아. 무서워. 난 머리 없는 사람들이 무서워. 비스킷 먹고 싶어.」 라니의 뺨에 다시 눈물이 흘렀다.

「선생님놀이를 할래?」 나는 희미한 죄책감을 느끼며 라니에게 제안했다.

라니가 끄덕였다. 라니와 나는 선생님놀이를 좋아했다. 라니는 내 책상 앞에 앉아 선생님 흉내를 내면서 글자를 끼적였고, 그동안 나는 숙제를 준비했다. 라니는 특히 역사 수업을 좋아했다. 나는 일단 역사 교과서 속의 사건들을 외우고 나면, 중요한 역사적 인물들의 대화를 극화했고 종종 내 인형들을 가지고 흉내를 내면서 큰 소리로 사건 내용을 말해 주었다.

그날은 인물과 사건, 모두 잘 아는 것이었다. 학교에서 제2차 세계 대전 도중 이탈리아 파시스트들이 알바니아를 점령한 일을 공부하고 있었는데, 그 점령에 공모했던 알바니아의 열 번째 총리 이야기가 주된 내용이었다. 그 남자는, 노라 선생님의 말을 빌리면, 그 알바니아 매국노는 조구 왕이 도주하자 이탈리아에 주권을 넘겨 버렸다. 조구의 통치기와 그 이후의 시대는 진정 자유로운 사회가 되려는 알바니아의 열망이 꺾여 버린 시기였다. 오스만 제국에 예속되어 몇백 년이 지나고 이 나라를 쪼개려는 강대국들에 맞서 투쟁하며 몇십 년을 보낸 후, 1912년 전국의 애국자들은 민족적, 종교적 차이를 극복하고 알바니아의 독립을 위해 싸웠다. 그러자, 노라 선생님의 이야기에 따르면, 조구가 정적들을 제거하고 권력을 틀어쥐고는 자신을 알바니아 국왕으로 선언했다. 그 후 알바니아인 부역자들의 도움으로 파시스트들이 알바니아를 점령하게 되었다. 1939년 4월 7일, 공식적으로 이탈리아가 알바니아를 침공한 그날, 수많은 군인과 일반 시민은 얼마 안 되는 무기로 포탄에 맞섰다. 그들은 이탈리아 군함과 용감하게 싸우다가 결국 방어선에서 마지막 숨을 거두었다. 그러나 나머지 알바니아인들 — 고관대작, 지주, 상업 엘리트, 과거 피에 굶주려 백성을 착취하던 국왕 밑에서 일하던 사람 들 — 은 이제 새로운 식민 통치에서 한자리를 차지할 욕심에 앞다투어 달려 나가 점령군을 맞이했다. 알바니아의 전 총리를 포함해 몇몇 사람은 심지어 조구 왕이 지운 무거운 멍에로부터 나라를 해방시켜 주었다며 이탈리아 당국에 감사를 표하기까지 했다. 몇 달 후, 알바니아 전 총리는 공중에서 투하된 폭탄으로 인해 사망했다. 왕에게 협력하다가 파시스트 악당으로서 죽음을 맞은 배신자인 전 총리가 그날 내 숙제의 주제였다.

학교에서 파시즘에 관해 이야기할 때 우리는 매우 흥분된 분위기였다. 활발한 토론이 벌어졌고, 아이들은 자부심으로 터질 듯했다. 선생님은 그 전쟁에서 싸웠거나 저항 운동을 지원했던 친척들이 있는지 우리에게 물었다. 이를테면 엘로나의 할아버지는 겨우 열다섯 살이었을 때 이탈리아 침략군에 맞서 싸우기 위해 산속 빨치산 부대에 들어갔다. 1944년 알바니아가 해방된 후에는 유고슬라비아에 가서 저항 운동을 도왔다. 엘로나의 할아버지는 종종 우리 교실에 방문해 빨치산 시절의 이야기를 들려주었고, 알바니아와 유고슬라비아가 유일하게 연합군의 도움 없이 전쟁에서 승리한 나라라고 말해 주었다. 나머지 아이들은 음식과 피난처를 내주어 반파시스트 저항 세력을 도왔던 할아버지, 할머니, 왕고모부, 왕고모 들에 대해 이야기했다. 어떤 아이들은 젊은 시절 그 운동에 목숨을 바쳤던 친척들의 옷가지나 개인 물품을 가져왔다. 셔츠나 자수가 새겨진 손수건, 처형되기 몇 시간 전에 가족에게 보낸 편지 같은 것이었다.

「우리 친척 중 반파시스트 전쟁에 참여했던 사람이 있어요?」 나는 식구들에게 물었다. 식구들은 골똘히 생각하며 가족사진을 뒤지다가, 친척들에게 물어보았다. 그렇게 해서 바바 무스타파가 등장했다. 외숙모의 육촌의 할아버지의 동생이었다. 바바 무스타파는 어느 지역 모스크의 열쇠를 보관하고 있었는데, 이탈리아인들이 이 나라에서 물러나고 독일인들이 그 자리를 차지했을 때 나치 수비대를 공격하고 온 빨치산들에게 피난처를 제공해 주었다고 했다. 나는 수업 시간에 한껏 들떠서 그 이야기를 전했다. 「그 사람이 너랑 어떤 사이라고?」 엘로나가 물었다. 「그 사람은 모스크에서 뭐 하고 있었대? 그 사람이 왜 열쇠를 가지고 있었어?」 또 다른 친구 마르시다가 빈정거렸다. 「빨치산들은 그 후에 어떻게 되었대?」 세 번째 친구 베사가 궁금해했다. 나는 최선을 다해 질문에 답하려 했지만, 사실 친구들의 호기심을 만족시킬 만큼 자세한 이야기를 듣지 못했다. 토론은 혼란스러워졌고 결국 불편해졌다. 몇 번의 질문과 답이 오가자, 나와 바바 무스타파의 관계와 반파시스트 저항 운동에 대한 그의 기여는 시시해 보이기 시작하더니 결국 과장된 것처럼 여겨졌다. 나는 대화가 끝날 때쯤 노라 선생님마저 바바 무스타파가 내 상상의 산물이라고 조용히 결론 내렸다는 느낌을 지울 수가 없었다.

매년 전쟁 영웅들을 기리는 5월 5일이 되면, 당 간부 대표단이 우리 이웃들을 방문해 유공자 가족들에게 다시금 애도를 표하고, 사랑하는 사람들이 흘린 피가 헛되지 않았다는 사실을 되새겨 주었다. 나는 우리 집 부엌 창가에 앉아서 씁쓸한 부러움으로 친구들을 지켜보았다. 친구들은 제일 좋은 옷을 입고, 싱싱한 빨간 장미를 한 아름 묶은 커다란 꽃다발을 들고서 깃발을 흔들고 저항군 노래를 부르며 자기 집으로 앞장서 갔다. 친구네 부모님들은 줄을 서서 당 대표단과 악수를 하고, 공식적으로 사진을 찍었다. 며칠 후 그 사진들은 학교에 전시되었다. 나에게는 학교에 낼 만한 어떤 것도 없었다.

우리 가족 중 기릴 만한 사회주의 순교자가 없다는 것에서 그치지 않았다. 알바니아의 매국노, 이 나라의 열 번째 총리, 민족 반역자, 계급의 적, 학교 토론에서 미움과 경멸을 받아 마땅한 표적은 하필이면 나와 성이 같았고, 아빠와는 이름 하나까지 같았다. 자페르 이피. 매년 교과서에 그 이름이 나올 때마다 나는 친구들에게, 비록 성이 같기는 해도 그는 우리 가족과 관계가 없다고 참을성 있게 설명해야 했다. 아빠의 이름은 할아버지의 이름을 딴 것이며, 할아버지는 그냥 어쩌다가 옛날 총리와 성과 이름이 같았을 뿐이라고 말이다. 나는 그 대화를 나누는 것이 싫었다.

나는 숨을 죽인 채 역사 숙제의 내용을 읽었다. 그러고 나서 잠시 생각을 하니 화가 나서, 한 손에 책을 움켜쥐고 일어섰다. 「나랑 같이 가자. 이번에도 다른 이피에 관한 문제야.」 나는 라니에게 명령하듯 말했다. 라니는 그림을 그리던 펜을 빨면서 고분고분 나를 따라왔다. 나는 방문을 쾅 닫고 부엌을 향해 나아갔다.

「내일 학교에 가지 않을래요!」 나는 선언했다.

처음에는 아무도 주목하지 않았다. 엄마, 아빠, 할머니는 작은 오크 탁자와 같은 쪽, 그러니까 입구를 바라보는 쪽에 접이식 의자 세 개를 빽빽하게 붙여 놓고 위태롭게 앉아 있었다. 저마다 팔꿈치를 탁자에 기댄 채 손바닥으로 관자놀이를 싸매고 있었는데, 머리가 무게 중심에서 너무 멀리 기울어져 있어서 금방이라도 몸에서 분리될 것처럼 보였다. 세 사람 모두 자신들의 몸으로 어떤 수수께끼의 물체를 가린 채, 그것과 관련된 신비한 집단의식에 몰두해 있는 듯했다.

나는 내 결정에 대한 반응이 나오기를 기다렸다. 하지만 돌아온 반응은 쉿 하는 소리뿐이었다. 나는 발끝으로 서서 목을 앞으로 길게 뺐다. 탁자 가운데에 라디오가 있었다.

「내일 학교에 가지 않겠다고요!」

나는 목소리를 높이며, 역사책에서 그 총리의 사진이 나온 페이지를 펼치고 부엌으로 몇 발짝 더 다가갔다. 라니는 한 발로 마룻바닥을 구르더니 공모하듯 나를 바라보았다. 아빠가 불온한 행동을 하다가 들킨 사람처럼 켕기는 표정으로 홱 돌아보았다. 엄마는 라디오를 껐다. 라디오 소리가 사라지기 전 마지막 두 단어를 들을 수 있었다. 〈정치적 다원주의.〉

「누가 방에서 나오라고 했어?」 아빠의 말이 위협처럼 들렸다.

「또 그 사람 얘기가 나왔다고요.」 나는 아빠의 꾸지람을 무시한 채 계속 목소리를 높였지만, 목소리가 떨리기 시작했다. 「매국노 이피 말이에요. 내일은 학교에 가지 않을 거예요. **그 남자**와 우리는 아무 관계가 없다고 설명하면서 시간 낭비를 하지 않을 거예요. 이미 전에도 모두한테 말했어요. 여러 번 말했다고요. 하지만 친구들은 다시 물을걸요. 마치 못 들었다는 것처럼, 모른다는 것처럼 물을 거예요. 또 묻고, 항상 묻겠죠. 이제는 더 설명할 말도 없어요.」

나는 전에도, 역사 시간이나 문학 시간, 도덕 교육 시간에 파시즘에 대해 나올 때마다 그 독백을 늘어놓곤 했다. 우리 가족은 내가 학교에 빠지는 것을 허락하지 않았다. 이번에도 역시 허락하지 않을 것이었다. 그러나 친구들로부터 압박을 받는 느낌이 어떤지 결코 가족들에게 설명할 수 없었다. 또 과거는 아무 상관이 없어 보이고 현재를 토론하고 미래를 계획하는 것만 중요하다고 여기는 집안에서 사는 느낌이 어떤지 결코 친구들에게 설명할 수 없었다. 당시 나에게서 떨쳐 버릴 수 없던 그 느낌을 나 자신에게 설명할 수 없었다. 지금에야 분명히 말할 수 있게 된 그 느낌, 그것은 내가 살던 삶, 그러니까 집이라는 울타리 안과 그 바깥의 삶은 사실 하나가 아니라 둘이었고, 그 두 개의 삶은 때로는 서로 보완하고 지지해 주지만 대체로 내가 온전히 파악할 수 없는 어떤 현실과 충돌한다는 것이었다.

부모님은 서로를 쳐다보았다. 니니는 부모님을 바라보았고 이어서 나를 보더니, 단호하면서도 안심시키려는 듯한 어조로 말했다. 「물론 학교에 가야지. 넌 아무것도 잘못한 게 없잖니.」

「**우리**는 아무것도 잘못한 게 없어.」 엄마가 말을 고쳤다. 엄마는 라디오를 마저 듣고 싶다는, 그리고 부엌에서 나의 존재는 곧 더는 환영을 받지 못한다는 뜻으로 라디오에 손을 뻗었다.

「내가 잘못해서가 아니에요. 우리가 잘못해서가 아니에요. 그건 그 매국노 때문이에요. 만약 우리에게 기릴 만한 업적을 남긴 친척이 있었다면, 수업 시간에 그 사람 이야기를 할 수 있을 테고, 그러면 친구들이 나와 〈다른 이피〉의 관계를 그렇게 물고 늘어지지도 않을 거예요. 하지만 우리한테는 아무도 없잖아요. 우리 가족 중에는 그런 사람이 한 명도 없고, 먼 친척 중에도 없어요. 우리의 자유를 지키기 위해서 노력이라도 했던 친척이 아무도 없다고요. 이 집안에는 자유에 관심을 가진 사람이 여태 한 명도 없어요.」 나는 물러서지 않았다.

「그렇지는 않아. 누군가는 있어. 바로 네가 있잖아. 네가 자유에 관심이 있잖니. 넌 자유 투사야.」 아빠가 말했다.

대화는 전에 수없이 반복했던 그대로 재생되고 있었다. 할머니는 고작 성 때문에 학교를 빠진다는 것은 비이성적이라고 주장하고 있었고, 아빠는 농담으로 주의를 돌리고 있었고, 엄마는 내가 불편하게 끼어들기 전에 하던 일을 마저 하려고 했다.

그런데 이번에는 예상치 못한 것이 더 있었다. 엄마가 갑자기 라디오에서 손을 떼고 일어나더니, 나를 향해 돌아섰다. 「친구들한테 이피는 잘못한 게 없다고 말해.」

니니가 눈살을 찌푸리고는 당황한 표정으로 아빠를 쳐다보았다. 아빠는 천식 흡입기에 손을 뻗은 다음에 할머니의 눈을 피하며 걱정스러운 표정으로 엄마를 바라보았다. 엄마는 매섭게 아빠를 쏘아보았다. 화가 난 눈이 번쩍였다. 자신의 행동이 분란을 일으킬 것이라고 계산한 사람인 듯한 분위기를 뿜어내고 있었다. 엄마는 아빠의 소리 없는 나무람을 무시한 채, 아까 멈추었던 말을 계속했다.

「이피는 잘못한 게 없어. 그 사람이 파시스트였니? 엄마는 모르겠구나. 그랬을지도 모르지. 그 사람이 자유를 수호했냐고? 보기에 따라 달라. 자유롭기 위해서는 살아 있어야 해. 어쩌면 그 사람은 많은 목숨을 구하려 했을 수도 있어. 그때 알바니아가 이탈리아에 맞설 가능성이 얼마나 됐을까? 모든 면에서 이탈리아에 의존하고 있었어. 피를 흘린 목적이 뭔데? 그 **파시스트들**은 이미 이 나라를 점령하고 있었어. 파시스트들이 시장을 통제하고 있었다고. 모든 주요 국영 기업의 지분을 이탈리아인들에게 넘긴 사람은 조구였어. 이탈리아산 제품이 이탈리아의 무기보다 한참 전에 들어왔지. 우리가 사용하는 도로들은 파시스트들이 지었어.

무솔리니의 관리들이 정부 건물들을 장악하기 한참 전에 그의 건축가들이 그 건물들을 설계했지. 그들이 말하는 파시스트의 **침략**이란…….」

엄마가 말을 멈추었다. 침략이라는 단어를 발음할 때 엄마의 입술은 빈정거리는 웃음으로 일그러졌다.

「지금은 때가 아니다.」 할머니가 말했다. 할머니는 나를 돌아보며 말을 이었다. 「중요한 건 **너**는 잘못한 게 없다는 거야. **너**는 겁낼 필요가 없어.」

「**그들**이 누구인데요?」 나는 엄마의 말이 혼란스럽고 궁금하기도 해서 되물었다. 엄마의 말을 전부 이해할 수는 없었지만, 이번 개입이 그렇게 길었다는 사실이 흥미로웠다. 장황하게 설명하는 것은 엄마답지 않았다. 엄마가 정치와 역사에 관해 자기 의견을 말하는 것도 처음 있는 일이었다. 나는 엄마에게 자기 의견이 있다는 사실도 몰랐다.

엄마는 내 질문과 할머니의 경고를 모두 무시하며 말을 덧붙였다. 「그들은 조구가 폭군에, 파시스트였다고 말하지. 만약 네가 한 폭군한테 복종한다면, 다른 폭군과 싸우는 게 무슨 의미가 있겠어? 한 나라가 이름만 빼고 이미 점령을 당했다면 독립을 지키기 위해 죽는 게 무슨 의미가 있겠어? 인민의 진짜 적은, 소매 잡지 말아요.」 엄마는 말을 끊더니 공격적으로 아빠 쪽으로 돌아섰다. 아빠는 엄마에게 바짝 다가서 있었는데, 숨소리가 거칠어지고 있었다. 「그들이 그 사람을 반역자라고 하는데, 그래…….」

「**그들**이 누구예요?」 나는 점점 아리송해서 다시 물었다.

「그들, 그들은……. 엄마는 수정주의자들을 말한 거야.」 아빠가 급하게 엄마를 대신해 설명했다. 아빠는 어떻게 말을 이어야 할지 몰라서 머뭇거리다가 화제를 바꾸었다. 「아빠가 방에서 반성하고 있으라고 했지. 왜 나온 거야?」

「반성했어요. 학교 가기 싫어요.」

엄마가 코웃음을 쳤다. 그리고 그 자리를 뜨고는 냄비와 프라이팬을 쟁그랑거렸고 나이프와 포크들을 싱크대에 던져 넣기 시작했다.

다음 날 아침, 할머니는 평소와 달리 학교에 가라고 나를 깨우지 않았다. 할머니는 이유를 말하지 않았다. 하지만 무언가가 달라져 있었다. 어제 무언가가 벌어진 것이다. 내가 우리 가족을 바라보고 부모님을 생각하는 방식을 바꿔 놓은 무언가가 말이다. 그것이 내가 스탈린을 만났던 일과 라디오 프로그램과, 또는 내 삶에서 그의 착취와 죽음, 그 존재를 무시하려고 해도 소용없었던 그 총리와 관계가 있는지는 알 수 없었다. 아빠가 할머니에게 시위 이야기를 할 때 소곤거린 것이 이상했다. 아빠는 왜 그들을 〈훌리건〉이라고 하지 않았을까? 엄마가 파시스트 정치가의 편을 든 것도 이상했다. 인민의 억압자에게 어떻게 동정심을 가질 수 있단 말인가?

며칠 동안 시위는 더욱 확산되었다. 이제 국영 텔레비전도 그들을 시위대라고 불렀다. 대학생들에 의해 수도에서 시작된 시위는 전국으로 퍼져 나갔다. 노동자들이 공장을 뛰쳐나와 거리의 젊은이들과 합류할 준비를 하고 있다는 소문이 돌았다. 식량 부족과 기숙사의 형편없는 난방, 강의실에서 발생하는 잦은 정전에 불만을 가진 학생들이 주축이 되어 경제 상황에 대한 불안의 물결로 시작된 일이 곧이어 다른 무언가로, 그것을 부르짖는 사람들에게조차 그 정확한 성격이 불분명한 변화에 대한 요구로 바뀌었다. 예전 당원들이 포함된 학계의 주요 인사들은 전례 없이 「보이스 오브 아메리카」와 인터뷰를 하면서, 학생들의 불만을 경제 문제로 치부하는 행위는 실수일 것이라고 설명했다. 그 운동이 요구하는 내용은 일당 체제의 종식과 정치적 다원주의의 인정이라고 말했다. 그들은 **진정한** 민주주의와 **진정한** 자유를 원했다.

나는 우리 가족이 나처럼 당에 대한 열정을 가지고 있고, 나처럼 나라에 봉사하고 싶어 하고, 우리의 적을 경멸하고, 우리 가문에 기억할 만한 전쟁 영웅이 없다는 점을 걱정한다고 믿으면서 자라 왔다. 이번에는 느낌이 달랐다. 정치, 국가, 시위에 관한 나의 질문들, 그리고 지금 벌어지고 있는 일을 어떻게 설명할 것인가 하는 질문들에는 무뚝뚝한 회피성 대답만이 돌아왔다. 노라 선생님이 항상 말했던 것처럼, 우리는 이미 동유럽에서 가장 자유로운 나라 중 한 곳에 살고 있는데도 왜 모든 사람이 자유를 요구하는지 알고 싶었다. 집에서 노라 선생님의 이름을 입에 올리면, 부모님은 눈을 부라리곤 했다. 나는 부모님이 내 질문에 대답해 줄 최고의 적임자가 아니며 더 이상 부모님을 믿지 못하겠다는 생각이 피어올랐다. 국가에 관한 질문에만 대답을 못 들은 것이 아니었다. 이제 나는 내가 어떤 집안에서 태어났는지도 궁금했다. 나는 부모님을 의심했고, 결국 내가 누구인지도 잘 모르겠는 혼란에 빠지기 시작했다.

지금의 나는 그때 내가 분명하게 이해하지 못했던 것을 잘 알고 있다. 나의 유년기를 형성했던 패턴, 내 삶에 구조를 부여했던 보이지 않는 그 법칙, 그리고 내가 세상을 이해하는 데 도움을 주었던 사람들에 대한 내 인식까지, 이 모든 것이 1990년 12월에 영원히 바뀌어 버렸다. 내가 스탈린을 껴안았던 그날, 바로 그날에 나는 어른이 되었고, 바로 그날에 나는 내 삶을 이해할 책임이 있다는 사실을 깨달았다고 말하는 것은 과장일 것이다. 하지만 바로 그날에 나는 내 유년기의 순수를 잃었다고 말하는 것은 무리가 아닐 것이다. 그날 처음으로 나는 자유와 민주주의는 우리가 살고 있는 현실이 아닐지도 모른다고, 그것은 내가 거의 알지 못하는 수수께끼의 미래일지 모른다고 생각했다.

할머니가 늘 하던 말이 있었다. 우리는 미래를 어떻게 생각해야 할지 모르기 때문에 과거를 돌아보아야 한다는 것이다. 나는 내 삶의 이야기가 궁금해지기 시작했다. 내가 어떻게 태어났는지, 내가 그 자리에 있기 전에는 어떤 일이 있었는지 알고 싶었다. 나는 내가 너무 어렸기 때문에 정확히 기억하지 못하고 헛갈렸을 수 있는 세세한 것들을 확인하려고 애썼다. 그것은 전에도 수없이 들었던 이야기였다. 아무리 복잡해도 서서히 나의 일부를 찾아내곤 했던 고정된 현실의 이야기였다. 그런데 이번에는 달랐다. 고정된 지점들이 전혀 없었고, 모든 것은 처음부터 새로 만들어져야 했다. 내 삶의 이야기는 어느 특정 시기에 일어난 사건들의 이야기가 아니라 올바른 질문들, 하지만 물어볼 생각도 해본 적이 없는 질문들을 찾는 이야기였다.

3장

471, 짤막한 약력

노라 선생님이 곧잘 쓰던 말에 따르면, 나는 〈지식인〉 집안 출신이다. 「이 학급에는 지식인의 자녀들이 너무 많아요.」 선생님은 살짝 못마땅한 표정을 지으며 그렇게 말하곤 했다. 아빠는 나를 안심시켜 주었다. 「지식인은 그냥 대학 교육을 받은 사람이야. 그래도 걱정하지 마라. 따지고 보면 모두가 노동자니까. 우리 모두 노동 계급 국가에서 살고 있잖니.」

비록 부모님이 모두 대학을 다녔기 때문에 공식적으로는 〈지식인〉이었지만, 두 분 모두 자신이 원하던 공부를 한 것은 아니었다. 엄마보다 아빠의 이야기가 더 혼란스러웠다. 아빠는 과학에 재능이 있었고, 중학생 때 이미 수학, 물리학, 화학, 생물학 올림피아드에서 우승했다. 아빠는 수학을 계속 공부하고 싶었지만, 당은 아빠의 〈약력〉 때문에 진정한 노동 계급이 되어야 한다고 했다. 우리 식구들은 종종 그 단어를 입에 올렸는데, 나는 그 의미를 이해하지 못했다. 그 단어는 너무 광범위하게 적용되었기 때문에 어떤 특정 맥락에서도 그 의미를 파악할 수 없었다. 만약 누군가 우리 부모님에게 두 사람이 어떻게 만났는지 묻는다면, 이렇게 대답할 것이다.「약력 때문이죠.」만약 엄마가 직장에 낼 서류철을 준비하고 있다면, 누군가 이렇게 되새겨 주었다.「약력에 몇 줄 추가하는 걸 잊지 마세요.」만약 내가 학교에서 새 친구를 사귀면, 부모님은 서로에게 물었다.「우리가 그들의 약력에 관해 아는 게 있던가?」

약력은 좋은 것과 나쁜 것, 더 좋은 것과 더 나쁜 것, 깨끗한 것과 얼룩진 것, 관계있는 것과 무관한 것, 투명한 것과 혼란스러운 것, 의심스러운 것과 믿음직한 것, 기억해야 할 것과 잊어야 할 것으로 신중하게 나뉘었다. 약력은 온갖 부류의 질문에 대한 보편적인 답이었으며, 또 그것 없이는 모든 지식이 한낱 견해로 축소되어 버리는 중요한 토대였다. 의미를 묻기가 우스꽝스러운 단어들이 있다. 너무 기본적이어서 그 단어가 그 자체는 물론이고 그것과 관련된 모든 것을 설명해 주기 때문이거나, 아니면 그렇게 오랜 세월 동안 그 단어를 듣고도 여전히 이해하지 못한다는 사실을 밝히기가 창피하기 때문이다. **약력**이 그런 경우였다. 일단 그 단어가 등장하면 그냥 받아들이는 수밖에 없었다.

아빠는 외아들이었다. 아빠의 이름은 알바니아의 매국노와 같은 이름인 〈자페르〉였지만, 다들 〈자포〉라고 불렀다. 그 덕분에 아빠는 자기소개를 할 때마다 사과하지 않아도 되었다. 자포는 어머니 손에 자랐다. 자포가 세 살 때인 1946년, 내가 만난 적 없는 할아버지 아슬란이 집을 떠나 어느 대학교에 들어갔다. 이것은 아빠가 지닌 약력의 일부였다. 15년 후 아슬란이 돌아왔을 때, 식구들은 축하 파티를 열었고 할머니 니니는 립스틱을 발랐다. 자기 어머니가 립스틱을 바른 모습을 본 적이 없었던 자포는 어머니를 알아보지 못하겠다고, 어머니가 마치 광대 같다고, 더 이상 자기들과 살지 않으려 한다고 말했다. 그런 후에 자포는 자기 아버지와 크게 싸웠다. 니니는 립스틱을 지웠고, 그 후로는 두 번 다시 립스틱을 바르지 않았다. 두 남자는 오랜 세월 동안 계속 언쟁을 이어 갔다. 자포는 아슬란의 권위를 인정하지 않았고, 아슬란은 자포의 의지력이 〈버터 같다〉고, 그저 〈배부른 돼지〉처럼 살고 있다고 꾸짖었다. 할머니는 아슬란이 말한 내용을 통째로 전하는 것을 좋아했다. 「배부른 돼지보다는 불만족스러운 인간이 되는 게 나아.」 하지만 아빠는 어느 모로 보나 특별히 만족했던 것 같지 않다. 오히려 자주 불안 발작을 일으켰다. 보통 천식이 심해지면 발작이 일어났지만, 아빠는 갖은 수로 그것을 숨겼다.

자포는 어렸을 때 천식에 걸렸다. 니니와 함께 살던 집에서 나가 곰팡이 핀 헛간으로 이사하라는 당의 명령을 받은 무렵이었다. 이것 역시 두 사람이 가진 약력의 일부였다. 당시 할아버지는 그곳에 없었지만, 훗날 자포에게 많은 사람이 천식을 앓고 있으니 너무 불평해서는 안 된다고 지적했던 것 같다. 할아버지는 또 자포에게, 우리가 사회주의에 사는 것에 대해서 날마다 정부에 감사해야 한다고 말했다. 만약 서유럽에 살았다면 자포는 부랑자가 되어 다리 밑에서 〈**밥딜란**〉 노래나 부르며 돈을 벌었을 것이라고도 말했다. 나는 그 부분 역시 알쏭달쏭했다. **밥딜란**이 무엇인지 아무도 설명해 주지 않았기 때문이기도 하지만, 아빠는 완전히 음치인 데다 악기를 아예 다룰 줄도 몰랐기 때문이다. 다만 아빠는 두 가지에 사로잡혀 있었고, 그 두 가지를 나에게 가르치려고 애썼다. 〈꼬마 알리처럼〉 춤추는 법과 아빠가 〈비에타 정리 마법〉이라고 부르는 대수 문제를 풀기 위한 공식이었다. 앞의 것은 일련의 권투 동작이었는데, 아빠가 숨 가빠 했기 때문에 내가 겨우 동작을 익혔다고 생각한 순간에 훈련이 중단되는 경향이 있었다. 뒤의 것은 며칠, 때로는 몇 주 동안 계속되는 경우도 있었다. 비에타 정리에 대한 아빠의 흥분이 고조될수록 나의 좌절감도 커졌다.

아빠의 약력에서 혼란스러운 부분은 아빠가 대학에 갈 수 없다는 말을 들었다는 사실이 아니라, 그럼에도 불구하고 아빠가 결국 대학에 갔다는 사실이었다. 학기가 시작되기 며칠 전에 아빠는 박사들로 구성된 심의 위원단 앞에 출석했고, 할머니는 그들에게 만약 대학에서 공부할 수 있도록 허락을 받지 못하면 아빠가 자살할 것이라며 으름장을 놓았다. 그러자 심의 위원단은 아빠에게 몇 가지 질문을 던졌고, 담당 관리인에게 아빠가 고등 교육을 계속 받을 수 있도록 승인하라는 내용의 명령서를 써 주었다. 아빠가 수학을 공부할 수 없었던 이유는 교사가 될 수도 있었기 때문이었다. 아빠의 약력으로는 교직이 허락되지 않았다. 결국 아빠는 임학과로 보내졌다. 아빠에게는 꽤 괜찮았던 모양이다. 한 번도 목숨을 끊으려고 시도하지 않았으니 말이다. 아빠는 카바예에서 티라나까지 통학했다. 카바예는 아빠의 식구들이, 또 비슷한 약력의 많은 가문이 거주하던 작은 소도시였다.

수학이 아빠가 가장 열정적으로 좋아하는 것이었다면, 엄마가 수학만큼 싫어했던 것이 없었다. 이 또한 불행한 일이었다. 엄마는 대학에서 수학을 공부해야 했을 뿐 아니라, 중학교 학생들에게 수학을 가르쳐야 했기 때문이다. 엄마는 교직을 믿고 맡길 만한 사람으로 여겨졌던 반면 아빠는 그렇지 못했다는 사실은 엄마의 약력이 아빠의 것보다 좋다는 뜻이었다. 그렇더라도 아주 조금 나은 정도였을 텐데, 만약 엄마의 약력이 훨씬 더 좋았다면 두 사람은 결혼하지 않았을 것이었다. 엄마는 실러와 괴테를 좋아했고, 모차르트와 베토벤 음악회에 갔으며, 소비에트 제20차 당 대회 직후 우리가 동맹을 깨뜨리기 전에 〈피오네르의 집〉을 방문한 소비에트인들과 함께 기타도 배웠다. 엄마는 문학 공부를 할 수 있었지만, 엄마의 부모님은 엄마가 전공을 바꾸도록 부추겼다. 재정적으로 쪼들렸고, 과학 학위가 있으면 장학금을 받을 수 있었기 때문이다.

엄마는 일곱 남매 — 딸 다섯, 아들 둘 — 중 셋째였다. 외할머니인 노나 포지는 화학 약품을 만드는 공장에서 일했고, 우리가 〈바시〉라고 부르던 외할아버지는 도랑 청소부였다. 엄마의 어린 시절이 담긴 사진은 몇 장 없었지만, 그 사진 속의 엄마는 깡마르고 허약해 보였으며 마치 빈혈이 있는 것처럼 눈 밑이 검었다. 엄마는 절대 어린 시절 이야기를 하지 않았지만, 아마 비참하게 살았던 듯했다. 언젠가 아빠가 벵골 대기근에 관한 역사 다큐멘터리를 보자고 말하자, 엄마가 이렇게 대답했기 때문이다. 「여보, 난 배고픔이 뭔지 알아요. 텔레비전에서 그걸 볼 필요는 없어.」 엄마는 대체로 텔레비전에 적대적이었다. 엄마가 유일하게 예외로 치는 프로그램은 유고슬라비아 채널에서 방영하는 드라마 「다이너스티」였는데, 그 이유가 꼭 줄거리를 이해해서가 아니라 실내 장식을 뜯어보는 일을 좋아했기 때문이다. 「정말 예쁘다. 진짜, 너무너무 예뻐.」 엄마는 동경하는 표정으로 끄덕이며 말하곤 했다.

외가 식구들은 할머니 두 분과 〈히센〉이라고 불리던 외할아버지의 고종사촌과 살면서 수입을 나누었다. 히센은 열세 살 때 고아가 된 이후부터 우리 외가 식구들과 함께 살았다. 엄마는 히센을 굉장히 좋아했다. 전쟁 중의 어느 날 엄마가 태어나 산부인과 병원에서 집으로 돌아왔을 때, 히센은 엄마가 인형처럼 예쁘다며 엄마의 이름인 〈비욜카〉라고 부르지 않겠다고 말했다. 엄마의 별명은 〈돌리〉가 되었고, 모두가 엄마를 그렇게 불렀다. 히센은 빈에 있는 기숙 학교에 다녔는데, 엄마에게 왈츠를 추는 법과 괴테의 시 「마왕」을 독일어로 암송하는 법을 가르쳐 주었다. 때로 엄마는 집 주변을 거닐며, 질문은 아주 큰 소리로 그리고 대답은 숨죽인 소리로 바꿔 가며 그 시를 독일어로 암송했다. 「Wer reitet so spät durch Nacht und Wind? Es ist der Vater mit seinem Kind(이렇게 바람 부는 늦은 밤에 말을 달리는 자 누구일까? 그것은 아버지와 아들이다).」 나는 항상 그 시가 잠들지 못하는 한 아이의 이야기라고 짐작하고 있었다. 창밖에 폭풍이 몰아치던 어느 겨울밤, 난로에서 밤을 굽다가 엄마는 나에게 괴테의 시 전문을 암송해 주었다. 그다음에는 그 시를 번역해 들려주었다. 지금도 마지막 두 행을 떠올리면 등줄기를 타고 내려가는 오한이 느껴진다. 〈간신히 집에 도착하고 보니 품 안의 아이는 죽어 있네.〉

엄마와 히센은 파지로 자동차며 배, 기차, 비행기를 만드는 일을 좋아하는 것도 서로 비슷했다. 모두 상상의 여행을 떠나기 위한 것들이었다. 히센은 모종의 정신병이 있어서 발작을 자주 일으켰고, 발작이 지나간 후에는 어김없이 죽은 듯 깊은 잠에 빠지곤 했다. 그러다 깨어나면 독일어로만 말했고, 그다음에는 독일어와 알바니아어를 섞어 말했다. 침대에서 나올 정도로 상태가 회복되면, 히센과 엄마는 우리가 사는 소도시 두러스의 지도를 그리고 그 주변 땅의 특정 지역에 원을 그려 건물과 길을 표시한 다음에 종이배를 접었다. 히센은 그 배들에 그들 가족의 황금이 실려 있다고 설명했다. 각각의 배마다, 옛날에 로마군과 싸우도록 해적들을 보낸 고대 일리리아 여왕 테우타의 이름을 따고 번호만 달리해서 이름을 붙여 주었다. **테우타 1호, 테우타 2호, 테우타 3호.** 엄마는 히센에게, 그가 말한 〈《평와》의 시대〉를 준비하라고 시켰다. 히센은 평와의 시대가 오면 엄마와 형제자매들은 성으로 이사를 가고, 그들이 소유한 땅을 거닐고, 승마를 하고, 왕자와 공주처럼 멋진 옷을 입을 것이라고 장담했다. 히센이 엄마에게, 일단 평와가 찾아오면 기대할 수 있는 것들에 관해 이야기를 들려줄 때마다, 엄마는 하루 종일 음식을 먹지 못했다는 사실을 잊어버렸다.

히센은 엄마에게 체스 두는 법도 가르쳐 주었다. 게다가 식구들을 설득해 엄마를 도시의 체스 클럽에 보냈다. 그곳에서 운동복을 공짜로 얻을 수 있는 데다 여행을 다니며 시합을 할 수도 있었기 때문이다. 엄마는 스물두 살 때 전국 체스 챔피언이 되었고, 그 후 몇 년 동안 챔피언 자리를 지켰다. 엄마가 스포츠 궁전의 커다란 홀에서 어린이 체스 팀을 훈련시키던 시절, 체스 선수들 사이에 놓인 큼직한 목재 체스 시계의 **째깍째깍** 소리와 함께, 늘어선 탁자들 사이로 미끄러지듯 지나는 엄마의 율동감 있는 구두 뒷굽 소리는 아직도 귀에 선하다. 엄마는 몇 분 동안 아무 말 없이 각 게임을 지켜보았고, 만약 어떤 아이가 실수라도 할라치면 위협이 되는 나이트나 비숍을 집게손가락으로 한두 번 톡톡 치고는 자리를 옮겨 다음 탁자에서 벌어지는 게임을 지켜보았다. 「그건 두뇌 스포츠야.」 엄마가 나에게 체스를 권하며 말했다. 엄마의 신경이 다른 아이들에게 향하는 순간만 기다리던 내가 다른 방으로 도망가서 탁구 시합을 구경하면 엄마는 개인적인 모욕으로 여겼다. 「체스의 아름다움은 약력이 아무 상관 없다는 거야. 그건 모두 너한테 달렸어.」 엄마의 주장이었다.

엄마는 몸이 아플 때면, 체스 판 위에서 말들을 옮기는 기본 규칙을 설명할 때와 똑같이 단조롭고 냉철할 만큼 정확하게, 자기 몸의 변화를 묘사했다. 엄마는 항상 일어난 일만 표현했고, 절대 본인이 느끼는 바를 말하지 않았다. 엄마는 좀처럼 불평하는 법이 없었다. 나는 엄마가 우는 모습을 본 적도 없었다. 엄마는 최고의 자신감과 절대적 권위를 뿜어내고 있었다. 자신에게 복종하는 것에 의문을 품으면 오히려 이익에 반하게 된다고 상대방을 설득할 줄 아는 사람들이 즐기는 그런 분위기 말이다. 엄마는 스스로를 통제할 줄 알았다. 항상 그랬다. 딱 한 번, 내가 태어나던 때는 예외였다. 엄마가 병원에 입원하기로 예정되어 있던 날 아침, 엄마는 화장실에 틀어박혀서 얼마 전 텔레비전에서 본 누군가의, 그러니까 최근 영국 최초의 여성 총리가 된 여자의 머리 모양을 따라 하려 애쓰고 있었다. 엄마는 머리 모양을 신경 쓰는 일은 고사하고 빗질하는 법도 거의 없었으므로, 그것 자체가 공황까지는 아니더라도 불안감을 보여 주는 명백한 징후였다.

1979년 9월 8일, 당의 공식 기관지 『저리 이 포풀리트』*는 로디지아**의 아벨 무조레와*** 인종주의 정부의 모잠비크 침공을 보도했고, 미국 핵 실험장에서 일어난 새로운 핵폭발을 비판했고, 휴스턴 공직자들의 최근 부패 사례가 자본주의 타락의 대표적인 예라고 강조했으며, 마드리드의 섬유 공장에서 행해진 아동 착취를 고발했다. 기다란 사설에서는 「보이스 오브 아메리카」와 「노보스티」가 각각 세계 양대 초강대국의 이념적 침략 무기라고 비난했다. 외신면에는 로테르담항의 해군 노동자들과 브리티시 레일랜드의 기계공들, 페루, 코스타리카, 콜롬비아 등지의 교사들까지, 세계 각국에서 계속되는 파업과 연대의 메시지가 실렸다. 나

* 〈인민의 소리〉라는 뜻이다.

** 짐바브웨의 전 이름.

*** Abel Muzorewa(1925~2010). 남로디지아 출신의 연합 감리교 목사로, 로디지아의 통치가 백인에서 흑인에게 넘어가던 과도기인 1979년 짐바브웨-로디지아 총리를 지냈다.

는 오전 10시에 태어났다.

엄마가 임신하기까지는 몇 년이 걸렸다. 아빠가 즐겨 지적했다시피, 1975년 8월 헬싱키 협정*이 서명된 이후의 기간과 대체로 비슷했다. 내가 태어났을 당시 생존 가능성은 30퍼센트 정도였다. 부모님은 차마 내 이름을 짓지는 못했지만, 나에게 배정된 병원 번호를 축하해 주었다. 〈471.〉 죽은 아기들은 숫자를 받지 못했고, 나는 아직 죽지 않았으므로 축하할 삶이 있었다.

「우리는 몇십 년 동안 슬픔에 빠져 살았어. 네가 태어나자 희망이 생겼지. 희망은 싸워야만 얻게 되는 거야. 하지만 희망이 환상으로 변하는 시점이 온단다. 그때가 아주 위험해. 그 모든 것이 사실을 어떻게 해석하느냐에 달려 있지.」 나중에 할머니가 말해 주었다. 〈471〉은 우리 가족에게 희망을 주기에 충분했지만, 아주 조금 주었을 뿐이다.

엄마와 나는 내가 태어난 순간부터 분리되었다. 엄마는 회복될 때까지 산부인과 병동에 있었고, 나는 다른 병원으로 보내져 온갖 기계에 연결된 채 살았다. 그래도 나아질 기미가 전혀 보이지 않자, 할머니는 나를 집으로 데려가도 좋다는 허락을 구하기로 했다. 인큐베이터에서 나왔을 때 나는 생후 5개월이었지만, 신생아 크기에 몸무게는 3킬로그램이 안 되었다. 그래도 생존 확률은 50퍼센트까지 늘어나 있었다. 「테헤란에서 미국 외교관이 생존

* 제2차 세계 대전 이후 유럽에 형성된 국경선을 인정하면서, 냉전을 종식시킨 유럽 안보 협력 회의의 최종 합의문이다. 알바니아를 제외한 유럽의 모든 국가와 미국, 캐나다가 서명했다.

할 확률과 비슷했어. 하지만 할머니가 고집을 부리지 않았다면, 넌 더 오랫동안 인질로 잡혀 있었을 거야.」 아빠는 나중에 농담을 했다. 할머니의 요청이 받아들여졌다는 사실은 우리의 약력에는 좋은 신호였다.

내 인생 초기의 몇 달 동안, 예전 협동 농장 노동자에게서 세낸 방 한 칸짜리 집은 집중 치료실로 탈바꿈했다. 아빠는 정원에서 나무를 가져와 계속 불을 땠고, 엄마는 내 옷을 바느질하느라 늦게까지 깨어 있었으며, 할머니는 눈에 띄는 모든 것을 소독했다. 포크와 나이프, 가위, 냄비, 프라이팬뿐 아니라, 망치와 펜치 같은 관계없는 것들까지도 소독했다. 마스크를 쓰지 않은 손님들을 들이지 않았는데, 당시에는 마스크가 귀해서 곧 손님들의 발길도 끊겼다.

「다른 가족이었다면 애는 살지 못했을 거예요.」 정기적으로 내 건강을 확인하러 왔던 의사 엘비가 내 첫 번째 생일에 선언했다. 「축하합니다! 이제 더는 〈471〉로 부르지 않아도 되겠네요. 저 통통한 뺨 좀 보세요. 〈고기소를 채운 피망〉이라고 부르는 게 낫겠어요.」

갓난아이였을 때 나는 이상한 면역 촉진제를 맞은 것이 분명하다. 태어난 직후의 그 몇 달을 제외하면, 그 후로는 앓았던 적이 거의 없었기 때문이다. 병을 앓는 일이 너무 없다 보니, 어린 마음에 병을 이상화하게 되었다. 병후의 회복기는 선택을 받은 소수에게만 주어지는 일종의 포상이라고 생각하면서, 고열이나 가슴이 아파지는 기침, 심지어 평범한 인후통이라도 얻으려면 내가 어떤 과제를 극복해야 하는지 생각했다. 교실에서 감염병이 돌 때마다, 나는 병이 옮기를 기대하면서, 결석을 했다가 학교로 돌아온 아이들에게 내가 안아 주어도 되는지 묻곤 했다. 드물게 어떤 병에 걸리는 데 성공했을 때는 학교에 가지 않고 집에서 월계수잎으로 차를 끓여 마셨고, 할머니에게 471이 살아남아 고기소를 채운 피망이 된 이야기를 들려 달라고 졸랐다. 「내 약력은 어때요?」 내가 물으면 할머니는 이렇게 대답했다. 「넌 이른둥이였어.」 할머니의 첫 문장은 늘 똑같았다. 「우리가 준비되기도 전에 찾아왔지. 그와는 별개로 네 약력은 지금까지는 더할 나위 없이 좋아.」

엘로나가 자기 엄마를 여의었을 때, 나는 우리 역시 사정이 달라질 수 있었다는 사실을 깨달았다. 엄마와 내가 버텨 냈던 것과 아주 비슷한 상황에서 엘로나의 엄마는 살지 못했다. 나는 내 삶을 기적적인 모험담으로 생각하기 시작했다. 하지만 니니는 그것이 기적이라고 인정하는 법이 없었다. 상황이 다르게 흘러갔을 가능성을 항상 부정했다. 할머니는 내 존재의 처음 몇 달을 매우 정확한 인과 관계를 따져 가며 회상했고, 따라서 그 이야기는 마치 과학 이론에 대한 분석처럼 들렸다. 그것은 다른 경로를 밟을 수도 있었던 사건들에 대한 묘사라기보다 자연법칙의 재구성이었다. 성공은 항상, 올바른 사람들이 올바른 선택을 하고, 희망이 정당해 보일 때 희망을 위해 싸우고, 희망과 환상을 구별하는 방식으로 사실을 해석한 덕분에 이루어지는 것이었다.

결국 할머니는 이렇게 마무리했다. 「우리는 항상 우리 운명에 책임이 있어. 〈약력〉은 네가 사는 세계의 한계를 아는 데에는 매우 중요하지만, 일단 그 한계를 알고 나면 자유롭게 선택할 수 있고 네 결정에 책임을 지게 되지. 얻는 것도 있고 잃는 것도 있을 거야. 승리에 우쭐해지지 말고, 패배를 받아들이는 법을 배워야 해. 네 엄마가 자주 설명했던 체스 말의 움직임처럼, 네가 규칙을 익혔다면 그 게임은 네가 하는 거야.」

4장

엔베르 아저씨가 영원히 떠났다

「끔찍한 일이 일어났어.」 1985년 4월 11일이었다. 우리 보육 교사인 플로라 선생님은 대여섯 살이 된 아이들에게 반원형으로 놓여 있는 색색의 나무 의자에 앉으라고 하면서 말을 이었다. 「엔베르 아저씨가…… 엔베르 아저씨가…… 우리를 떠났어……. 영원히.」 플로라 선생님은 마치 마지막 숨을 내쉬는 것처럼, 그것이 그녀가 내뱉을 수 있는 마지막 문장인 것처럼 중얼거렸다. 말을 마친 선생님은 작은 의자 중 하나에 주저앉았고, 가슴이 아프다는 듯이 한 손으로 가슴을 부여잡고 고개를 저으며 깊이 숨을 들이마셨다. 그렇게 숨을 들이마셨다가 내쉬었고, 또 들이마셨다가 내쉬었다. 긴 침묵이 이어졌다.

얼마 후, 플로라 선생님은 굳은 결심을 한 듯 일어서서 눈을 비볐다. 몇 분의 침묵이 흐르는 동안 선생님은 다른 사람이 된 것 같았다. 「여러분, 잘 들으세요. 여러분이 알아야 할 아주 중요한 일이에요. 엔베르 아저씨가 돌아가셨어요. 하지만 그분이 하신 일은 계속 살아 있어요. 당은 계속 살아 있어요. 우리는 그분의 업적을 계속 이어 가고 그분이 보이신 모범을 따를 거예요.」 플로라 선생님이 근엄하게 말했다.

우리는 그날 죽음에 관해 광범위하게 이야기했다. 내 친구 마르시다의 아빠는 구두를 고치는 사람이었고, 할아버지는 종교가 폐지되기 전까지 지역 모스크의 수장이었다. 마르시다는 옛날에는 사람들이 죽어도 진짜 죽지는 않는다고 믿었다며, 자신이 들은 이야기를 우리에게 설명했다. 「물론이야, 우리는 죽지 않아. 우리가 한 모든 일은 엔베르 아저씨의 업적처럼 계속 살아 있어.」 우리는 대답했다.

하지만 마르시다는 자기의 말은 그런 뜻이 아니라고 반박했다. 마르시다는 우리가 죽어도 우리가 한 일은 계속 살아 있다고 말하려던 것이 아니었다. 사람들이 죽으면 그 일부가 계속 살아간다고, 그것은 우리가 살아 있을 때 어떻게 행동했는지에 따라 다른 곳으로 가게 된다고 말하려던 것이었다. 할아버지가 설명해 주었지만, 마르시다는 그 일부가 무엇인지는 기억하지 못했다.

다른 곳에 간다니, 우리는 그 말을 믿지 못했다. 「죽은 사람이 어떻게 다른 곳으로 갈 수 있어? 사람이 죽으면 움직일 수가 없어. 다른 사람들이 곧바로 관에 넣어 버리잖아.」 내가 말했다.

「죽은 사람을 진짜로 본 적 있어?」 마르시다가 물었다.

「없어.」 내가 대답했다.

하지만 나는 관을 본 적이 있었다. 그리고 관이 어디로 가는지 본 적도 있었다. 관은 밧줄을 타고 아주 깊은 땅속으로 들어갔다.

내가 그 모습을 본 것은 일요일에 식구들과 묘지에 있는 할아버지의 무덤에 갔을 때였다. 심지어 나는 어린아이들의 무덤도 보았다. 한번은 바닥에서 주운 유리 조각으로 어느 무덤의 대리석을 긁다가 할머니에게 꾸지람을 들었다. 그 묘비에는 흑백 사진 한 장이 박혀 있었는데, 내 것과 비슷한 커다란 리본을 매고서 웃고 있는 어린 소녀의 사진이었다. 그 소녀는 나무에서 떨어져 죽었다. 니니는 그래서 묘지가 있는 것이라고 설명해 주었다. 우리는 죽은 사람이 있는 곳을 알고, 그 무덤을 찾아가서 우리가 어떻게 그들이 이룬 것을 계속 이어 가고 있는지 말해 줄 수 있었다.

마르시다는 자기도 관을 본 적이 있다고, 게다가 여러 번 보았다고 말했다. 검은색으로 된 어른들의 관만 본 것이 아니었다. 언젠가 작은 관도 보았는데, 그것은 빨간색이었고 한 사람이 옮길 수가 있었으니 다른 관들보다 가벼운 것이었다고 했다.

또 다른 친구이자 우리보다 조금 나이가 많은 베사가 대화에 끼어들었다. 베사는 죽은 사람을 진짜로 본 적이 있었다. 자기 삼촌이었다. 베사는 삼촌이 관 속에 놓이기 전, 사람들이 그의 몸을 씻기고 가장 좋은 옷으로 갈아입히기 전에 누워 있던 방을 열쇠 구멍으로 훔쳐보았다. 관은 바로 그 옆에 활짝 열린 채 준비되어 있었다. 베사의 삼촌은 소파 위에 꼼짝도 하지 않고 누워 있었다. 피부는 분필처럼 하얬고, 전신주에서 일하다 떨어졌기 때문에 머리에는 피가 묻어 있었다. 「사고가 났을 때 아무도 삼촌 눈을 감겨 주지 않았다고 숙모가 푸념했어. 삼촌의 몸 일부가 어디론가 갔을 리는 없어.」 베사가 말했다.

나는 고개를 끄덕였다. 「맞아. 우리 할머니가 그러는데, 사람이 죽으면 우리가 그 사람을 묻어 주고, 벌레들이 그 몸을 파먹고, 그렇게 해서 몸이 녹아 흙 속으로 들어가서 거름이 된다고 했어. 거름은 다른 것들이 자라는 데 필요해. 꽃이나 식물이나, 뭐 그런 거 말이야. 죽은 사람이 다른 곳으로 갈 수는 없어.」 내가 주장했다.

「게다가 죽은 사람들에게는 고약한 냄새가 나. 우리 삼촌이 죽었을 때, 숙모가 빨리 장례식을 준비해야 한다고 했어. 당장에 삼촌을 묻지 않으면 고약한 냄새가 나기 시작할 거라고 말이야.」 베사가 덧붙였다.

「우웩. 언젠가 우리 집 냉장고에 살라미가 있었는데, 정전이 되자 고약한 냄새를 풍기기 시작했어. 냄새가 얼마나 고약했는지 아빠는 빨래집게로 코를 집고 집 주변을 뛰어다녔다니까. 입을 크게 벌리고 숨을 들이쉬려고 헉헉거리면서, 〈살려 줘! 살려 줘!〉 하고 소리를 질렀어.」 내가 말했다.

모두가 깔깔 웃었다. 플로라 선생님이 그 소리를 듣더니 우리를 구석으로 보냈다. 그곳에 서서 슬픈 날에 어떻게 웃을 수 있는지 반성하라고 했다. 그날 집으로 돌아가서, 할머니에게 엔베르 아저씨가 죽었으며 우리 집 냉장고에 있던 썩은 살라미 때문에 벌을 받았다는 이야기를 할 때, 나는 뺨을 타고 흐르는 눈물을 주체할 수 없었다. 그것이 하필이면 그날 혼나서 창피했기 때문이었는지, 엔베르 아저씨를 잃어서 슬펐기 때문이었는지, 둘 다 뒤섞인 마음 때문이었는지, 아니면 전혀 관계가 없는 다른 일 때문이었는지는 잘 모르겠다.

죽음과 그 이후 일어나는 일에 대한 그 첫 번째 대화는 몇 년이 흐른 뒤에 학교에서도 반복되었다. 노라 선생님은 옛날에는 사람들이 교회와 모스크라는 커다란 건물 안에 모여서, 그들이 〈신〉이라고 칭하는 사람 또는 어떤 존재를 향해 노래를 바치고 시를 암송했다고 말해 주었다. 그 신은 제우스, 헤라, 포세이돈처럼 그리스 신화 속의 신들과는 신중하게 구분해야 했다. 하나뿐인 그 신이 어떤 모습을 하고 있는지 아무도 알지 못했지만, 서로 다른 사람들이 서로 다르게 해석했다. 가톨릭교도나 그리스도교 정교회 등에 속한 일부 사람들은 신에게 반은 인간인 자녀가 하나 있었다고 믿었다. 무슬림들은 신은 모든 곳에 있다고, 가장 미세한 물질의 입자에서부터 우주 전체에까지 있다고 여겼다. 한편 유대인들은 신이 세상의 종말에 자신들을 구해 줄 수 있는 왕을 보낼 것이라고 생각했다. 그들이 인정하는 예언자들도 서로 달랐다. 과거에는 그런 종교 집단들이 서로 심하게 싸우면서 어떤 예언자가 옳은지 논쟁하며, 무고한 사람들을 죽이고 불구로 만들기도 했다. 그러나 알바니아에서는 그런 일이 일어나지 않았다. 우리 나라의 가톨릭교도, 그리스도교 정교회, 무슬림, 유대인은 항상 서로를 존중했다. 그들은 신이 어떻게 생겼는지를 둘러싼 의견 대립에 신경을 쓰기보다는 나라를 걱정했기 때문이다. 그러다가 당이 등장했고, 전보다 많은 사람이 글을 읽고 쓰기 시작했고, 세계가 어떻게 돌아가는지 더 많이 배웠다. 그럴수록 종교가 환상임을 깨닫게 되었다. 종교는 부자와 권력자들이 가난한 사람들에게 내세의 정의와 행복을 약속하며 헛된 희망을 주는 데 사용한 것이었다.

우리는 내세가 있는지 물었다.

「없어요.」 노라 선생님은 특유의 확신을 담아 대답했다. 그리고는 내세는 사람들이 한 번뿐인 삶에서 자기 권리를 위해 싸우는 것을 중단시키고, 따라서 부자들이 이익을 보게 만드는 수단에 지나지 않는다고 설명했다.

자본가들은 정작 신을 믿지 않으면서도 신을 유지하고 싶어 했다. 그래야 노동자들을 착취하기가 더 쉽고, 자본가들로 인한 불행에 대해 자본가들 대신 마법적인 존재를 탓할 수 있기 때문이었다. 그러나 사람들은 글을 배우게 되었고, 그들을 이끌어 줄 당이 있었기 때문에, 더는 신에 의지하지 않았다. 이제 사악한 눈 같은 온갖 미신이나 불운을 피하려고 마늘을 품고 다니는 풍습 따위도 믿지 않았다. 그런 것들은 모두, 사람들이 옳은 일을 할 만큼 자유롭지 않으며 초자연적 힘에 통제되는 것처럼 믿게 만드는 온갖 방법일 뿐이었다. 다행히도 우리는 당의 도움 덕분에 마침내 이해를 하게 되었다. 〈신〉은 신의 말을 옮길 능력이 있는 척, 신의 율법을 설명할 힘을 가진 척하는 사람들이 다른 사람들에게 겁을 주어 자신들에게 고분고분하게 굴도록 만들기 위해 꾸며 낸 하나의 발명품이었다.

「하지만 신은 완전히 없애기가 쉽지 않았죠. 일부 사람들, 일부 반동분자들은 계속해서 신을 믿었어요. 그들과 싸울 만큼 당의 힘이 충분히 강해졌을 때, 모든 예배 장소를 개조해 청년 교육과 계발을 위한 공간으로 바꾸려는 자발적인 조치가 행해졌어요. 교회는 스포츠 센터가 되었고, 모스크는 회의장이 되었죠. 그러니까 신은 없는 거예요.」 노라 선생님은 조금씩 목소리를 높이며, 결론을 지었다.「그래서 우리 나라에 교회나 모스크가 없는 거예요. 우리가 그 모든 걸 파괴했어요. 우리는 절대 그 퇴행적인 관습으로 돌아가선 안 돼요. 신은 어디에도 없어요. 신도 없고, 내세도 없고, 영혼의 불멸도 없어요. 우리가 죽으면, 죽는 거예요. 영원히 사는 것은 우리가 이룬 업적, 우리가 만들어 낸 계획, 우리가 대대로 추구하도록 후대에게 맡긴 이상, 그것뿐이에요.」

학교에서 집으로 돌아오는 길에 이따금 노라 선생님의 말이 생각났다. 당 본부가 있는 건물을 지나면서 그곳의 어느 창문을 쳐다볼 때면 그랬다. 나는 본능적으로 그 창문을 쳐다보았는데, 엄마가 그곳을 지나갈 때마다 늘 그렇게 했기 때문이다. 나는 엄마의 몸짓을 따라 했다. 무슨 이유에서인지 나는 당사를 신, 그리고 내세에 관한 생각과 연관 지었다. 우리 식구는 일요일마다 자전거 나들이를 갔는데, 그 나들이에서 집으로 돌아오던 어느 날 그런 습관이 시작되었다. 부모님 뒤에서 자전거를 타고 가던 나는 엄마가 아빠에게 소곤거리는 말을 우연히 듣게 되었다.「아니, 화분이 놓인 창문 말고 다른 창문이요. 그가 〈알라후 아크바르!〉*라고 외쳤어요.」

「알라후 아크바르.」 엄마가 반복했다.

「누구 이야기예요? 〈알라후 아카〉는 무슨 뜻이에요?」 내가 계

* Allahu akbar. 〈알라신은 위대하시다〉라는 의미를 가진 아랍어 표현.

속 페달을 밟으며 물었다.

「아무것도 아니야. 아무런 뜻도 없어.」 아빠가 화들짝 놀라며 뒤돌아보더니 대답했다.

「방금 말씀하셨잖아요. 〈알라후 아카〉라고요.」 나는 아빠의 자전거를 앞질러 멈추면서 따졌다.

「어른들의 말을 엿듣는 건 아주 못된 습관이야.」 아빠는 눈에 띄게 짜증을 내며 말했다. 「〈알라후 아크바르〉는 신을 믿는 사람들이 곧잘 하던 말이야. 신의 위대함을 인정하고 축하하는 말이지.」

「〈당이여 영원하라〉 같은 거예요?」 내가 물었다.

「신은 당과 달라. 〈알라후 아크바르〉는 이슬람 신앙을 가진 사람들이 기도 중에 하는 말이지. 노라 선생님이 도덕 교육 시간에 설명해 주셨으니, 서로 다른 종교적 믿음에 관해서 너도 알잖아. 〈알라〉는 아랍어로 신을 뜻해.」 아빠가 설명했다.

「우리가 아는 사람들 중 옛날에 무슬림이었던 사람이 있어요?」

「우리가 무슬림이야.」 엄마는 가방에서 손수건을 꺼내, 엄마가 방금 내 신발에 튀긴 진흙을 닦아 내며 대답했다.

「아니, 무슬림**이었지.** 알바니아 사람들은 대부분 무슬림이었어.」 아빠가 엄마의 말을 정정했다.

나는 무슬림이 내세를 믿는지 물었다. 엄마는 여전히 내 신발의 앞코를 닦느라 몸을 구부린 채 고개를 끄덕였다.

「그럼 우리 가족도 다른 신을 믿었던 모든 사람만큼이나 어리석었네요.」 나는 그렇게 말하며, 몸을 비틀어 엄마에게서 빠져나와 전속력으로 자전거를 몰았다.

하굣길에 그 당사 옆을 지날 때마다, 5층 창문에서 〈알라후 아크바르!〉 하고 외쳤던 남자가 떠올랐다. 참으로 이상한 일이었다. 모든 광신도가 신의 정확한 생김새에 관해서 서로 의견이 다르다니, 그러면서도 모두 우리가 죽은 후에도 우리의 일부가 살아 있을 것이라고 믿는다니. 만약 아이들에게 종교의 비합리성과 신이 존재한다는 믿음의 터무니없는 성격을 확신시킬 방법이 하나 있다면, 그것은 우리 삶 이후의 삶이 존재할 수 있다는 생각이었다. 우리는 학교에서 진화론적 관점에서 발달과 쇠퇴를 생각하도록 배웠다. 다윈의 눈으로 자연을 공부했고, 마르크스의 눈으로 역사를 공부했다. 과학과 신화를, 이성과 편견을, 건강한 의심과 교조적 미신을 구분했다. 또 올바른 사상과 염원은 우리가 기울이는 모든 집단적 노력의 결과로 살아남지만, 개인의 삶은 곤충이나 새, 나머지 동물들의 삶과 마찬가지로 결국에는 끝이 있다고 믿게끔 교육받았다. 인간이 자연의 나머지 것들과는 다른 운명을 맞을 자격이 있다고 생각한다면, 과학과 이성을 희생시켜 신화와 교리의 노예가 되는 것이다. 과학과 이성만이 중요했다. 과학과 이성의 힘을 빌려야만 자연과 세계에 관해 알 수 있었다. 그리고 더 많이 알수록, 처음에 신비롭게 보였던 것을 더 많이 설명하고 통제할 수 있었다.

엔베르 호자가 죽은 날, 나는 눈물을 흘리면서 할머니에게 말했다. 「그거 알아요? 엔베르 아저씨는 이제 죽었어요. 아저씨가 한 일은 영원히 남겠죠. 하지만 아저씨를 만나고 싶은 내 소원은 영영 이룰 수 없게 되었어요.」

할머니는 점심을 먹으라고 재촉할 뿐이었다. 할머니가 만든 비렉*이 맛이 좋다는 말만 계속했다. 「내가 만들었는데, 맛있어.」

그런 날 할머니는 어떻게 음식이 넘길 수 있는지 이해가 가지 않았다. 심지어 음식 생각을 어떻게 할 수 있단 말인가? 나는 배고프지 않았다. 너무 슬펐다. 엔베르 아저씨가 영원히 떠났다. 이제 내가 좋아하는 아저씨의 모든 책에 사인을 받지 못할 것이다. 심지어 우리 집 거실에는 엔베르 아저씨의 사진도 없었다. 나는 아저씨가 사무치게 그리울 것이다. 「엔베르 아저씨가 피오네르 친구들을 위해 쓴 책에서 아저씨 사진을 오려서 액자에 넣을 거예요. 그리고 그 액자를 내 침대 머리맡에 둘 거예요.」 내가 선언했다.

니니는 점심을 먹이려는 고집을 꺾었다. 「네 말이 맞다. 나도 배고프지 않구나. 겨우 한 입 먹었어.」 그러나 할머니는 내 선언을 방해하려고 작정한 모양이었다. 「우리 집안 사람들은 책을 훼손하지 않아.」

장례식은 이틀 후에 열렸다. 오랫동안 햇살이 쏟아지더니 꾸물꾸물 비가 내렸다. 우리는 텔레비전 화면을 통해, 장례 행렬을 보기 위해 티라나의 주요 대로에 모여 양쪽으로 늘어서 있는 수많

* 알바니아의 대표적인 음식. 고기, 채소, 과일, 치즈 등의 소를 넣어 페이스트리 반죽으로 싸서 구운 파이.

은 사람을 지켜보았다. 눈물을 글썽이는 군인, 절망감에 통곡하며 자기 얼굴을 긁어 대는 노파, 멍한 표정으로 바라보는 대학생들까지, 그 모습들 뒤로 교향악단의 행진곡이 흘러나왔다. 뉴스 리포터는 거의 말하지 않았고, 가끔 말하더라도 느리게 말했다. 바윗돌을 굴려 언덕을 올라가면서, 말을 전해야 하는 임무를 받은 비참한 시시포스 같았다. 「**이 시대 가장 위대한 혁명가를 상실한 슬픔에 자연도 애도하고 있습니다.**」 그가 말했다. 다시 긴 침묵이 이어졌다. 그저 장례 행진곡의 가락만 들렸다. 「**엔베르 동지가 5월 1일 연단에 등장할 때마다, 날씨가 바뀌어 구름 뒤에서 태양이 나왔습니다. 오늘은 하늘마저 울고 있습니다. 빗물이 인민의 눈물과 뒤섞입니다.**」

우리 가족은 말없이 지켜보았다.

「**이 나라가 낳은 가장 탁월한 아들, 현대 알바니아 국가의 시조, 이탈리아 파시즘에 맞서 저항 운동을 조직한 영리한 지략가, 나치를 패퇴시킨 뛰어난 장군, 기회주의와 분파주의를 모두 피해 간 혁명적 사상가, 사랑하는 우리 조국을 병합하려는 유고슬라비아 수정주의자들의 시도에 저항한 자랑스러운 정치가, 영미 제국주의자들의 음모에 절대 속지 않고 소비에트와 중국 수정주의자들의 압력에 결코 굴하지 않은 정치가를 잃고 전국이 애도하고 있습니다.**」 카메라는 커다란 알바니아 국기로 뒤덮인 관을 보여 주었다가, 슬픔에 잠긴 중앙 위원회 위원들의 얼굴을 보여 주더니, 이어서 이제 막 연설을 시작하려는 새로운 당 서기장의 얼굴을 보여 주었다. 음악은 계속 흘렀다. 말을 멈추었던 해설자가 다시 한번 힘을 내서 입을 열었다. 「**엔베르 동지는 민족을 위해, 국제 프롤레타리아 연대를 위해 일했습니다. 동지는 사회**

주의 내부와 외부의 적에 맞선 가차 없는 투쟁을 벌이고, 더불어 오직 민족 자결만이 앞으로 전진하는 유일한 길임을 알고 있었습니다. 엔베르 동지는 이제 우리가 동지 없이 투쟁을 계속하도록 우리를 떠났습니다. 우리는 그의 탁월한 영도력, 현명한 말씀, 혁명적 열정, 따스한 미소를 그리워할 것입니다. 우리는 그를 그리워할 것입니다. 고통은 크나큽니다. 우리는 그 고통을 힘으로 바꾸는 법을 배워야 합니다. 우리는 내일 그것을 배울 것입니다. 오늘은 고통이 너무나도 큽니다.」

「알았다!」 갑자기 엄마가 침묵을 깼다. 「계속 그게 궁금했거든. 베토벤 교향곡 3번이에요. 내 말은, 저 장례 행진곡 말이에요. 베토벤이네.」

「아니, 아니야.」 마치 엄마가 말하기를 내내 기다리고 있었다는 듯, 아빠가 곧바로 대꾸했다. 「알바니아 작곡가의 음악이야. 곡명은 기억이 안 나지만 들은 적이 있어. 새로운 곡은 아니야.」 아빠는 엄마에게 반박할 기회가 왔을 때만 보이는 열성으로 그렇게 덧붙였다.

「당신은 아무것도 모르면서. 당신은 완전히 음치잖아요. 당신이 마지막으로 클래식 음악회에 갔던 게 언제였죠? 당신이 듣는 음악이라고는 라디오 스포츠 프로그램 음악이 전부잖아요. 저 배경 음악은 베토벤 교향곡 3번 〈영웅〉의 2악장이에요. 〈장례 행진곡〉 말이에요.」 엄마가 말했다.

아빠가 다시 반박하려는 순간, 할머니가 끼어들어 엄마 말이 맞다고 확인해 주었다. 「저건 베토벤이 나폴레옹에 경의를 표하며 작곡을 시작했던 교향곡의 일부야. 나도 알겠구먼. 아슬란이 그 곡을 아주 좋아했지.」 할아버지가 언급되면 항상 가족 간의 언쟁이 정리되었다.

「직접 가서 참배하게, 저를 무덤에 데려가 주실래요?」 나는 눈물이 그렁그렁한 채 물었다. 나는 화면 속의 움직이는 이미지들과 다르게, 그 앞에서 꼼짝도 하지 않은 채 왜 우리 가족은 울지도 않고 음악 이야기나 하고 있는지 의아하게 여기고 있었다.

「이번 일요일에.」 할머니가 약간 딴생각을 하며 대답했다.

「빠르면 이번 일요일에 조문객을 받을까요?」 내가 말했다.

「아니, 엔베르 아저씨 무덤 말고. 네 할아버지 무덤에 대해 얘기하는 줄 알았다.」 할머니가 직접 말을 정정했다.

「앞으로 몇 주 동안은 모든 노동 단체가 계속해서 엔베르 동지의 무덤에 참배하러 갈 거야. 아빠 차례가 오면 널 데려가마.」 아빠가 말했다.

몇 주 동안 나는 그곳에 방문할 수 있기를 고대했다. 어느 날 오후, 퇴근을 하고 온 아빠가 티라나에 다녀왔다고, 엔베르 아저씨의 무덤에 다녀왔다고 선언했다. 「다녀오셨다고요? 나도 데려간다고 하셨잖아요. 아빠는 약속을 어겼어요.」 나는 화가 나고 실망스럽기도 했다.

「나도 데려가려고 했어. 우리는 오늘 아침 일찍, 첫 기차를 타고 갔어. 널 깨우려 했는데, 네가 자느라 아빠 말을 못 듣더구나. 니니도 널 깨우려 했지만, 넌 몸만 뒤척이다 돌아누웠어. 시간이 늦어서 아빠는 가야 했단다. 걱정 마라, 소를 채운 피망. 분명 다음 기회가 있을 거야.」 아빠가 변명하듯 말했다.

무슨 말로도 위로가 되지 않았다. 나는 훌쩍이면서 부모님은 나만큼 엔베르 아저씨를 사랑하지 않는 것이 분명하며, 어쩌면 아저씨를 전혀 사랑하지 않는 것 같다고 말했다. 그날 아침에 부모님이 나를 깨웠다는 말은 거짓말이라고, 왜냐하면 만약 아빠가 엔베르 아저씨 무덤에 간다고 전날 밤에 미리 말했다면 나는 아예 잠을 자지 않았을 것이라고, 곧바로 침대에서 뛰쳐나왔을 것이라고, 나는 그렇게 항변했다. 진실은 우리 부모님이 아무 관심도 없다는 것이었다. 부모님은 엔베르 아저씨 무덤에 가는 일이나 거실에 아저씨의 사진을 두는 일에 관심이 없었다. 나는 액자에 든 엔베르 아저씨의 사진을 갖고 싶다고 수만 번이나 졸랐지만, 부모님은 절대 사진을 가져오지 않았다. 내 친구들은 모두 책장에 아저씨 사진이 있었다. 심지어 베사는 지난 의회 당시에 엔베르 아저씨의 무릎에 앉아 있는 모습이 담긴 커다란 사진을 가지고 있었다. 베사가 엔베르 아저씨에게 빨간 장미 꽃다발을 선사하고 당을 위한 시를 낭송한 날에 찍은 것이었다. 나는 어떤 의회에도 가본 적이 없었다. 우리에게는 아무것도 없었다.

부모님은 나를 안심시키려고, 그들도 나만큼 엔베르 아저씨를 사랑한다고 했다. 「우리 집 거실에 엔베르 아저씨의 사진이 없는 이유는 딱 하나, 사진을 확대하려고 기다리고 있기 때문이야. 사진에 어울리는 멋진 액자도 있어야지. 액자는 맞춰야 할 거야. 화방에서 파는 평범한 나무 액자는 엔베르 아저씨한테 어울리지 않잖아.」 엄마가 말했다. 「우리가 알아보고 있어. 생일날 깜짝선물을 할 예정이었지.」 아빠 역시 강조했다.

나는 불신감에 고개를 저었다. 「내 생일날 그런 일은 없을 거예요. 다 알아요. 아빠는 잊어버릴 거예요. 아빠는 엔베르 아저씨를 사랑하지 않아요. 분명 그리워하지도 않고요. 엔베르 아저씨가 그립다면 벌써 작은 사진이라도 가져다 놓았을 거예요. 그리고 큰 사진도 샀을 거고요.」 나는 눈물을 훔치며 말했다.

부모님은 몹시 놀란 듯했다. 그들은 서로를 바라보았다. 그러자 니니가 말했다. 「내가 비밀 하나 얘기해 주마. 내가 엔베르 아저씨를 만난 적이 있어. 아주아주, 아주 오래전 네 할아버지와 내가 아직 젊었을 때 그 사람을 만났지. 할아버지와 엔베르 아저씨는 친구였단다. 우리 모두 친구였는데, 어떻게 내가 엔베르 아저씨를 사랑하지 않을 수 있겠니?」 할머니는 때가 되면, 두 분이 주고받은 편지를 보여 주겠노라고 약속했다. 「하지만, 그 대가로 약속 하나를 해야 한다. 우리한테든 아니면 다른 누구한테든, 우리가 엔베르 아저씨를 사랑하지 않는다거나 그리워하지 않는다는 말은 두 번 다시 하지 않겠다고 말이야. Tu vas me donner ta parole d'honneur(나한테 약속할 거지), 알겠지?」 할머니가 단서를 붙였다.

5장

코카콜라 깡통

우리 가족은 어떤 규칙은 다른 규칙들보다 덜 중요하며, 어떤 약속은 시간이 지나면 쓸모가 없어진다는 것을 받아들였다. 이 점에서 우리는 나머지 사람들, 사회나 국가의 나머지 사람들과 다르지 않았다. 어떤 규칙이 시간이 지나면 희미해지는지, 어떤 규칙이 더 중요한 다른 의무 때문에 무시되는지, 어떤 규칙이 계속 융통성이 없이 남아 있는지 알아내는 것은 성장이라는 과제의 일부였다.

장보기를 예로 들어 보자. 장에 가면 항상 줄이 있었다. 그 줄은 배급 트럭이 도착하기 전부터 만들어졌다. 가게 주인과 친하지 않은 이상, 당연히 줄을 서야 했다. 그것이 일반 규칙이었다. 그러나 허술한 구석도 있었다. 적절한 물건을 찾아서 자기 자리에 놓아두기만 한다면, 누구든지 자리를 비우고 줄을 떠나도 되었다. 낡은 장바구니, 깡통, 벽돌이나 돌멩이 등 아무 물건이나 가능했다. 그리고 적극적으로 승인되고 즉시 시행된 또 다른 규칙이 있었다. 일단 보급품이 도착하면, 사람을 대신하는 그 물건은 곧바로 대리인의 기능을 상실한다는 것이었다. 자기 자리에 놓아둔 물건이 장바구니든, 깡통이든, 벽돌이든, 돌멩이든 상관없었다. 장바구니는 그냥 장바구니일 뿐이었다.

줄은 아무 일도 일어나지 않는 줄과 항상 일이 벌어지고 있는 줄로 나뉘었다. 전자의 경우에는 사회 질서 유지를 물건에 위임할 수 있었다. 후자의 경우에는 줄은 분주하고, 소란하고, 활기가 넘쳤다. 그렇기 때문에 모든 사람이 현장에 있어야 했다. 사람들은 계산대를 기웃거리고, 방금 도착한 배급품이 얼마나 남았는지 확인하고, 가게 주인은 혹시 우선권이 필요한 사람이 있는지 살폈다. 모든 사람의 팔다리가 부산하게 움직였다.

나는 그런 줄 시스템을 익히기 위해 훈련을 받던 중에 왜 치즈 줄에 돌을 두고서 다시 등유 줄에 가서 깡통을 두어야 하는지 물었다. 치즈 줄이든 등유 줄이든 아무 일도 일어나지 않았기 때문이다. 이때쯤 나는 줄을 서는 일이 하루 종일, 가끔은 밤까지, 또는 며칠씩 걸릴 수도 있으며, 장바구니나 상자, 또는 그 주인이 사람들의 눈치를 보지 않아도 될 만큼 적당한 크기의 돌이 대리인 기능을 하도록 하는 것이 중요하다는 사실을 배우고 있었다. 그 물건들은 수시로 확인되었고, 사람들은 서로 돌아가며 자신들의 장바구니, 깡통, 돌멩이 등이 혹시나 부주의로 치워지지 않았는지, 아니면 무단으로 새치기한 물건은 없는지 점검했다. 아주 드물게, 어쩌다 그 시스템이 무너질 때면 싸움이 일어났고, 줄은 헝클어지고 잔인해지고 길어졌다. 사람들은 비슷하게 생긴 돌멩이를 두고, 또는 뻔뻔스럽게 그물 장바구니 대신 나타난 자루를 두고, 심지어 뜻밖에도 두 배나 커진 등유 통을 두고 악다구니를 쓰며 싸웠다.

줄에 서 있을 때 점잖게 행동하거나, 줄 시스템의 기준을 지키기 위해 서로 협력하다 보면 오래 지속될 우정이 생겨날 수도 있었다. 줄에서 만난 이웃이나 감독 업무를 분담하면서 사귄 친구는 금세 온갖 역경이 닥쳤을 때 의지할 만한 사람이 되었다. 집안의 연로한 어른이 갑자기 병이 나서 아이를 돌볼 사람을 찾을 때, 생일 케이크를 만들다가 설탕이 떨어졌다는 사실을 알았을 때, 또는 어떤 품목은 잔뜩 쟁였는데 나머지 품목들이 바닥나서 식량 배급표를 바꿔 줄 사람을 구할 때가 그랬다. 우리는 모든 것을 친구와 이웃에게 의지했다. 우리는 필요한 것이 생길 때마다, 하루의 어느 시간이든 상관없이 그냥 그들의 문을 두드렸다. 만약 우리에게 필요한 것이 그들에게 없거나 아니면 그들이 우리에게 필요한 도움을 줄 수 없으면, 그들은 대체할 만한 다른 것을 주거나, 아니면 다른 가족을 추천해 주었다.

규칙을 따르는 것과 어기는 것 사이의 미묘한 균형은 다른 영역에도 적용되었다. 그것은 구깃구깃 주름이 잡힌, 심지어 얼룩이 묻은 듯한 교복을 입고 탁아소나 학교에 갈 때, 또는 이발사나 부모님이 제국주의자로 보일 법한 스타일로 머리를 잘라 주었을 때, 허용된 길이보다 손톱이 더 자랐을 때, 짙은 자주색처럼 특이하고 수정주의자처럼 보이는 색깔로 손톱을 칠했을 때도 적용되었다. 나중에야 알게 되었지만, 그 원칙은 더욱 일반적인 질문에도 적용되었다. 남자와 여자가 실제로 평등한지, 하급 당원과 고위 당원의 의견이 똑같은 비중을 차지하는지, 당과 국가에 관한 농담이 어느 정도부터 심각한 함의를 가질 수 있는지, 그리고 나의 경우 우리 집 거실의 사진에 관한 의견을 누구와 공유하는 것이 적절한지 하는 문제가 그랬다.

어떤 규칙이 언제 적절한지, 그리고 이상적으로는 그 규칙이 시간이 지날수록 느슨해지는지 아닌지, 그것이 생각만큼 진지하게 의도된 것인지, 또는 어떤 면에서는 아주 까다롭지만 다른 면에서는 덜 까다로운지를 아는 것이 항상 중요했다. 그리고 그것을 너무 늦게 깨닫지 않도록 차이를 파악하는 방법을 터득하는 것도 중요했다. 규칙을 따르는 것과 규칙을 어기는 것 사이의 미묘한 경계를 습득하는 것, 그것은 우리 어린아이들에게는 성장과 성숙, 사회 통합의 진정한 징표였다.

나의 경우, 사진을 통해서 지도자를 애도하는 것에 대한 부모님의 무관심을 절대 발설하지 않겠다는 그 약속이 엄격한 구속력을 가지며, 따라서 그 앞에서는 나머지 모든 약속이 무색해질 만큼 엄격하다는 것을 깨닫게 된 때는 1985년 8월 어느 늦은 저녁이었다. 나는 거의 온종일 파파스 부부네 정원의 무화과나무 꼭대기에서 놀다가 날이 저물 무렵에 들어왔다.

우리와 가장 가까운 이웃인 파파스 부부는 60대 중반이었고, 그들의 자녀들은 내가 태어났을 때쯤 이미 집을 떠났다. 엄마는 그 아내인 도니카와 친했는데, 등유 줄에 서 있다가 새치기하려는 듯한 여자를 같이 저지하면서 가까워졌다. 도니카 역시 엄마와 마찬가지로 사람들을 불신하는 경향이 있었다. 사람들이 생각하는 그녀의 첫인상은 흔히 〈적의〉였다. 도니카는 키가 작고 뚱뚱했고, 이웃들과 자주 말다툼을 벌였으며, 아이들 사이에서도 평판이 나빴지만, 나에게는 이상하게 다정했다. 도니카는 은퇴하기 전까지 우체국에서 일했다. 그녀는 자꾸만 끊기는 전화선 너머로 〈알로, 알로!〉를 외치면서 삶의 많은 시간을 보냈고, 그 결과 모든 모음을 〈아〉로 바꾸고 말끝을 길게 늘이며 발음하는 버릇이 생겼다. 마치 비상벨을 울리는 것 같았다. 〈알라아아, 알라아아, 알라아아.〉 엄마의 이름, 돌리를 말할 때도 그랬다. 〈달라아아, 달라아아, 달라아아.〉

도니카의 남편 미할은 존경받는 지역 내 당 고위 간부였으며, 스탈린의 것과 약간 비슷하게 두툼한 콧수염이 있었다. 미할은 전쟁에 나가서 많은 적을 죽이고 열두 개의 메달을 받았는데, 나는 자랑스러워하는 듯한 그의 모습보다는 내가 그 메달을 가지고 놀 수 있다는 사실이 더 기뻤다. 나는 미할이 죽인 한 나치 군인의 이야기에 흠뻑 빠졌다. 그 금발 군인의 이름은 한스였는데, 그가 마지막 숨을 쉬는 동안 미할은 그에게 입의 피를 씻어 내라며 물을 건넸다. 한스는 계속해서 〈하일 히틀러〉라고 중얼거리기만 하고, 그 물을 거절했다. 나는 미할에게 어떻게 한스를 죽였는지 말해 달라고 졸랐지만, 미할은 자기가 기억하는 한스의 마지막 모습을 묘사하는 것을 더 좋아했다. 성긴 콧수염, 아직 완전히 자라지도 않은 콧수염이었다고 말하면서, 이렇게 덧붙였다. 「내 콧수염도 아직 자라지 않은 건 마찬가지였지.」 그가 애정을 가지고 한스를 묘사하는 방식이 나는 의아했다. 마치 자기가 목숨을 뺏은 위험한 적이 아닌, 즐거운 추억을 공유했지만 오래 못 본 친구에 대해 이야기하는 것 같았다.

파파스 부부는 우리에게 꼬박꼬박 돈을 빌려주었고, 부모님과 할머니가 외출을 하면 나를 돌보아 주고 여분의 우리 집 열쇠도 맡아 주었다. 나는 기나긴 여름 저녁을 그 집 정원의 포도 덩굴에서 포도를 따 먹고 또 그들의 저녁 식탁에 같이 앉아 함께 보냈다. 미할은 나에게 라키*를 조금 맛보게 해주었다. 내가 그의 낡은 빨치산 모자를 쓰고 탁자에서 뛰어내려도 말리지 않았다. 정원에는 맛있는 열매가 열리는 커다란 무화과나무가 있었으며, 드넓은 바다 풍경이 내다보였다. 미할은 그 나무에 올라가면 석양을 볼 수 있을 뿐만 아니라 항구에 드나드는 배가 몇 척인지도 셀 수 있다고 말했다. 하지만 나는 늘 꺼림칙했다. 나무에서 떨어져 죽었다던, 우리 할아버지 무덤 옆에 묻힌 그 어린 소녀가 자꾸 생각났기 때문이다.

그러나 1985년 8월 말의 그날, 나는 용기를 내어 무화과나무에 올라갔다. 하지만 나무 꼭대기까지 기를 쓰고 올라간 이유는 석양을 보거나 항구의 배를 세기 위해서가 아니었다. 나에게 그것은 저항이었다. 그해 여름 내내 우리 가족과 파파스 부부는 서로 말을 섞지 않고 있었다. 6월 말에 엄마와 도니카의 사이가 틀어졌고, 그것이 싸움으로 번지며 나머지 사람들까지 가세했기 때문이

* 중동과 발칸반도, 동유럽 등지에서 마시는 독한 술.

었다. 파파스 부부와 여전히 말을 섞는 사람은 우리 가족 중 내가 유일했다.

사이가 틀어진 이유는 코카콜라 깡통 때문이었다. 6월 중순의 어느 날, 엄마는 엄마가 다니는 학교의 다른 선생님에게서 빈 깡통 하나를 샀다. 관광 기념품 가게에서 판매하는 알바니아의 민족 영웅인 스컨데르베우* 초상화의 비용과 맞먹는 값이었다. 그날 오후 내내 엄마는 할머니와 그 깡통을 어디에 둘지, 정원에서 갓 꺾은 장미를 깡통에 꽂아 장식할지 고민하고 있었다. 두 사람은 비록 독창적인 생각이기는 하지만, 장미를 꽂으면 깡통의 미적 가치를 가릴 것이라고 판단했다. 결국 그 빈 깡통을 가장 화려한 자수가 놓인 천 위에 놓아 두었다.

며칠 후, 그 깡통이 사라졌다. 그리고 파파스 부부의 텔레비전 위에 깡통이 나타났다.

파파스 부부는 우리 집을 드나들 수 있었고, 우리 할아버지의 낡은 외투와 우리의 모든 돈을 보관해 두는 그 외투 주머니에 관해 알고 있었다. 또 우리가 집을 사적으로 지을 때 당의 허가를 받을 수 있도록 도와준 사람들이었다. 나는 그들이 우리의 약력에 관해서도 많이 알고 있는 듯한 인상을 받았지만, 그들에게 직접적으로 물어본 적은 없었다. 약력이 무슨 뜻인지 제대로 이해하지 못했고, 괜히 창피를 당하고 싶지도 않았기 때문이다. 당 지부

* Skënderbeu(1405~1468). 알바니아의 군주이자 민족 영웅. 일찍이 오스만 제국에 인질로 끌려가 이슬람교로 개종했다가, 1443년 오스만 제국에 저항하는 반란을 일으키고 그리스도교로 다시 개종했다.

에서 여전히 적극적으로 활동하던 미할은 항상 우리 부모님이 행정적 문제를 해결할 수 있게 도와주었고, 당 회의나 지역 평의회에서 우리 부모님을 옹호해 주었다.

동네 사람들은 전부 지역 평의회에 의무적으로 참석해야 했지만, 당원 자격은 선택적이었기 때문에 좋은 약력을 가진 사람들에게만 열려 있었다. 부모님에게는 입당이 허락되지 않았다. 그러나 미할은 참전 용사였고, 서로 다른 후보들의 장점에 관한 그의 견해는 매우 비중 있게 다루어졌다. 한번은 미할이 또 다른 이웃인 베라의 입당을 거의 막다시피 했는데, 베라가 어느 평의회에서 우리 가족이 핑계를 대며 일요 청소를 하지 않는 반동분자라는 혐의를 제기했기 때문이었다. 일요 청소는 이론상으로는 선택 사항이었지만, 실제로는 선언된 내용과는 반대의 의미를 지닌 규범 중 하나였다. 부모님은 이 동네에 새로 이사를 왔을 때, 권고 사항들을 올바르게 해석하기 위해 무진 애를 썼다. 그리고 금방 배웠다.

우리 가족과 파파스 부부는 많은 시간을 같이 보냈다. 일요일이면 거리를 청소했고, 결혼식이나 장례식을 준비하는 이웃들을 도왔다. 결혼식은 보통 수백 명의 하객을 초대해 사람들의 집 정원에서 치렀다. 만찬을 준비하고, 지역 학교에서 벤치와 탁자를 가져오고, 합주단이 밤늦도록 연주할 장소를 마련하는 일에 모두가 동원되었다. 우리 가족과 파파스 부부, 이렇게 두 가족은 항상 함께 벤치를 나르고, 만찬과 피로연이 진행되는 동안 나란히 앉았다. 아이들은 어둑어둑해질 때까지 노래하고 춤추었고, 축제가 절정에 이르면 하객들은 1백 레크 지폐를 흔들면서 신부에게 다가가서는 관습에 따라 지폐를 핥고서 신부의 이마에 붙였다. 미할은 항상 내 이마에도 지폐를 찰싹 붙여 주면서, 내가 신부보다 춤을 더 잘 추고 더 똑똑하다고 말했다.

늦여름이면 엄마와 미할은 종종 자원을 끌어모아 라키를 빚었다. 발효된 포도를 증류한 다음 술통 꼭지에서 알코올이 똑똑 떨어지기를 기다리며, 라키가 얼마나 독한지, 아니면 약한지 시음하기까지의 기나긴 나날 동안, 그들은 지난 시절에 관해 이야기를 나누곤 했다. 언젠가 나는 엄마가 1930년대 우리 소도시의 항구를 언급한 것을 엿들었다. 엄마는 미할에게 자기 가족이 소유했던 가장 큰 배가 지금도 수출을 하는 데 쓰이고 있다고 말했다. 나는 혼란스러웠고, 나중에 미할에게 그것이 무슨 말인지 물었다. 하지만 미할은 그것은 **아르카**arka(방주)였지 **바르카**varka(배라기보다 목재 컨테이너)가 아니라고 둘러댔고, 그러더니 나에게 탁자 위에서 춤을 추고 싶으냐고 물었다. 그는 그 탁자에서 메제*를 먹고 있었다.

내가 이 모든 것을 말하는 이유은 도둑맞은 물건이 코카콜라 깡통이 아니었다면, 엄마가 파파스 부부를 도둑으로 몰 생각은 꿈에도 하지 않았을 것이라고 강조하기 위해서다. 당시 코카콜라 깡통은 매우 보기 드문 진귀한 물건이었다. 심지어 그것의 기능에 관한 지식은 더욱 부족했다. 그것은 사회적 지위의 표식이었

* 그리스, 발칸반도, 중동 등에서 간식이나 안주, 전채 요리 등으로 먹는 간이식.

다. 사람들은 어쩌다가 코카콜라 깡통을 손에 넣게 되면, 보란 듯이 거실에 전시했다. 보통 그 위치는 텔레비전이나 라디오를 덮은 자수 장식이 있는 천 위나 종종 엔베르 호자의 사진 바로 옆이었다. 코카콜라 깡통이 없는 집들은 똑같아 보였다. 집집마다 똑같은 색이 칠해져 있었고, 똑같은 가구가 놓여 있었다. 하지만 코카콜라 깡통이 있으면 어떤 변화가 생겼다. 시각적으로만 그런 것이 아니었다. 우리들 사이에 시샘이 생겼다. 의심이 떠오르기 시작했다. 그렇게 신뢰는 깨졌다.

「내 깡통! 내 깡통이 왜 여기 있어요?」 엄마는 도니카에게 빌린 밀방망이를 돌려주러 갔다가, 텔레비전 위에 놓인 그 빨간 물건을 보고 소리쳤다. 도니카는 그 깡통을 가리키는 엄마의 집게손가락이 보이지 않는다는 듯, 또는 자신이 보고 있는 모습을 믿지 못하겠다는 듯 눈을 가늘게 떴다. 「내 깡통이야. 요전에 샀지.」 도니카가 자랑스럽게 대답했다.

「**내가** 요전에 산 거예요. 어디 갔나 했더니, 여기 있었네.」 엄마가 대답했다.

「내가 네 깡통을 훔쳤다는 거야?」 도니카는 엄마에게 맞서며 물었다.

「**저** 깡통이 실은 **내** 깡통이라는 얘기예요.」 엄마가 대답했다.

그날 엄마와 도니카는 처음으로 언쟁을 벌였다. 두 사람은 텔레비전 앞에서 말다툼을 시작했다가 길 위로 나왔고, 모든 사람이 지켜보는 가운데 고래고래 욕을 하고 밀방망이를 흔들어 댔다. 도니카는 우리 엄마가 교사의 옷을 입은 부르주아에 지나지 않는다고 소리쳤고, 엄마는 도니카가 우체국 노동자의 옷을 입은 소작농일 뿐이라며 맞받아쳤다. 얼마 후 목격자가 끼어들었다. 근처 담배 공장에서 일하는 그 이웃 여자는 엄마가 빈 깡통을 산 다음 날에 자기가 도니카에게 빈 깡통을 팔았다고 했다.

엄마는 공식적으로 사과했다. 도니카와 미할은 매우 화가 나서 엄마의 사과를 받아들이지 않았다. 그들은 등을 돌려 집으로 들어갔고, 더는 우리 부모님에게 모닝커피를 마시러 오라며 창문 너머로 부르지도 않았다. 우리 부모님과 파파스 부부는 장에 줄을 서 있다가 마주쳐도, 서로를 못 본 척했다. 한번은 도니카가 엄마가 놓아둔 크고 멋진 돌을 모르쇠로 일관했는데, 심지어 그 돌은 파파스 부부네 정원에서 가져온 것이었다. 우리는 코카콜라 깡통을 훔친 사람을 영영 알아내지 못했다. 그 깡통이 아무리 근사하게 거실을 꾸며 줄지언정, 다시 사는 것은 안전하지 않다고 결론지었다. 나는 기회를 놓칠세라, 코카콜라 깡통을 대체할 엔베르 아저씨의 사진을 사달라고 부탁했다. 부모님은 그 부탁을 다시 무시해 버렸다.

그 여름 동안 파파스 부부는 여전히 내가 그 집 정원의 나무에 올라가도 내버려두긴 했지만, 더 이상 나를 저녁 식사에 초대하지는 않았다. 내가 메달과 빨치산 모자를 가지고 놀아도 되는지 물었을 때, 미할은 다음에 그러라고 대답했다.「그건 품위의 문제야. 그들이 우리 품위를 짓밟았어.」어느 날 나는 미할이 도니카에게 하는 말을 우연히 들었다. 나는 파파스 부부가 그 정도로 화가 난 이유가 실은 코카콜라 깡통 문제로 우리 부모님이 비난을 했기 때문이 아니라, 다른 어떤 것 때문이라는 의심이 들기 시작했다. 더 중요한 어떤 것, 우리 부모님이 절대 대신해 주거나 보상해 줄 수 없는 것 때문일지도 몰랐다. 나는 상심했다. 도니카가 치즈 줄에서 엄마 옆을 말없이 지나치는 그 모습이 싫었고, 커피를 준비한 다음 창문 너머로 엄마를 부르는 그 가늘고 높은 목소리가 그리웠다. 〈달라아아아, 달라아아아, 카파아아아, 카파아아아.〉 부모님 역시 상심했는데, 단지 무슨 말로 사과해야 할지 몰라서였다.

그로부터 2주가 지난 뒤, 나는 내 손으로 사태를 해결하기로 했다. 파파스 부부네 정원에 숨어서 실종된 척해서, 우리 부모님이 나를 찾아 나서게 만들기로 결심한 것이다. 만약 온 동네 사람들이 나를 찾기 위해 동원되고, 또 우리 부모님이 소중한 첫째 아이를 잃어버리고 속상해하는 모습을 파파스 부부가 본다면, 그들 역시 나를 찾으러 나설 것이었다. 어쩌면 그렇게 두 가족은 골목을 함께 청소하고 결혼식에서 함께 앉아 있을 때처럼 다시 가까워질 터였다.

내 전략은 효과가 있었다. 할머니는 몇 시간 동안 모든 곳을 뒤진 끝에 — 식구들은 내가 무화과나무에 올라가리라고는 생각하지 못했으므로 그 나뭇가지만은 뒤지지 않았다 — 절망에 빠졌다. 아빠는 천식 흡입기를 손에 쥔 채, 몸을 떨며 거리를 헤매었다. 심지어 절대 우는 법이 없는 엄마마저 거의 눈물을 보였다. 그런 엄마의 모습을 본 파파스 부부는 코카콜라 깡통 일은 까맣게 잊어버렸다. 도니카는 절대 포옹을 허락하지 않는 엄마를 껴안고

다 괜찮을 것이라고, 곧 딸을 찾게 될 것이라고 위로했다. 나무 꼭대기에서 모든 장면을 지켜본 나는 바로 그때, 이제 두 가족이 화해했다고 판단했다. 나는 나무에서 조심조심 내려왔지만, 그래도 무릎 여기저기를 베이고 긁혔다. 내가 다리에 피를 뚝뚝 흘리고 눈에는 눈물을 흘리면서 나타나, 나의 계획을 시시콜콜 밝히자 모두가 깊이 감동했다. 나는 무화과나무 위에 있었으며 일부러 사라졌다고, 우리 식구와 파파스 부부가 줄에서 서로 못 본 척하는 모습을 더는 지켜볼 수 없었다고 해명했다. 또 결혼식에서 두 식구가 다시 나란히 앉았으면 좋겠다고, 그리고 미할의 모자를 가지고 놀고 싶고, 그들의 탁자에서 소파 위로 뛰어내리고 싶다고 말했다. 그러자 파파스 부부가 대답했다. 「걱정 마라, 전부 다 용서하고 전부 다 잊어버렸다.」 심지어 우리 할머니, 언쟁이 끝날 때마다 항상 프랑스어로 〈Pardonner oui, oublier jamais(용서하라, 그러나 절대 잊지 마라)〉 하고 선언하는 할머니마저 고개를 끄덕였다.

그날 저녁 부모님은 다시 파파스 부부를 집으로 초대해 다 같이 메제를 먹었다. 어른들은 라키를 마셨고, 그들 사이에 끼어든 코카콜라 깡통 때문에 얼마나 어리석게 굴었는지 토로하며 허심탄회하게 웃었다. 미할은 1백 레크 지폐를 핥고 내 이마에 붙였다. 「무화과나무 꼭대기에 올라가다니, 아주 영리하고 용감하구나.」 그가 말했다. 나중에 그는 코카콜라 깡통은 제국주의 나라에서 생산되었고, 인민을 부패시키기 위한 장치로서 알바니아에 도착했을 것이며, 신뢰와 끈끈한 연대를 깰 목적으로 우리의 적들이 몰래 들여왔을 것이라고 설명했다. 그 말을 하던 그 시점에, 그가 진지했는지 아닌지는 더 이상 분명하지 않다. 그러나 모두가 웃었고, 더 많은 라키를 마셨으며, 제국주의의 종말을 위해 건배를 하며 조금 더 웃었던 일은 내 기억에 남아 있다.

도니카가 자신의 코카콜라 깡통을 엄마에게 건넸을 때는 아주 진지해 보였다. 도니카는 그 깡통을 두 집에서 번갈아 전시하자고 했다. 그러니까 2주 동안은 한 집의 텔레비전 위에, 그다음 2주 동안은 다른 집의 텔레비전 위에 두자고 제안한 것이다. 하지만 엄마는 우리에게는 그런 배려를 받을 자격이 없다고 주장하며 거절을 했다. 오히려 아직도 우리에게 코카콜라 깡통이 있었다면 **엄마가** 그것을 도니카에게 주었을 것이라고 말했다. 마치 드라마 「다이너스티」에 가끔 나오는 양념통 세트처럼, 도니카가 가지고 있는 것은 소금 통으로, 엄마가 준 것은 후추 통으로 쓸 수 있었을 것이라고도 덧붙였다. 도니카는 그럴 필요가 전혀 없다고, 어쨌거나 코카콜라 깡통은 조금은 흔해지기 시작했다고 대답했다. 이어서 사람들이 요즘 구하려고 열을 올리는 물건은 흰색과 오렌지색으로 된 깡통인데, 비록 그 이름이 기억나지는 않지만 〈판타지〉인지 〈판타스틱〉인지 그와 관련된 것이라고 설명했다. 이윽고 도니카는 그 깡통이 놓여 있던 우리 집의 천을 칭찬했다. 그 위에는 아무것도 없는 것이 훨씬 낫다고, 엄마가 수놓은 튤립이 너무 아름다워서 그 튤립을 가리는 것은 아깝다고 말이다.

소동의 와중에 내가 명랑하게 끼어들었다. 「우리는 그 천 위에 엔베르 아저씨의 사진을 놓을 거예요. 하지만 부모님은 엔베르 아저씨와 관계된 거라면, 그게 뭐든 원하지 않아요. 거기 사진을 놓겠다고 계속 약속하지만, 절대 사진을 놓지는 않거든요. 우리 부모님은 엔베르 아저씨를 좋아하지 않는 것 같아요.」 나는 정말 영리했다는 미할의 칭찬에 대담해져서, 방금 미할이 준 1백 레크 지폐로 장난을 치면서 말했다.

그 말이 거실의 분위기를 바꿔 버렸다. 모두가 얼어 버렸다. 웃음을 머금은 채로 도니카가 만든 바클라바*가 너무도 그리웠다며 덕담을 하던 엄마는 말을 멈추더니, 마치 도니카의 생각을 추측하려는 듯 그녀를 뚫어져라 바라보았다. 작은 보조 주방에서 더 많은 음식을 준비하던 할머니는 씻은 오이가 담긴 그릇을 들고서 거실로 나왔는데, 손을 떨고 있었다. 커다란 접시에서 올리브와 치즈를 덜어 내던 아빠는 포크를 떨어뜨렸다. 그 짧은 시간 동안 우리 거실에서는 램프 주변을 맴돌며 춤추는 모기 소리밖에 들리지 않았다.

미할이 눈살을 찌푸렸다. 그러더니 아주 심각한, 심지어 엄한 표정으로 나를 돌아보았다. 그가 침묵을 깨며 나를 무릎에 앉히고 말했다. 「이리 오렴. 나는 네가 영리한 아이라고 생각했다. 그래서 아까 네가 오늘 얼마나 영리했는지 칭찬했지. 하지만 방금 네가 한 말은 영리한 소녀가 할 말이 아니다. 그건 아주 어리석은 말이야. 내가 너한테 들었던 말 중 가장 어리석어.」 나는 얼굴을 붉혔고 뺨이 화끈거리는 것을 느꼈다. 「네 부모님은 엔베르 아저

* 튀르키예, 그리스, 중동에서 견과류나 꿀 등을 넣어 만든 파이 같은 과자.

씨를 사랑하셔. 또 당을 사랑하시지. 그런 바보 같은 말은 두 번 다시, 그 누구에게도 하면 안 된다. 그러지 않으면 넌 내 메달을 가지고 놀 자격이 없는 거야.」

나는 고개를 끄덕였다. 몸이 떨렸고 눈물이 쏟아질 듯했다. 미할은 무릎에 앉은 내 몸의 움직임을 느꼈는지, 자신의 엄격한 말투를 후회했다. 그의 목소리가 누그러졌다.「자, 울지 말아라. 넌 이제 아기가 아니잖니. 넌 용감한 소녀야. 네가 어른이 되면 나라를 위해, 당을 위해 싸울 거야. 네 부모님은 이번 코카콜라 깡통 일처럼 가끔 실수도 하지만, 훌륭하고 또 열심히 일하는 분들이야. 너를 잘 키우고 있지. 두 분은 사회주의 아래에서 자랐고, 당과 엔베르 아저씨를 사랑한단다. 알겠니? 아까 네가 한 말은 절대 다시 하면 안 돼.」

나는 고개를 끄덕였다. 나머지 사람들은 여전히 침묵했다. 그러자 미할이 말했다.「자, 다시 한번 건배하자꾸나. 코카콜라 분열이 없는 너의 미래를 위해.」그는 잔을 들었지만, 마시기 전에 다른 무언가가, 아주 중요한 무언가가 생각났다는 듯 잠시 멈칫했다.「만에 하나, 또다시 네 가족에 관해 아까처럼 어리석은 생각이 든다면, 나한테 와서 말하겠다고 약속하렴. 나한테 말이야. 그때는 다른 누구도, 심지어 도니카 아주머니한테도 말해서는 안 돼. 알았지?」

6장
마무아젤 동지

「마무아젤 동지, 당장 멈춰라. 너는 체포되었다!」

플라무르는 두 팔과 다리를 활짝 벌리고 내 앞에 섰다. 왼손에는 자기 키의 세 배나 되는 긴 지팡이를 들고, 오른손에는 보이지 않는 작은 무언가를 움켜쥐고 있었다.

「주시 프루트 내놔.」 그가 명령했다.

「찾아볼게.」 나는 머리에 묶여 있는 빨간 실크 리본을 얼른 풀며 대답하고는 책가방에 손을 뻗었다. 「하지만 주시 프루트는 없을걸. 아마 리글리 스피어민트나 후바 부바는 있을지 모르겠다.」

「분명히 있어. 마르시다가 어제 너한테 주는 거 봤거든.」

「주시 프루트는 없어. 후바 부바는 줄 수 있어. 둘이 비슷하게 생겼잖아.」 내가 우겼다. 그리고 원피스 주머니에서 납작해진 색깔 포장지를 꺼냈고, 얼마나 새것인지 보여 주려고 코에 그것을 대고 몇 초 동안 냄새를 맡았다. 고무 냄새와 땀 냄새가 뒤섞인 보통의 것보다 냄새가 좋았다. 거의 진짜 껌을 떠올릴 수 있을 정도였다. 플라무르는 지팡이를 놓더니, 오른손을 펴고 자기가 모은 포장지들을 보여 주면서 쓸 만한 것이 있는지 살폈다.

「이건 진짜 새거야.」 내가 주장했다. 플라무르가 내 종이를 잡아채고는 냄새를 맡았다.

「으음, 좋군. 얼마나 된 거야?」 플라무르가 물었다.

「몰라. 하지만 석 달은 안 넘었어. 어쩌면 넉 달. 지금까지 얼마나 많은 사람의 손을 거쳤는지에 달렸지. 그리고 —」

「그래, 맞아. 분명해. 프랑스어 좀 한다고 너만 이런 거 아는 줄 알아?」 플라무르가 공격적으로 끼어들었다.

나는 그런 도발에는 대답하지 말라고 배웠다. 나는 애처로운 표정을 지으며, 계속 플라무르를 빤히 바라보았다. 금방이라도 울음이 터질 것 같았지만, 플라무르가 리본을 맨 소녀보다 혐오하는 것이 있다면 그것은 〈우는 아기들〉이었다. 나는 혹시라도 울음을 터트린다면, 내가 애써 모은 포장지들을 전부 잃게 된다는 사실을 잘 알고 있었다.

「암호를 대면 너를 풀어 주겠다. 마무아젤, 네가 리본을 푸는 걸 내가 보지 못했다고 생각하지 마.」 플라무르가 후바 부바 포장지를 잡아채며 말했다.

「암호는, 암호는 〈파시즘에게 죽음을, 인민에게 자유를〉.」 내가 속삭였다.

이것이 내 어린 날의 기억 중 하나다. 내가 이토록 정확하게 기억하는 이유는 거의 날마다 거의 똑같은 형태로 이 장면이 반복되었기 때문일 것이다. 플라무르는 우리 동네에서 두 번째로 위험한 악동이었다. 가장 위험한 악동은 아리안이었는데, 우리보다 나이가 몇 살 많은 그는 우리가 노는 동안에는 거리에 잘 나타나지 않았다. 아리안은 누군가의 줄넘기를 빼앗거나, 아이들에게 날이 어두워지고 있으니 집으로 돌아가라고 지시하며 사방치기를 방해하거나, 파이트 볼 대신 파시스트와 빨치산놀이를 하라고 명령하기 위해서 나타나곤 했다. 일단 모두가 순순히 말을 들으면 아리안은 다시 안으로 들어갔다. 그러고 나서도 우리는 계속해서 아리안이 시킨 대로 행동했다. 만약 아리안의 명령을 따르지 않으면 무슨 일이 일어날지 알지 못했다. 아무도 그것을 알아보려고 하지 않았다.

플라무르는 다른 유형의 악동이었다. 플라무르는 방과 후부터 날이 어두워질 때까지 항상 길에 나와 순찰하듯 돌아다니곤 했다. 플라무르는 다섯 형제 중 막내였고, 외아들이었다. 세 명의 누나는 집에 살면서 근처 담배 공장에서 일했다. 그들 모두 바리우, 빌빌리, 발리 등 알파벳 B로 시작되는 다른 성을 쓰고 있었다. 플라무르만 유일하게 B로 시작되는 성을 쓰지 않았는데, 그의 성은 자기 어머니와 같은 〈메쿠〉였다. 플라무르는 자기 아빠가 집을 떠나 로마인과 오스만인들과 싸우고 있다고 말했다. 한번은 마르시다가 무모하게도, 우리 나라는 오래전 그 제국들과의 싸움을 그만두었다고 대꾸했다가, 플라무르가 마르시다의 포니테일 머리를 가위로 잘라 버린 일도 있었다.

플라무르는 혼자 있을 때면, 다른 아이들이 집에서 나와 공동놀이터에 모일 때까지 누군가의 집 바깥 계단에 앉아 냄비들을 두드리면서, 우수에 어린 집시의 사랑 노래를 목청 높여 불렀다. 플라무르는 어떤 놀이를 할지, 누가 먼저 시작할지 정했고, 부정 행위를 하다가 적발되었다는 이유로 이번 판에서 누가 빠져야 하는지, 아이들의 어린 동생들을 끼워 주기 위해서 어떤 면제 조항을 두어야 하는지 등을 결정했다. 또 눈 구멍을 낸 낡은 갈색 자루를 뒤집어쓰고 유령 분장을 한 채, 어린 동생들을 갑자기 붙잡는 식으로 겁을 주기도 했다. 플라무르는 보통 브라질 국기가 그려진 노란색과 녹색의 헐렁한 상의를 입고서, 떠돌이 개들과 함께 거리를 어슬렁거렸다. 그 개들에게 브라질 국가대표 축구 선수들의 이름을 따서 소크라테스, 지쿠, 히벨리누, 펠레라는 이름을 붙였다. 플라무르가 가장 아끼는 펠레는 반쯤 눈이 멀었고 피부병이 있었다. 하지만 플라무르는 고양이는 싫어했다. 떠돌이 새끼 고양이가 눈에 띄기라도 하면, 길 끝의 쓰레기 더미 위로 던져서 불태워 버렸다. 리본을 맨 여자아이들도 싫어했다. 모든 아이에게 나를 〈마무아젤 동지〉라고 부르고 암호를 요구하도록 가르친 사람도 플라무르였다.

플라무르의 누나 중 한 명이 당의 소환을 받고 지역 평의회 사무실에 불려 간 적이 있었다. 그 누나가 의자가 부서질 만큼 플라무르를 세게 때렸기 때문이다. 할머니는 그 소식을 듣더니, 화를 내며 거의 이성을 잃고 소리를 질렀다. 어린이에 대한 폭력은 국가의 폭력과 다를 바가 없다면서 말이다.

나는 자라면서 내가 무언가가 다르다는 것을 알고 있었지만, 그것이 무언지 꼬집어 말할 수는 없었다. 우리 가족은 플라무르의 가족과 달리 절대 나를 때리지 않았다. 엄마는 웬만해서는 간섭하지 않았다. 그 대신 보이지 않는 권위로 훈육했다. 아빠에게 훈육은 나를 부모님 방에 두고 몇 시간 동안 〈반성〉하게 만드는 것이었다. 부모님 방에는 장난감이 없었기 때문에, 나는 유치하게 과장해서 그 방을 〈감옥〉이라고 불렀다. 이따금 책 한 권을 가져가는 것이 허락되었다. 상처받은 분노의 그 순간에 내가 고른 책들은 『레 미제라블』, 『집 없는 아이』, 『데이비드 코퍼필드』 같은 고아가 나오는 소설들이었다. 하지만 주인공의 시련을 동정하면서 나 자신의 고통을 잠시 잊거나, 내 딴에는 피해자라 생각하며 부당함을 최소화하지는 않았다. 다만 그 소설들은 우리 가족에 관한 터무니없는 환상을 부채질했고, 그렇게 다른 아이들의 삶에 빠져 몇 시간을 보내고 나면 〈내가 정말 누구인가〉에 관해 더 많은 의문이 생겼다. 책 속의 주인공들처럼, 나는 마음씨 좋은 낯선 사람이 뜻밖에 개입하거나, 먼 친척의 등장으로 위안을 얻거나, 운명이 바뀌기를 꿈꾸었다.

부모님 방에서 나는 코코트에게 긴 편지들을 썼다. 할머니의 사촌인 코코트는 티라나에 혼자 살았는데, 겨울이면 종종 우리 집에서 지냈다. 나는 부모님 방에서 쓴 글들을 〈감옥 편지〉라고 불렀다. 편지들에 번호를 매기고 주제에 따라 분류하기도 했다. 나는 그 편지들에 우리 부모님이 가혹하다고, 내 친구들이 듣든 말든 간에 거리에서도 나에게 프랑스어로 말하고, 내가 전혀 재능이 없는 체육 과목을 포함해 학교에서 항상 모든 사람을 능가하기를 기대한다고 불평했다.

코코트는 〈시퀴리〉라는 본명이 있었지만, 그 이름이 너무 평범하게 들린다며 좋아하지 않았다. 할머니네 집안사람들은 모두 프랑스어 애칭을 가지고 있었다. 니니와 코코트는 살로니카*에서 함께 자랐다. 그들은 오스만 튀르크가 제국의 알바니아 소수 민족들을 일컫던 이른바 〈아르나우트〉였지만, 서로 프랑스어로 말했다. 코코트는 우리 집에 올 때마다 우리와 방을 같이 썼다. 코코트와 니니는 밤늦도록 수다를 떨며 머나먼 장소들과 그곳 사람들을 떠올렸다. 이스탄불의 어느 파샤,** 상트페테르부르크에서 온 망명자, 자그레브 여권, 스코페의 식료품 시장, 마드리드의 투우사, 트리에스테의 배, 아테네의 은행 계좌, 알프스의 스키 리조트, 베오그라드의 개, 파리에서의 집회, 밀라노의 오페라 극장 등을 말이다.

춥디추운 그 겨울밤 동안, 작은 침실은 하나의 대륙이 되었다. 그 대륙의 국경은 계속 바뀌었고, 그곳에는 더 이상 존재하지 않는 군대의 잊힌 영웅들, 비극적 화재, 활기 넘치는 무도회, 재산 분쟁, 결혼식, 죽음과 새로운 탄생이 있었다. 나는 니니와 코코트의 어린 시절을 이해하고 싶은 충동을 느꼈다. 그들의 어린 시절과 나의 어린 시절을 연결하고, 그들의 세계를 그려 보고, 시간이 없는 듯한 그 시절들을 재배열하고, 내가 알지 못하는 인물들을 기억하고, 목격한 적 없는 사건들에 의미를 부여하고 싶었다. 내

* 테살로니키의 옛 이름. 그리스 북동부의 항구 도시이자 그리스에서 두 번째로 큰 도시이다.

** 예전에 튀르키예에서 신분이 높은 사람에게 주던 영예의 칭호.

가 들은 이야기들이 섞여 순전한 혼돈을 빚었다. 서로 연락이 끊긴 어른들, 항해하지 못한 배들, 살지 못한 아이들 때문에 혼란스러움을 느꼈고, 때로는 두렵기도 했다. 그러나 이해하려는 내 노력이 마침내 열매를 맺을 것 같은 바로 그 순간, 할머니와 코코트는 프랑스어를 멈추고 갑자기 그리스어로 말하기 시작했다.

두 사람은 서로를 굉장히 좋아했지만, 이보다 더 다를 수는 없을 만큼 달랐다. 그들은 어른이 되어서 처음 알바니아에 왔는데, 니니는 정부에서 일하기 위해서였고 코코트는 신랑감을 찾기 위해서였다. 코코트는 그리스인이나 튀르크인을 좋아하지 않았고 유대인 남자도 좋아하지 않았다. 그래도 유대인 남자들이 〈살로니카에 마지막으로 남은 똑똑한 사람들〉이라고 마지못해 인정했다. 사실 코코트는 알바니아인 역시 좋아하지 않았다. 아니, 적어도 그녀의 부모님이 아무개 사윗감은 교양이 없다는 둥, 충분히 부자가 아니라는 둥, 또는 정치적으로 믿을 만하지 않다는 둥 계속 퇴짜를 놓았고 결국 그녀는 결혼하지 못했다. 코코트에게는 레제프, 또는 프랑스어로 레미라고 부르는 상상의 남편이 있었다. 코코트는 우리 할머니 앞에서 이렇게 말하곤 했다. 「네 할아버지와는 달리, 레미는 한 번도 말썽을 일으킨 적이 없었지.」

코코트가 우리 집에 머무는 몇 주는 내가 거리낌 없이 프랑스어를 사용하는 유일한 때였다. 그때가 아니면 프랑스어로 말하는 것이 싫었다. 프랑스어는 나의 언어가 아니었다. 할머니는 프랑스인이 아니었다. 나는 왜 프랑스어가 나에게 가해졌는지, 왜 어른들이 나에게 프랑스어를 먼저 가르치고, 그 후 알바니아어를 가르쳤는지 이해할 수 없었다. 플라무르가 거리에서 아이들을 동원해서 나의 서툰 알바니아어 실력을 놀릴 때면 그것이 특히 싫었다. 간식으로 먹는 사과 조각들을 내가 프랑스어로 〈데 모르소 드 폼des morceaux de pommes〉이라고 말하면 놀림을 받았다. 아이들의 부모들은 보통 내 편이 되어 주었다. 하지만 저녁이 되어 할머니가 집에 오라고 나를 부르고, 내가 뭘 하며 놀았는지를 그들이 알아들을 수 없는 언어로 말하는 것을 들으면 그들조차 당황하는 것처럼 보였다. 「왜 프랑스어를 써요? 왜 러시아어나 영어, 그리스어가 아니라, 프랑스어예요? 얼마든지 다른 언어를 쓸 수도 있잖아요.」 언젠가 그들 중 한 명이 할머니에게 물었다. 「그리스어를 좋아하지 않아요.」 할머니가 대답했고, 아마 제국주의에 대한 적대감을 표시하려는 듯이 덧붙였다. 「그리고 러시아어나 영어는 안 써요.」

무엇보다 내가 학교에 갈 준비가 되었다는 것을 증명하기 위해 특별 교육 위원회 앞에 출석해야 했을 때, 그때 프랑스어가 가장 싫었다. 보통의 경우라면, 학교에 가기 위해 시험을 치를 필요가 없었다. 교육은 의무 교육이었고 6세에서 7세 사이에 시작되었다. 새로운 학년이 시작되기 몇 주 전, 교사들은 서너 개의 팀으로 나누어 시내를 다니면서 집집마다 문을 두드려 학교에 등록하지 않는 어린이가 없도록 관리했다. 당은 기록적인 속도로 문맹을 퇴치한 일을 자랑으로 여겼고, 텔레비전에서는 북부의 외딴 마을의 노파들이 이제 글을 읽을 수 있게 되었으며, 서류에 그냥 X 자 대신에 자기 이름을 서명하고 있다는 보도를 종종 내보냈다. 새로운 학년이 시작되기 전 몇 주 동안은 시내가 들썩였다. 행복한 어린이들은 피오네르 용품점 안에 줄을 섰고, 부모들은 교과서를 파는 교실에서 서로 잡담을 나누었다. 입학 첫날에는 모두가 밝고 반짝이는 교복을 입었고, 새로 자른 머리를 자랑했으며, 꽃다발을 들고 거리로 쏟아져 나왔다. 노라 선생님이 말한 대로였다. 「제국주의 나라들에서는 이런 열광을 오직 세일 기간에만 볼 수 있어요.」 누구도 〈세일〉이 무언지 알지 못했지만, 왠지 그것을 묻는 일은 어리석게 느껴졌다.

1985년 여름의 끝자락, 나는 학교에 너무 가고 싶었다. 엄마는 진작 나에게 읽고 쓰는 것을 가르쳤다. 집에서 다들 나에게 프랑스어를 썼기 때문에 여전히 어눌했던 내 알바니아어 실력을 높이려는 방편이기도 했고, 옛날에 엄마가 보던 낡은 러시아 동화 번역서를 나 혼자 읽게 하려는 방편이기도 했다. 내 여섯 살 생일은 마침 공식 학년이 시작되고 일주일 후였는데, 부모님은 나에게 등에 지는 빨간 가죽 배낭을 사 주었다. 처음에 나는 그 가방이 좋았다. 다른 아이들은 모두 갈색이나 검은색의, 주로 손에 드는 책가방을 받았다는 사실을 알기 전까지는 말이다. 등에 지는 가방을 가진 아이들은 별로 없었다. 갈색 가방과 검은색 가방은 매 학년이 시작되기 직전 피오네르 용품점에서 검정 교복, 빨간 스카프, 공책, 펜, 연필, 자, 컴퍼스, 각도기, 체육용품 등 온갖 일상용품과 함께 팔았다. 빨간 가죽 배낭은 공급이 제한되어 있었다. 그것은 창고에서 단 이틀 동안 볼 수 있었고, 보통 가게에 도착하기도 전에 품절되었다. 내 가방은 나 자신에 관해 설명해야 했던 또 하나의 품목이었다. 노동절이나 일요일 산보를 할 때 착용한 레이스 단이 달린 자수 원피스, 제화공인 마르시다의 아빠에게 가서 치수를 재서 맞춘 하얀 가죽 구두, 서유럽 어딘가에서 몰래 들여온 어린이 패션 잡지에서 찢어 낸 페이지의 모델을 보고 디자인한 손뜨개 외투도 마찬가지였다.

그 빨간 배낭이 괴롭힘의 새 전선을 열어젖힐 것이라고 깨달았을 때, 나는 학교에 가기가 꺼려졌다. 며칠 동안 행운은 내 편이었다. 시내의 어느 학교도 규칙을 어기면서까지 나를 일찍 받아 줄 생각이 없었다. 우리 가족은 물러서지 않았고, 내가 입학 준비가 되었으며 탁아소 생활을 지루해할 것이라고 생각했다. 당 중앙 위원회 교육 분과에서 특별 허가를 받으라는 조언이 있었다. 8월 말의 어느 저녁, 당 중앙 위원회의 공식 업무가 끝날 무렵 우리는 당 관리들로 구성된 심의 위원들을 찾아갔다.

부모님은 며칠 동안 그 면담을 준비했다. 무슨 말을 할지 미리 연습했고, 어떤 질문을 받게 될지 미리 생각했으며, 나에게는 당과 엔베르 아저씨에 관해 아는 모든 시와 탁아소에서 배웠던 새로운 빨치산 노래를 반복해서 외우게 했다. 당 중앙 위원회의 건물을 향해 초조하게 나아가던 모습은 지금도 생생하다. 부모님은 앞서가고 있었고, 몇 미터 뒤에서 할머니가 내 손을 잡고 걸었다. 그날 나는 밝은 빨간색 원피스를 입고 있었고, 오른쪽 옆구리에는 읽기를 배웠던 책과 초등 수학의 연습 문제지가 든 갈색 서류

철을 끼고 있었다. 그 행진의 중간 시점에 엄마는 우리가 잘 따라 오고 있는지 확인하려고 뒤를 돌아보다가, 갑자기 울부짖음과 비명이 섞인 소리를 질렀다. 「흰색! 흰색이잖아!」 엄마는 공포에 질린 얼굴로 내 머리를 묶은 리본을 가리켰다. 아빠는 아무 말도 하지 않았지만, 지시를 기다릴 것도 없이 곧장 몸을 돌려 집으로 뛰어갔다. 15분쯤 지났을까, 아빠가 숨을 몰아쉬면서 돌아왔다. 한 손에는 빨간 리본을, 또 다른 손에는 천식 흡입기를 들고 있었다. 아빠는 천식 흡입기를 쓸 시간도 없다는 핀잔을 들어야 했다. 우리 가족은 교육 분과 사무실로 향하는 계단을 올라갔고, 나는 그날 배운 새 빨치산 노래를 휘파람으로 불다가 꾸지람을 들었다.

아빠가 심의회에서 모두 발언을 했다. 아빠는 내 생일이 등록일보다 일주일 늦다는 이유만으로 1년 동안 학교에 못 가는 일은 비합리적일 것이라는 말은 하지 않았다. 그 대신 아빠는 공산주의 사회가 교육을 무엇보다 소중하게 여기는 것을 잘 알고 있다고, 당은 어린 혁명가 세대를 대표하는 매우 열렬한 한 아동으로부터 충성스러운 섬김을 받을 것이며, 그 아동은 열렬한 마음에 가능한 한 빨리 학교에 다니고 싶다는 바람을 여러 번 표현했다고 말했다. 물론 최종 결정은 당에 달려 있다는 것, 그리고 어떤 경우든 당이 공정하게 결정할 것임을 잘 알고 있다고도 말했다. 그렇지만 부모님은 나의 열성이 적어도 청문회를 열 만큼의 자격이 있다고 믿었다.

아빠는 모든 말을 하는 동안, 마치 그 방에 있는 사람들이 아닌 우리의 지도자에게 말하고 있다는 듯이 벽에 걸린 엔베르 아저씨의 초상화를 똑바로 쳐다보았다. 심의 위원들 중 첫 번째 사람은 허공을 바라보면서 손가락으로 책상을 톡톡 쳤고, 두 번째 사람은 이따금 엄마의 리넨 원피스를 힐끔거리면서 무언가를 기록했고, 세 번째 사람은 어디선가 본 적이 있다는 것처럼 할머니를 쳐다보았다. 네 번째 사람은 짧은 머리에 검소한 회색 정장을 입고 있었는데, 그녀는 알 수 없는 엷은 미소를 띤 얼굴로 내내 책상 위에 놓인 붉은 깃발만 응시하고 있었다.

모든 발표를 마치고, 읽기와 수학 시험을 치르고, 이어서 시 낭송까지 끝냈지만, 심의 위원들의 표정은 회의적이었다. 그들은 한숨을 쉬고, 눈알을 굴리고, 눈썹을 치켜올리더니, 서로를 보았다. 세 손가락으로 책상을 톡톡 치던 남자는 이제 양손으로 그 책상을 더 빨리 두드리면서 빗소리 같은 소음을 내고 있었다. 그 행동이 눈에 띄지 않을 리 없었다. 메모를 끼적거리다 엄마를 흘깃거리기를 반복하던 남자가 펜을 떨어뜨리더니, 첫 번째 남자를 노려보기 시작했다.

그 침묵을 깨뜨리기로 결심한 사람은 할머니였다. 마침내 할머니도 알아보았는지, 세 번째 남자를 보고 말했다. 「메흐메트 동지는 프랑스어를 하시죠. 레아는 프랑스어도 읽을 줄 알아요. 저 아이에게 프랑스어로 된 읽을거리를 주겠어요?」

「우리가 그걸 테스트할 수는 없어요. 여기엔 아동을 위한 도서가 없습니다. 그럼요, en français(프랑스어로 된) 아동용 도서는 없습니다.」 미소 짓고 있던 여자가 대답했다. 그녀는 반쯤 비웃듯 프랑스어를 섞어서 말했다.

할머니가 자진해서 나섰다. 「어쩌면 엔베르 동지의 저서를 읽을 수 있을 거예요. 저기 서가에 선집 번역서 한 권이 보이네요.」 할머니가 그 말을 하는 동안 메흐메트라는 남자가 고개를 끄덕였다. 그 책의 아무 페이지가 펼쳐졌고, 나는 소리 내어 몇 줄을 읽었다. 그러다가 한 단어에서 걸렸는데, 그 단어만큼은 지금도 또렷이 기억한다. 〈collectivization(집단화).〉 나는 계속 그 단어를 발음하려고 끙끙거렸다.

「콜레비자시옹collevization.」 나는 다시 말했다. 「콜렉티바시옹collectivation.」 다시 수정했다. 「콜렉티비지collectiviz…….」 더 이상 그 단어를 끝까지 읽을 수 없었다. 나는 완전히 갇힌 기분이었고, 눈에는 눈물이 차올랐다.

그 순간 모든 심의 위원이 동시에 박수를 치기 시작했다. 「아주 똑똑해요! 그건 아주 어려운 단어야. 알바니아어로도 어렵지. 네가 친구들에게 가르쳐 주면 되겠구나. 심지어 프랑스어로 읽는 법까지 가르칠 수 있겠어. 엔베르 아저씨가 젊었을 때 학교에서 프랑스어 선생님이었다는 거, 알고 있었니? 너도 아저씨처럼 되려고?」 메흐메트 동지가 감탄했다.

나는 고개를 끄덕였다. 「엔베르 아저씨가 어린이를 위해 쓴 책들을 전부 다 읽었어요. 저는 〈**콜렉티즘**collectism〉이 무슨 뜻인지 알아요. 그건 우리가 모든 걸 같이 가지면 더 잘할 수 있다는 뜻이에요. 다만 그 단어를 발음하지 못할 뿐이에요.」 나는 입술에서 눈물과 콧물을 핥으며 대답했다.

그날 저녁 심의 위원들은 입학 연령 제한을 해제한다는 결정을 승인했고, 그 승인이 내려진 예외적인 상황을 설명하는 편지를 써 주었다. 집으로 오는 길에 부모님은 환희에 차서, 그곳에서 메흐메트 동지를 만난 것은 정말 운이 좋았다며 활기차게 이야기를 나누었다. 그 남자는 내가 태어나지도 않았던 시절에 아빠네 가족이 카바에에 살 때, 할머니가 프랑스어를 가르쳐 준 사람이었다. 부모님은 그날 저녁을 축하하기 위해 맥주를 사려고 했지만, 가게에는 이번 주 보급품이 동나 있었으므로 집에서 빚어 간직해 둔 라키를 마시기로 했다. 파파스 부부도 초대해 같이 메제를 먹었다. 그들은 당을 위해서가 아니라, 나의 교육을 위해서 건배했고 연거푸 단숨에 라키를 넘겼다. 우리는 그렇게 자정이 한참 지나도록 떠들썩하게 농담하며 웃었다.

나는 뿌듯함과 창피함이 뒤섞인 느낌이었다. 곧 학교에 가게 되어 뿌듯했고, 여전히 그 단어를 발음하지 못해 창피했다. 나는 중앙 위원회의 건물을 나온 이후 계속 그 단어를 발음해 보았지만 계속해서 틀렸다. 미할이 나에게 프랑스어 노래를 불러 달랬다고 했을 때, 나는 모두의 기대와는 달리 그 요구를 따르지 않고 프랑스어가 너무 싫다고 선언해 버렸다. 나는 크레시*에 간 첫날부터, 프랑스어만 할 수 있는 나에게 다른 아이들이 자기들과 다르다고 했던 때부터, 그 언어가 싫었다고 말했다. 나는 학교에 가게 되면 똑같은 일이 일어날까 봐, 내가 프랑스어를 쓰기 때문에 새 친구들을 사귀지 못할까 봐 두려웠다. 게다가 나는 왜 우리가 남

* crèche. 〈탁아소〉를 뜻하는 프랑스어.

들이 알아듣지 못하는 언어를 써야 하는지 이해할 수 없었다. 우리가 가보지도 않은 나라, 우리가 아는 사람도 없는 나라의 언어가 뭐라고.

「그 교육 심의 위원 동지가 한 말, 너도 들었지?」 니니는 나를 설득하려고 했다. 「엔베르 아저씨도 프랑스어를 썼어. 아저씨는 아주 오랫동안 프랑스어를 공부했지. 그리고 너 같은 어린이들에게 프랑스어를 가르쳤단다. 프랑스어는 중요한 언어야. 계몽주의의 위대한 작가와 사상가들의 언어거든. 그리고 프랑스는 프랑스 혁명의 나라야. 네가 학교에서 배우게 될 자유, 평등, 박애 사상은 프랑스 혁명이 전파했지.」 하지만 나는 반항하며 고개를 저었다.

「프랑스 혁명에 관해선 너도 알잖니. 인형 극장에서 〈코제트〉를 보고 정말 좋다고 했던 거, 기억하지?」 니니는 고집을 꺾지 않았다.

나는 여전히 탁아소에서 겪은 일을 생각하고 있었지만, 할머니가 코제트를 언급하자 그동안 감히 말하지 못했던 세세한 일들을 전부 털어놓기로 결심했다. 아이들이 내 원피스를 들추고, 내 리본을 잡아당기고, 나를 마무아젤 동지라고 부르고, 내 걸음걸이를 비웃고, 내가 쓴 표현을 가지고 나를 놀린 일, 나의 프랑스어 때문에 벌어진 모든 일을 말이다. 그날 나는 두 번째로 울음을 터뜨렸다.

「프랑스어가 널 불행하게 만든다면, 쓰지 말아야지.」 니니가 말했다. 우리 이웃들도 동의하며 고개를 끄덕였다.

그날부터 코코트가 머물러 있는 몇 주를 제외하면, 우리 집에서 프랑스어는 공식적으로 폐지되었다. 할머니는 다음 세 가지 경우 중 하나에 해당할 때만 나에게 프랑스어로 말했다. 친구와 늦게까지 노는 나에게 그만 놀라고 조심스럽게 말하고 싶을 때, 할머니가 화가 나서 분풀이를 하고 싶을 때, 그리고 꾸짖을 때에 그랬다.

7장

그들에게서는 선크림 냄새가 난다

지금도 나는 바깥 세계로부터 배우기 위한 우리의 모든 노력을 〈다이티〉와 연관 짓는다. 다이티는 수도를 에워싸고서, 마치 그 도시를 장악하고 볼모로 붙잡고 있다는 듯 풍경을 지배하며 우뚝 서 있는 산의 이름이다. 다이티는 물리적으로는 우리와 멀리 떨어져 있었지만, 항상 우리와 함께했다. 나는 그 산에 가본 적이 없었다. 〈다이티로부터 받는〉 그것이 무엇인지는 지금도 모른다. 누가, 무엇을, 누구로부터, 어떻게 받는지 알지 못한다. 아마 그 산에 위성이나 텔레비전 수신기가 있었다고 짐작할 뿐이다. 다이티는 집집마다 있었고, 모든 대화에 존재했으며, 모두의 생각 속에 자리 잡고 있었다. 〈어젯밤 다이티를 통해서 그것을 보았다〉는 말은 〈나는 살아 있었다, 나는 법을 어겼다, 나는 생각하고 있었다〉는 뜻이었다. 5분, 한 시간, 하루 종일, 아무리 긴 시간일지언정 다이티는 내내 그곳에 있을 것이다.

아빠는 알바니아 텔레비전 프로그램 때문에 짜증이 날 때마다 선언했다. 「다이티를 잡을 수 있는지 살펴봐야겠어.」 아빠는 지붕 위로 올라가서 안테나를 이쪽저쪽 돌리면서 창문을 향해 이렇게 소리를 질렀다. 「지금은 어때, 잘 나와?」 그러면 내가 대답했다. 「아까랑 똑같아요.」 아빠는 2분 후에 다시 외쳤다. 「지금은 어때?」 나도 다시 소리쳤다. 「안 나와요! 완전히 끊겼어요! 아까가 더 나았어요.」 이내 아빠의 욕설이 들렸고, 이어서 아빠가 아직도 안테나를 만지작거리고 있다는 사실을 알리는 금속 소리가 들렸다. 아빠가 조바심을 낼수록 신호가 돌아올 가능성은 더 줄어들었다.

여름에는 상황이 나아졌다. 적어도 이론적으로는 그랬다. 날씨가 좋으면 두 가지 선택지가 있었다. 다이티와 디렉티. 디렉티는 직접적인 신호였는데, 우리가 사는 곳이 아드리아해와 가까웠던 덕분에 이탈리아의 신호를 받을 수 있었다. 내 머릿속에서 다이티는 산의 신이었고, 디렉티는 바다의 신이었다. 디렉티는 다이티보다 훨씬 변덕스러웠다. 다이티의 경우 일단 안테나만 제대로 맞추면, 이탈리아 뉴스 프로그램 「텔레조르날레」가 방송되는 시간에만 신호가 끊겼다. 한편 디렉티는 종잡을 수 없었다. 일이 잘 풀리는 날이면 심지어 「텔레조르날레」도 처음부터 끝까지 볼 수 있었다. 그렇지 않은 날이면, 아빠가 만족스러운 가시성을 표현하기 위해 〈보는 유리〉라고 부르곤 했던 디렉티는 아무것도 아닌 것, 그러니까 흔들리는 거미줄이 차지해 버린 회색 스크린이 되어 버렸다. 이 말은 텔레비전에서 중요한 축구 경기, 이를테면 세리에 A 시즌 말기에 유벤투스의 경기가 있을 때는 아빠가 딜레마를 마주해야 한다는 뜻이었다. 믿음직하지만 이상적이지는 않은 다이티의 신호를 기대할 것인가, 아니면 디렉티의 변덕스러운 〈보는 유리〉로 기회를 잡을 것인가.

아빠는 종종 후자에 넘어갔지만, 잠재적으로 잘못된 결정의 결과를 책임져야 했기 때문에 극도로 불안해했다. 그런 날이면 아빠는 우월성이 알려진 적과의 대면을 앞둔 사람처럼 슬프게 지붕으로 올라갔다. 「안테나 살펴보러 갈게.」 아빠는 체념한 목소리로, 가끔은 절망이 깃든 목소리로 말하곤 했다. 아빠와 안테나의 관계 — 심리 드라마, 끌어당김과 반발의 역학, 승리와 패배 사이의 미묘한 균형 — 는 교황 요한 바오로 2세에 대한 암살 시도부터 지난 산레모 가요제 이후 알바노와 로미나 파워 부부*의 결별설까지, 우리 가족이 해외로부터 받은 온갖 중요한 정보에 따라 달라졌다.

다이티와 디렉터가 없으면 볼 만한 프로그램이 거의 없었다. 주중 오후 6시가 되면 방영되는 「이야기 시간」과 그 후에 방영되는 만화 영화를 보는 것 모두 하나의 투쟁이었다. 그 프로그램들은 유고슬라비아의 농구 경기와 같은 시간에 방영되었고, 결국 아빠와 내가 타협한 유일한 방법은 5분마다 채널을 돌리는 것이었다. 일요일에는 볼거리가 더 많았다. 오전 10시에는 인형극이, 바로 그 뒤에는 어린이 영화가, 그리고 마케도니아 TV의 「꿀벌

* Al Bano and Romina Power. 이탈리아의 테너 알바노 카리시와 미국의 가수 로미나 파워가 1975년 결성한 팝 듀오. 그들은 이후에 결혼해서 이탈리아 국민 가수 부부로 인기를 얻었다.

마야」가 이어졌다. 그다음부터는 운이 되는 대로, 이 나라 각 지역의 민요와 민속춤 프로그램, 5개년 계획 목표를 초과 달성 한 협동조합에 관한 보도, 수영 대회, 일기 예보 등을 그저 받아들이는 수밖에 없었다.

오후 5시에 「가정에서 배우는 외국어」가 시작되면, 사정이 나아졌다. 그 프로그램은 알바니아 텔레비전에서 매일 방영되었고, 따라서 우리의 삶을 쥐락펴락하는 안테나의 자의적 힘에 끄떡없었다. 영어 외에도 프랑스어, 이탈리아어가 소개되었고, 〈가정에서 하는 체조〉도 알려 주었다. 나는 한 번도 그 체조를 따라 하지 않았다. 우리는 매일 아침에 수업을 시작할 때마다 충분한 운동을 했다. 교사와 아이들이 모두 운동장에 모여서, 허리 굽혀 발가락 건드리기, 팔 돌리기, 허벅지 스트레칭을 하고, 이어서 당에 대한 충성의 맹세까지 해야 했다. 하지만 나는 언어 프로그램은 빠짐없이 보았다. 특히 이탈리아어 프로그램은 더 열심히 보았다. 그것들을 이해할 수만 있다면 라이 우노*에 나오는 만화 영화가 얼마나 더 재미있을까, 나는 그렇게 혼잣말을 했다.

「가정에서 배우는 외국어」는 우리에게 토론 주제를 제공했다. 그 프로그램을 통해 외국어뿐 아니라 외국 문화에 관해서도 배울 수 있었다. 어느 날 놀이터에서 벌어진, 잉글랜드의 장보기에 관한 열띤 토론이 기억난다. 슈퍼마켓 장면을 보았는데, 엄마가 식료품 목록을 읽으면 아이들이 매대에서 그에 해당하는 품목을 찾

* Rai Uno. 이탈리아 공영 방송인 이탈리아 방송 협회의 텔레비전 채널. 현재 명칭은 〈Rai 1〉로 주로 뉴스, 오락, 음악, 스포츠 프로그램이 방송된다.

았다. 〈파스타, 확인. 빵, 확인. 치약, 확인. 음료수, 확인. 맥주, 확인.〉

그렇게 해서 우리는 그곳에서는 줄을 설 필요가 전혀 없다는 사실을 알게 되었다. 누구든지 원하는 식품을 고를 수 있었다. 매대마다 물건이 넘치는데도, 그 가게 안의 손님들은 들고 가지도 못할 만큼 많은 물건을 샀다. 사람들은 배급표를 제시하지 않았다. 품목은 물론 수량에도 아무런 구매 제한이 없는 것 같았다. 우리는 사람들이 아무 때나 원하는 식료품을 살 수 있다면, 왜 그것을 비축해 두려 하는지 궁금했다.

무엇보다 식료품의 품목마다 고유한 라벨이 붙어 있다는 것이 어리둥절했다. 치약, 파스타, 맥주 같은 통칭을 보여 주는 대신에 어떤 사람의 이름이나 성처럼 보이는 라벨이 붙어 있었다. 바릴라 파스타, 하이네켄 맥주, 콜게이트 치약. 이것은 슈퍼마켓 자체에도 적용되는 듯했다. 가게를 왜 **빵집**, **정육점**, **옷 가게**, **커피숍** 등으로 부르지 않을까?

「상상해 봐. 가게 이름이 **이피 정육점**, **마르시다 커피숍**, **베사 빵집**이라니.」 베사가 말했다. 「아마 그것들을 만든 사람들의 이름이겠지. 그러니까, 우리도 노동절 여단이 만든 플라스틱이 있잖아.」 내가 말했다.

나머지 친구들은 그 해석에 이의를 제기했다. 노라 선생님이 설명하기를, 알바니아 밖에 사는 사람들은 물건을 만든 노동자들의 이름을 절대 모른다고 했기 때문이다. 서유럽 사람들은 물건이 만들어진 공장의 이름이나 공장을 소유한 사람들, 그 자녀들,

그 자녀들의 자녀들의 이름만 알고 있다고 했다. 마치 『돔비와 아들』처럼.

다음으로 당혹스러운 주제는 쇼핑 카트의 기능이었다.

「그 카트는 아이들을 태우는 거야.」 내가 말했다.

「먹을 걸 싣는 거야.」 마르시다가 내 말을 정정했다.

「아이들이라고.」 내가 주장했다.

「글쎄, 둘 다를 위한 게 분명해. 그 아이들이 쇼핑 카트에 몰래 뭔가를 집어넣던 거 봤어?」 베사는 중요한 것과 사소한 것을 구분할 수 있는 사람의 분위기를 풍기며 덧붙였다. 「그 엄마는 마지막에야 그걸 알고는 결국 돈을 내야 했지. 그건 코카콜라 깡통 같았어.」

「그래, 맞아. 엄마는 계속 앞장서 갔고, 아이들한테 그걸 사 주었어. 아이들이 목마르다고 했잖아. 아마 그 가게에는 물이 없었나 봐. 어쩌면 거기엔 모든 게 있지는 않았을 거야.」 마르시다가 맞장구쳤다.

「그건 음료수일 거야. 집의 선반 맨 위에 가끔 놓여 있는 깡통들 있잖아, 그 깡통은 음료수를 담는 거야.」 나는 마치 비밀을 털어놓는 사람처럼 속삭이듯 말했다.

그때였다. 자기가 아끼는 개 펠레에게 뼈다귀를 먹이고 있던 플라무르가 끼어들어 나를 놀렸다. 「재잘재잘, 시시하기는. 물론 코카콜라는 음료수지. 그걸 모르는 사람이 어디 있냐. 나 그거 맛본 적 있어. 언젠가 관광객 아이가 깡통 하나를 쓰레기통에 넣는 걸 보고 내가 그걸 꺼냈지. 아직도 반쯤 남아 있길래 마셔 봤어.

해변에서 관광객들한테 파는 빨간색 아란자타*랑 조금 비슷해.」

모두가 의심의 눈으로 플라무르를 쳐다보았다.

「그런데 그 애가 날 보더라. 화가 나서 눈을 번뜩이면서 보더라고. 그 애는 화를 냈지, 아주 많이.」 플라무르는 자기 아빠가 오스만 제국과 싸우던 이야기를 시작할 때처럼, 살짝 목소리를 높이며 말을 이었다. 「하지만 날 때리지는 않았어. 그 대신에 울기 시작하길래 내가 그 깡통을 돌려줬어. 당장에 말이야. 그랬더니 그 애는 더 크게 울었고, 그걸 발로 차고는 그 위에서 펄쩍 뛰며 찌부러뜨렸어. 그래서 나는 그걸 거기 두고 왔어. 쓸모없잖아, 선반 위에 놓지도 못할 텐데.」

우리는 진짜 그런 일이 있었는지 궁금했다. 노라 선생님이 말하기를, 알바니아에 관광을 하러 오는 어린이들은 대부분은 부르주아 계급이라고 했다. 그들은 못되기로 유명했고, 얼마나 못되었는지 고약한 플라무르, 심지어 아리안까지도 그에 비하면 아무것도 아니었다. 그런 그들이 깡통 하나에 무슨 짓을 할 수 있는지 누가 알겠는가?

「플라무르가 정말로 관광객 아이의 깡통을 가져갔을까?」 플라무르가 자리를 뜨자, 마르시다가 물었다.

「잘 모르겠어. 플라무르는 개들한테 줄 음식물을 찾는다고 계속 쓰레기통을 뒤지며 다니잖아. 플라무르는 훔친 게 아니야. 그 애가 쓰레기통에 버렸던 거지.」 베사가 대답했다.

* 알바니아의 음료.

「난 그 이야기가 진짜 같지는 않아. 난 관광객 아이를 만나 본 적이 없어.」 내가 말했다.

학교에서는 우리와 비슷하게 생기지 않은 사람들과 말을 섞지 말라고 가르쳤다. 어쩌다가 관광객을 만나면 길을 돌아가라고, 그 어떤 상황에서도 그들이 주는 것, 특히 추잉 껌은 받지 말라고 했다. 「무엇보다도 추잉 껌을 갖고 다니는 관광객을 조심해야 해요.」 노라 선생님은 그렇게 말했다.

여름이면 가끔, 외국인 전용 호텔인 아드리아틱 옆에 있는 해변을 찾은 관광객 아이들을 보았다. 외국인 해변과 지역 해변은 모래사장에 파 놓은 기다란 참호로 분리되어 있었지만, 바닷물에는 참호가 없었다. 나는 외사촌들과 관광객 전용 해변 근처에서 수영을 했고, 우리는 관광객들의 관심을 끌기 위해 다이빙이나 수중 점프를 연습하거나, 공중제비를 돌았다. 때로는 우리가 아는 영국 동요 「매에, 매에, 검은 양아」*를 이렇게 부르기도 했다. 「맴매, 맴매, 곰 양아, 털, 털 있느냐.」 그들은 혼란스러움과 두려움이 섞인 표정으로 우리를 물끄러미 쏘아보았고, 내 외사촌들은 나에게 프랑스어로 인사해 보라고 재촉했다. 처음에 나는 거절했다. 노라 선생님이 관광객에게 말을 걸지 말라고 했기 때문이 아니라 — 추잉 껌이 거래될 수 없는 얕은 바다에서는 그 금지 사항이 적용되지 않을 터였다 — 여전히 프랑스어로 말하기가 싫었기 때문이다. 프랑스어로 말하는 것이 그렇게 대단한 일이라면, 그

* Baa Baa Black Ship. 〈매애, 매애 검은 양아, 양털 가지고 있니?〉 하는 가사를 동요 「작은 별」 멜로디에 맞춰 부른다.

것 때문에 놀림받아서는 안 되었다. 관광객이 있을 때만 프랑스어로 말해 달라고 부탁받아서는 안 되었다.

「인사하기 싫어. 모르는 애들이잖아. 저 애들은 대답하지 않을걸. 게다가 저 애들이 프랑스어를 쓰는지 아닌지 어떻게 알아? 다른 말을 쓸지도 몰라.」 나는 반항했다.

외사촌들은 나더러 겁쟁이, 비겁자라고 놀렸다. 나는 겁쟁이가 아니라는 것을 보여 주기 위해 마지못해 말했다. 「Ça va(안녕)?」 그 아이들은 계속 쳐다보기만 했다. 나는 이탈리아어로 다시 말했다. 「Ciao(안녕)!」 그들이 눈을 굴렸다. 나는 내가 아는 유일한 독일어 문장을 덧붙였다. 「Woher kommen Sie(어디서 왔어요)?」 그러나 나는 〈어디로 갈 거야?〉라고 물었어야 했다. 왜냐하면 그 순간 그 아이들이 자리를 떴기 때문이다. 그러자 외사촌들이 말했다. 「야, 너한테 겁먹었잖아. 웃었어야지.」 나는 크고 알록달록한 타월 뒤로 사라지는 아이들을 보면서 중얼거렸다. 「제발 돌아와.」 그들이 사라지는 모습을 보는 것이 싫었다. 대답하지 않은 그들이 미웠다. 무엇보다 내가 압력에 굴복했다는 사실이 싫었다.

그 아이들은 우리가 가지고 있는 장난감, 그러니까 가끔은 정말 장난감이 맞는지 의심되기까지 하는 것과는 너무도 다른 밝은 색의 특이한 장난감을 가지고 있었다. 그들은 처음 보는 만화 주인공들이 그려진 수상 매트리스 주변에서 물장구를 쳤고, 이상하게 생긴 양동이와 삽, 우리로서는 그것을 부를 단어가 없는 이국적인 플라스틱 물건을 가지고 놀았다. 그들에게서는 다른 냄새가 났다. 중독적인 방식으로 유혹하는 냄새, 그들을 따라가고 싶게 만들고, 그들을 껴안고 더 깊이 숨을 들이켜고 싶게 만드는 냄새였다. 그 아이들이 근처에 있다면, 우리는 그 사실을 늘 알 수 있었다. 꽃과 버터를 섞은 듯한 묘한 냄새가 해변에서 풍겨 왔기 때문이다.

할머니에게 그 냄새가 무엇인지 물어보았다. 할머니는 〈선크림 냄새〉라고 설명했다. 그것은 햇볕으로부터 사람들을 보호하기 위해 바르는 찐득한 흰색 액체였다. 「우리한테는 없는 거야. 그 대신 우리는 올리브기름을 쓰지. 그게 더 건강에 좋아.」

그날부터 나에게는 그 냄새를 표현할 이름이 생겼다. 「그 애들한테선 선크림 냄새가 나. 지금 그 냄새가 나는 것 같아.」 어느 날 해변에서 내가 사촌들에게 말했다.

「선크림 냄새가 난다. 걔들이 저쪽으로 갔어. 가자, 따라가 보자.」 사촌 중 한 명이 대답했다.

우리는 그 아이들이 자기 부모들과 함께 관광버스를 타고 사라질 때까지, 또는 우리는 출입이 금지된 레스토랑에 들어갈 때까지 그들을 따라갔다. 그러고 나면 의문만 남았다. 그 아이들은 무엇을 읽을까? 그들도 『이상한 나라의 앨리스』나 『짐 버튼의 모험』, 『치폴리노의 모험』을 좋아할까? 그들도 약초 제조 공장에 보내기 위해 캐모마일 꽃을 따야 할까? 그들도 그리스 신들의 이름을 누가 많이 알고 있는지 또 고대 로마의 전투 현장을 누가 많이 외우고 있는지 시합할까? 그렇다면 스파르타쿠스에게 감동할까? 그들도 수학 올림피아드에서 경쟁할까? 그들도 우주를 정복하고 싫어 할까? 그들도 바클라바를 좋아할까?

외국 아이들을 생각할 때면, 호기심과 때로는 부러움, 그러나 종종 측은함이 생겼다. 특히 6월 1일 어린이날에는 그 아이들이 안쓰러웠다. 어린이날이 되면 나는 부모님에게 선물을 받았고, 가족들과 해변에 가서 아이스크림을 먹고 유원지에 갔다. 그날 부모님은 나에게 여러 어린이 잡지의 1년 정기 구독권까지 주었다. 내가 세계 여러 나라에 있는 아이들의 운명에 관해 알게 된 계기도 그런 잡지 덕분이었다. 『작은 별』은 6세에서 8세 어린이를 위한 잡지였는데, 어린이날에는 「우리의 6월 1일과 그들의 6월 1일」이라는 제목의 만화가 실렸다. 그 만화의 한쪽에는 커다란 실크해트를 쓴 뚱뚱한 자본가가 뚱뚱한 아들에게 아이스크림을 사 주고 있었고, 가게 입구 옆의 바닥에는 누더기를 걸친 두 아이가 있었다. 그리고 그림 설명이 이렇게 붙어 있었다. 〈우리에게 6월 1일은 오지 않아.〉 맞은쪽에는 사회주의 깃발이 있었고, 한쪽 손으로 부모의 손을 잡고 다른 손으로는 꽃과 선물을 들고서 행복한 표정을 지으며 가게 앞에서 아이스크림을 사려고 기다리는 아이들이 있었다. 그곳에도 그림 설명이 붙어 있었다. 〈우리는 6월 1일을 사랑합니다.〉 가게 앞 대기 줄은 매우 짧았다.

1980년대 후반, 나는 십 대를 위한 『지평선』도 구독하기 시작했다. 그 잡지를 보기에는 아직 어렸지만, 수학과 물리학에 관한 문제와 과학적, 천문학적인 진기한 현상에 관한 정기 칼럼이 실려 있어서 아빠가 좋아했다. 가끔 아빠는 그 잡지가 나를 위해 산 것이지만, 물려주어야 한다고 상기시켰다. 『지평선』에는 서유럽

아이들이 자주 묘사되었다. 그들의 삶에 관해 물을 수 있는 온갖 질문을 소진시킬 정도로 자세하지는 않았지만, 그들이 얼마나 다른지 감을 잡기에는 충분했다. 나의 세계와 달리 그들의 세계는 나뉘어 있었다. 부자와 가난한 자, 부르주아지와 프롤레타리아, 희망을 가진 이들과 희망이 없는 이들, 자유로운 이들과 속박당한 이들로 구분되었다. 특권과 자격을 가진 아이들은 그들의 부르주아지 부모처럼 자신이 원하는 것을 전부 가졌으면서도, 불운한 아이들과 절대 나누지 않고, 그 아이들의 고난을 무시했다. 가난하고 억압받는 아이들은 잠도 제대로 못 자고, 그 부모는 월말에 고지서 요금도 내지 못하고, 식당이나 기차역에서 먹을 것을 구걸해야 하고, 일에 내몰려서 학교에 다니지도 못하고, 광산에서 다이아몬드를 캐며 판자촌에서 살았다. 그 잡지에는 아프리카와 남아메리카 같은 곳에 사는 아이들의 운명에 관한 보고서가 정기적으로 실렸고, 미국 흑인 아이들에게 가해진 분리 조치와 아파르트헤이트를 다룬 책에 관한 평론도 있었다.

우리는 가난한 아이들, 자본가들에게 굴욕을 당하고 억압을 받는 그 아이들을 만날 일이 결코 없으리라는 사실을 알고 있었다. 그들은 여행할 수 없었기 때문이다. 우리는 그 아이들의 곤경을 동정했지만, 그들과 비슷한 운명이라고 생각하지는 않았다. 우리가 해외여행을 하기 힘든 이유는 적이 에워싸고 있기 때문이라는 것을 알고 있었다. 게다가 휴가 때는 당에서 지원금이 나왔다. 언젠가 당이 우리의 모든 적을 물리칠 만큼 막강해진다면, 아마 해외여행을 하도록 모두에게 지원금을 줄 것이었다. 어쨌든 우리는 이미 가장 좋은 곳에 살고 있었다. 하지만 그들에게는 아무것도 없었다. 물론 우리가 모든 것을 가진 것은 아니었다. 하지만 우리는 충분히 가지고 있었다. 모두가 똑같은 것을 가지고 있었으며, 그리고 무엇보다 모두가 중요한 것을 가지고 있었다. 진정한 자유 말이다.

자본주의에 사는 사람들은 자유롭고 평등하다고 주장하지만, 유용한 권리는 오직 부자들만 이용할 수 있었다. 그것은 서류상의 자유, 서류상의 평등이었다. 자본가들은 전 세계에서 땅을 훔치고 자원을 약탈함으로써, 그리고 흑인들을 노예로 팔아넘김으로써 돈을 벌었다. 「여러분, 『흑인 소년』을 기억하죠? 부르주아 독재 국가에서 가난한 흑인은 자유로울 수 없어요. 경찰이 흑인을 뒤쫓거든요. 법은 흑인에게 불리하고요.」 학교에서 리처드 라이트의 자서전을 읽을 때 노라 선생님이 말했다.

우리에게는 착취자들만을 위한 자유가 아닌, 모두를 위한 자유가 있었다. 우리는 자본가들을 위해서가 아니라 우리 자신을 위해 일했고, 그 노동의 생산물을 나누어 가졌다. 우리는 탐욕을 알지 못했으며 부러움을 느낄 필요도 없었다. 모든 사람의 욕구가 충족되었다. 당은 우리가 재능을 계발하도록 도왔다. 수학이든 춤이든, 시든 간에 남다른 재능이 있다면, 피오네르의 집에 가서 과학 클럽이나 춤 동아리, 문학 서클 등에서 기량을 닦을 수 있었다.

「여러분의 부모님이 자본주의에 살고 있다고 상상해 보세요. 부모님들은 이 모든 것에 돈을 내야 할 거예요.」 노라 선생님은 그렇게 말하곤 했다. 「사람들은 개처럼 일하지만, 자본가는 사람들이 받아 마땅한 만큼 돈을 주지도 않는답니다. 그러지 않으면 어떻게 이윤을 남기겠어요? 다시 말해, 일하는 시간 중 일부는 고대 로마의 노예들처럼 공짜로 일한다는 뜻이에요. 나머지 시간에 대해서만 임금을 받아요. 그리고 만약 아이들의 재능을 계발해 주고 싶다면 사교육에 돈을 써야 하는데, 물론 그럴 여유가 없겠죠. 그게 무슨 자유예요?」

그러나 관광객들은 모든 것에 여유가 있었다. 이 나라를 방문한 관광객들은 필요한 것을 전부 〈발루타〉에서 찾을 수 있었는데, 그곳에서는 외국 화폐만 쓸 수 있었다. 발루타는 꿈이 현실이 되는 가게였다. 비록 노라 선생님의 말에 따르면, 그것은 꿈이 아니라 자본주의적 열망에 지나지 않았지만 말이다. 발루타는 레지스탕스 영웅 박물관 바로 옆에 있었다. 엘로나와 나는 학교에서 박물관으로 견학을 갈 때마다 그 가게를 구경하러 갔다. 공화국 기념일인 1월 11일, 파시스트에 맞선 청년 레지스탕스를 기리는 2월 10일, 레닌 탄생일인 4월 22일, 그리고 5월 1일, 5월 5일, 인민군 창립 기념일인 7월 10일, 엔베르 호자 탄생일인 10월 6일, 당 기념일인 11월 8일, 독립 기념일인 11월 28일과 29일이 그런 날이었다. 우리는 계산대에 앉아 있는 여자를 〈메두사〉라고 불렀다. 그 여자는 부스스한 곱슬머리를 가지고 있었고, 문간에 서서 표독한 표정을 지으며 사람들을 얼어붙게 했고 안으로 들어가는 것을 망설이게 만들었기 때문이다. 메두사는 계산대 위에 항상 『저리 이 포풀리트』의 똑같은 페이지를 펼쳐 놓은 채 해바라기씨를 우물거리며 입구를 노려보았다. 신문의 왼쪽에는 먹지 않은 씨앗 무더기가 있었고, 오른쪽에는 먹고 난 씨앗 껍질이 쌓여 있었다. 그녀는 씨를 보지도 않고 껍질을 벗겨 먹으면서 가게 입구에서 눈을 떼는 법이 없었다.

우리가 들어가면 그녀는 아무 말도 하지 않았지만, 그래도 우물거리던 입은 멈추었다. 그녀는 몇 분 동안 말없이 우리를 살폈다. 만약 그때가 겨울이면 그녀는 이렇게 물었다. 「뭐 찾는 거 있어? 달러 가져왔어? 아니라고? 그럼 어서 나가. 문 닫고 가. 추우니까.」 여름이면 이렇게 물었다. 「뭐 찾는 거 있어? 달러 가져왔어? 아니라고? 그럼 어서 나가. 문 열고 가. 더우니까.」 그러고는 다시 해바라기씨를 우물거리기 시작했다.

우리는 절대 곧바로 나오지 않았다. 진열된 물건들을 물끄러미 바라보았다. 코카콜라 깡통이 서가 전체를 채우고 있었다. 심지어 공간을 확보하기 위해 책을 모두 치워 버렸는데도 빈틈없이 들어차 있었다. 구운 다음에 소금을 뿌린 땅콩은 구운 다음에 소금을 뿌린 해바라기씨와 비슷하겠지만, 훨씬 맛있을 것 같았다. 그렇지 않다면 왜 달러로만 살 수 있겠는가? 필립스 컬러텔레비전, 그것은 우리 동네에서 유일하게 컬러텔레비전이 있는 메타 가족의 것과 똑같이 생겼다. 「너희들, 티켓은 샀니?」 매년 새해 첫날에 마흔 명 정도의 아이들이 튀르크에서 제작한 「백설 공주와 일곱 난쟁이」를 보려고 그들의 필립스 컬러텔레비전 앞에 앉아 있을 때면, 그 식구들은 그렇게 농담했다. 가게 한가운데에는 당당하게 진열된 검은색 MZ 오토바이가 있었다. 그것이 많은 공간을 차지하고 있었기 때문에 계산대에 가려면 그 옆을 돌아가야 했는데, 모스크바에 있는 레닌 영묘에서 출구로 가려면 레닌 무덤을 돌아가야 하는 것과 똑같았다. 발루타에는 아직 가슴이 자라지도 않은 엘로나가 사랑에 빠져 버린 빨간 브라도 있었다. 나는 햇빛 차단용 모자가 마음에 들었다.

발루타에 있는 물건들 중 일부는 대형 트럭 운전사나 선원들이 외국 출장에서 돌아올 때 아내와 아이들, 친척들, 이웃의 아내들과 아이들에게 주려고 가져오는 물건과 비슷했다. 빅 펜, 럭스 비누, 나일론 스타킹 등이 그랬다. 드물게는 더 값비싼 물건도 있었다. 티셔츠, 반바지와 수영복이 그런 품목이었는데, 그 위에 쓰인 〈the green Speedo man〉이나 〈red Dolphin girl〉 등의 브랜드 이름은 그 옷을 입고 여름 해변을 누비고 다니는 사람들을 돋보이게 해주었다. 「너 꼭 관광객 같아.」 사람들은 그 옷을 입은 친구에게 그렇게 말하곤 했다. 대부분은 칭찬의 뜻이었다. 가끔은 경고일 때도 있었다. 아주 드물게는 위협일 수도 있었다.

관광객은 우리 중 한 명으로 보이지 않았다. 관광객은 우리 중 한 명이 될 수 없었다. 관광객은 어쩌다 가끔 보였지만 쉽게 눈에 띄었다. 우선 옷차림이 달랐다. 머리 스타일도 특이했는데, 이상한 모양으로 자르거나 아예 자르지 않은 상태였다. 최근 국경에서 우리 방식으로 머리를 자른 사람도 있었다. 그것은 상상 속에서만 세계여행을 하는 인민들의 나라를 방문하기 위해 여행자들이 치르는 소소한 대가였다.

관광객들은 여름 몇 달 동안 찾아왔다. 그들은 시에스타 시간에 거리를 배회했다. 귀뚜라미 우는 소리와 얼마 남지 않은 낮잠 시간을 즐기기 위해 서둘러 집으로 가는 주민들의 흐릿한 시선이 그들의 뒤를 따랐다. 관광객들은 작은 플라스틱 물병이 잔뜩 든 다채로운 색깔의 배낭을 메고 다녔지만, 이곳의 극단적인 열기를 겪다 보면 그 배낭이 너무 작다는 사실을 깨달았다. 그 열기는 소련과 연합했던 잔재를 모두 질식시키고 중동을 떠올리게 할 만큼 혹독했다. 로마 시대의 원형 극장, 베네치아식 탑, 항구, 옛 성벽, 담배 공장, 고무 제조 공장, 학교, 당사, 세탁소, 쓰레기 더미, 가게 앞에 늘어선 줄, 거리의 쥐, 결혼식, 장례식, 일어났던 일과 일어나지 않은 일, 일어날 수 있거나 일어나지 않을 일까지, 관광객들은 모든 것에 관심을 보였다. 관광객들은 니콘 카메라를 들고 다니면서, 우리 과거의 위대함과 우리 현재의 비참함, 또는 그들의 관점에 따라 우리 현재의 위대함과 우리 과거의 비참함을 포착하려 열심이었다. 관광객들은 그들의 카메라에 무언가를 담아낼 수 있는지 아닌지는 대체로 지역 가이드의 선의에 달려 있다는 것을 알고 있었다. 사실 지역 가이드들은 종종 비밀 정보기관의 신임이었다. 관광객들은 그 일이 전적으로 지역 가이드의 손에 달려 있다는 것은 알지 못했다.

그들은 혼자 오는 법이 없었다. 그 대신 항상 한 집단에 속한 일부로 등장했다. 나중에 나는 그 집단에는 현실주의자와 몽상가, 두 부류가 있다는 사실을 알게 되었다. 몽상가들은 마르크스-레닌주의 주변부 집단에 속해 있었다. 대부분 스칸디나비아에서 온 그들은 사회 민주주의가 남긴 사회적 잔해에 분노하고 있었다.

그들은 지역 주민들에게 줄 과자를 가져왔지만, 주민들은 그것을 잘 받지 않았다. 그들은 세계에서 유일하게 원칙적이고 비타협적인 사회주의 사회를 건설해 냈다며 우리 나라를 숭배했다. 그들은 우리의 모든 것을 찬양했다. 우리 구호의 명쾌함, 우리 공장들의 질서, 우리 아이들의 순수함, 우리 마차를 끄는 말들의 규율, 그 마차를 타고 다니는 농민들의 신념까지도. 하다못해 우리의 모기에도 독특하고 영웅적인 무언가가 있다고 했다. 관광객들 그 자신들을 포함해 누구도 예외 없이 피를 빠는 그 방식 말이다. 그들은 우리의 국제적 동지였다. 그들은 우리의 모델을 어떻게 수출할 수 있을지 고민했다. 그들은 항상, 심지어 멀리서도 손을 흔들고 미소를 지었다. 그들은 세계 혁명을 믿었다.

두 번째 부류는 가만히 있지 못하는 서유럽 사람들이었다. 발라톤 호수의 호반과 발리 해변에 싫증을 내고, 멕시코와 모스크바가 관광객에게 침공당했다며 투덜거리는 사람들이었다. 그들은 틈새 클럽에 가입했고, 이제 독점 여행사들은 그들에게 최고의 이국적 모험을 팔고 있었다. 이곳은 유럽 심장부의 한 장소이자, 로마에서 항공편으로 한 시간 남짓 걸리고 파리에서는 두 시간이 걸리는 곳, 그럼에도 매우 외진 곳이었다. 험준한 산과 꿈같은 해변, 다가갈 수 없는 사람들이 있고 동시에 혼란스러운 역사와 복잡한 정치가 펼쳐진 곳, 용기가 있어야 가볼 수 있는 곳이었다. 그들은 암호를 해독하고 진실을 발견하기 위해서 찾아왔다. 그러나 그 진실은 그들이 이미 동의했던 것이었다. 그들은 발리에서 칵테일을 마시면서, 모스크바에서 보드카를 들이켜면서, 그것에 관해 말한 적이 있었다. 그 진실은 정치적이었다. 그들에게 정치적 견해는 하나뿐이었다. 사회주의는 어디에서든, 그리고 어떤 형태를 띠든 인간 본성에 반한다는 것이었다. 그들은 늘 그렇게 생각했었다. 이제 그들은 그것을 알게 되었다. 그들도 가끔은 손을 흔들었다. 그들은 자주 웃지 않았다. 그들도 과자를 가지고 다녔고, 우리에게 말을 걸고 싶어 했다. 때로는 말을 거는 데 성공하기도 했다. 다음번에 그들이 다시 시도하면, 아무도 답례로 손을 흔들어 주지 않았고 아무도 과자에 관심을 보이지 않았다. 그들은 자신들과 견해를 나눈 현지 주민들이 행인이었는지 아니면 비밀 요원이었는지 영영 짐작하지 못할 것이다. 둘 중 하나였을 텐데, 그들은 그것을 구분하기가 힘들다는 사실을 알고 있었다. 그러나 항상 말을 걸었다.

엄마가 인솔하는 수학여행을 갔을 때, 그곳 레제섬에서 내가 만났던 관광객들이 그 둘 중 어느 부류에 속했는지는 모르겠다. 1988년 가을, 유난히 더운 어느 날이었다. 길을 건너려고 하는데 프랑스어가 들렸다. 「Attention! Petite fille, attention(조심해, 꼬마야. 조심해)!」 나는 본능적으로, 살짝 화가 나서 대답했다. 「Ça va(괜찮아요).」 나는 그들이 탄 버스가 막 주차하는 모습을 보았고, 서유럽 도로와는 달리 자동차들이 밀려오지 않는 우리의 거리를 건너는 방법과 관련해 굳이 잔소리를 들을 이유가 없었기 때문이다. 몇 분이 지나자, 나는 마침내 동물원에서 마음에 드는 동물을 찾았다는 듯 나를 쳐다보고 있는 10여 명의 사람들에게 둘러싸여 있었다. 사방에서 선크림 냄새가 났다. 그것을 참기가 힘들었다. 나는 더 이상 그들을 따라가거나 그들을 껴안고 싶지 않았다. 어떻게 프랑스어를 할 줄 아냐고, 몇 살이냐고, 어디 사냐고, 그들이 계속해서 물었다.

「우리는 프랑스 사람이야. 프랑스가 어디 있는지 아니?」 그들이 말했고, 나는 고개를 끄덕였다. 「프랑스에 관해 좀 아니?」 그 질문에 나는 웃음이 나왔다. 그러고 나자 기분이 상했다. 〈어떻게 그런 질문을 할 수 있지? 내가 프랑스가 어디 있는지도 모른다는 것처럼, 어떻게 그럴 수 있지?〉 나는 그들과 말하고 싶지 않았다. 하지만 그들이 생각하는 것보다 더 많이 안다는 것을 보여 주고 싶었다. 나는 할머니가 좋아하는 노래를 불렀다.

> 「Je suis tombé par terre, C'est la faute à Voltaire, Le nez dans le ruisseau, C'est la faute à Rousseau(나는 땅바닥에 넘어졌네. 그건 볼테르의 잘못이지. 내 코는 시궁창에 처박혔네. 그건 루소의 잘못이지).」*

「가브로슈! 너 가브로슈의 노래를 아는구나. 『레 미제라블』을 알고 있어!」 그중 한 명이 소리쳤다. 나머지 사람들은 마치 〈가브로슈〉나 〈바리케이드〉를 처음 듣는다는 듯, 또는 방금 목격한 것을 믿지 못하겠다는 듯 당황한 표정이었다.

나는 어깨를 으쓱했다. 그들은 가방에서 과자들을 꺼냈다. 「사

* 빅토르 위고의 『레 미제라블』에서 거리의 소년 가브로슈가 시가전에서 부르는 마지막 노래.

탕 먹을래?」 나는 고개를 저었다. 그러자 한 여자가 엽서 한 장을 꺼냈다. 「너 이거 아니?」 그것은 컬러 엽서, 에펠 탑의 야경이 담긴 엽서였다. 나는 머뭇거렸다. 「가져.」 그녀가 말했다. 「Un petit souvenir de Paris(파리의 작은 기념품이야).」 그들은 나를 설득하듯 프랑스어로 덧붙였다. 나는 고민했다. 할머니가 생각났다. 레제섬에서 파리의 엽서를 가져가면 할머니가 좋아할까? 엄마가 나를 불렀다. 난 뒤로 돌아 우리 버스를 향해 달렸다. 버스가 섬을 떠날 때, 나는 차창으로 그 무리를 보았다. 엽서를 내민 여자가 보였다. 그녀도 나를 보았다. 그녀가 다시 미소 지었다. 그녀는 아직 엽서를 손에 든 채, 마치 손수건을 흔들 듯 에펠 탑을 흔들었다.

8장

브리가티스타

레제섬 여행을 마치고 집에 돌아왔을 때, 화난 마음은 사라지고 없었다. 돌아오는 내내 나는 머릿속으로 가브로슈의 노래를 부르고 있었지만, 그 노래는 엄마가 인솔한 학생들이 버스 뒷자리에서 목청 높여 부르는 노래와 뒤섞였다. 「안녕하세요, 오, 우리의 산처럼 위대하시고, 벼랑처럼 날카로우신 엔베르 호자.」 관광객들과의 만남을 생각할수록 화난 마음이 점점 가라앉았다. 우리가 그들에 관해 아는 것보다 그들이 우리에 관해 아는 것이 훨씬 적다는 생각에 기분 나빴던 마음이 똑같은 이유로 재미있게 느껴졌다. 심지어 우쭐해지기도 했다. 마치 시험을 치르고 이제 합격했다는 자신감이 점점 커지는 그런 기분이었다.

저녁 식사를 위해 부엌에 모여 앉았다. 나는 식구들에게 그 일을 들려주었다. 내 딴에는 안도감에서 말한 것이었지만, 내가 속상해하는 것처럼 들렸던 모양이다. 할머니가 자리에서 일어나더니 말없이 방을 나갔다. 몇 분 후, 할머니는 색 바랜 사진이 가득

든 먼지 낀 투명 비닐봉지 하나를 들고 왔다. 그 안에서 에펠 탑 사진이 담겨 있는 흑백 엽서를 꺼내 나에게 건넸다. 뒷면에 이런 글이 쓰여 있었다. 〈축하합니다! 1934년 10월.〉 갈겨쓴 글씨가 더 있었는데, 아마 서명인 듯했지만 더는 알아볼 수가 없었다. 누군가 그것을 지우려고 애썼던 것처럼 보일 정도였다.

「자, 우리한테는 이미 에펠 탑이 있단다. 그건 전혀 걱정할 필요가 없어.」 할머니가 말했다.

「여기 찾아오는 관광객들 말이야, 그들은 에펠 탑 꼭대기만큼 유용할 거야.」 엄마가 접시들을 치우다가 내 손에 들린 엽서를 흘깃 보며 말했다.

나는 흥미를 느꼈다. 우리를 찾아오는 관광객들이 유용할 수 있다는 생각은 한 번도 해본 적이 없었다. 그들이 원하는 것이라고는 자기네 나라에 관한 우리의 지식을 시험해 보려는 것이 전부였다.

「에펠 탑 꼭대기가 무슨 쓸모가 있는데요?」 내가 물었다.

「없지. 그게 핵심이야.」 엄마가 대답했다.

「경치를 보는 거.」 아빠가 말했다.

「정확해. 관광객처럼 말이지.」 엄마가 말했다.

「그 관광객들한테 네가 가끔 가브로슈와 닮았다는 얘기는 했니?」 아빠가 화제를 바꾸며 물었다.

나는 웃으며 고개를 저었다. 아빠는 종종 나를 〈가브로슈〉라 불렀다. 그것은 내가 〈소를 채운 피망〉이라는 별명에 어울릴 만큼 많이 먹지 않게 되자, 아빠가 새로 지어 준 두 개의 별명 중 하나였다. 「무슨 놀이를 하다 왔기에 바리케이드 위의 가브로슈가 되었나?」 아빠는 내가 저녁때까지 밖에서 놀다 얼굴이 발그레해서, 땀에 젖은 채 헐떡거리며 들어오면 그렇게 묻곤 했다. 파시스트들을 잡기 위해 뛰어다니고, 로마 정복자들에 맞서 지팡이를 휘두르며 전투를 벌이고, 오스만군의 포위를 정찰하기 위해 나무에 올라가며 몇 시간을 보낸 터라, 진정되기까지는 시간이 걸렸다. 나는 열세 살이 되었을 때 머리를 짧게 잘랐다. 내 의견이 중요하게 받아들여지기를 바라는 마음에서, 내 삶에서 영원히 리본을 없애기 위해서였다. 그리고 손뜨개 레이스를 붙인 원피스 대신 약간 큼직한 남자아이 옷과 프리기아 모자*를 쓰고 다니기 시작했다. 그러고 난 후에는 내 의견이 더는 질문으로 언급되지 않았다. 그것은 확신의 표현이 되었다. 「여전히 가브로슈처럼 보이는걸, 난 알아.」 아빠는 비판인지 칭찬인지 알기 힘든 어조로 그렇게 말하곤 했다.

나는 할머니가 보여 준 엽서에서 눈을 떼지 않았다. 「가져도 돼. 안전하게 보관하기만 한다면.」 할머니가 말했다.

나는 그 엽서를 꼭 쥐었고, 땀이 나는 것이 느껴졌다. 「할머니가 어렸을 때 관광객들이 준 거예요?」 할머니에게 물었다.

「네 할아버지가 받은 거야. 네 할아버지는 프랑스 소르본 대학교에서 공부했어. 할아버지의 가장 친한 친구가 졸업할 때 그걸

* 고대 프리기아인들이 쓰던 모자에서 유래한 것으로 뾰족한 끝이 앞으로 접히는 모자. 고대 로마에서는 자유를 얻은 노예들이 썼고, 중세에 많이 쓰다가 프랑스 혁명가들이 빨간색 프리기아 모자를 자유의 모자로 채택했다.

할아버지한테 주었지. 그 친구는 지금 우리 곁에 없지만.」 할머니가 미소를 지으며 설명했다.

「프랑스에서! 할아버지가 프랑스에서 공부하셨군요! 엔베르 아저씨처럼! 할아버지도 자연 과학을 공부했어요? 할아버지랑 엔베르 아저씨가 친구였다면서요! 거기서 만났어요?」

「아니, 네 할아버지는 법학을 공부했어. 할아버지와 엔베르는 학교 다닐 때 이미 서로 알고 있었지. 코르처에 있는 프랑스 고등학교에 다닐 때부터 두 사람이 친구였어. 하지만 맞아, 프랑스에서도 여러 번 만났지. 둘 다 인민 전선에 있었으니까.」

「인민 전선이 뭐예요?」

「바보들 중 맨 앞줄.」 엄마가 끼어들었다. 아빠가 인상을 쓰며 쳐다보았고, 할머니는 엄마 말을 듣지 못했다는 듯 말을 이어 갔다. 할머니는 인민 전선은 파시즘에 맞서 몸 바쳐 싸운 큰 조직이라고 설명했다. 그들은 회의를 열었고, 시위를 벌였으며, 유럽에서 대대적인 저항 운동을 구축하려고 했다. 그러다 스페인에서 전쟁이 일어났고, 할아버지는 파시스트와 싸우는 공화파를 돕기 위해 자원하는 국제 여단에 참여하고 싶어 했다.

「할아버지가 엔베르 아저씨와 같이 큰 반파시스트 단체에 있었네요? 그런 말은 한 번도 안 하셨잖아요! 할아버지가 파시스트와 싸웠다는 얘기는 없었잖아요! 5월 5일에 할아버지 사진을 학교에 가져가면 되겠어요! 할아버지 사진 있어요? 편지는요? 친구들한테 뭘 보여 줄까요?」 나는 좀처럼 흥분을 감추지 못하고 물었다.

「그게, 할아버지는 스페인에 가지 못했어. 할아버지가 국제 여단에 가담할 생각으로 국경에 가 있다는 사실을 할아버지의 아버지가 알게 된 거야. 그래서 알바니아 대사에게 할아버지를 송환해 달라는 편지를 보냈지.」 할머니가 말했다.

「할아버지의 아빠는 왜 그러셨대요?」 나는 어리둥절했다.

할머니는 내 질문을 듣지 못했거나, 아니면 무시하고 싶은 듯 계속 말했다. 「할아버지는 알바니아로 돌아왔어. 그때 반파시스트 전단지를 가져와서 여기서 모임을 조직하려고 했지. 그런데 경찰이 그걸 알아낸 거야.」

「할아버지의 아빠는 왜 할아버지가 파시스트와 싸우는 걸 싫어하셨어요?」 나는 프랑스, 알바니아, 또는 어디에서든 파시스트와 싸우는 데 반대하는 이유를 이해할 수 없었다. 그리고 할아버지의 아버지가 우리 나라 전 총리와 성과 이름이 같을 뿐 아니라, 그와 같은 파시스트였다는 사실이 짜증 났다.

「글쎄, 모르겠구나. 그냥 좀 옛날 사람이어서 그랬나 보지. 정치에 관해 관점이 달랐던 거야.」 할머니가 약간 머뭇거리면서 대답했다.

「할아버지는 엔베르 아저씨를 다시 만났어요?」 내가 물었다.

할머니가 말을 멈추었다. 눈을 가늘게 뜨고서 잠시 생각하다가 다시 입을 열었다. 「그게…… 두 사람은…… 서로 만나지 못했어. 어쨌든, 우리에겐 에펠 탑이 있잖니! 중요한 건 그거야!」 할머니가 소리쳤다.

「그 엽서는 할아버지가 대학에 연구하러 갔을 때 받은 건가요?」 나는 그냥 넘어가기 싫어서 물었다.

니니는 이제 집요한 질문들이 불편해지기 시작한 것 같았다. 도움을 청하려는 듯 할머니가 아빠를 쳐다보았다. 그러나 도움은 없었다.

「처음에 할아버지는 주류 가게를 열었지. 변호사업을 하려고 했지만 면허를 받지 못했어. 파시스트에 반대했기 때문인데, 그때가 조구 왕 시절이었거든. 대학에서 연구라…… 음, 아니야. 그건 몇 년 후의 일이었어. 전쟁이 끝난 후였지.」 할머니가 말했다.

「그때 할아버지는 뭘 했어요?」

「아, 특별한 건 없었다. 할아버지는 러시아어와 영어를 배웠으니, 언어를 가지고 일했어. 번역하고 뭐, 그런 일 말이야. 레우슈카, 저녁 식사를 준비하게 포크랑 나이프 좀 찾아봐 주겠니?」 할머니가 다른 화제를 꺼냈다.

「아빠, 그때가 할아버지가 아주 오랫동안 집을 떠나 있을 때인가요? 할아버지가 대학에 연구하러 갔을 때 말이에요. 그래서 할머니가 아빠를 혼자 키운 거예요?」 나는 아빠를 쳐다보았다.

「그래. 할아버지는 볼테르의 『캉디드』를 번역하셨어.」 아빠가 대답했다.

「볼테르! 볼테르라니! 볼테르와 루소가 누구인지 궁금했었는데, 사실 난 그 사람들에 관해서 아는 게 거의 없거든요. 그냥 프랑스 혁명을 도왔다는 정도만 알아요.」

할머니는 크게 고개를 끄덕였다. 화제가 바뀌어서 안심하는 듯 보였다. 할머니는 할아버지가 어딘가에 가서 그저 언어나 공부하고 번역을 하느라 오랜 세월을 보내면서, 가족을 떠나 있었다는 생각이 싫은 것 같았다.

「그 정도만 알면 돼.」 할머니가 말했다. 프랑스 혁명 이야기가 나올 때마다, 할머니는 기분이 좋아지곤 했다. 할머니는 그 이야기라면 지칠 줄 모르고 계속할 수 있었다. 프랑스 혁명이 어떻게 시작되었는지, 누가 가담했는지, 루이 16세와 마리 앙투아네트에게, 심지어 가여운 도팽 왕세자에게 무슨 일이 생겼는지에 대해, 할머니는 자신이 알고 있는 모든 것을 나에게 말해 주었다. 할머니는 로베스피에르의 연설 일부를 즐겨 읊었다. 〈자유의 비결은 사람들을 교육하는 것에 있고, 폭정의 비결은 사람들을 무지하게 내버려두는 것에 있다.〉 할머니는 나폴레옹이 벌인 유명한 전투들에 대해 묘사할 수 있었고, 그 전투에 참가한 모든 장군의 이름을 알고 있었다. 나에게도 가르쳐 주려고 했지만, 나는 그 많은 사람의 이름을 외울 수 없었다. 할머니는 삼부회 모임부터 나폴레옹 전쟁의 종말까지 프랑스 혁명에 가담했던 인물들에 관해서, 승자와 패자들, 그리고 그 중간에 있는 모든 이에 관해서 마치 그 사람들이 가문의 친척이라도 되는 듯 생생하고도 자세히, 아주 정확하게 말해 주었다.

「네 할아버지는 프랑스 혁명이 세계에 자유를 가져왔다고 생각했어. 하지만 그 멋진 생각이 실제로 뿌리내리지는 못했지.」 아빠가 할머니의 열정을 거들며 말했다.

「볼테르와 루소는 계몽주의 철학자였단다.」 할머니가 말을 받았다. 「가브로슈가 그들을 탓하는 이유도 바로 그 때문이지. 혁명 당시에 사람들이 싸워서 얻고자 했던 것을 맨 처음 이야기했던 사람들이 그들이거든. 모든 사람이 자유롭고 평등하게 태어났고, 누구나 스스로 생각할 수 있고 스스로 결정해야 한다고 생각했지. 그들은 무지와 미신, 그리고 힘 있는 사람들에게 휘둘리는 것을 반대했어.」

「맞아요. 마르크스랑 행겔하고 비슷하네요. 볼테르와 루소도 단두대를 사용했어요?」 내가 물었다.

「아니. 단두대는 나중에 나왔단다.」

「마르크스랑 행겔은 그걸 사용했어요?」

「헤겔.」 할머니는 내가 쓴 단어를 정정해 주고는 말을 이었다. 「그러니까 마르크스와 헤겔 말이지? 마르크스와 헤겔은, 글쎄다……. 아니, 그렇지 않아. 그들은 사용하지 않았어. 그들은 책을 쓰고, 모임을 조직하고, 그런 식의 일들을 했지. 그들 역시 모든 사람이 자유롭고 평등하게 태어났다고 생각했어. 그리고…… 아니, 마르크스가 무슨 생각을 했는지는 너도 알잖니.」

「자본주의 안에는 자유가 없다고 생각했죠. 자본가가 할 수 있는 것들이 노동자에게는 허락되지 않으니까요.」 나는 나도 한마디 했다는 사실에 만족하며 말했다.

「정확해. 마르크스 생각이 옳았지. 사회주의에서는…….」 아빠는 말을 멈추고 잠시 생각하더니, 다시 말하기 시작했다. 「자본주의 사회에 자유가 없는 이유는 부자가 할 수 있는 일들이 가난한 사람에게 허용되지 않아서가 아니야. 설사 허용되었다고 해도 가난한 사람은 할 수가 없어. 예를 들면, 가난한 사람에게도 휴가가 허락되지만 계속해서 일할 수밖에 없어. 그러지 않으면 돈을 벌지 못하니까. 만약 자본주의에서 네가 돈이 없다면 휴가를 갈 수도 없어. 너에겐 혁명이 필요하지.」

「휴가를 가기 위해서요?」

「상황을 바꾸기 위해서.」

아빠는 혁명 전반에 관해 이야기할 때면, 할머니가 프랑스 혁명을 이야기할 때만큼이나 흥분했다. 사람마다 좋아하는 여름 과일이 있듯이, 우리 식구들은 저마다 특히 좋아하는 혁명이 있었다. 엄마가 좋아하는 과일은 수박이었고, 엄마가 좋아하는 혁명은 영국 혁명이었다. 내가 좋아하는 것은 무화과와 러시아 혁명이었다. 아빠는 우리의 모든 혁명에 공감하지만, 아직 일어나지 않은 혁명을 좋아한다고 강조했다. 아빠가 좋아하는 과일은 퀸스*였다. 하지만 퀸스가 충분히 익지 않았을 때 먹으면 목이 조여 오기 때문에, 아빠는 종종 먹기를 꺼렸다. 대추야자는 할머니가 좋아하는 과일이었다. 대추야자는 보기 힘들지만, 할머니가 어렸을 때는 즐겨 먹었다고 했다. 할머니가 좋아하는 혁명은 물론 프랑스 혁명이었고, 그 사실이 아빠를 한없이 짜증 나게 했다. 이제 아빠 차례였다. 「프랑스 혁명은 아무것도 이룬 게 없어. 일부 사람들은 여전히 굉장한 부자이고 그들이 모든 걸 결정하지. 그리고 나머지 사람들은 매우 가난하고 자신들의 삶을 바꾸지 못해. 그들은 덫에 걸린 거야, 이 파리처럼.」 아빠는 고개를 젓더니, 부엌

* 모과와 비슷한 마르멜루과의 열매. 동유럽 지중해 원산으로 열매는 생으로 먹기보다는 잼이나 마멀레이드로 만들어 먹는다.

유리창에 부딪혀 시끄럽게 붕붕거리는 파리를 가리켰다. 그리고 조금 더 생각하다가, 언제나처럼 말을 덧붙였다. 아빠가 좋아하는 혁명이 존재하지 않는 이유를 설명할 때마다 꼬박꼬박 덧붙이는 말이었지만 마치 방금 생각났다는 것처럼 이야기했다. 「세계를 봐, 브리가티스타. 세계를 보라고.」

비록 아빠가 좋아하는 혁명은 없었지만, 좋아하는 혁명가는 있었다. 그들이 이른바 〈브리가티스티〉*였다. 〈브리가티스타〉는 아빠가 나를 〈소를 채운 피망〉이라고 부르기를 그만두면서 나에게 붙인 두 번째 별명이었다. 나는 훨씬 더 나이가 들 때까지 그 의미를 몰랐지만, 내가 어떤 규칙 같은 것을 어겼을 때 그렇게 불리는 경향이 있었다는 사실은 기억하고 있다. 시간이 흐르면서 나는 그것이 〈말썽꾸러기〉와 같은 말, 그러니까 기득권에 도전하는 사람을 가리키는 용어라고 짐작하게 되었다. 아빠는 이렇게 말하곤 했다. 〈이리 와, 브리가티스타. 네가 무슨 짓을 했는지 봐라〉라고 하거나, 〈지각이야, 브리가티스타〉라고 하거나, 아니면 〈브리가티스타, 널 어떻게 하면 좋을까? 아직도 숙제를 안 했잖아〉라고 말이다.

나는 그 단어가 폭력과 모종의 관계가 있다는 생각도 들었다. 아빠가 딱 한 번, 내가 아닌 다른 아이들에게 그 꼬리표를 붙인 적이 있었기 때문이다. 플라무르와 있었던 일을 아빠에게 말했을

* brigatisti. 1970년대 이탈리아에서 무장 투쟁으로 국가를 소멸시키고 마르크스식 혁명으로 가는 길을 준비하려 했던 극좌파 비밀 테러 조직 〈붉은 여단〉의 성원들을 가리킨다. 일반적으로 테러리스트를 통칭하기도 한다.

때였다. 플라무르는 떠돌이 개들에게 주려던 음식을 고양이가 훔쳐 갔다는 이유로 그 고양이를 처형하겠다며 나더러 도우라고 했지만, 나는 그 일을 거절했다. 플라무르는 평소 우리가 노는 거리에 그 고양이를 들고 나타나더니, 고양이 목에 밧줄을 묶고 고양이가 숨을 못 쉴 때까지 밧줄을 당기라고 아이들에게 명령했다. 나는 그 사건을 아빠에게 전하면서, 밧줄을 당기기 싫었다고 말했다. 「그래서 네가 전혀 브리가티스타가 아닌 거야.」 아빠가 대답했다. 〈브리가티스타〉가 칭찬의 말이 아니라는 것을 분명히 하는 말투였다.

아빠가 브리가티스티를 언급하고, 그 호칭에 아빠 자신도 포함하는 경우는 우리가 주기적으로 묘지를 방문할 때였다. 그곳에서 우리는 지쿠를 종종 마주쳤다. 지쿠는 두 다리가 없는 중년의 거지였다. 그는 허벅지가 끝나는 곳에 두 줄의 긴 실밥이 보이도록, 그래서 다리가 잘렸다는 것을 누가 보아도 알 수 있도록, 항상 반바지를 입고 있었다. 그는 땅바닥에서 몸을 끌고 다녔고, 멀리서 우리 아빠가 보이면 어김없이 점점 속도를 높이며 우리에게 기어와 길을 막곤 했다. 나는 지쿠가 나보다도 작다고 생각했던 일이 떠오른다. 「동지들, 동지들! 오늘은 뭐 좀 있어요?」 지쿠가 그렇게 말하면, 아빠는 항상 주머니를 비워 주었다. 말 그대로다. 아빠는 가지고 있는 모든 것을 주었다. 지쿠를 만난 뒤에 우리는 가끔 과자점 앞을 지나기도 했다. 나는 아빠의 옷소매를 잡아당기며 사람들이 줄을 서기 시작했다는 것을 알렸다. 줄을 선다는 것은 어쩌면 곧 아이스크림이 등장할 희망이 있다는 뜻이었다. 아빠는 주머니를 뒤집어 아무것도 없음을 보여 주며 말했다. 「남은 게 없어. 아까 지쿠를 봤잖니? 저런, 화를 내면 안 되지. 네 엄마처럼 인색하게 굴지 마. 우리가 브리가티스티야, 브리가티스티가 아니야?」

이때의 대화를 통해 나는 브리가티스타란, 가진 돈을 모두 나누고 싶은 사람이라고 짐작했고, 아빠는 가진 것을 나누는 데 전혀 거리낌이 없었으므로 자신을 브리가티스티와 동일시한다고 생각하게 되었다.

할머니도 지쿠에게 약간의 잔돈을 주기는 했지만 아빠처럼 많이 주지는 않았다. 할머니는 나에게 아이스크림을 사 줄 동전 몇 개를 남겼고, 줄에 서서 이렇게 말했다. 「불쌍한 지쿠. 아마 어릴 때 학교 다니는 걸 싫어했을 거야. 지금 저렇게 돈을 구걸하는 신세가 된 건 교육을 받지 않았기 때문이지. 숙제를 했어야 했어. 책도 읽고 말이야, 너처럼.」

엄마는 지쿠에게 아무것도 주지 않았다. 「지쿠는 일을 해야 해!」 엄마가 말했다. 「하지만 다리가 없잖아요!」 내가 대답했다. 「두 팔이 있잖아!」 엄마가 쏘아붙였다. 「하지만 아무 교육도 못 받았잖아요!」 나는 반박했다. 「그건 자기 잘못이지! 뭐라도 배웠어야지. 배우고 싶어 하는 사람은 배워. 내가 자랄 때는 나한테 단 몇 푼이라도 주는 사람이 없었어.」 엄마가 대꾸했다.

지쿠가 학교에 다니지 않거나 배우기를 좋아하지 않은 것은 그의 잘못인데, 왜 그에게 우리가 가진 잔돈을 모두 주어야 하는지 아빠에게 물었다. 아빠는 모든 것이 어떤 사람의 잘못은 아니라고 대답했다. 아빠는 비록 지금은 집시 어린이들이 의무 교육을 받고 아파트에 살도록 되어 있지만, 지쿠가 어딘지도 모를 유목민 캠프에서 자랐을 때는 아마 그렇지 않았을 것이라고 설명했다. 그리고 이런 말도 덧붙였다. 「네 엄마 말은 듣지 마. 엄마는 지쿠가 박사 학위를 받았다 해도 아무것도 주지 않을 거야. 네 엄마는 모든 걸 절약하고 싶어 하는 사람이잖아.」

아빠는 모든 것을 절약하려는 엄마의 욕심을 항상 놀려 댔다. 「당신은 이 투자를 어떻게 진행하고 싶어?」 아빠는 엄마와 무언가를 사려고 할 때, 예를 들어 새 겨울 외투를 사는 일이 적절한지를 의논할 때 마치 엄마가 자본가인 것처럼, 그렇게 역설적으로 물었다. 엄마는 절대 그런 농담에 웃지 않았다. 심지어 엄마를 두고 농담을 한 것이 아닌 경우에도 마찬가지였다. 그렇다고 반발하지도 않았다. 어깨를 으쓱하고는 명령할 뿐이었다. 「그 낡은 당신 코트를 줘요. 목깃을 뒤집어 줄 테니까. 그럼 새것처럼 괜찮아 보일 거예요.」

아빠의 입장에서 돈에 대한 경멸은 식별의 표지였다. 저축은 벗어 버려야 할 부담이자, 자유로운 인간으로서의 지위를 위태롭게 만드는 것으로 여겨졌다. 집안에 여윳돈이라도 생기면, 그 액수가 아무리 적다 하더라도 아빠와 할머니는 곧바로 당황해서 어쩔 줄을 몰랐다. 그들은 잉여금이 쌓이는 재앙을 막으려고, 그 돈으로 무엇을 살지 또는 그 돈을 누구에게 줄지 궁리했다. 생일은 사치스러운 지출로 축하했다. 모두가 적어도 선물을 하나씩 받았고, 더 많이 받기도 했다. 영구적인 빚이 있다는 사실은 커다란 안도의 근원이었다. 내가 기억하는 한 우리 가족은 빚이 없는 순간이 없었다. 간혹 월부금을 갚고 기본적인 지출을 다 부담하고도 돈이 남으면, 아빠와 할머니는 남은 돈까지 다 써버리기 위해서 그들에게 있을 만한 더 복잡한 요구가 무엇인지 생각하기 시작했다.

매달 말이 되면, 할머니는 텅 빈 찬장을 물끄러미 보다가 소리쳤다. 「전부 다 썼어! 하나도 남은 게 없어! 다음 달 배급표가 나올 때까지 기다려야 해!」 할머니의 목소리에는 약간의 걱정이 배어 있었지만, 나로서는 도저히 이해할 수 없는 기쁜 기색도 있었다. 마치 다가오는 도전과 함께, 우리가 자랑스러워해야 할 일종의 목표 도달을 선언하는 듯했다. 나는 그것이 집안 내력이라고 짐작했다. 언젠가 코코트와 함께 콩으로 포커 게임을 하다가 어떤 이야기를 들었는데, 옛날에 코코트와 우리 할머니는 진짜 돈으로 포커 게임을 했으며 그때 약간의 돈을 잃어도 개의치 않았다고 했기 때문이다. 어느 밤에 두 분은 잠자리에 들기 전까지 늦도록 수다를 떨었고, 나는 코코트가 우리 할머니에게 하는 말을 엿듣게 되었다. 파샤였던 그들의 할아버지가 모든 것은 결국에는 어떻게든 사라지기 마련이니 집안의 재산 대부분을 보석이나 여행, 오페라의 발코니석 티켓을 사는 데 쓰라고 이야기해서 좋았다는 내용이었다.

엄마와 아빠, 그리고 외가인 벨리 집안과 친가인 이피 집안은 근본적으로 가치가 달랐다. 거의 모든 것에 대해서 근본적으로 상충되는 태도를 보였다. 원래의 옷을 계속 수선하면서 얼마나 오래 입고서 새 옷을 사는 것이 적절한지, 「사코와 반제티」*가 「바람과 함께 사라지다」보다 더 나은 영화인지 아닌지, 아이들이 혼자 울다가 자는 것이 더 잘 쉬는 것인지, 살짝 맛이 간 우유를 마셔도 괜찮은지, 만약 모임에 늦어도 된다면 얼마나 늦을 것인지, 남은 음식을 마침내 포기하기까지 며칠이나 재활용할 수 있는지 등 모든 것이 달랐다. 이피 집안은 돈을 혐오했고, 벨리 가문은 돈을 숭배했다. 이피 집안은 고대의 신사도를 존중했고, 벨리 집안은 그것을 무시하는 것을 자랑으로 여겼다. 친가는 머나먼 곳의 정치를 포함해 정치에 관심이 무척 많았고, 외가는 직접적으로 자신과 관련이 있을 때만 정치에 관심을 보였다. 시대와 장소가 달랐다면 아마도 철천지원수였을 두 집안이 결국 결혼했다는 것은 엄청난 아이러니였다. 역사는 그들을 동맹으로 만들었다. 양쪽 모두 자신들의 상호 작용이 일으키는 일상적인 갈등을 즐기는 듯 보이지는 않았지만, 양쪽 모두 그것을 대하는 전략을 알고 있었다. 그들은 서로의 도덕관을 못마땅하게 여긴다는 사실에 대해 놀랄 만큼 솔직했다. 부모님은 결혼하는 것 말고는 선택의 여지가 없었다고 말했다. 그 모든 것이 〈약력〉 때문이었다.

아빠는 처가의 검약하는 습관을 혐오했지만, 그보다는 돈을 훨씬 더 경멸했다. 그것은 자본주의 체제에 대한 적대적 태도로 이

* 1920년 매사추세츠주 제화 공장 살인 및 무장 강도 사건의 용의자로, 이탈리아계 이민자 사코와 반제티가 체포되어 재판 끝에 사형당했다. 가난한 무정부주의자였던 이들은 공정한 재판을 받지 못한 채 사법 살인을 당했다고 여겨지고 있다. 영화 「사코와 반제티」는 1971년 줄리아노 몬탈토 감독이 제작했다.

어졌다. 아빠는 자본주의의 목적은 단지 이익을 계속 얻기 위해서 계속해서 물건을 사고파는 것이라고 설명했다. 엄마는 어떤 사람이 돈이 많다는 사실은 그럴 만한 자격이 있다는 이야기라고 단언했다. 아빠는 돈 없는 사람을 착취하지 않고서 돈을 버는 방법은 없다고 주장했다. 만약 어떤 사람이 돈이 많다면, 강한 권력이 있고 중요한 결정에 영향을 미치며, 그로써 그 사람과 똑같은 위치에 이를 만큼 똑같은 돈을 가지지 못한 채 시작한 사람들을 힘들게 만들 수 있다는 것이다. 아빠는 이렇게 결론지었다. 「브리가티스타, 사람은 자기가 할 수 있는 일을 해야 해. 하지만 결국, 상황을 바꾸기 위해서는 혁명이 필요해. 강요받지 않는 한, 누구도 자기 특권을 포기하려 들지 않기 때문이지.」

세월이 흘러 내가 대학교에 입학했을 때, 내 별명이 〈붉은 여단〉에서 따온 것이라는 사실을 알고 충격을 받았다. 붉은 여단은 1970년대 서유럽 여러 나라에서 등장했던 게릴라 운동과 비슷한 이탈리아 극좌파의 테러 운동이었다. 아빠는 1968년 여름에 티라나 대학교에서 학위를 마쳤으므로, 그해 4월에 마틴 루서 킹이 암살당했던 일을 기억하고 있었다. 또 5월에 시위대가 프랑스 대학교를 점거한 이후 드골이 독일로 피신했던 일, 8월에 소비에트 탱크들이 프라하를 침공하자 알바니아가 저항의 의미로 바르샤바 조약을 탈퇴했던 일을 잘 알고 있었다. 이런 사건들을 지켜본 아빠는 세계 모든 곳에서 불의로 고통받는 그 사람들이 전부 자유로워지지 않는 이상, 지속적인 승리를 이룰 수 없다는 것을 확신하게 되었다. 그 여름의 어느 순간, 아빠는 자유가 가능하며 온갖 형태의 권위에 항거하기를 요구한다고 생각하고 있었다. 그러나 학생들의 저항은 실패로 돌아갔다. 광장의 젊은이들은 직업 정치가가 되었으며, 자유에 대한 이상을 〈민주주의〉라는 모호한 수사로 바꿔 버렸다. 민주주의가 국가 폭력, 즉 대체로 추상적인 위협으로 남아 있다가 권력자들이 특권을 잃을 위험이 있을 때만 실현되는 폭력의 또 다른 이름에 불과하다고 깨달았던 순간이 바로 그때였다고, 아빠는 설명했다.

이탈리아나 유고슬라비아의 텔레비전 방송에서만 보던 이런 사건들로 인해, 아빠는 혁명 단체에 큰 관심을 가지게 되었다. 그들은 법적 권리와 의회 민주주의를 모두 거부했고, 인민의 폭력 없이는 국가의 폭력을 극복할 수 없다고 믿었다. 아빠는 이탈리아에서 출판사를 세운 잔자코모 펠트리넬리에게 매료되었고, 그의 입장이 그 가문의 자본가적 이해관계에도, 또 자유주의 국가의 민주주의적 수사에도 영합하지 않았다며 칭찬했다. 아빠는 펠트리넬리가 혁명 단체 〈그루피 디 아초네 파르티자나〉*의 작전 도중에 폭발물을 옮기다가 죽게 된 이야기를 들려주었다. 세부적인 심리 묘사를 곁들여 가면서 얼마나 정확하게 그 죽음에 대해 설명했는지, 마치 그 현장에 있다가 아슬아슬하게 목숨을 건진 사람처럼 생각될 정도였다. 아빠가 그 이야기를 들려줄 당시에는 나는 그것이 어떤 작전이었는지, 또는 혁명에 불을 댕기기 위해 왜 송전탑을 폭파해야 했는지 제대로 이해하지도 못했다.

* Gruppi di Azione Partigiana. 〈애국 행동단〉이라는 뜻이다.

붉은 여단은 1970~1980년대 알바니아 텔레비전에서는 거의 언급되지 않았다. 아빠는 몰래 이탈리아 라디오를 들으며 그들을 추종하기 시작했다. 나중에 나는 이 혁명 단체의 폭력에 대한 아빠의 집착을 이해하려 했다. 아빠는 억압적 국가에 대한 비판과 자신의 곤경 사이에서 유사점을 끌어냈던 것이 분명하다. 「만약 혁명 단체가 정규군이 가질 수 있는 온갖 무기를 가지고 국가와 싸운다면 테러리즘 폭력은 필요하지 않을 거야.」 아빠가 말했다. 아빠는 모든 전쟁을 싫어했다. 아빠는 평화주의자였다. 그러나 혁명 투쟁을 낭만화했다. 아빠는 매우 경직된 정치 질서 속에 갇힌 자유 정신의 소유자였고, 자신의 선택은 아니었지만 세계 안에서 자신의 위치를 결정하기에 충분한 약력을 가진 사람이었다. 다른 사람이 아빠의 도덕적 의무를 대신해서 해석하든, 또 아빠의 성이 우연히도 전 총리의 성과 같다는, 내가 보아도 전혀 무의미한 사실에 누군가 의미를 부여하려고 하든, 그에 상관없이 아빠는 자신의 도덕적 의무를 이해하려고 애쓰면서, 자신을 이해할 방법을 모색하고 있었을 것이다.

그러나 아빠가 이 모든 것을 남들이 이해할 수 있고, 관련지을 수 있는 방식으로 표현하려고 했을 때, 국가의 억압과 시장의 착취로부터 벗어나 자유를 얻는다는 것의 의미를 설명하려고 했을 때는 제대로 말할 수가 없었다. 아빠는 자신이 무엇에 반대하는지 알고 있었다. 그와 동시에 자신이 옹호하는 것을 방어하기가 힘들다는 것 역시 알고 있었다. 아빠의 머릿속에서는 문장, 이론, 이상 들이 밀려들었다. 아빠는 그것들을 정리할 방법을 찾고, 우선순위로 여기는 것을 설명하고, 자신의 견해를 공유할 방법을 찾으려고 몸부림쳤다. 결국에는 모든 것이 수천 개의 조각으로 폭발하고 말았다. 아빠가 알고 있는 것, 아빠가 어떤 사람이었는지 또 어떤 사람이 되려 했는지 하는 것, 현실로 이루어지기를 바랐던 것들은 산산조각 폭발해 버렸다. 아빠가 찬양했던 영웅적 죽음을 맞은 혁명가들의 삶처럼, 아빠가 좋아했지만 결코 일어나지 않은 그 혁명처럼 말이다.

9장

아흐메트가 학위를 받았다

1989년 9월 말, 새 학기가 시작되고 몇 주 후 에리온이라는 소년이 우리 반에 전학을 왔다. 그의 가족은 내가 태어나기 전에 우리 가족이 살던 소도시 카바예에서 이곳으로 이사했다고 했다. 내 옆자리에 앉게 된 에리온이 자기소개를 했다. 「네가 레아구나!」 에리온이 반갑게 말했다. 「레아 이피! 우리 부모님이 너를 찾아보라고 하셨어. 너랑 나랑 친척이거든. 우리 할아버지가 너네 할아버지랑 사촌이야. 두 분이 함께 자랐대. 참, 전할 말이 있어. 아흐메트가 학위를 받았다고 할머니한테 꼭 전해 줘, 아흐메트가 돌아왔다고! 아흐메트는 우리 할아버지야. 언제든지 우리 집에 놀러 와.」

내가 집으로 돌아와서 새 사촌을 만났다고 말하자, 다들 놀란 눈치였다. 「새 친척이 있다는 걸 발견하기엔 좀 늦은 거 아닌가?」 아빠가 농담했다. 나는 에리온이 한 말을 전했다.

「아흐메트…….」 할머니가 생각에 잠긴 채 중얼거렸다. 「아흐메트가 돌아왔다고, 우리가 방문해 주었으면 한다고…….」 할머니는 다시 혼잣말을 했다. 「가야 하나? 그가 학위를 받은 걸 축하해야 하나? 선물을 가져가야 하나?」 아빠가 고개를 끄덕였다. 하지만 엄마는 고개를 저었다. 「조심해야 해요. 아흐메트의 죽은 아내 소냐는 교사였고, 아흐메트는 틀림없이 벌써 새 일자리를 찾았을 거예요.」 아빠가 반박했다. 「일하기엔 너무 나이가 많잖아.」 할머니는 멍하니 계속해서 벽만 바라보고 있었다. 마침내 할머니가 입을 열었다. 「그래, 늦은 나이지. 지금은 늙었는걸. 하지만 누가 알겠어?」

전혀 이해할 수 없는 토론이었다. 아내가 교사였다는 누군가를 왜 찾아갈 수 없다는 것인지, 또 이제야 막 졸업한 친척을 왜 축하해서는 안 된다는 것인지 알 수 없었다.

「난 에리온과 놀고 싶어요. 괜찮은 애예요.」 내가 말했다. 오랜 토론 끝에, 우리 가족은 일단 그 집에 가보기로 결정했다. 튀르키예 과자 한 상자를 사서 그곳을 방문했고, 그렇게 사촌들이 다시 만나게 되었다.

그날 이후, 아흐메트는 주기적으로 우리 집에 오기 시작했다. 그는 걸을 때 짚고 다니는 체리목 지팡이로 우리 집 현관문을 두드렸다. 그는 색칠한 연이나 판지로 만든 모자 같은 작은 선물을 들고 왔다. 가끔 에리온이 함께 오면, 우리는 내 인형들로 선생님 놀이를 했다. 아흐메트는 느릿느릿, 힘들게 말했다. 그는 담배 냄새를 풍겼고 파이프처럼 돌돌 만 신문을 가지고 다녔다. 그렇게 말려 있는 신문으로 내 턱 바로 아래, 목을 간지럽혔다. 그는 커피 잔 받침을 들어 올릴 때마다 손을 떨었다. 커피 잔 안의 스푼이 딸랑딸랑 소리를 냈고, 그 때문에 엄지손가락이 없는 그의 오른손에 눈길이 갔다. 나머지 손가락들은 길었는데, 담배를 자주 말아서 물들었는지 색칠한 것처럼 밝은 노란색을 띠고 있었다.

아흐메트가 오는 날과 코코트가 머무는 기간이 겹치면, 다들 어릴 때 그랬던 것처럼 프랑스어로 대화했다. 한번은 내가 아흐메트에게 콩으로 포커 게임을 할 것인지 물었지만, 코코트는 포커 게임이 부르주아의 놀이라고 말했다. 나는 이해가 가지 않았지만, 우리는 항상 콩으로 포커 게임을 했고, 전에는 아무도 그것을 부르주아의 놀이라고 한 적이 없다고 아흐메트에게 말해서 코코트를 불편하게 만들고 싶지 않았다. 아흐메트는 할머니 옆에 앉아, 자신이 떠나 있는 동안 세상이 얼마나 많이 변했는지에 대해 이야기했다. 「좋은 것이 너무 많아요. 어디를 가나 풍족하죠. 가게마다 물건이 가득해요. 사람들은 행복하고요. 모든 것이 너무 평온하고 귀하게 느껴집니다.」 할머니는 말없이 고개만 끄덕였다.

몇 달 후, 아빠는 직장에서 전근을 가라는 명령을 받았다. 도심으로부터 몇 킬로미터 거리에 있는 지금의 사무실을 떠나, 외딴 마을인 루시쿨에 위치한 다른 부서로 가게 된 것이다. 그 마을에 가려면 훨씬 일찍 일어나, 동트기 전에 출발해서 버스를 탄 다음에 다시 한참을 걸어야 했다. 운이 좋으면 도중에 농부를 만나 말이 끄는 수레를 얻어 탈 수 있을 터였다. 할머니는 겨울이 오면 아빠의 천식이 심해질까 봐 걱정했다. 식구들은 아흐메트의 졸업을 축하하고 집으로 초대한 결정은 실수였다는 데 동의했다. 「이럴 줄 알았다니까.」 엄마가 말했다. 「아흐메트는 일할 준비를 하고 있었을 거예요. 어쩌면 공부를 하면서 이미 일을 하고 있었는지도 모르겠네. 그를 만나면 안 된다고, 내가 말했잖아요. 그 사람 아내는 교사였어요. 그 여자 때문에 졸업이 늦어진 사람이 한둘이 아니라고요. 한 명은 심지어 중퇴해 버렸죠.」

나에게는 아흐메트를 다시 만난 일과 아빠의 전근을 관련 짓는 것이 아흐메트의 학위 취득을 축하해야 할지 말지를 논의하는 것보다 더 어리석게 느껴졌다. 하지만 그 두 사건은 우리 가족의 토론에 주기적으로 거론되었다. 아흐메트의 방문은 엄마가 다니는 학교의 위치마저 더 이상 안전하지 않다는 뜻이 되었다. 「앞으로 문을 열어 주지 말아야겠어. 그러지 않으면 머지않아 돌리도 전근을 가게 될 거야.」 어느 순간에 할머니가 선언했다.

그래서 우리는 그렇게 했다. 아흐메트와 에리온이 우리 집에 왔을 때, 우리는 집에 없는 척했다. 라디오와 텔레비전 스위치를 껐다. 몇 분 동안은 모든 것이 조용했다. 때로는 도니카가 언덕 아래에서 그들을 보고는 황급히 달려와서 창문으로 엄마에게 알려 주었다. 「달라아아아! 달라아아아! 그 사람이 와. 자기 친척이 오고 있다고!」 아흐메트는 지팡이로 문을 두드리고는 기다렸고, 에리온은 주먹으로 문을 쳤다. 나는 창문 구석에서 머리를 반쯤 내밀어 지켜보았다. 그들은 조금 더 기다리더니, 이윽고 바닥에 놓은 가방과 모자, 연을 들고 돌아섰다. 에리온은 앞장서서 달렸고, 아흐메트는 천천히 뒤따라갔다. 아흐메트는 자기 발이 마치 다른 사람의 발인 것처럼 끌며 걸었고, 마치 다른 사람의 생각을 생각하는 것처럼 약간은 초연한 표정을 짓고 있었다. 나는 그들의 모습을 보고 슬퍼졌다. 아빠는 내가 속상해한다는 것을 눈치챘다. 「걱정 마라, 브리가티스타. 슬퍼하지 마. 네가 좀 더 크면 이해하게 될 거야. 아흐메트는 공부를 마쳤지만, 아직도 일하고 있어.」 아빠가 말했다.

우리 식구들은 대학교를 나온 사람들에게 항상 큰 관심이 있었다. 그것은 생일 파티와 대가족 모임에서 가장 자주 등장하는 대화 주제였다. 1990년 12월이 되기 전 몇 달 동안에는 그것이 주목할 가치가 있는 유일한 주제가 되었다. 우리 식구들이 정치에서 관심이 멀어지는 것처럼 느껴질수록, 고등 교육에 관한 토론은 더 열을 띠었다. 우리 집에 친척이 찾아올 때마다, 커피가 나온 뒤에는 대충 이런 식의 대화가 오갔다.

「나즈미가 학위 땄다는 소식 들었어요?」

「아, 벌써 졸업한 줄 알았어요.」

「아뇨, 얼마 전에야 졸업했어요.」

그런 다음에는 중퇴와 탁월한 성적에 관해서, 현재와 비교해 옛날에는 대학을 졸업하기가 얼마나 힘들었는지에 관해서 이야기가 이어졌다.

「그때 이수프는 학위를 따지 못했지. 하지만 그 아내는 등록해서 아주 잘했어.」 할머니가 설명했다. 「맞아요. 아주 뛰어났죠. 계속 교직에 있었잖아요.」 맞장구가 나왔다. 어떤 대학교는 다른 대학교들보다 끝까지 다니기가 훨씬 더 어려운 듯했다.

「파티메는 결국 〈B〉에 가게 됐는데, 안타깝게도 거기서 학위를 마치지 못했죠.」

「그 여자 남편이 〈V〉에 있다가 나중에 〈T〉로 옮겼죠. 거기서 그는 무난하게 시험을 통과했어요.」

다시 이런 말이 이어졌다. 「이제 총장이 바뀌었는데, 무슨 일이 일어날지 누가 알겠어요?」 이런 말도 있었다. 「학위를 따지 못한 사람들이 전보다 적어지는 것 같아요.」 그러면 신중한 대답이 이어졌다. 「맞아요. 하지만 등록 중인 사람이 몇 명이나 되는지 누가 알겠어요?」

서로 다른 학과를 비교하며, 각 학과를 마치기까지 상대적으로 겪어야 하는 어려움에 관한 토론도 있었다. 「요시프는 국제 관계학을 공부했지만, 벨라는 철학에 관심이 있었죠.」 대학교는 물론 공부한 내용까지, 저마다 난이도에 따라 분류되었다. 예를 들어, 국제 관계를 공부하기 위해 대학교에 입학한다면, 졸업이 힘들다는 점은 잘 알려져 있었다. 하지만 경제학을 공부한다면, 비교적 빠르게 학업을 마칠 수 있었다. 어떤 때는, 만약 마치기 힘들다고 여겨지는 학위를 효율적으로 취득했다면, 계속 대학교에 남아 교편을 잡아야 할 수도 있다고 말하기도 했다. 그 경우는 어떤 이유에서인지 의심스럽게 여겨졌다. 교사들의 평판 역시 다양했다. 무슨 일이 있어도 피해야 할 교사들, 그러니까 두려움을 주는 엄격한 교사들이 있었고, 교습 방식이 조금 느긋해서 접근하기가 더 쉬운 교사들도 있었다.

어른들은 절대 대학교 이름을 말하지 않는 대신, 머리글자만

언급했다. 〈아브니가 B를 졸업했대요〉, 또는 〈에미네는 S에서 공
부를 시작했다가 M으로 옮겼고요〉 하는 식이었다. 나는 우리 거
실의 낮은 탁자에서 조용히 인형을 가지고 놀면서, 방금 들은 그
한 글자를 대학들이 있는 도시의 이름과 짝지어 보았다. 그러다
가 제대로 추측했다고 생각되면, 어른들에게 물었다. 「S라면, 슈
코더르의 S 말인가요?」 그러면 어른들은 내가 그들의 말에 귀 기
울이고 있었다는 것을 알고는 내 방에 가서 놀라고 보내 버렸다.

우리 할아버지의 연구 이야기는 특히 혼란스러웠다. 몇몇 친척
은 만약 할아버지의 아버지, 그러니까 우리 나라의 전 총리와 이
름이 같았던 그 사람이 관련되지 않았다면, 할아버지가 그렇게
오랫동안 공부하지 않아도 되었을 것이라고 말했다. 나머지 친척
들은 두 사람의 약력은 관계가 없으며, 우리 할아버지는 〈지식인〉
이고 지식인은 대부분 공부를 해야 했으므로 어쨌거나 대학교에
갔을 것이라고 말했다. 할아버지가 파리에서 첫 번째 학위를 받
았다는 사실을 알았을 때, 나는 할아버지가 이후에 연구를 위해
어떤 곳으로 갔는지 궁금해졌다. 영어와 러시아어를 배우고,
15년이나 걸려 볼테르의 『캉디드』를 번역하던 그 시기에 어디에
있었는지 말이다. 그러나 할아버지의 두 번째 학위는 수수께끼에
싸여 있었다. 어른들은 말했다. 「할아버지는 B에서 공부했어. 그
러다가 S로 갔지.」 내가 물었다. 「B는 뭐고, S는 뭐예요?」 어른들
은 대답했다. 「문학. 할아버지는 문학을 공부했어.」 나는 물러서
지 않았다. 「할아버지가 **어떤** 공부를 했는지 물은 게 아니에요. **어
디서** 그것을 공부했는지 물은 거라고요.」 어른들은 다시 대답했

다. 「아, 여기저기서 했지. 여기서 아주 멀지는 않은 곳에서.」 나는 마지막으로 다시 물었다. 「여기는 어디이고, 저기는 왜 갔어요?」 어른들이 말했다. 「왜냐고? 그게, 약력이지.」 어른들은 대답을 반복했다. 「그건 할아버지 약력의 일부였어.」

그 시절 내가 들었던 그 많은 대화 중에서 가장 선명하게 기억하는 것은 내 할아버지의 옛 스승, 하키라는 사람에 관한 것이었다. 할아버지와 같은 대학교를 다녔던 많은 친척이 하키를 알고 있었다. 그들은 하키의 수업을 들으면 학위를 따지 못할 가능성이 매우 커진다고 입을 모아 말했다. 사실상 쫓겨날 가능성이 컸다. 누군가 쫓겨났다는 소식은 보통 소곤거리는 소리로 전해졌고, 어두운 표정과 떨리는 목소리가 따라왔다. 「정말 안됐네. 끔찍한 일이야. 정말, 정말 유감이야.」 그런 소식을 들은 사람은 그렇게 말했다. 학위를 따지 못했다는 이야기보다 더 극적인 반응을 일으키는 것은 누군가 중퇴했다는, 자발적으로 포기했다는 소식뿐이었다. 그러면 이렇게들 말했다. 「하키 때문이야. 그녀는 하키를 감당하지 못했던 거죠.」 뒤이어 논평이 따랐다. 「아니, 하키만이 아니라 학위 전체를 감당 못 한 거지.」 다들 맞장구를 쳤다. 「맞아요. 하지만 하키만 아니었어도 해낼 수 있었을 거예요.」 하키는 교육에 매우 헌신적이라는 평판이 있었다. 하키는 가장 엄격한 교사 중 한 명이었고, 혹독한 처벌을 가하고 그로써 엄청난 굴욕감을 주는 것으로 유명했다.

토론에서 여러 번 들었던 하키에 관한 이야기는 할아버지가 문학 학위를 마칠 때쯤 일어난 일이었다. 1964년 여름이었다. 나의 할아버지 아슬란은 대학교를 나왔지만, 아직 취직하지는 않은 상태였다. 일자리를 찾아 수많은 문을 두드렸지만, 취직은 그가 예상했던 것보다 만만치 않았다. 할아버지의 약력이 걸림돌이었다. 할아버지는 옛 학교 친구이자 당에서 아주 높은 자리에 있는 누군가에게 편지를 쓰기로 했다. 그 편지의 사본 한 통이 아직 남아 있는데, 에펠 탑 엽서를 포함해 색 바랜 엽서들을 모아 둔 바로 그 먼지 쓴 비닐봉지 안에 보관되어 있었다. 〈친애하는 엔베르 동지.〉 첫 줄은 그렇게 시작되었다. 그다음은 마치 무슨 헌법 전문처럼 이어졌다. 〈인간 존엄성은 불가침의 것입니다. 사회주의의 토대는 노동이 부여하는 존엄성입니다.〉 그다음 단락은 지난 1년 동안 받은 추가 교육에 감사를 표하고, 사회주의 지배 아래에서 이 나라가 탁월한 진보를 이룩했으니 당을 축하한다는 내용이었다. 곧 자신이 익힌 기술에 이상적으로 합당한 일자리를 달라는 부탁이 계속되었다.

아슬란이 그 편지를 보내고 며칠 뒤, 당 본부에서 답장이 왔다. 변호사 자리 하나가 있었던 것이다. 그리고 다음 주 월요일, 아슬란은 하나뿐인 정장을 입고 출근을 했다. 가느다란 세로줄이 있는 검은색 정장이었다. 그 옷은 할아버지가 대학을 졸업하던 날에 입었던 것으로, 우리 부모님의 결혼식이 열렸던 날에도, 내가 산부인과 병원을 나오던 날에도 입었으며, 그리고 땅에 묻힐 때도 입게 될 옷이었다. 새 일을 시작하고 몇 달이 지난 어느 날, 하키가 어떤 법적 증명서를 요청하기 위해 할아버지의 사무실 문을 두드렸다.

처음에 하키는 정장을 입고 있는 아슬란을 알아보지 못했다.

「여기 서명을 받아야 해서요.」 하키는 자신이 가져온 서류를 가리키며 말했다.

「앉으시지요. 담배 한 대 드릴까요?」 아슬란이 물었다.

그 순간 하키는 예전에 할아버지를 만난 적 있다는 것을 깨달았고, 마음이 불편해졌다. 하키가 말했다. 「나를 모르실 텐데.」 아슬란은 계속 미소를 띠고 있었다. 「어서 오세요, 하키 선생님. 이렇게 뵙게 되어 정말 기쁩니다.」

「다음에 다시 올까 합니다.」 하키가 머뭇거리며 말했다. 「걱정 마세요. 저희가 곧 해결해 드리겠습니다.」 할아버지가 대답했다.

하키가 사무실에 앉아 말없이 담배를 피우는 동안, 아슬란은 서류 작업을 끝냈다. 마침내 하키는 돈을 내려고 했지만, 할아버지는 거절했다. 「이미 저한테 많은 것을 해주셨습니다, 하키 선생님. 이번엔 제가 내죠.」 하키는 여러 번 고맙다고 했고, 사무실을 떠나면서 아슬란과 악수를 나누었다.

대학교에 관한 그 모든 이야기 중에서도 이것은 특히나 내 뇌리에 깊게 새겨졌다. 여러 해에 걸쳐 되풀이되었던 그 횟수 때문이 아니라, 그 이야기를 전달하는 어조와 말할 때마다 달라지는 반응 때문이었다. 「아슬란이 잘한 거예요.」 하키를 만났던 일부 친척들은 그렇게 말했다. 나머지 사람들은 고개를 갸웃거렸다. 「어떻게 아슬란이 하키와 악수를 할 수 있어요? 가장 친한 친구가 하키 때문에 중퇴했다는 사실을 잊어버린 걸까요?」 나중에 나는 이 친구가 에펠 탑 엽서를 보낸, 바로 그 사람이라는 사실을 알게 되었다. 「하키는 한낱 교사일 뿐이었어. 하키는 명령을 받아서 규칙대로 한 거지, 그 규칙들을 만든 게 아니잖아.」 할머니는 자기 남편의 행동을 정당화하면서 설명했다. 그러면 한 친척이 대꾸했다. 「그렇다면 누구를 탓한다는 게 불가능해지죠. 그 역할이 요구하는 만큼 가혹하게 굴지 않아도 될 재량권이 교사한테는 늘 있다고요. 잘못된 것에 대해 그냥 지휘 계통을 따라 올라가서, 교육부나 교육부 장관을 탓하기는 쉽죠. 하지만 사실은 수많은 사람이 함께 일하면서 그 규칙을 적용하는 거예요.」 친척들은 어느 수준에서든, 어떤 시점에서든 재량권은 있다고 믿었다. 하키는 그만큼 가혹하게 굴 필요가 없었다. 그의 잔인성을 악수로 보상해서는 안 되었다.

할머니가 친척이 찾아올 때마다 하키가 가르쳤던 B 대학교에서의 시절을 자꾸 회상하며 왜 그 이야기를 반복했는지, 나는 궁금했다. 할아버지가 대학교에서 하키를 만난 이후에 그에게 담배 한 대를 준 행위를 자세히 분석하는 것이 왜 중요한지, 나는 이해할 수 없었다. 할아버지가 하키를 옛 친구처럼 대한 일이 어째서 대단한 일일까? 언젠가 나는 할아버지가 로베스피에르의 한 구절을 읊는 것을 들었다. 〈인류의 억압자를 처벌하는 것은 관용이지만, 그들을 사면하는 것은 야만이다.〉 하키의 이름은 똑같은 맥락 속에 떠 있었다. 하키를 인류의 억압자로 취급하는 것은 과장인 듯했다. 하지만 할아버지가 대학교에서 배운 것은 무엇일까? 친척들은 보상 책임이 누구에게 있는지에 관한 문제에 왜 그토록 집착했을까?

내 어린 시절의 모든 수수께끼를 되돌아보고, 나에게 강렬한 인상을 주었던 아흐메트 이야기와 하키 이야기를 떠올릴 때마다, 그것들은 발견되기를 기다리며 항상 그 자리에 있던 진실의 일부라는 생각이 든다. 물론 내가 어디를 보아야 하는지 알고 있었어야 했다. 아무도 나에게 어떤 것도 숨기지 않았다. 모든 것이 손을 뻗으면 닿는 곳에 있었다. 그렇지만 나는 더 많은 이야기를 들을 필요가 있었다.

나는 식구들에게, B나 S, M 대학교가 정확히 **어디**에 있는지가 아니라, **어느** 대학교를 말하는지 물어볼 생각을 해본 적이 없었다. 올바른 질문을 하는 방법을 몰랐기 때문에 올바른 답에 전혀 접근할 수 없었다. 하지만 그럴 수밖에 없었다. 나는 우리 식구들을 사랑했다. 우리 식구들을 믿었다. 그들이 제시하는 모든 것을 받아들였다. 확실성을 추구하면서, 내가 세계를 이해하도록 도와주는 그들에게 의존했다. 빗속에서 스탈린을 만난 1990년 12월의 그날까지, 나는 우리 가족이 모든 확실성의 근원일 뿐 아니라, 모든 의혹의 근원이기도 하다는 생각은 꿈에도 해본 적이 없었다.

10장

역사의 종말

스탈린을 껴안기 몇 달 전, 5월 1일 노동절을 기념해 수도의 거리를 행진하는 무리 속에서 스탈린의 초상화를 본 적이 있었다. 평범한 연례 퍼레이드였다. 텔레비전 프로그램은 평소보다 일찍 시작했고, 유고슬라비아 텔레비전에서 스포츠 게임이 방송되지도 않았다. 따라서 스크린을 누가 점유할지를 두고 아빠와 충돌할 일도 없었다. 퍼레이드를 계속 구경하다가 인형극 쇼를 보고, 이어서 어린이 영화를 시청하고, 그다음에는 새 옷을 입고 산책을 나가 아이스크림을 사 먹고, 마침내 문화 궁전 근처의 분수대 옆에 종종 서 있는 시내의 유일한 사진사에게 사진을 찍어 달라고 할 수 있었다.

1990년 5월 1일, 우리가 마지막으로 지낸 노동절은 어느 때보다 행복했다. 아니, 그것이 마지막이었기 때문에 그렇게 느껴지는지도 모른다. 객관적으로 말해서, 그날이 가장 행복한 노동절일 수는 없었다. 생필품 대기 줄은 더 길어지고 있었고, 가게의 선반들은 점점 더 비어 갔다. 그러나 나는 개의치 않았다. 과거의 나는 입이 짧았지만, 이제는 먹음직스러운 노란 치즈가 아닌 싸구려 페타 치즈에도 까다롭게 굴지 않았고, 꿀이 아닌 묵은 잼도 군말 없이 먹었다. 「도덕성이 먼저고, 음식은 그다음이야.」 할머니는 유쾌하게 말했다. 나는 그 말에 동의하는 법을 배웠다.

1990년 5월 5일, 토토 쿠투뇨가 자그레브에서 열린 〈유로비전 송 콘테스트〉에서 「하나된 유럽: 1992」로 우승했다. 「가정에서 배우는 외국어」의 진도를 꽤 나갔던 나는 가사를 이해했고, 머릿속으로 합창 부분을 따라 부를 수 있었다. 「Sempre più liberi noi, Non è più un sogno e non siamo più soli, Sempre più uniti noi, Dammi una mano e vedrai che voli, Insieme …… unite, unite Europe(우리는 더욱 자유롭다네, 그건 더 이상 꿈이 아니야, 우리는 더 이상 외롭지 않아, 우리는 더욱 하나가 되었네, 손을 내밀어 봐, 어떻게 나는지 알게 될 거야, 우리 함께 …… 하나가 되라, 하나가 되라, 유럽이여).」 유럽 전역에 사회주의 이상을 전파하는 과정에서 자유와 통합을 축하하는 내용이라고 짐작하던 노래가 실은 곧 자유 시장을 통합하게 될 마스트리흐트 조약에 관한 노래였다는 사실을 깨닫게 된 때는 그로부터 2년이 지난 후였다.

한편 유럽은 공공질서를 뒤흔드는 온갖 부류의 〈훌리건들〉의 손아귀에 계속 붙잡혀 있었다. 그해 일찍 폴란드는 바르샤바 조약에서 탈퇴했다. 불가리아와 유고슬라비아 공산당은 권력 독점을 포기하기로 투표했다. 리투아니아와 라트비아는 소련으로부터의 독립을 선언했다. 소비에트 군대는 아제르바이잔의 시위를 진압하기 위해 바쿠에 진입했다. 동독에서의 〈자유〉 선거에 관해 나누는 부모님의 대화를 듣게 된 나는 아빠에게 물었다. 「부자유 선거에서는 뭘 뽑아요?」 아빠는 그 질문이 싫었는지, 화제를 돌렸다. 「넬슨 만델라가 감옥에서 풀려났다는데, 기쁘지 않니?」

우리 집을 찾아오는 손님의 수가 두 배로 늘었다. 축구 중계나 디렉티에서 볼 만한 노래 경연 대회가 없는 날에도 손님들이 왔다. 그럴 때마다 부모님은 일찍 자라며, 나를 방으로 보냈다. 저녁이 되면 우리 거실에는 담배 연기가 자욱했고, 살담배로 담배를 마는 사람들이 그림자처럼 보이기 시작했다.

손님들이 들어올 때 그들을 맞이하는 숨죽인 목소리들 속에서는 경악이 느껴졌지만, 위협의 기미는 전혀 없었다. 모두가 웃음을 거두지 않은 채 내 어깨를 다독이며 학교생활은 어떤지, 우리 반에서 나보다 공부를 잘하는 아이가 있는지, 좋은 성과로 계속 당을 자랑스럽게 하고 있는지 물었다. 나는 고개를 끄덕이며 좋은 소식을 전했다.

나는 막 피오네르 단원이 되었다. 내 또래들보다 1년 이른 입단이었다. 나는 제2차 세계 대전 영웅들의 묘지에 화환을 놓을 학교 대표로 선발되었고, 당에 대한 충성의 맹세를 낭독하는 일도 맡게 되었다. 수업이 시작되기 전, 전교생 앞에 서서 엄숙하게 선서했다. 「엔베르의 피오네르들이여! 당의 명분을 걸고 싸울 준비가 되었습니까?」 피오네르들은 우레와 같이 소리쳤다. 「항상 준비되었습니다!」 우리 부모님은 나를 자랑스러워했고, 나의 성과를 보상하기 위해 휴일에 나를 데리고 해변에 갔다.

그해 여름 늦게, 나는 피오네르 캠프에서 2주를 보냈다. 매일 아침 7시가 되면 우리를 깨우는 종이 울렸다. 아침 식사로 나온 롤빵에서는 고무 맛이 났지만, 구내식당에서 그 빵을 나누어 주는 여자들은 유난히 친절했고 심지어 다정하기까지 했다. 우리는 오전의 나머지 시간을 해변에서 보내면서, 일광욕이나 수영, 축구를 했다. 점심때는 줄을 서서 밥과 요거트, 포도를 받았고, 그 식사가 끝나면 시에스타 시간이 시작되었다. 오후 5시에 다시 종이 울릴 때까지, 우리는 방에서 잠을 자거나 자는 척이라도 해야 했다. 오후에는 탁구나 체스를 했고, 이어서 여러 교육 집단으로 나뉘어 수학, 자연 과학, 음악, 미술, 창작 등의 활동을 했다. 저녁 식사로 채소 수프를 훌훌 마신 뒤, 서둘러 밖으로 달려가 야외 영화관에 자리를 잡았다. 밤에는 늦도록 수다를 떨고 새 친구들을 사귀었다. 가장 용감하고 나이 많은 피오네르들은 사랑에 빠졌다.

낮 동안 우리는 서로 경쟁했다. 누가 침대 정리를 가장 잘하는지, 누가 식사를 가장 빨리 끝내는지, 누가 세계 각국의 수도를 가장 많이 아는지, 누가 소설을 가장 많이 읽었는지, 누가 복잡한 삼차 방정식을 풀 수 있는지, 누가 악기를 가장 잘 다루는지, 그런 경쟁은 끝이 없었다. 한 해 동안 선생님들이 우리에게 심어 주려 애썼던 사회주의적 연대는 그 2주 동안 거의 사라지다시피 했다. 처음 며칠이 지나자 위에서는 더는 경쟁을 막지 않고 조절했으며, 연령대에 맞게 조정했다. 이제 경주와 모의 올림피아드, 시 수상 등의 행사를 중앙에서 조직했다. 그런 행사는 프티 부르주아와 반동분자들이 참가를 거부할 정도로 캠프 생활에서 매우 중요한 특징이 되었다. 피오네르 캠프 기간이 끝날 때쯤, 거의 모든 아이가, 개인 자격이 아니라 해도 팀의 일원으로서 최소한 붉은 별 하나, 작은 기 하나, 아니면 인증서나 메달을 땄다. 나는 모든 것을 하나씩 땄다.

내가 피오네르 캠프에서 보냈던 2주는 그런 부류의 마지막 경험이었다. 내가 엄청나게 노력한 끝에 받아 내서, 학교에 갈 때마다 자랑스레 메고 다닌 빨간 피오네르 스카프는 곧 우리 집 서가의 먼지를 닦는 걸레가 될 것이었다. 붉은 별과 메달, 인증서, 그리고 〈피오네르〉라는 명칭 자체는 박물관의 유물, 다른 시대의 기억, 누군가가 어딘가에 살았다는 과거 삶의 단편이 될 예정이었다.

해변에서 보낸 그 휴가는 우리가 한 가족으로서 처음이자 마지막으로 보낸 것이었다. 정부가 연휴를 승인한 것은 그때가 마지막이었다. 그해 5월 1일은 노동 계급이 자유와 민주주의를 기념하며 퍼레이드를 벌였던 마지막 날이었다.

1990년 12월 12일, 우리 나라는 공식적으로 다당제 국가, 자유선거가 열리게 될 국가임을 선언했다. 루마니아의 차우셰스쿠가 「인터내셔널가」를 부르며 총살형을 당한 지 거의 12개월이 지난 때였다. 걸프 전쟁은 이미 시작된 후였다. 베를린 장벽에서 부서져 내린 작은 조각들은 최근 통일된 베를린의 기념품 가판대에서 벌써 팔리고 있었다. 그러나 이런 사건들은 1년이 넘도록 우리 나라를 거의 건드리지도 않고 있었다. 미네르바의 부엉이는 진작

날아올랐고, 여느 때처럼 우리를 잊어버린 것 같았다. 그러나 후에 그 부엉이는 그런 것을 기억해 내고 돌아왔다.

사회주의는 왜 종말을 맞았을까? 불과 몇 달 전, 도덕 교육 시간에 노라 선생님은 사회주의는 완벽하지 않다고, 미래에 도래할 공산주의의 모습과 같지는 않다고 설명했다. 사회주의는 독재, 프롤레타리아 독재라고 했다. 이 독재는 서유럽 제국주의 국가들을 지배하고 있는 부르주아 독재와는 다르며, 확실히 그보다 나았다. 사회주의에서 국가는 자본이 아닌 노동자들에 의해 통제되며, 법은 자신의 이익을 증대하려는 사람들이 아닌 노동자들의 이익을 위해 봉사했다. 그러나 노라 선생님은 사회주의에도 문제가 있다고 분명히 밝혔다. 계급 투쟁이 끝나지 않았다고 말이다. 우리에게는 외부의 적이 많이 있었다. 예를 들어 소련이 그랬는데, 소련은 오래전 공산주의 이상을 포기했고 약소국가들을 짓밟기 위해 탱크를 보내는 억압적인 제국주의 국가가 되어 버렸다. 우리에게는 내부의 적도 많이 있었다. 옛날에 부자였다가 특권과 재산을 전부 잃어버린 사람들은 노동 계급의 지배를 약화하기 위해 끊임없이 음모를 꾸미는, 처벌받아 마땅한 사람들이었다. 그렇더라도 시간이 지나면, 프롤레타리아 투쟁은 승리할 것이었다. 노라 선생님은 사람들이 인도주의적 체제 안에서 성장하고, 어린이들이 올바른 사상 속에서 교육받을 때, 그 사상을 내면화한다고 말했다. 계급의 적들은 그 수가 점점 줄어들고, 계급 투쟁은 처음에는 완화되다가 나중에는 사라진다. 그때 비로소 공산주의가 진정으로 시작되며, 바로 그래서 공산주의가 사회주의보다 우월한 것이다. 공산주의는 어떤 이를 벌하기 위한 법을 필요로 하지 않으며, 인류를 최종적으로 해방시킨다. 우리 적들이 선전해 대는 내용과 반대로, 공산주의는 개인에 대한 억압이 아니라 인류 역사에서 처음으로 온전히 자유로울 수 있는 시기이다.

나는 늘 공산주의보다 더 나은 것은 없다고 생각했었다. 내 인생의 아침마다, 하루빨리 공산주의를 앞당길 수 있는 무언가를 하고 싶다는 마음으로 잠에서 깼다. 하지만 1990년 12월에 사회주의를 기념하고 공산주의로의 진전을 축하하기 위해 행진하던 바로 그 사람들이 사회주의 종말을 요구하며 거리를 점령했다. 인민의 대표자들은 그들이 사회주의 아래에서 알고 있던 것은 자유와 민주주의가 아니라, 압제와 강압뿐이었다고 선언했다.

나는 자라서 어떻게 될까? 사회주의가 더 이상 존재하지 않는데, 우리가 어떻게 공산주의를 실현할 수 있단 말인가? 텔레비전 화면에 정치국 서기장이 나와서 정치적 다원주의가 더는 처벌 가능한 범죄가 아니라고 선언하는 믿지 못할 장면이 나오고 있었다. 그 당에 투표하던 모습을 내가 늘 보았는데도, 부모님은 그 당을 지지한 적이 없다고, 당의 권한을 믿은 적이 없다고 말했다. 부모님은 다른 모든 사람이 그랬던 것처럼, 마치 내가 학교에서 아침마다 충성의 맹세를 하듯이 그저 구호를 외워서 계속 암송했을 뿐이었다. 하지만 부모님과 나 사이에는 다른 점이 있었다. 나는 믿었다. 다른 것은 아무것도 몰랐다. 이제 나에게는 아무것도 남아 있지 않았다. 오래전 잊힌 오페라의 고독한 음표들처럼, 작고 수수께끼 같은 그 모든 과거의 단편들 외에는 아무것도 남아 있지 않았다.

그 후 며칠 동안 최초의 야당이 설립되었다. 부모님은 진실을, 그들의 진실을 밝혔다. 부모님은 우리 나라가 거의 반세기 동안 창살 없는 감옥이었다고 말했다. 우리 가족의 대화에 자주 등장했던 대학들은, 물론 교육 기관이었지만 특이한 교육 기관이었다고 설명했다. 우리 가족이 친척들의 졸업을 언급할 때, 그 진짜 의미는 최근에 그들이 석방되었다는 이야기였다. 또 학위를 마쳤다는 말은 형을 다 마쳤다는 암호였다. 대학교들의 머리글자는 사실상 다양한 교도소와 추방지의 머리글자를 가리켰다. 〈B〉는 부렐이었고 〈M〉은 말리크, 〈S〉는 스파치였다. 서로 다른 학과는 서로 다른 공식 혐의를 나타냈다. 국제 관계는 〈반역 혐의〉, 문학은 〈선동과 선전〉을 뜻했으며, 경제학 학위는 〈금 은닉〉 같은 더 사소한 범죄를 뜻했다. 교사가 된 학생들은 우리의 사촌 아흐메트와 그의 죽은 아내 소냐처럼, 죄수였다가 스파이로 전향한 경우였다. 가혹한 교수는 많은 사람의 목숨을 앗아 간 하키 같은 관리였다. 그러니까 우리 할아버지는 복역을 마친 후 그 하키와 악수한 것이다. 어떤 사람이 탁월한 성과를 달성했다는 표현은 복역 기간이 짧고 간단했다는 것을 드러냈다. 그러나 쫓겨났다는 표현은 사형 선고를 받았다는 뜻이었고, 파리에 있던 할아버지의 가장 친한 친구의 경우처럼 결국 자퇴했다는 표현은 자살했다는 뜻이었다.

내가 자라면서 경멸했던 전 총리, 그 사람의 성과 이름이 아빠의 성과 이름과 동일한 것은 우연이 아니라는 사실을 알게 되었다. 그는 나의 **증조부**였다. 그 이름의 무게는 아빠의 평생에 걸쳐 희망을 짓뭉개 버렸다. 아빠는 원하는 공부를 할 수 없었다. 아빠는 자신의 약력을 설명해야 했다. 자신이 저지르지도 않은 잘못을 만회해야 했고, 자신이 공유하지도 않은 관점에 대해 사과해야 했다. 그리고 나의 할아버지, 그러니까 자기 부친과는 의견이 너무도 달라서 투쟁의 반대편에 있는 스페인 공화파에 가담하려고 했던 할아버지는 15년의 감옥 생활로 그 혈연관계의 대가를 치렀다.

「너 역시 대가를 치렀을 거야. 우리 가족이 비밀을 지키기 위해 거짓말을 하지 않았다면, 너도 대가를 치렀을 거야.」 부모님이 말했다.

「하지만 난 피오네르 단원이에요. 또래들보다 일찍 피오네르가 됐단 말이에요.」 내가 항변했다.

「피오네르는 누구나 될 수 있어. 하지만 청년 조직에는 들어가지 못했을 거야. 넌 절대 입당할 수도 없었을 테지.」 엄마가 대답했다.

「**엄마**는 입당 못 했던 거예요?」 내가 물었다.

「나 말이니?」 엄마가 웃었고, 말을 계속 이었다. 「엄마는 입당을 시도하지도 않았어. 언젠가 새로 온 동료가 나를 추천한 적이 있었어. 그런데 얼마 후 그 사람은 내가 누구인지 알게 되었지. 넌 엄마네 집안 때문에도 대가를 치렀을 거야.」

엄마가 히센 아저씨와 종이로 만들었던 배들, 엄마가 어릴 때 그렸던 땅, 공장, 아파트 들은 실제로 엄마가 태어나기 전, 사회주의가 들어오기 전, 그것들을 몰수당하기 전에는 엄마네 집안이 소유하고 있었다는 사실도 나는 알게 되었다. 당 본부가 있는 그 건물도 한때는 엄마네 집안의 재산이었다. 엄마와 아빠가 나에게 무슬림이 무엇인지 처음 설명해 준 그 장소 말이다. 「우리가 그 건물 앞에 서서 이슬람교 이야기를 했던 거, 기억나지?」 엄마가 물었다. 나는 고개를 끄덕였다. 엄마는 우리가 그 건물을 지날 때마다 5층 창문, 화분이 없는 그 창문을 쳐다보았다는 사실을 나에게 상기시켰다. 옛날에 인민의 적이라는 혐의를 받던 사람이 그곳에 서서 〈알라후 아크바르!〉 하고 외치고는 스스로 몸을 던졌다. 고문을 피하기 위해서였다. 바로 그 사람이 엄마의 할아버지였다. 그때가 1947년이었다.

할머니 역시 자신의 인생 이야기를 들려주었다. 내가 할머니와 코코트의 대화를 몰래 엿들으면서 수없이 추측했던 바로 그 이야기였다. 할머니는 1918년에 한 파샤의 조카이자, 오스만 제국의 어느 지방 총독 가문의 둘째 딸로 태어났다. 열세 살이었을 때 할머니는 살로니카에 있는 프랑스 학교의 유일한 여학생이었다. 열다섯 살 때 생애 첫 위스키를 맛보았고, 첫 시가를 피웠다. 열여덟 살 때는 전교 최우수 학생으로서 금메달을 받았다. 열아홉 살에 할머니는 처음으로 알바니아를 방문했다. 스무 살이었을 때는 총리의 고문이었고, 중앙 행정부에서 일한 최초의 여성이었다. 스물한 살이었을 때, 조구 왕의 결혼식에서 할머니는 할아버지를 만났다. 그들은 샴페인을 마시고 왈츠를 추었다. 그들은 신부를 가엾게 여겼고, 둘 다 왕실 결혼식에 커다란 반감이 있었지만, 그보다 군주제를 더 경멸한다는 사실을 발견했다. 아슬란은 사회주의자였지만 혁명가는 아니었다. 니니는 어렴풋이 진보적이었다. 두 사람 모두 여러 세대 동안 오스만 제국 곳곳에 흩어져 있던 유명한 보수 가문 출신이었다. 스물네 살이었을 때 할머니는 아이를 낳았다. 스물다섯 살이었을 때 전쟁이 끝났고, 할머니는 살로니카에서 마지막으로 친척들을 보았다. 스물여섯 살이었을 때 제헌 의회 선거에 참여했다. 여성이 남성과 동등하게 투표할 수 있었던 최초의 선거이자, 비공산주의계 좌파 후보들이 공식에 출마했던 마지막 선거였다. 할머니가 스물일곱 살이었을 때 바로 그 후보들, 대부분은 가문의 친구였던 그들은 체포되어 처형당했다. 아슬란은 전쟁 중에 만났던 영국 장교들의 도움을 받아 이민을 제안했다. 하지만 할머니는 그 제안을 거절했다. 그들의 어린아이를 돌보기 위해 그리스에서 알바니아까지 왔다가 얼마 전 병에 걸린 자신의 어머니를 떠나고 싶지 않았기 때문이다. 할머니가 스물여덟 살 때 할아버지가 선동 선전 혐의로 체포되었다. 처음에는 교수형을 선고받았다가 종신형으로 바뀌었고, 나중에는 15년 형으로 감형되었다. 스물아홉 살에 할머니는 자신의 어머니를 암으로 여의었다. 서른 살이었을 때 강제로 수도를 떠나 다른 도시로 이사해야 했고, 서른두 살이었을 때는 노동 수용소에서 일을 시작했다. 마흔 살이 되었을 때는 많은 친척이 이미 처형되었거나 자살한 상태였고, 살아남은 친척들은 정신 병원에 수용되거나, 추방당하거나, 교도소에서 복역 중이었다. 쉰다섯 살이었을 때는 늑막염으로 죽을 뻔했다. 예순한 살이었을 때 내가 태어나면서 니니는 할머니가 되었다. 나머지는 나도 알고 있었다.

할머니는 나에게 프랑스어를 가르쳐 주었던 이유를 설명했다. 그것은 예전 할머니의 삶, 그러니까 주변 사람들이 전부 프랑스어로 말하고 또 프랑스 혁명을 이야기하던 그 시절을 떠올리게 해주었기 때문이다. 할머니가 나에게 프랑스어로 말하는 것은 정체성의 문제라기보다는 반항의 행위였고, 훗날 내가 소중히 여기게 될 불응의 작은 몸짓이었다. 할머니가 더 이상 세상에 없을 때도 내가 어디에서 왔는지, 그리고 우리 가족 내의 기묘한 정치와, 우리 가족이 어떤 사람이 되기를 바라든 상관없이 그 출신 때문에 치러야 했던 대가 등을 상기할 수 있도록 말이다. 그때가 되면 나는 삶이 어떻게 사람들을 한 쪽으로, 그리고 다시 다른 쪽으로 내던질 수 있는지, 또 모든 것을 가지고 태어났던 사람이 어떻게 그 모든 것을 잃을 수 있는지 생각할 수 있을 테니까.

할머니는 자신의 과거에 대한 향수는 없었다. 자신이 속한 귀족 가문들은 프랑스어를 하고 오페라를 감상하는 한편, 식사를 준비해 주고 옷을 빨아 주는 하인들은 읽거나 쓰지 못하던 세계로 돌아가고 싶은 마음이 전혀 없었다. 할머니는 결코 공산주의자였던 적이 없다고 말했지만, 그렇다고 **앙시앵 레짐***을 그리워하지도 않았다. 할머니는 자신이 성장하면서 누린 특권을 알고 있었고, 그것을 정당화하는 수사들을 의심했으며 계급 의식과 계급 소속이 같다고 생각하지 않았다. 우리가 정치관을 물려받지 않고

* ancien régime. 16세기 프랑스 혁명 때 타도의 대상이 된 정치·경제·사회의 구체제.

자유롭게 선택해야 한다고, 그때 가장 편리한 것이나 이해에 가장 잘 맞는 것이 아니라 옳게 느껴지는 것을 선택해야 한다고 주장했다.「우리는 모든 것을 잃었지. 하지만 우리 자신을 잃지는 않았다. 우리의 품위를 잃지는 않았어. 왜냐하면 품위는 돈이나 명예, 직함과는 아무 관계가 없거든. 나는 예전의 나와 똑같은 사람이야. 그리고 여전히 위스키를 좋아하고.」

할머니는 이 모든 것을 차분히 말했다. 삶의 각 단계를 다음 단계와 뚜렷이 분리하고, 그것들을 구별하기 위해 무척 애썼다. 내가 제대로 알아듣고 있는지 가끔 확인하기도 했다. 할머니는 내가 당신의 궤적을 기억하기를 원했고, 당신이 당신 삶의 저자임을 이해해 주기를 원했다. 도중에 맞닥뜨렸던 그 모든 걸림돌에도 불구하고 계속해서 당신의 운명을 통제하고 있었다고 말이다. 할머니는 책임지는 것을 멈춘 적이 없었다. 그리고 이렇게 말했다.「자유란, 필연을 의식하는 거란다.」

나는 그 몇 주 동안 할머니와 부모님이 말했던 모든 것을 이해하고 기억하려고 애썼다. 우리는 나중에도 여러 번 그 대화로 돌아갔다. 나는 혼란스러웠다. 우리 가족이 일반적이었는지 예외적이었는지, 방금 나 자신에 관해 알게 된 사실이 나를 다른 아이들과 더 비슷하게 만들어 줄지 아니면 더 특이하게 만들어 줄지 알 수 없었다. 친구들이 종종 이해하기 힘든 어른들의 만남을 해독하려고 하면서, 자기도 잘 모르는 것에 대해 말하는 것을 들은 적이 있었다. 어쩌면 친구들 역시, 다이티나 디렉티가 다른 곳의 삶을 보여 주던 저녁이면 사회주의와 당에 관해 이야기했을지도 몰랐다. 그들 역시, 실상은 교도소였던 대학교에 관한 의견을 교환했을지도 몰랐다. 아니, 어쩌면 그들의 친척은 하키를 더 닮았을 수도 있었다. 진심으로 믿는 자, 하키. 할머니는 그런 사람은 규칙을 엄격히 적용해야 할 때와 재량권을 발휘해야 할 때를 전혀 구분하지 못한다고 말했다.

내가 진실을 알게 된 순간은 진실이 더 이상 위험하지 않게 된 때이기도 했지만, 한편으로는 우리 가족이 왜 그렇게 오랫동안 나에게 거짓말을 해왔는지 의아할 만큼 충분히 철이 든 때이기도 했다. 아마 식구들은 나를 믿지 못했을 것이다. 하지만 그들이 나를 믿지 않았다면, 내가 왜 그들을 믿어야 하나? 삶의 모든 측면에 정치와 교육이 스며든 사회에서, 나는 우리 가족의 산물이자 우리 나라의 산물이었다. 그 둘 사이의 갈등이 백일하에 드러났을 때, 나는 눈이 부셨다. 나는 어디를 바라보아야 할지, 또 누구를 믿어야 할지 알 수 없었다. 어떤 때는 우리의 법이 불공정하고, 우리의 규칙이 잔인하다고 생각했다. 또 어떤 때는 우리 가족이 그런 벌을 받아 마땅한 것은 아닌지 궁금했다. 어쨌거나 그들이 자유를 중요하게 여겼다면, 하인들을 두어서는 안 되었다. 그리고 평등을 중요하게 생각했다면, 부자로 살아서는 안 되었다. 하지만 할머니는 그들도 상황이 바뀌기를 원했다고 말했다. 할아버지는 사회주의자였다. 할아버지는 자기 가족이 누리던 특권에 분노했다. 「그렇다면 할아버지는 왜 감옥에 갔어요? 분명 할아버지는 뭔가 했을 거예요. 아무것도 안 했는데 감옥에 가는 사람은 없잖아요.」 나는 물러서지 않았다. 「계급 투쟁 때문이지. 계급 투쟁은 언제나 피투성이야. 네가 뭘 믿는지는 상관없어.」 할머니가 대답했다.

당의 입장에서는 개인의 우선권을 희생하는 것은 역사적 필연성의 문제이며, 미래의 더 나은 조건으로 이행하기 위한 비용이었다. 나는 학교에서 모든 혁명은 공포의 단계를 거친다고 배웠다. 우리 가족의 경우에는 설명하거나, 맥락화하거나, 변론할 거리가 전혀 없었다. 그들이 누리던 삶에 대한 무의미한 파괴가 있을 뿐이었다. 그 공포는 내가 태어났을 때 끝났을 수도 있고, 아직 시작조차 안 했을지도 모른다. 나는 새로운 상황에 의해 구제받은 것일까, 아니면 나 스스로 발견하지 못했다는 이유로 어떻게든 여전히 저주받는 것일까?

내가 우리 식구들이 원하지 않는 어떤 사람이 되는 것을 막기 위해서든, 또는 식구들이 공유하지 않는 어떤 것을 믿지 않도록 나를 보호하기 위해서든, 우리가 누구인지 밝힐 생각이 있었는지 궁금해졌다. 식구들이 그에 대해 대답해 주었다. 「아니, 하지만 너 스스로 밝혀냈을 거야.」

「내가 밝혀내지 못했다면요?」

「밝혀냈을 거야.」 식구들은 주장했다.

다음 몇 주 동안, 온갖 의심이 나를 괴롭혔다. 식구들의 모든 말과 행동이 거짓이었다는 사실을 받아들이기는 쉽지 않았다. 식구들이 반복해 왔던 그 거짓말 때문에 나는 남들이 말한 것을 계속해서 믿지 않았던가. 식구들은 내가 나의 약력 때문에 결국에는 계급의 적이 되리라는 것을 잘 알면서도, 나에게 훌륭한 시민이 되라고 격려했다. 만약 그들의 노력이 성공했다면, 나는 체제와 나를 동일시했을 것이다. 식구들은 나의 변신을 받아들였을까? 어쩌면 나는 아흐메트처럼 되었을 것이다. 겁이 나서, 아니면 확신에 차서, 아니면 교도소 교육의 영향으로, 또는 역시나 알 수 없는 어떤 동기 때문에 다른 편으로 전향한 미심쩍은 또 한 명의 친척처럼 되었을 것이다. 또는 만약 내가 입당을 허락받지 못했다면, 무척 분개했을 것이다. 진실을 알게 되고 당이 상징하는 모든 것에 적대감을 가지며, 또 한 명의 조용한 적이 되었을 것이다.

어느 날 오후, 엄마가 집으로 『릴린디아 데모크라티케』* 한 부를 가져왔다. 최초의 야당 신문 창간호였다. 그들의 모토는 〈각자의 자유는 모두의 자유를 보장해야 한다〉였다. 그 신문이 인쇄 중이며, 어느 이른 아침에 서점 — 그 신문을 파는 유일한 장소들 — 에 배포될 예정이라는 소문이 며칠 전부터 나돌았다. 사람들은 비밀경찰인 시구리미**들로부터 질문을 받는다면, 우유를 사기 위해 줄을 서 있다고 주장할 생각으로 빈 병을 움켜쥐고 기다렸다. 아빠가 큰 소리로 사설을 읽었다. 「첫마디」라는 제목이었다. 그 신문은 연설의 자유, 사상의 자유를 옹호하겠노라고, 그리고 항상 진실을 말하겠노라고 약속했다. 〈진실만이 자유롭다, 그래야만 자유는 진실이 된다.〉

* Rilindja Demokratike. 〈민주적 재탄생〉이라는 뜻이다.

** sigurimi. 알바니아 국가 안전 총국. 제2차 세계 대전 말기에 알바니아로 숨어든 파시스트와 우익 분자를 색출하기 위해 만들어졌고, 이후 정보부 및 비밀경찰 역할을 하면서 사실상 인민의 정치 활동을 탄압했다.

1990년 12월에는 그 전까지 내 삶에 있었던 모든 변화를 합친 것보다 더 많은 변화가 일어났다. 누군가에게 그 시기는 역사의 종말이 온 때였다. 그것은 종말처럼 느껴지지는 않았다. 그렇다고 새로운 시작 같지도 않았는데, 적어도 당장은 아니었다. 그보다는 모두가 두려워하지만 아무도 믿지 않았던 재앙을 예언했다가 신임을 잃은 선지자의 등장에 더 가까웠다. 수십 년 동안 우리는 공격에 대비하고, 핵전쟁을 계획하고, 벙커를 설계하고, 반체제 인사들을 억압하고, 반혁명의 단어들을 예상하고, 그 얼굴의 윤곽을 상상하며 지내 왔다. 적들의 힘을 파악하려고 애썼고, 그들의 번드르르한 말을 뒤집어 보고, 우리를 부패시키려는 그들의 노력에 저항하고, 그들의 무기를 따라잡으려고 노력했다. 그런데 마침내 그 적이 모습을 드러내자, 너무도 우리 자신과 비슷했다. 우리에게는 일어난 일을 묘사할 범주가 없었다. 우리가 잃어버린 것, 그 대신에 우리가 얻은 것을 담아 낼 정의도 없었다.

우리는 프롤레타리아 독재가 항상 부르주아 독재의 위협 아래에 있다는 경고를 들으며 살았다. 우리가 예상하지 못했던 것은 그 충돌의 첫 번째 희생자이자 승리의 가장 분명한 징표는 바로 그 용어들이, **독재, 프롤레타리아, 부르주아지**라는 용어들이 소멸하게 된다는 것이었다. 그 용어들은 더 이상 우리 어휘의 일부가 아니었다. 국가가 시들어 소멸하기 전에, 그 열망 자체를 표현하던 언어가 시들어 소멸했다. 사회주의, 우리가 살았던 그 사회는 사라졌다. 공산주의, 우리가 창조하기를 열망했고, 계급 갈등이 사라지고 각자의 자유로운 능력이 온전히 계발될 그 사회 역시 사라졌다. 하나의 이상으로서뿐 아니라, 하나의 통치 체계로서뿐 아니라, 사상의 한 범주로서도 공산주의는 사라졌다.

단 한 단어만이 남아 있었다. **자유**. 그것은 텔레비전의 모든 연설에서, 거리의 성난 시위대가 외치는 모든 구호에서 등장했다. 마침내 자유가 도착했을 때, 그것은 냉동된 채 나온 요리 같았다. 우리는 아주 조금 씹어 먹었고, 급하게 삼켰으며, 여전히 배가 고팠다. 어떤 사람들은 혹시 먹다 남은 것이 우리에게 주어진 것인지 생각했다. 또 어떤 사람들은 그것이 차가운 전채 요리일 뿐이라고 말했다.

1990년 12월을 향해 가던 몇 달의 나날 동안, 나는 학교에 갔고, 교실에 앉아 있었고, 거리에서 놀았고, 우리 식구와 식사를 했고, 라디오에 귀를 기울였고, 텔레비전을 보았다. 내 삶의 나머지 모든 날에 했던 것과 똑같은 것을 했다. 똑같은 행동들, 그리고 그 행동들을 했던 사람들의 욕망과 믿음은 훗날 근본적으로 다른 의미로 기억될 터였다. 우리는 도전적인 상황에 대한 용기 있는 몸짓, 시의적절한 결정, 성숙한 반응에 관해 이야기할 터였다. 우리는 그 과정에서 사고가 날 가능성을 생각할 수 없었다. 계획이 틀어져 버렸다고는 상상할 수 없었다. 그 시점까지 터무니없는 환상으로 여겨졌을 시나리오들은 그러나 훗날 엄격한 필연성의 특징을 갖게 되었다. 우리는 실패를 생각할 수 없었다. 실패는 우리 배가 떠나온 해안이었다. 그것이 우리가 도착하는 항구일 리는 없었다.

그렇지만 그 시기부터 내가 기억하는 것은 두려움, 혼란, 망설

임뿐이다. 우리는 마침내 현실화된 이상에 관해 말하기 위해, 우리가 과거에 그랬던 것처럼 **자유**라는 용어를 사용했다. 그러나 상황이 너무 많이 바뀌었기 때문에, 훗날 그것이 똑같은 〈우리〉였는지 말하기는 힘들 것이었다. 반세기 동안 모두가 협동과 억압의 똑같은 구조를 공유하며 저마다 사회적 역할을 해왔지만, 이제는 모든 것이 달라져야 할 그 역할을 실행할 남자와 여자들은 여전히 똑같은 사람들이었다. 친척, 이웃 그리고 동료가 서로 싸우고, 서로를 지원하고, 또 서로를 의심하면서도, 신뢰의 유대를 발전시켜 왔다. 서로를 엿보던 바로 그 사람들이 보호막을 제공하기도 했다. 간수는 죄수였다. 피해자는 약탈자였다.

나는 5월 1일에 퍼레이드를 벌였던 노동 계급이 12월 초에 항거했던 바로 그 사람들인지 영영 알지 못할 것이다. 만약 내가 다른 질문을 했더라면, 또는 내 질문에 다른 답을 들었거나 아예 답을 듣지 못했다면, 내가 어떤 사람이 되었을지도 영영 알지 못할 것이다.

상황은 한 방향에 있었고, 그러다가 또 다른 방향으로 바뀌었다. 나는 누군가였고, 그러다가 다른 누군가가 되었다.

2부

11장

회색 양말

「너네 식구는 누구 뽑을 거야?」 그해 마지막 날을 며칠 앞둔 어느 날, 자유선거가 선포되자 학교에서 엘로나가 물었다.

「우리 식구는 자유를 위해 투표할 거야. 자유와 민주주의를 위해.」 내가 대답했다.

「맞아, 우리 아빠도 그래. 아빠 말로는 그동안 당이 틀렸대.」

「어떤 점이 틀렸대?」

「전부 다. 신에 관해서 당이 한 말도 틀렸을까?」

나는 머뭇거렸다. 나는 엘로나가 그것을 알고 싶어 애태우는 이유를 알고 있었지만, 속상하게 만들고 싶지 않았다. 그러나 결국 거짓말을 할 수는 없었다. 잠시 침묵한 후, 나는 신의 존재를 믿지 않는다고 말했다. 말을 뱉고 나자 후회가 되어 고쳐 말했다. 「모르겠어. 당이 여러 가지 점에서 틀렸다는 건 분명해. 그래서 지금 다원주의가 생긴 거야. 다시 말해서, 여러 개의 당이 있고, 사람들이 어느 당에 투표할지 선택할 수 있는 자유선거가 있는 거야. 누가 옳은지 알아볼 수 있게 말이야. 우리 아빠가 설명해 주었어.」

「아마 노라 선생님은 그래서 종교가 인민의 **묘약**이라고 했나 봐. 당이 그거 하나는 틀리지 않았네.」 엘로나가 말했다.

「선생님이 그렇게 말한 기억은 없어. 내가 기억하는 건 종교가 비정한 세계의 심장이라는 것에 관한 약간의 얘기뿐이야. 우리 할머니한테 다시 물어봤는데, 할머니는 신에 관해 모른다고 했어. 할머니는 자기 양심만 믿는대. 그게 무슨 뜻인지는 잘 모르겠지만.」

「아마도 이런 뜻일 거야. 다원주의가 있으면, 신이 있다고 말하는 당도 있고 또 신이 없다고 말하는 당도 있겠지만, 선거에서 이긴 당이 무엇이 옳은지 결정한다는 거겠지.」 엘로나가 생각에 잠기며 말했다.

「글쎄, 항상 그렇게 할 수는 없어. 그렇지 않다면, 제우스든 아테나든 뭐든 신이 진짜 있고, 고대 그리스인들처럼 우리도 신에게 사람을 제물로 바쳐야 한다고 사람들을 설득해서 선거에 이기려고 하는 당을 무슨 수로 막겠어.」

「막을 수가 없겠지. 바로 그게 요점이야. 지금 우리는 자유로워. 모든 사람이 자기가 말하고 싶은 대로 말할 수 있다고.」 엘로나가 말했다.

나는 미덥지 못해서 고개를 저었다. 「그렇다면 누가 선거에 이기느냐에 따라서 크리스마스와 새해 전야 같은 날을 없애거나 다시 복원시켜야 할 거야. 그들은 몇 가지 사실은 알고 있어야 해.

사회주의에서 우리는 과학에 의존했어. 그냥 뭔가를 뚝딱 만들어 낸 게 아니라고. 과학은 진짜야. 왜냐하면 우리는 실험을 하고 이론을 검증할 수 있으니까. 하지만 신을 어떻게 시험할 수 있는지 난 모르겠어.」

「그래도 난 신을 믿어, 조금은. 그러니까 나도 분명 과학을 믿지만, 신도 믿는다는 얘기야. 넌 안 믿어?」 엘로나가 다그쳤다.

「모르겠어. 어떻게 생각해야 할지도 잘 모르겠어. 얼마 전까지만 해도 난 사회주의를 믿었고, 공산주의를 기대하고 있었어. 우리가 착취와 싸우고 노동 계급한테 권력을 주는 게 옳다고 생각했어. 그런데 지금, 우리 부모님 말씀으로는 우리 가족이 계급 투쟁에서 잘못된 편에 있었대.」

「지금은 아무도 사회주의를 믿지 않아. 심지어 노동 계급도 마찬가지야.」 엘로나가 말했다.

「너네 아빠는 사회주의를 믿어? 너네 가족은 계급 투쟁에서 어느 편이야?」

「우리 아빠,」 엘로나는 잠시 생각했다. 「안 믿는 것 같아. 내 말은, 아빠는 버스 운전사잖아. 노동 계급이야. 5월 1일이면 항상 조합원들과 퍼레이드에 나섰지. 그런데 지금은 텔레비전에서 당 서기장을 볼 때마다 욕을 해. 요즘은 부쩍 짜증도 많아졌어. 술도 더 많이 마시고. 아빠를 진정시키기가 힘들 정도야. 내 동생 미미는 아직도 고아원에 있어. 전에는 여섯 달만 지나면 미미를 집에 데려오겠다고 약속하더니, 지금은 그럴 형편이 안 된대. 전에는 행복한 술꾼이었는데, 지금은 항상 화가 나 있어. 아빠가 한 번이라도 사회주의를 믿었던 것 같지는 않아.」

「우리 부모님도 변했어. 전에는 정전이 되어도 한 번도 화낸 적이 없었는데, 요즘은 아무것도 아닌 일에 버럭 역정을 내기도 해. 〈개자식, 개 같은 자식!〉 하고 소리를 지른다니까. 내가 방과 후에 늦게 들어가도 할머니만 그걸 눈치채지. 적어도 할머니는 항상 똑같아. 하나도 안 변했어.」

「우리 할아버지는 항상 신을 믿었다고 말하는데, 조금은 말이야.」 엘로나가 말했다. 「할아버지는 종교가 폐지되었을 때도 몰래 크리스마스를 기념했어. 할아버지는 빨치산이었어. 당이 몇 가지 좋은 일을 하기는 했다고 말했지. 모든 사람이 읽고 쓰게 만들어 준 거나, 병원을 세우고, 전기를 들여오고, 뭐 그런 일들 말이야. 하지만 당이 교회를 파괴하고 사람들을 죽이고, 그런 끔찍한 일도 했대. 할아버지는 자기가 사회주의자이고, 그리스도교인이라고 했어. 그리스도교인이라면 사회주의자가 되기는 아주 쉽다나. 게다가 여전히 당원이야. 당을 떠나지 않았거든.」

「우리 할아버지도 사회주의자였어. 감옥에서 15년을 살았대. 우리 부모님은 당에 가입할 기회도 없었어.」 내가 말했다.

「정말 이상한 일이지. 우리 할아버지 말로는 이제 정치적 다원주의가 됐으니, 어쩌면 교회가 다시 세워질지도 모른대. 할아버지는 엄마가 천국에 있다면서, 엄마를 위해 기도해. 기도하는 법을 나한테도 가르쳐 달라고 할아버지한테 부탁했어.」 엘로나가 말했다.

「우린 무슬림이야. 무슬림은 모스크에 다녀. 지금은 모스크가 없으니까, 만약 모스크가 다시 세워지면 우리가 모스크에 다닐지는 잘 모르겠어. 엄마가 그러는데, 엄마네 집안 사람들은 늘 신을 믿었대.」 내가 말했다.

「솔직히 크리스마스나 새해 전야 같은 건 신경 안 써. 사람들은 뭐든 기념할 수 있잖아. 어떤 것을 위해서든 투표를 하고 말이야. 선거는 일요일에 할 거야. 그건 바뀌지 않았어. 옛날엔 그리스도교인들이 일요일에 교회에 갔대.」 엘로나가 말했다.

나는 어깨를 으쓱했다. 「우린 무슬림이야. 나는 무슬림은 일요일에 뭘 하는지 잘 몰라. 이제 두고 보면 알게 되겠지.」

우리가 한 것은 늦잠을 자는 것이었다. 우리는 최초의 자유 공정 선거가 있던 그 일요일 오전을 침대에 파묻혀 보냈다. 이따금 아빠가 일어나 부엌에 가서 뉴스를 확인했다. 「시간이 있어.」 아빠는 돌아오면서 그렇게 소곤거렸다. 마치 우리 집의 짙은 색 커튼을 뚫고 스며드는 환한 빛이 아빠의 목소리에 힘을 받아, 각자의 자리에 남아 있으려는 모두의 노력을 무력화할까 봐 두려워하는 것 같았다. 아빠는 중요한 메시지를 전하려 할 때 취하는 바로 그 엄숙한 자세로 침실 문 옆에 서 있었다. 이 경우 그 메시지는 단 한 단어였다. 〈30.〉

아빠는 방으로 들어갔다. 한 시간 후, 아빠는 다시 부엌에서 뉴스를 확인하고 문간에 서서 우리에게 새로운 숫자를 전하는 그 동작을 되풀이했다. 40, 다음에는 50. 그때마다 침대 커버 밑에서는 억누르려 애쓰는 환호 같은 소리가 들렸다. 「올라가고 있어.」 할머니는 나랑 같이 쓰는 침대에서, 마치 한밤중인 양 이불을 살짝 끌어당기며 소곤거렸다.「100까지 가지는 않을 거예요.」아빠가 말했다. 바로 그때 환호가 더 커졌고, 더는 억제하기가 불가능해졌다.「우린 다시 자야 해.」할머니가 말했다.

깊은 잠이 아니었다. 일종의 가벼운 졸음이었다. 때로는 기분 좋은 꿈을 되살리기를 바라면서, 때로는 기다리는 현실을 외면하기 위해 스스로 빠져들라고 명령할 수 있는 그런 졸음일 뿐이었다. 그 시간, 꿈은 뉴스와 뒤섞였다. 그것은 투표율에 관한 꿈이었다.

우리는 투표율이 올라가기를 바랐다. 그러나 한꺼번에 올라가지 않고 천천히 올라가야 했다. 투표율이 99퍼센트에 못 미쳐서 멈추는 것은 더 중요했다. 그날 오전에 선언되었다시피, 100퍼센트에 가까운 투표율은 곧 그 선거가 자유롭지도 공정하지도 않으며, 지금까지 늘 그랬던 것과 다름없다는 뜻이었다. 과거 우리 식구들은 선거일에 모두 아침 5시에 일어났다. 아침 6시에는 투표 부스 앞에 줄을 서 있었고, 아침 7시에는 이미 투표를 마쳤다. 아침 9시가 되기 전에 투표 결과가 발표되었다.〈인민의 한 표 한 표는 우리의 적을 겨눈 총알이다〉라는 공식 슬로건이 등장했다. 부모님은 투표장에 일찍 나갈수록 총알 발사를 꺼린다고 의심받을 가능성이 적다고 생각했다.

우리는 보통 투표장에 처음 도착한 축에 들었다. 투표 대기 줄은 우유 대기 줄과 비슷했다. 한밤중부터 줄이 만들어지기 시작했지만, 투표할 사람을 대신해서 장바구니나 깡통, 돌멩이를 놓아두지 않는다는 차이가 있었다. 모두가 직접 줄을 섰다. 그곳에는 크게 소리치는 사람도 없었다. 또 아는 사람을 찾아볼 생각도 하지 않았으며, 순간순간마다 혼돈으로 빠져들 것처럼 느껴지지도 않았다. 모든 것에서 나타나는 그 질서 정연함과 차분한 기대감을 지켜보던 나는 투표를 하는 것이 우유를 사는 것보다 본질적으로 더 보람 있는 일이라고 결론짓게 되었다. 분위기는 확실히 훨씬 더 밝았다. 우리 부모님의 경우, 그 분위기가 매우 밝았기 때문에 투표에 대한 부모님의 그런 열정에 내가 부응할 수 있는 유일한 방법은 나만이 할 수 있는 일을 찾아내는 것이라 생각했다. 나는 선거 위원단 앞에서 당에게 바치는 시를 낭송했고, 때로는 엔베르 아저씨의 사진 바로 옆에 있는 투표함 앞에 놓을 꽃다발을 준비하기도 했다.

내 기억에 사회주의에서 치른 마지막 선거는 1987년 선거였다. 나는 직접 낭송할 시를 썼다. 내가 너무 어려서 투표할 수 없다면, 그 시가 나의 총알이 될 수 있으리라 생각했다. 하지만 내가 찾아낸 무기가 어떤 종류인지, 그것이 우리의 적을 파괴할 만큼 충분히 강력하게 여겨질지 고민스러웠다. 할머니는 잘 썼다며 나를 격려했지만, 부모님은 그 시를 낭송할 시간이 있을지 모르겠다는 말로 내 기대를 누그러뜨렸다.「줄의 상황에 따라 다를 거야.」부모님은 나에게 그렇게 말했다.

우리가 집을 나섰을 때는 아직 날이 어두웠다. 나는 불안해져서 아빠의 오른손을 꽉 잡았다. 아빠의 손도 내 손처럼 땀으로 축축했다. 우리는 선거 사무소 바깥에 줄을 서서 기다렸다. 마침내 부스가 열리고 우리가 투표할 차례가 되자, 한 선거인단이 아빠에게 민주 전선 소속의 명단이 적혀 있는 하얀 종이 한 장을 내밀었다. 민주 전선은 후보를 낼 수 있는 유일한 조직이었다. 아빠는 그 명단을 보지도 않고 표시를 하고는 두 번 접은 다음 붉은 상자 안에 넣었다. 아빠는 선거 위원에게서 눈을 떼지 않았다. 그러는 동안 그 남자는 다음 사람인 엄마에게 내줄 종이를 준비하고 있었다. 이윽고 아빠가 그 남자에게 고개를 끄덕여 인사했다. 그 남자는 대답 대신 주먹을 들어 올려 보였다. 나 역시, 다른 사람이 주먹 인사를 할 때처럼 주먹을 들어 올렸다.

내가 쓴 시를 읽은 기억은 없다. 아마 마지막 순간에 그 시의 수준에 관해 생각이 바뀌었거나, 아니면 부모님이 더 이상 창피당하는 일 없이 그 건물에서 나를 쫓아내기 위한 꾀를 냈을 것이다.

그러나 이제, 자유 공정 선거에서는 모든 것이 달랐다. 우리는 아침 일찍 일어날 필요가 없었다. 투표소 줄도 없을 터였고, 우리가 투표를 하든 말든 신경 쓸 사람도 없을 터였다. 하루 중 아무 때나 투표할 수 있었고, 만약 투표할 마음이 없으면 아예 투표하지 않기로 선택할 수도 있었다. 모두가 침대에서 꾸물거렸다. 마치 투표소에 가는 일이 단잠을 방해할 가치가 있는지, 만약 그렇다면 누구에게 투표할 것인지 아직도 결정을 못 내린 듯 보였다.

그 전날 밤에 식구들은 투표일에 입을 옷을 늘어놓았다. 할아버지의 죽음을 애도한다며 늘 검은색 옷만 입었던 할머니는 나무 트렁크에서 흰색 물방울무늬 블라우스를 꺼냈다. 할머니가 투표를 하러 가기 위해 마지막으로 차려입었던 때는 1946년이었다. 그때 할머니는 모자를 쓰고, 진주 목걸이까지 했다고 말해 주었다. 할머니는 여러 부르주아지 가족에게서 몰수한 옷가지 대부분이 보관된 국립 영화 촬영소 옷장에 어쩌면 지금도 그 모자가 걸려 있을 것이라고 우스갯소리를 했다.

부모님은 투표를 일찍 할지, 아니면 기다렸다 나중에 할지를 두고 언쟁을 벌였다. 선거가 어떻게 펼쳐질지 아무도 예측할 수 없었다. 1946년 선거가 계속 입에 올랐다. 그 선거의 끝은 좋지 않았다. 선거가 끝나고 얼마 후, 친가와 외가 할아버지가 모두 체포되었고 나머지 가족들은 추방되었다. 그런 역사가 반복될 수 있을까?

「그때는 다른 세상이었어. 소비에트가 전쟁에서 이겼지. 지금은 소비에트가 졌잖아.」 아빠가 지적했다. 「소비에트, 그래요. 소비에트는 작년 이맘때 끝났죠. 그런데 당신은 어디 있었죠?」 엄마가 눈에 띄게 짜증을 내며 대꾸했다. 그것은 수사적 질문이었다. 엄마는 마지막 일격을 가하기 위해 목소리를 조절했다. 「5월 1일 퍼레이드를 준비하고 있었죠.」

아빠는 알 수 없는 확신으로 고개를 저었다. 「엔베르는 끝났어. 당도 끝났어. 우리는 돌아가지 않아.」

몇 주 전, 수도의 중심 광장에 있는 엔베르 호자의 동상이 넘어졌다. 학생들은 그때까지도 〈엔베르 호자〉라고 불리던 대학교의 이름을 바꿀 것을 요구하며 단식 투쟁을 시작했다. 당 관리들이 최선의 대응 방안을 고민하고 전교생 투표를 제안하면서 갈등은 계속 고조되었다.

그러나 당은 끝난 것이 아니었다. 조만간 당은 **유일한** 당에서 **하**

나의 당이 될 터였다. 여럿 중의 하나가. 저마다 나름의 후보와 나름의 기관지, 나름의 프로그램과 나름의 명단을 가진 나머지 집단들과 의회 의석을 다툴 터였다. 그 명단에는 한때 당원이었다가 최근 진영을 바꾼 사람들의 이름이 포함되어 있었다. 나머지 사람들은 충성심을 유지했다. 당이 그처럼 분열되고 여러 개로 증식할 수 있다는 사실, 당이 치유책이면서 질병으로 여겨질 수 있고, 모든 악의 근원이면서도 모든 희망의 원천으로 여겨질 수 있다는 사실은 당에 신화적인 특성을 부여했다. 그 특성은 앞으로 오랜 세월 동안 온갖 불행의 원인으로 여겨질 것이며, 자유를 폭정처럼 보이게 만들고 필연성에 선택의 외양을 부여하는 흑마술의 주문으로 여겨질 것이었다. 그 모든 것을 포괄하는 존재로부터 자신을 해방하는 것은 갑자기 자신의 치아 사이에 끼였음을 알게 된 밧줄을 씹는 것과 같았다. 당은 사라졌지만, 여전히 그곳에 있었다. 당은 우리 위에 있었지만, 우리 내부 깊은 곳에 있기도 했다. 모든 사람, 모든 것이 당으로부터 나왔다. 당은 목소리를 바꾸었고, 다른 외형을 얻고 새로운 언어로 말했다. 그런데 그 영혼이 무슨 색이었던가? 그것은 늘 되고자 했던 바가 된 적이 있었던가? 오직 역사만이 말해 줄 것이다. 그러나 그 시점에서 역사는 아직 다 만들어진 것이 아니었다. 우리가 가진 것은 새로운 선거가 전부였다.

「투표는 의무야.」 할머니가 투표 전날 밤에 말했다. 「우리가 투표하지 않는다면, 다른 사람들이 우리 대신 결정하게 놔두는 꼴이야. 그러면 전과 다를 게 없어. 고작 한 장짜리 후보자 명단을 읽지도 않고 투표함에 넣는 것과 똑같아.」

나는 선거일 아침에 할머니의 말을 생각했다. 우리 부모님은 왜 투표를 망설였을까? 그냥 나가서 오랫동안 고대하던 자유를 만끽하면 될 텐데, 왜 망설였을까? 연출된 하품, 연극 같은 잠, 가식적인 우유부단함, 그 밖에 모든 것은 부모님이 최근 몇 년 동안 구체적인 일들이 일어나기를 원했던 것이 아니라 추상적인 가능성을 계속 활용하고 싶어 했다는 인상을 주었다. 그 특정한 **무언가**가 손 닿는 곳에 있는 지금, 우리 가족은 통제력을 잃을까 봐 두려워했다. 선거가 가져다준다는 선택의 자유를 행사하는 대신에, 그 선택이 오염되지 않도록 전전긍긍하고 있었다. 어쩌면 우리 가족은 혹시라도 실망을 안겨 줄 수 있는 특정 개인이나 정책에 헌신하기를 피하고 싶었을 것이다. 어쩌면 원칙과 동기가 다른 수백만 투표자들의 행동으로 똑같은 결과가 나온다면, 그들의 희망이 환상으로 변할까 봐 걱정했을 것이다.

동생과 나는 조금 더 기다리다가 부모님 방으로 뛰어들었다. 부모님은 현실을 마주하기 싫다는 듯 담요로 몸을 말고서 침대 위에 뻣뻣하고 고집스럽게 누워 있었다. 머리끝에서 발끝까지 하얀 시트를 뒤집어쓴 부모님은 수술을 앞두고 방금 약을 투여받은 환자 같았다. 우리는 당황해서 가까이 다가가 부모님을 살폈다. 부모님은 우리가 들어왔다는 사실을 알아채고 반대편으로 몸을 돌렸다. 이윽고 시트 아래에서 목소리가 들렸다. 「나가. 아직 시간이 안 됐어.」

우리는 우리 방으로 돌아왔고, 나는 라디오를 틀었다. 뉴스에서는 남부의 외딴 마을 사람들이 무리 지어 거리를 점거했다는 소식이 나오고 있었다. 그들은 엔베르 호자의 사진들을 들고 친공산주의 구호를 외치면서, 머지않아 이 나라가 이날을 후회하게 될 것이라고 투표자들에게 경고했다. 기자들은 과거를 그리워하는 이런 시위를 〈반대 시위〉라고 부르며, 몇 주 전 정부에 반대하며 일어났던 진짜 시위와 구분했다. 「농부들이란. 그들이 뭘 안다고?」 할머니가 중얼거렸다.

소농민, 노동자, 전투적인 공산주의 청년단으로 구성된 그 집단은 사실 공식적으로 〈엔베르 호자의 기억 수호를 위한 자원봉사자들〉이라고 불렸다. 그들은 선거 몇 주 전, 호자의 동상이 파괴되던 즈음에 결성되었다. 당 본부가 선언했다. 〈흉상은 제거될 수 있을지 몰라도, 엔베르 호자의 모습은 넘어질 수 없다.〉 그러나 반대 시위대가 사건의 진행을 멈출 수는 없었다. 그들은 절벽에 매달린 사람들처럼, 이 나라 공산주의의 유산 가운데 몇 개 남지 않은 상징물에 들러붙었다. 그들 역시 어느 정도는 미래를 두려워했다. 그러나 우리 가족과는 달리 그들 중 다수는 아직도 과거와 자신을 동일시했다. 당은 항상 그들의 이름으로 말했고, 그들을 위해 행동했었다. 우리 가족은 국가 폭력의 피해자였다. 그들은 산파였다.

반대 시위는 겨우 몇 달 더 지속될 터였다. 일련의 개혁으로 시작된 것들이 점점 혁명으로 불리는 경우가 많아졌다. 다른 혁명이었다면 피억압자와 억압자가 있고, 승자와 패자가 있고, 피해자와 가해자가 있었을 것이다. 여기서는 책임의 사슬이 너무 복잡하게 얽혀 있어서, 오직 한 진영만 존재할 수 있었다. 지도자들을 처형하고 스파이들을 투옥하고 예전 당원들을 제재하는 조치는 갈등을 더욱 심하게 부채질하면서, 복수의 열망을 더욱 타오르게 하고, 더 많은 피를 흘리게 할 것이었다. 차라리 책임을 완전히 지워 버리고, 모두가 결백한 척하는 것이 더 현명해 보였다. 합법적으로 지목할 수 있는 범죄자는 이미 죽은 사람들이었다. 그들은 변명할 수도, 무죄를 주장할 수도 없었다. 나머지 사람들은 모두 피해자가 되었다. 살아남은 사람들 모두가 승자였다. 가해자는 한 명도 없고, 오직 비난할 이념만 남아 있었다. 어떤 사람들에게 공산주의는 너무도 희망이 없는 전망이었고, 또 어떤 사람들에게는 너무도 살인적인 것이라 그 단어를 언급하기만 해도 경멸과 증오의 눈길이 쏟아졌다. 이 혁명, 벨벳 혁명은 개념에 대한 인민의 혁명이었다.

우리 가족이 투표를 하러 가기로 결정했을 때는 투표소가 문을 닫기 직전이었다. 우리가 바깥으로 나가자, 사람들은 두 손가락으로 V 자를 그리며 서로 인사하고 있었다. 그것은 자유와 민주주의를 나타내는 새로운 상징이었다. 동생과 나는 주먹을 두 손가락으로 대체하기가 놀랄 만큼 쉽다는 사실을 알았다. 엄마는 전에도 연습한 적이 있는 것이 분명했다. 아빠는 처음에는 머뭇거리는 듯했다. 상류 계급의 품위를 절대 버리지 못했던 할머니는 아마 모든 것이 저급하다고 생각했을 것이다. 아니면 그 상징을 고안했던 연합군처럼, 1946년에 V 표시는 알바니아에 들어오지 않았던 것인지도 모른다.

선거 운동원들이 우리에게 야당 로고가 찍힌 스티커를 건넸다. 당을 상징하는 파란색 P 자가 민주주의를 뜻하는 D 자 안에, 마치 피난처를 찾았다는 듯 웅크려 있었다. 나는 스티커를 그날 처음 보았다. 나는 여러 개의 스티커를 가슴에 붙이고 다녔다. 몇 개는 가게 유리창 위에 붙였는데, 마치 그 가게에 팔 물건이 있다며 환영하는 듯한 착시를 일으켰다. 길가에 주차된 몇 안 되는 차 문에도 한두 개 붙였다. 투표소 안으로 들어갔을 때, 내 동생이 투표함 근처에 스티커 하나를 붙이려고 했다. 사람들이 그 행동을 막았고, 동생은 탁자 밑에 몰래 스티커를 붙이는 것으로 만족해야 했다.

투표 결과는 다음 날 아침에 나왔다. 야당이 참패했다. 사회당은 60퍼센트가 넘는 표를 얻으며 의기양양하게 등장했다. 엄마는 선거가 자유롭지도 공정하지도 않았다고 선언했다. 전체 선거 운동이 그 당에 의해 조직되었다고 말했다. 자기 당과 다른 당들의 경쟁을 규제하면서 선거에서 승리하기 위해 노력할 것이라고 기대하는 일 자체가 말이 안 되었다. 모든 것이 사기였다.

선거는 가혹했다는 것이 드러났다. 아니, 적어도 그동안 메모지와 텔레비전 카메라를 들고 우리 나라에 들어온 관광객들, 그러니까 지금은 〈국제 사회〉라는 이름으로 통하는 사람들의 기준에는 가혹했다. 그들의 공식 설명, 즉 국제 사회에서 내놓은 것만을 권위적으로 여기는 선례를 남긴 그 설명은 달랐다. 그들의 설명에 따르면, 야당들은 선거를 준비할 시간이 별로 없었으며, 농촌 지역에서 후보를 내기 위해 고군분투했고, 옛 반체제 인사들은 투옥되었다가 얼마 전에야 석방되었으므로 때가 너무 늦어 출마할 수 없었다고 했다.

그 후로 몇 달 동안, 모든 곳에서 시위와 소요가 더욱 잦아졌다. 북부에서는 수많은 시위 중 어느 한 시위에서 야당 활동가 네 명이 누가 발포했는지 모를 총알에 맞아 목숨을 잃었다. 자유주의로의 이행은 이제 피로 봉해졌다. 민주주의는 순교자들을 갖게 되었다. 몇 주 후에는 독립 노조의 광산 노동자들이 단식 투쟁을 조직했다. 그들의 요구는 정치적이라기보다는 경제적인 성격을 띠었다. 당과 야당은 이제 개혁의 필요성에 합의했다. 그들은 실행 방식에 대해서만 의견이 달랐다. 낡은 사회주의 구호 대신 새로운 문구가 등장했다. 설명하고, 다짐하고, 경고하고, 규정하고, 사기를 진작시키고, 상처를 달래기 위한 목적의 문구였다. 그 문구는 식량 부족과 공장 폐쇄라는 비극적 현실부터, 정치 개혁과 시장 자유주의의 필요성에 이르기까지 모든 것을 포착하고 있었다. 그것은 단 두 단어로 이루어져 있었다. **충격 요법**.

그것은 정신 의학에서 나온 말이었다. 충격 요법은 심각한 정신병적 증후군을 완화하기 위해 환자의 두뇌에 전류를 보내는 방법이다. 그렇게 우리의 계획 경제는 정신 이상과 동등하게 여겨졌다. 그 치료법은 변혁적 통화 정책이었다. 예산의 수지를 맞추고, 가격을 자유화하고, 정부 보조금을 폐지하고, 국유 사업을 민영화하고, 외국인에게 무역과 직접 투자의 경제 문호를 개방하는 것이었다. 그렇게 되면 시장 행동은 스스로 적응하고, 새로 등장하는 자본주의적 제도들은 중앙에서 조정할 필요도 별로 없이 효율적으로 굴러갈 터였다. 위기가 예견되었지만, 더 좋은 날이 올 것이라는 미명하에 희생하며 평생을 살아온 사람들이었다. 이번이 그들의 마지막 노력일 것이었다. 과감한 조치, 선의와 인내심만 있다면, 곧 충격에서 회복해 치료의 혜택을 누릴 수 있다. 속도가 핵심이었다. 밀턴 프리드먼*과 프리드리히 폰 아우구스트 하이에크**가 거의 하룻밤 사이에 카를 마르크스와 프리드리히 엥겔스를 대체했다.

「자유가 작동하고 있습니다.」 미국의 국무 장관 제임스 베이커가 자발적으로 수도에 모여 미국 관리의 첫 국빈 방문을 환영하는 30여만 명의 군중 앞에서 연설했다. 베이커는 자유를 향한 전환에 대한 미국의 지지를 선언하면서, 새로운 법의 정신은 법전의 그 글자만큼이나 중요하다고 강조했다. 미국 정부와 미국의 민간 기구들 모두 사태를 바로잡는 데 참여할 것이라고 했다. 그들은 우리가 〈민주주의, 시장, 헌법 질서〉를 구축하도록 도와줄 것이었다.

새 정부는 오래가지 않았다. 국제 사회의 압력, 더욱 심해지는 거리의 약탈과 폭력, 악화되는 경제 상황 때문에 당은 어쩔 수 없이 새 선거를 요구해야 했다. 1년 만에 이 나라는 다시 선거 운동 양상에 들어갔다. 이번에는 신속한 변화를 주장하는 세력들이 준

* Milton Friedman(1912~2006). 자유 시장 원칙을 옹호하고 정부 개입을 최소화한 시카고 학파의 중심인물이다.

** Friedrich von August Hayek(1899~1992). 오스트리아 학파의 일원으로 케인스주의적인 중앙 경제 계획의 한계를 비판했다. 그의 사상은 신자유주의의 토대가 되었다.

비할 시간이 전보다 많았다.

어느 날 오후, 지역 의사이자 전 당원 출신으로 야당 후보가 된 바슈킴 스파이아가 눈에 띄게 동요한 모습으로 우리 집 문을 두드렸다. 그는 레오니트 브레즈네프*가 좋아하던 스타일로 재단된 암회색 재킷을 입고 있었다. 그 재킷 안에 분홍색 글씨가 한가운데 쓰인 자주색 티셔츠를, 그리고 티셔츠와 색깔을 맞춘 자주색 바지를 입고 있었다. 티셔츠에는 이런 영어 문장이 쓰여 있었다. 〈Sweet dreams, my lovely friends.〉

바슈킴은 아빠에게, 몇 달 동안 빌려줄 회색 양말이 있는지 물었다. 집집마다 문을 두드려 물어보는 중이었다. 그의 설명에 의하면, 미국 국무부에서 선거 운동을 위해 국회 의원 지망생들이 입어야 할 옷차림에 관한 중요한 조언이 담긴 책자를 나누어 주었다고 했다. 「아마 어두운색 양말만 가능한가 봐요. 회색이나 검정, 회색이면 더 좋고요.」 그는 눈에 띄게 괴로워하며 덧붙였다. 「나한테는 흰 양말밖에 없어요. 게다가 선거 운동에는 **스폰서**도 필요하다네요. 어떤 **스폰서**를 요구하는 걸까요? 나는 양말도 없는데!」 그는 절망스럽게 소리쳤다.

부모님이 그에게 커피를 마시자고 말했다. 부모님은 그 조언이 국무부에서 나온 것일 리 없다고 설명하려고 했다. 아마도 미국 대사관에서 나왔을 것이다. 그렇더라도 대사관은 유연성을 보일 것이었다. 바슈킴은 고개를 저었다. 그를 달랠 방법이 없었다. 그

* Leonid Brezhnev(1906~1928). 소련의 정치가.

의 주장에 따르면, 그의 아들이 그 책자를 번역했는데 그 책자에 국무부 소인이 있다고 확인시켜 주었다는 것이다. 그는 그 색깔의 양말이 없으면 더러운 공산당 녀석들로부터 의석을 되찾지 못할 것이라고 주장했다.

그의 승리가 선언되던 날 밤, 텔레비전 토론에 나온 그는 할머니가 아빠를 위해 뜨개질했던 두꺼운 회색 모직 양말을 신고 있었다. 우리 가족은 바슈킴의 승리에 기여했다는 사실을 유독 자랑스러워했다. 언젠가 바슈킴의 아내 베라가 우리 부모님이 일요일 거리 청소에 나오려 하지 않는다며 지역 평의회에 불만을 제기했었다는 사실도 기꺼이 눈감아 주었다. 아빠의 양말을 영영 돌려주지 않은 바슈킴에 대해서도 원한이 없었다. 우리 지역의 그 의사는 짧은 기간에 승승장구해서 카리스마 있는 정치가가 되었을 뿐 아니라, 아주 성공한 사업가가 되었다. 그는 〈스위트 드림Sweet dreams〉을 롤렉스 시계와 바꾸었고, 브레즈네프 스타일의 재킷을 휴고 보스 재킷으로 대체했다. 장담하건대 그는 실크 양말도 신기 시작했을 것이다. 우리는 다시 그를 볼 일이 거의 없었다. 그를 보았다 하더라도 멀리서, 건장한 경호원들에게 둘러싸여 번쩍이는 검은색 메르세데스 벤츠의 문을 쾅 닫는 모습만 보았을 뿐이다. 그에게 다가가 아빠의 양말을 멋대로 착복했다고 비난하는 것은 경솔할 뿐 아니라 타당하지 않은 일이었을 것이다.

12장

아테네에서 온 편지

최초의 자유 공정 선거가 있기 전인 1991년 1월의 어느 날, 할머니는 아테네에서 보낸 편지 한 통을 받았다. 할머니가 들어 본 적 없는 사람, 〈카테리나 스타마티스〉라는 여자의 서명이 있는 편지였다. 우리는 편지를 열어 보기 전에, 그 봉투를 이웃들에게 보여 주었다. 소규모 군중이 파파스 부부네 집에 모였다. 평생을 우체국에서 일했던 도니카에게 그 편지가 건네졌다. 그녀는 자기 집 거실 한가운데, 호기심 어린 얼굴들에 에워싸인 채 서 있었다. 사람들의 시선은 잉크로 쓴 듯한 그리스 문자가 상형 문자처럼 줄지어 있는 얇은 크림색 종이에 고정되어 있었다.

나는 도니카가 그리스어를 모른다는 것을 알고 있었다. 불과 몇 주 전, 도니카가 노란색 액체가 든 병의 뒷면에 붙은 성분표를 번역해 달라고 할머니에게 부탁한 적이 있었다. 도니카의 사촌이 최근에 아테네로 여행을 갔다가 선물로 사 온 물건이었다. 도니카는 외국의 레몬 샴푸인 줄 알고 그것으로 머리를 감았고, 얼마 후 머리가 가려울 만큼 심한 따끔거림을 느꼈다. 할머니를 통해 지금까지 알려지지 않은 식기세척기 세제라는, 이국적인 물질 때문에 그런 고통을 느꼈던 것으로 밝혀졌다.

도니카는 몇 분 동안 조용히 그 봉투를 앞뒤로 꼼꼼히 살폈다. 그녀의 엄숙한 자세는 거실 전체에 기대 어린 침묵을 드리웠다. 들리는 소리라고는 난로에서 장작이 딱딱거리며 타는 소리뿐이었다. 도니카는 봉투를 코로 가져가 여기저기를 킁킁거렸고, 킁킁거리고 나면 어김없이 긴 숨을 내뱉었다. 그녀는 고개를 젓더니 못마땅하다는 듯 혀를 찼다. 그다음 집게손가락을 봉투 뚜껑 밑으로 집어넣으며 바깥 면을 엄지손가락으로 집었다. 그렇게 두 손가락을 봉투 가장자리까지 살살 밀었다. 마치 미끄러지는 그 동작 때문에 통증이 생겨도 참아야 한다는 듯 느릿느릿 뚱한 동작으로, 집중의 미간을 찌푸리면서 말이다. 일단 조사가 끝났다. 도니카는 당황한 표정으로 고개를 들었고, 그녀가 입을 떼기 시작하자 그 표정은 서서히 분노로 변했다.

「봉투를 뜯어봤었네요. 그들이 말이에요.」 그녀는 문 쪽을 바라보며 말했다.

방 안의 침묵은 이윽고 집단적인 중얼거림으로 바뀌었다.

「나쁜 녀석들.」 마침내 엄마가 말을 뱉었다.

「한 번만 뜯어본 게 아니네요. 여러 번이에요.」 도니카가 그렇게 설명했다.

「그래, 틀림없어. 그들이 우체국에 새로운 사람을 고용하지는 않았겠지. 그냥 옛날에 하던 대로 일하는 거야.」 도니카의 남편 미할이 대꾸했다.

몇몇 이웃이 고개를 끄덕였다. 나머지 이웃들은 수긍하지 않았다. 「우체국 직원들에게 편지를 뜯어보는 일은 그만두라고 지시해야 해요.」 도니카가 대꾸했다. 「프라이버시. 프라이버시는 아주 중요해요. 우리는 지금까지 프라이버시를 가져 본 적이 없어요.」 엄마가 말했다. 엄마는 우체국이 민영화되기 전에는 아무 일도 일어나지 않을 것이라고 단언했다. 민영화만이 프라이버시를 존중할 수 있었다.

다들 프라이버시가 중요하다는 데 동의했다. 「중요할 뿐 아니라, 그건 여러분의 권리예요. 그건 권리라고요.」 도니카가 강조했다. 그녀의 목소리에는 봉투를 뜯어보던 그 많은 세월 동안 쌓아 온 지혜와 권위가 가득 배어 있었다.

이어서 사람들은 할머니에게 그 편지를 소리 내어 읽으며, 한 자 한 자 그대로 통역해 달라고 요청했다. 발신자는 카테리나 스타마티스, 할머니의 아버지의 동업자였던 니코스의 딸이었다. 그 편지에 따르면, 니코스는 나의 진외증조할아버지가 1950년대 중반 살로니카에서 돌아가실 때 옆에 있었다고 했다. 그 여자는 혹시 할머니가 그리스에 있는 할머니 가족의 재산과 토지를 되찾기 위한 법적 조치를 취할 생각이 있는지 물었고, 그 일을 추진하는 데 도움을 주겠다고 제안했다. 할머니는 스타마티스라는 성이 희미하게 귀에 익다고 말했다. 그 편지는 신용 사기가 아니었다.

니니가 부친을 마지막으로 본 때는 1941년 6월, 티라나에서 치렀던 자신의 결혼식장에서였다. 할머니 말에 따르면, 전쟁 이후

〈도로가 폐쇄〉되었고, 아테네에서 부친의 사망을 알려 온 전보를 받은 기억은 있었다. 하지만 장례식 참석을 위한 여권이 발급되지 않았으며, 부친이 사망하던 상황에 관해서 아는 것도 없었다. 할머니는 거의 40년 전, 그 죽음에 관해서 알게 되었던 때를 회상했다. 할머니는 당시 낮에는 밭에서 일하고, 밤에는 당 고위 간부의 어린 아들에게 프랑스를 가르치고 있었다. 할머니가 부친의 부고를 들었던 그날은 소유격을 가르치고 있었다. 할머니가 〈당신의〉라는 프랑스어를 사용해서 문장을 만들어 보라고 하자, 어린 소년이 이렇게 말했다. 「당신의 눈이 빨갛게 보입니다.」 그 어린 소년은 자라서 훗날 당 고위 간부가 되었다. 나의 조기 입학을 허가해 주었던, 심의 위원단의 그 메흐메트 동지 말이다.

그 편지에서 카테리나는 우리 진외증조할아버지에 대한 자기 아버지 니코스의 충심을 감동적으로 써 내려갔다. 그녀는 아버지 니코스가 임종할 때 알바니아의 상황이 바뀌게 되면 꼭 우리 할머니에게 연락하겠노라고 약속했던 일을 알려 주었다. 그리고 그보다는 덜 감정적으로, 그 일로 양쪽 집안 모두가 큰 수익을 보게 될 수 있다고 덧붙였다. 그녀는 아테네에서 우리 할머니를 대접하고, 문서 보관소에 동행하고, 일을 조사해 줄 변호사들을 알아볼 수 있도록 도와줄 마음의 준비가 되어 있었다.

그 소식에 할머니는 마치, 어느 순간이 되면 그 대목을 연기할 기회가 오리라는 것을 알고 평생 연습해 왔던 사람처럼 반응했다. 할머니는 전혀 다른 차원의 재정적 고려 사항을 떠올렸다. 우리 부모님은 내가 자랐던 골목에 사적인 주택을 짓도록 당의 허가를 받은 이후, 큰 빚에 시달리고 있었다. 부모님은 모든 사람에게 빚이 있었다. 나의 삼촌, 엄마의 동료들, 그리고 다른 도시에 사는 먼 친척들 일부에게도 돈을 빌렸다. 그날 할머니와 부모님은 이웃들과 함께 앉아서, 할머니가 비자를 받을 가능성이 있는지 의논했다. 또 우리 가족에게 남은 빚이 얼마나 되는지, 매월 말 부모님에게 남는 돈이 얼마나 되는지, 할머니가 받는 연금은 얼마나 되는지, 그리고 할머니가 그리스까지 갈 여행 경비를 마련할 수 있는지 등 여러 가지 내용을 계산해 보았다. 할머니와 부모님은 최대한 자세하게 많은 정보를 내놓았다. 곧 우리의 저축액이 비자 신청 수수료와 2주 치 여행 경비는 고사하고, 아테네에서 겨우 하루 동안 체류할 정도밖에 안 된다는 것이 분명해졌다.

과거에 할머니는 나에게, 우리 나라가 아직 왕국이던 시절에 만들어진 서류 하나를 보여 준 적이 있었다. 판지에 스테이플러로 고정시킨 할머니의 흑백 사진이 있었고, 그 밑에 할머니의 키, 머리카락과 눈동자 색깔, 출생지와 날짜, 출생 모반에 관한 정보가 적혀 있는 것이었다. 그 여권은 에펠 탑 엽서와 할아버지가 감옥에서 석방된 후 엔베르 호자에게 쓴 편지가 든 서랍에 같이 보관되어 있었다. 그 사진 속 할머니의 얼굴은 심각한 표정이어서, 만약 열일곱 살보다 나이가 많아 보였다면, 젠체한다고 여겨질 정도였다. 머리는 특정한 인상도 주지 않으려는 것처럼 아주 짧게 자른 상태였다. 그리고 미소를 억누르려는 결연한 의도인 듯 입술을 꾹 다물고 있었다. 할머니의 전반적인 자세에는 성별에 관한 질문 뒤에 나온 〈여성〉이라는 답이 행정상의 실수가 아니라면 전적으로 우연임을 납득시키려는 노력이 담겨 있었다.

「우리에게 필요한 건 이거야. 이게 여권이라는 거란다. 여권은 어느 길이 열려 있고 어느 길이 막혀 있는지를 결정하지.」 할머니가 설명했다. 여권을 가진 사람은 여행할 수 있었다. 여권이 없으면 꼼짝할 수 없었다. 알바니아에서는 몇몇 사람만, 보통은 업무상 출장을 가야 하는 경우에만 여권을 신청할 수 있었다. 그리고 무엇을 업무로 인정할 것인지는 당이 결정했으므로, 우리는 그냥 기다려야 했다. 「여기에 어린이 한 명의 사진을 추가할 수도 있어. 만약 여행 여권을 발급받게 되면 너를 데리고 가마.」 할머니가 말했다.

1990년 12월, 우리 가족이 기다려 온 것이 무엇이었는지 분명해졌다. 우리는 당이 우리의 여권을 승인해 주기를 기다린 것이 아니었다. 왕이 유배지에서 살아남은 것처럼, 당이 쇠퇴하더라도 여권이 살아남기를 기다리고 있었다. 그러나 아테네에서 온 편지를 받았을 때, 그리고 도니카의 거실에 있던 어른들이 할머니와 내가 여행 경비를 감당할 수 있을지 참을성 있게 계산하는 소리를 들었을 때, 혼란스러운 감정이 나를 사로잡았다. 나는 여권을 소유하는 것으로는 충분하지 않다는 것, 여권은 일련의 걸림돌 가운데 첫 번째이자 가장 즉각적인 걸림돌에 불과하다는 것을 알았다. 그 뒤로도 점점 추상적이고, 점점 우리와는 동떨어진 걸림돌이 가득했다. 도로가 진정으로 열리려면 비자가 필요했는데, 다 죽어 가는 옛 당이든 최근에 결성된 새로운 당들이든 간에 비자 발급을 보장할 수 없는 것으로 드러났다. 더욱 속상한 것은 설사 우리가 여권과 비자를 받는 데 성공한다고 해도, 여행 경비는 지원되지 않는다는 사실이었다. 그렇다면 우리가 무슨 수로 해외여행을 한단 말인가? 논리적인 결론에 도달하기까지는 놀랄 만큼 긴 시간이 걸렸다. 우리의 여행은 불가능했다.

며칠이 지났다. 아테네에서 온 편지는 고이 접혀 봉투 안에 도로 들어간 채로 거실의 낮은 탁자 위에 놓였다. 그 편지는 손님 접대용 담뱃갑들과 꽃병 옆에 자리를 잡았다. 누구도 그 편지를 서랍 속에 넣을 용기가 없었다. 그 서랍 안에는 우리의 과거만이 들어 있었고, 우리는 아테네에서 온 편지가 과거가 아닌 현재라고, 비록 멀기는 해도 미래라고 생각하고 싶었기 때문이다. 엄마는 길들인 지 얼마 안 되어 아직 무는 버릇이 남아 있는 동물을 대하듯 그 편지를 보살폈다. 탁자의 먼지를 쓸어 낼 때도 조심했고, 그 편지에 꽃병의 물이 한 방울도 떨어지지 않도록 신경 썼다. 그 편지는 이제 발신인의 이름을 따서 〈케티〉로 불리고 있었다. 엄마를 뺀 나머지 식구들은 그 편지 근처에 얼씬하지 않으려 했다. 주변을 다닐 때면 발끝으로 걸었고, 이따금 은밀하게 바라보았지만 대체로 그 존재를 무시하는 척했다. 한두 번쯤 그 편지는 미래의 여행 가능성을 당장에 배제하지 않기 위해서 우리가 어떤 식의 답장을 보내야 하는지에 대한 가족 논쟁의 계기가 되었고, 지난날 우리가 재정을 더 잘 관리하기 위해서 무엇을 할 수 있었는지에 대한 질책의 기회가 되었다. 또 우리가 이미 빚지지 않은 사람들 중 우리에게 돈을 빌려줄 만한 사람이 있을지 고민해 볼 원천이 되기도 했다.

우리가 막 희망을 포기했을 때, 나의 외할머니 노나 포지가 해결책을 내놓았다. 노나 할머니는 내 동생의 생일을 맞아 우리 집에 왔고, 탁자 위에 놓인 케티를 보더니 아테네 여행 준비는 어떻게 되고 있는지 물었다. 니니가 한숨을 내쉬었다.

「가가린이 지구 궤도에 올랐던 것보다 우리가 아테네 가는 게 더 어려워요.」 아빠가 우스갯소리를 했다.

「스타마티스 동지가 티켓값은 내주겠다고 약속했어요.」 내가 끼어들어 애타게 설명했다. 「비자 받을 돈까지는 어찌어찌 마련했거든요. 하지만 일이 잘못됐을 경우를 대비하는 비상금 한 푼 없이, 그리스까지 그 먼 길을 갈 수는 없어요.」

「스타마티스 부인.」 엄마가 내 말을 정정해 주었다. 「동지가 아니지. 그분은 네 동지가 아니야. 나머지는 사실 그대로예요.」 엄마는 자기 어머니를 바라보았다.

노나 포지는 커피를 마저 마시거나 생일 케이크 한 조각을 먹을 여유도 없이, 황급히 집을 나갔다. 외할머니는 30분쯤 후에 오른손에 무언가를 꽉 쥐고 돌아왔다. 공산주의식 경례를 하듯 멀리서부터 오른손을 흔들면서 말이다. 외할머니는 케티가 놓인 탁자에 오더니, 오른손을 활짝 펼친 다음 자랑스러운 눈빛으로, 한 치의 어긋남도 없이 정확하게 나폴레옹 금화 다섯 닢을 그 편지 봉투 위에 떨어뜨렸다. 금화들이 짤랑 소리를 내며 탁자에 떨어졌다. 레크 동전이 바닥에 떨어질 때 나는 둔탁한 소리와는 너무도 다른 소리, 그 동전이 만들어졌을 장소만큼이나 이국적이고 우리와는 동떨어진 소리였다. 노나 포지가 지금껏 금화를 간직하고 있었다는 사실은 누구도 알지 못했다. 엄마는 자기 부모님이 집안 재산을 몰수당하기 전에 약간의 금을 숨겨 놓지는 않았을까 하고 가끔 궁금해하곤 했다. 그렇게 의심하는 이유는 그 식구들이 절망적일 만큼 굶주리고 있을 때조차, 마치 금 생각만 해도 배가 부르다는 것처럼 가설인 듯 금 보유에 대해 언급했기 때문이다. 노나 포지는 약간의 금을 압수당하지 않으려 애썼으며, 길이 열릴 때를 대비해 안전하게 보관해 둔 것이라고 말했다. 「자, 보라고요. 이제 여행할 수 있어요. 알라의 뜻이라면 저 금이 불어날 거예요.」 외할머니는 자신의 선견지명이 옳았다고 증명된 사람의 뿌듯함을 노골적으로 드러내며 할머니에게 말했다.

아빠는 그 금화를 지폐로 바꾸기 위해 은행에 갔다. 얼마 후, 아빠는 환전해서 받은 1백 달러 지폐 한 장을 가지고 돌아왔다. 그 지폐를 써버리거나 잃어버리지 않도록, 어디에 감추어야 할지를 두고 열띤 토론이 이어졌다. 어느 시점이 되자, 우리 거실에는 열다섯 명의 이웃이 빽빽이 들어찼다. 그들은 크기가 제각각이고 만든 시기도 서로 다른 지갑을 앞다투어 빌려주려 했지만, 신중히 살펴본 끝에 그 모든 것이 안전하지 않다는 데 의견을 모았다. 〈서유럽에 소매치기가 들끓는다는 것은 모두가 알기〉 때문이었다. 여행 가방의 밑바닥, 책갈피, 부적 안쪽 등 여러 가지 선택지를 배제하고 난 후, 만장일치로 할머니의 치맛단 안에 지폐를 넣어 꿰매기로 결정을 내렸다. 단, 잠잘 때만 그 치마를 벗고, 절대 빨래는 안 된다는 권고가 있었다.

우리가 출발하던 날, 우리에게 작별 인사를 하러 온 사람들이 길을 가득 메웠다. 온 동네 사람들이 우리의 여행에 필요할지 모를 물건들을 건넸다. 신문지로 싼 비렉, 행운을 가져다줄 통마늘, 만에 하나 스타마티스 가족이 나타나지 않으면 찾아볼 친척의 이름들(그러나 연락이 끊긴 지 오래되었고 주소도 없었다)까지 있었다. 차 안에서 할머니는 1백 달러짜리 지폐가 무사히 잘 있는지 확인하기 위해 자꾸만 치마를 추슬렀다. 할머니는 그럴 때마다 위엄 있는 표정과 함께, 살짝 가짜 미소를 지었다. 〈숙녀라면 치마를 만지작거리면서 공항으로 들어가지 않는다는 것을 잘 알고 있어요〉라고 해명하는 듯한 웃음이었다. 공항 출발 구역에 있다가 어느 순간인가, 할머니가 겁에 질린 목소리로 말했다. 「아무것도 안 느껴져.」 우리의 가장 큰 두려움이 현실화되는 것 같았다. 우리는 허겁지겁 화장실로 달려갔다. 할머니가 허리를 굽혀 치맛단의 아주 작은 구멍을 들여다볼 수는 없었으므로, 지폐가 아직 있는지 확인하려면 내가 바닥에 드러누워야 했기 때문이다. 그것은 은행을 떠나 고작 우리 할머니의 치맛단 안에 들어오게 된 실망감을 선언하는 듯, 살짝 구겨진 채 그대로 있었다.

출발 라운지에는 사람이 거의 없었다. 몇몇 외국인이 비행기를 기다리거나 입구에 있는 작은 가게에서 물건을 사고 있을 뿐이었다. 그 가게는 발루타와 비슷해 보였지만, 손님이 직접 진열 선반에서 물건을 고를 수 있다는 점이 달랐다. 할머니는 가게 점원이 스파이처럼 웃는다고 말했다. 「스파이가 어떻게 웃는데요?」 내가 물었다. 「이렇게.」 할머니는 이를 보이지 않은 채 입을 찡그렸다. 「그건 보통의 웃음 같은데요.」 내가 말했다. 「정확해. 그게 요점이야.」 할머니가 대답했다.

곳곳에 파란색 제복을 입은 경찰들이 흩어져 있었다. 한 직원이 우리 여권에 붙은 스티커, 내가 알게 된 바로는 비자를 살펴보더니 도장을 찍었다. 다른 직원들은 가방을 조사하기 위해 우리가 가방을 내려놓기를 기다렸다. 「나쁜 녀석들!」 나는 아테네에서 온 편지가 이미 개봉되었다는 사실을 발견했을 때 엄마가 보인 반응을 떠올리며 소곤거렸다. 할머니는 당황한 표정이었다.

「이 나라에서는 아무도 프라이버시를 신경 쓰지 않아요, 그렇죠? 공항에서는 아직 새로운 직원들을 뽑지 않았나 봐요.」 검사가 끝나자 내가 말했다.

비행기에서 나는 처음으로 색깔 있는 비닐봉지를 보았다. 여자 종업원이 우리에게 항공 여행은 처음이냐고 묻더니, 토를 해야 할 때 사용할 그 비닐봉지를 지시문과 함께 나에게 건넸다. 그 후 나는 비행 내내 토할 준비가 되었는지 스스로 물어보았고, 결국에는 그런 일이 일어나지 않자 걱정이 되었다. 플라스틱 용기에 담긴 점심이 나왔다. 하지만 우리에게는 비렉이 있었다. 우리는 나중에 배고플 경우를 대비해 그 도시락을 아껴 두었지만, 그 플라스틱 날붙이와 접시는 우리가 보았던 어떤 것과도 달랐기 때문에 특별한 날에 사용하게 집으로 가져가고 싶었다. 「정말 예쁘다. 전쟁 전에는 이런 걸 만들지 않았는데 말이지. 이 소재가 뭔지 기억나지도 않는구나.」 할머니가 말했다.

아테네에 도착하자, 할머니는 나에게 일기를 쓰라고 권했다. 나는 내가 난생처음 발견한 새로운 것들을 모두 목록으로 작성하고, 꼼꼼하게 기록했다. 처음으로 두 손바닥에 와 닿던 에어컨 바람부터, 처음 먹은 바나나, 처음 본 신호등, 처음 입은 청바지, 처음으로 줄 설 필요 없이 들어간 가게, 처음 대면한 출입국 관리, 처음으로 발견한 사람들의 줄이 아닌 자동차들의 줄, 처음으로 화장실에서 쪼그려 앉지 않고 변기 위에 앉은 일, 처음으로 사람들을 따라다니는 떠돌이 개들 대신에 줄에 맨 개들을 따라다니는 사람들을 목격한 일, 처음으로 포장지가 아닌 진짜 추잉 껌을 받은 일, 처음으로 각종 가게가 즐비하고 장난감으로 터질 듯한 가게가 있는 건물을 구경한 일, 처음으로 본 무덤들 위의 십자가, 처음으로 반제국주의 구호 대신 광고로 뒤덮인 벽을 바라본 일, 처음으로 아크로폴리스에 감탄했지만 입장표를 살 형편이 안 되어 밖에서 구경만 한 일까지. 나는 어린이 관광객으로서 어린이 관광객들과의 첫 만남을 길게 묘사하기도 했다. 나는 그들이 아테나와 오디세우스의 이름을 알아보지 못한다는 사실을 알고 놀랐고, 그들은 내가 미키라는, 아마 유명한 듯한 생쥐를 모른다는 사실 때문에 웃었다.

우리를 초대한 카테리나와 그녀의 남편은 아테네 북부 교외의 부촌인 에칼리의 아파트 꼭대기 층에 살고 있었다. 그곳의 대저택들을 바깥 세계와 분리해 주는 대문들 사이로, 깔끔하게 깎은 잔디밭과 수영장이 있는 널찍한 정원들이 보였다. 스타마티스 부부네 집에는 수영장이 없었지만, 훨씬 더 별난 것이 있었다. 바로 제각기 다른 크기의 냉장고 다섯 대였다. 여러 개의 방에 있는 그 냉장고들 중 유고슬라비아제 오보딘 냉장고는 없었다. 두 대는 마실 것으로만 채워져 있었고, 그중 한 대는 코카콜라를 포함한 음료만 들어 있었다. 그동안 보아 왔던 깡통으로 된 코카콜라만 있는 것이 아니라, 플라스틱병에 담긴 것도 있었다. 나는 밤중에 일어나 냉장고 문을 열고 코카콜라를 마시는 습관이 생겼다. 그 맛이 중독적이기도 했지만, 무엇보다 깡통에 든 음료와 병에 든 음료의 맛이 아주 똑같은지, 만약 똑같다면 왜 둘 다 파는지 알 수 없었기 때문이다. 스타마티스 부부는 언제든 음식과 음료를 마음껏 들라고 했지만, 할머니는 내가 그러지 않도록 엄하게 관리했고 절대 간식을 부탁하지 말라고 지시했다. 내가 바나나를 한 개 더, 또는 음료수를 한 잔 더 부탁할라치면, 할머니는 식탁 밑에서 내 허벅지를 꼬집었다. 내가 할머니와 멀리 떨어져 있으면, 이를 꽉 문 채 알바니아어로 중얼거리며 우리가 나누는 소통의 성격에 대해 다른 사람들이 잘못 생각하게끔 거짓 웃음을 지었다. 스파이 같다고, 나는 그렇게 생각했다. 사실 할머니는 거의 먹지 않았다. 그 때문에 카테리나의 남편 이오르고스는 식사 때마다 이렇게 말하곤 했다. 「45년 호자의 통치가 아주머니 위장을 올리브 크기로 쪼그라뜨렸군요!」 이오르고스는 지금껏 내가 본 사람 중 가장 덩치가 컸다. 그는 목욕용 스펀지를 제조하는 공장의 사장이었는데, 몸매까지 목욕용 스펀지를 닮은 듯했다.

우리는 살로니카에 갔고, 할머니가 다녔던 프랑스 고등학교를 찾았다. 그 건물은 지금 회사 사무실로 쓰이고 있었다. 내 눈에는 서유럽 영화에 나왔던 은행과 비슷해 보였다. 할머니는 반에서 인기 많던 남학생들의 이름을 떠올렸다. 할머니는 쉬는 시간에 그 소녀들과 시가를 나누어 피웠다. 할머니는 또 옛날 선생님들의 이름을 기억해 냈고, 특히 베르나르 선생님에 대해 생각했다. 니니가 지나치게 헤프게 웃지 않고 머리를 짧게 자른다면, 미래가 항상 밝을 것이라고 예견했던 선생님이었다. 할머니는 그 두 가지 조언을 엄격히 따랐지만, 결국 베르나르 선생님의 예측은 별것이 아니었다고 말했다.

우리는 할머니의 아버지 무덤을 방문했다. 할머니는 틀림없이 고통을 느꼈을 테지만, 할머니 특유의 냉철한 품위로 마음을 다스렸다. 할머니는 내내 말이 없었다. 자리를 뜰 때가 되자, 비로소 허리를 굽혀 묘비의 사진에 부드럽게 키스하며 나에게도 그렇게 하라고 지시했다. 나는 별로 내키지 않았다. 나는 그 사람을 만난 적이 없었고, 그 사람도 나를 만난 적이 없었다. 하지만 할머니를 실망시키고 싶지 않았기 때문에 나는 시키는 대로 했다. 그런 다음 할머니는 전쟁이 끝날 때쯤 보고서는 다시 못 본 유모 다프네의 무덤을 찾았다. 그 무덤에 있는 하얀 십자가 옆에 완고하게 서서, 눈을 가늘게 뜨고 손가방을 꼭 쥐고 있는 할머니는 창백하고 깡말라 보였다. 마치 그간의 세월이 할머니의 살을 바싹 말려 버려 뼈만 남은 것 같았다. 할머니의 눈물이 대리석 묘비 위로 떨어졌다. 겨울 햇살은 금세 그 눈물을 말려 버렸다. 할머니가 그 모습을 보았다. 「봤니?」 할머니는 우수 어린 엷은 미소를 지으며 나를 돌아보았다. 「다프네는 항상 내 눈물을 말려 주었지. 지금처럼 말이야.」

우리는 그 도시의 오스만 구역에 있는 할머니의 옛집으로 갔다. 과일나무들이 꽃을 피우기 시작한 정원이 있는 커다란 흰색 건물이었다. 할머니의 첫 기억 중 하나는 두 살이었을 때 그 집이 불타던 장면이다. 할머니는 그슬린 담요에 싸인 채 허겁지겁 밖으로 옮겨졌던 일을 떠올렸다. 「마치 그때의 비명들이 지금도 들리는 듯해.」 할머니가 말했다. 할머니는 자신의 어머니 머리에 불이 붙었던 모습도 기억했다. 그 화재의 흔적이 집 앞쪽에 여전히 남아 있었다. 할머니는 집의 내부를 나에게 보여 줄 수 있으면 좋겠다고 했다. 우리는 현관문 쪽으로 조금 더 걸어갔다. 그러자 베란다에서 한 여자가 나타나더니, 우리에게 무슨 일로 왔냐고 물었다. 할머니는 우리가 그곳에 간 이유를 설명하고, 안을 둘러볼 수 있게 허락해 달라고 부탁했다. 그 여자는 우리를 믿고 싶지만, 자기는 그 집에 청소하러 온 사람일 뿐이며 외부인을 안으로 들이는 데 책임질 수 없다고 대답했다. 할머니는 이해한다고 말했다. 「여기도 이웃들이 서로 집 안을 청소해 줘요?」 내가 물었다. 「저 여자는 돈을 받고 청소하는 사람이야.」 할머니가 대답했다. 이윽고 할머니는 다시 그 청소부에게 돌아서서, 마치 전에도 그 여자를 만난 적이 있었던 것처럼 당당하고 친근하게, 그리스어로 고맙다고 인사했다.

할머니는 재산을 돌려받을 가능성이 없다는 사실을 알고 있었다. 할머니가 그 여행에 동의한 이유는 사람들을 즐겁게 해준 희망을 파괴해서는 안 된다는 의무감 때문이기도 했고, 당신의 과거와 다시 연결되어 나에게 그것을 소개하고 싶은 마음 때문이기도 했다. 할머니는 우리가 만나는 사람들에게 다정하고 호의적이었지만, 그래도 그들이 기대한 만큼 돈을 좇는 일에는 큰 관심이 없었다. 서로 다른 변호사들이 한때 할머니네 집안의 재산이었던 아파트들과 땅의 소유권을 되찾는 과정에서의 난관을 설명했다. 그들은 오스만 제국이 무너진 후의 인구 교체, 개정된 재산법, 필요한 수많은 문서를 되찾는 데 따르는 어려움, 엄밀하게는 지금도 전쟁 중인 두 나라의 상황, 1940년대 이후부터 그런 상황이 지속되었다는 사실, 그리스 군사 정권의 유산 등을 강조했다. 할머니는 고개를 끄덕였다. 우리는 다양한 약속을 잡았고, 수많은 사무실로 뺑뺑이를 돌았다. 스타마티스 부부는 항상 우리 옆에 앉아서 주의 깊게 경청하면서 무언가를 메모했다. 때로 그들은 내가 알아들을 수 없는 말로 대답했다. 허공에 팔을 내젓고, 손가락을 흔들고, 고개를 절레절레 흔드는 격앙된 동작을 취했다.

마지막 날의 약속에서, 이오르고스는 한 변호사에게 너무 화가 난 나머지 방이 떠나가게 그리스어로 소리를 지르기 시작했다. 이오르고스는 자신의 주장을 설명하려는 것처럼 손가락으로 나를 가리켰다. 그러더니 계속해서 목소리를 높이며 가까이 다가와서는 내 팔을 붙잡았고, 자기 팔로 했던 것처럼 허공에 대고 내 팔을 흔들었다. 그러는 내내 고함을 멈추지 않았다. 나는 그의 말을 알아들을 수 없었다. 나는 할머니를 바라보았다. 할머니는 변호사가 설명할 때나, 이오르고스가 대답할 때나 계속 고개를 끄덕이기만 했다. 나는 팔을 거두어들이지 않는 편이 나을 것 같다는 생각이 들었다.

「유언장이라는 문서에 관한 일이었어.」 그날 밤 할머니가 설명해 주었다. 「자기가 죽으면 자기 물건들을 누구에게 남기고 싶은지 써놓은 문서 말이야.」

「우리한테 그게 있어요?」 내가 물었다.

「유언장? 경찰이 온갖 것을 몰수해 갈 때, 그것보다 훨씬 더 중요한 문서들도 지키지 못했는걸.」 할머니가 웃었다.

그 나라 밖에서 50년을 보내는 동안, 할머니가 그리스어를 쓰는 경우는 코코트와 정치 논쟁을 벌이며 내가 그 이야기를 알아듣지 못하게 하고 싶을 때뿐이었다. 우리를 아테네로 초대한 스타마티스 부부는 나보다 훨씬 못한 어설픈 프랑스어로, 또는 나보다 훨씬 나은 어설픈 영어로 가끔 나에게 말을 걸었다. 그들은 할머니가 그리스어를 전혀 잊어버리지 않았다고 일러 주었다. 하지만 그들의 말에 따르면, 할머니는 옛날 말투 같은 우스꽝스러운 상류 계급의 억양을 썼다. 할머니의 어조는 내가 파악한 발칸 반도 사람들의 평균 어조보다 훨씬 낮았다. 나로서는 알아들을 수 없는 언어로 할머니가 계속 소통하는 모습을 볼 때면, 나는 마치 두 사람과 여행하는 듯한 기분이 들었다. 내가 믿고 가장 존경하는 사람인 니니와 다른 시대에서 온 수수께끼 같은 다른 누군가, 그렇게 다른 두 사람인 것처럼 느껴졌다.

할머니는 늘 자신은 변하지 않았다고 주장했다. 아테네로 여행을 떠나기 전까지 나는 그 말을 믿었다. 할머니의 말은 나를 안심시켰고, 나는 그런 할머니가 있으면 편안했다. 1990년 그 겨울, 내 주변의 모든 것이 불안정했을 때는 특히나 그랬다. 그때는 우리 부모님마저도 불안정했는데, 사소한 일에 불안해하다가도 곧 열광하는 식으로 반응이 금세 바뀌었다. 하지만 할머니의 경우는 달랐다. 할머니는 항상 차분했고 일관성이 있었으며, 아무리 어려운 상황이어도 적응할 수 있었다. 할머니는 수월하게 어려움을 극복해 나갔는데, 가장 큰 걸림돌은 우리 자신이 만든 것이니 성공하겠다는 의지만 있으면 된다고 말하는 듯했다. 할머니는 나에게, 우리의 현재는 늘 우리의 과거와 이어져 있고, 무작위적으로 보이는 모든 상황에서도 합리적인 특성과 동기를 관찰할 수 있다는 확신을 심어 주었다. 할머니의 표정과 자세, 말하는 방식 자체, 그 모든 것이 똑같은 인상을 전달하는 데 한몫했다.

아테네를 여행하는 동안에는 왠지 할머니가 다르게 느껴졌다. 오래전에 죽은 사람들, 할머니가 사랑했던 사람들의 낡은 사진을 할머니와 함께 바라볼 때도 나는 흥미가 없었다. 그 사람들, 내 친척과 조상들이라는 그 사람들은 나에게는 별 의미가 없었다. 하루는 카테리나가 할머니에게 내 진외증조할아버지가 쓰던 낡은 파이프를 건넸는데, 내가 그것을 가져가려고 하자 할머니는 갑자기 평정심을 잃었다. 할머니는 전에 본 적 없이 거칠게, 내 손에서 그 파이프를 채 가더니 프랑스어로 소리쳤다. 「Ce n'est pas un jouet! Tu ne penses qu'à toi-même(이건 장난감이 아니야! 넌 네 생각만 하는구나)!」 할머니가 그 물건에 보이는 성스러운 경건함에 대해, 또 그 물건을 되찾은 것이 할머니에게 왜 그렇게 큰 의미가 있는지에 대해 나는 이해할 수 없었다. 「왜요. 그건 그냥 파이프잖아요. 할머니는 이제 담배도 안 피우시면서.」 내가 말했다.

니니는 늘, 내 동생과 내가 자신의 삶에서 가장 중요한 존재라고 말했다. 그러나 우리는 그 삶에 관해 아는 바가 거의 없었다. 할머니가 자제심을 잃었을 때, 다프네의 무덤 앞에 서 있을 때, 학창 시절 친구들을 생각할 때, 또는 스타마티스 부부와 함께 할머니의 아버지를 회상할 때 보인 태도와 말에는 진실의 울림이 없었다. 나는 고립감과 소외감이 느껴졌다. 나는 내가 할머니의 삶에서 할머니를 떼어 내 고난과 고립, 상실과 슬픔의 세월을 살도록 만든 사건들의 산물이었다는 것을 깨달았다. 만약 할머니가 살로니카를 떠나지 않았다면, 우리 할아버지를 만나지 않았을 터였다. 만약 할머니가 할아버지를 만나지 않았다면, 우리 아빠는 태어나지 않았을 터였다. 만약 아빠가 태어나지 않았다면, 나는 여기 없었을 터였다. 이 사건들이 모두 논리적인 연쇄의 일부였다. 할머니가 늘 말하던 것이 바로 그것이었다. 만약 할머니가 나에게 설명했던 방식으로 인과 관계의 고리를 이해할 수 있었다면, 나는 결정이 결과를 불러온다는 말을 받아들이게 되었을 것이다. 남들이 파열만 보는 곳에서 나는 연속성을 찾아냈을 것이다. 나는 필연성보다는 자유의 산물이 되었을 것이다.

우리가 그리스에 있을 때는 그것을 믿기가 힘들었다. 할머니가 자신이 내렸던 모든 결정의 결과를 늘 인지하고 있었다는 것, 할머니가 알바니아로 돌아온 후에 겪었던 그 모든 일을 받아들일 방법을 이미 찾았다는 것을 말이다. 전쟁이 끝나고 기회가 찾아왔는데도, 할머니가 어떻게 이주하지 않기로 선택할 수 있었는지 나는 이해할 수 없었다. 어쩌면 할머니는 무슨 일이 닥쳐올지 알지 못했을 것이다. 하지만 할머니는 증오, 또는 복수의 열망까지는 아니더라도, 적어도 깊은 원망을 느꼈을 것이다. 과거를 삭제해야 했던 할머니가 어떤 새로운 사랑을 경험할 수 있었을까? 그 외국 땅에서, 나에게는 외국이지만 할머니에게는 너무도 친숙한 그 나라에서, 나는 할머니가 늘 나에게 느낀다고 말했던 자부심과 애정이 아닌, 할머니의 상실감에 나를 연관 지었다. 나는 떠나고 싶었다. 집에 가고 싶었다. 안전함을 느끼고 싶었다.

13장

모두가 떠나고 싶어 한다

아테네에서의 마지막 밤, 나는 은박지에 싸인 밀카 초콜릿 반 개와 가짜 담배처럼 보이는 추잉 껌 하나, 이오르고스의 공장에서 만든 딸기 모양의 목욕 스펀지를 비닐봉지에 넣고는 가방을 쌌다. 엘로나에게 선물을 가져다주겠다고 약속했는데, 그 약속을 지키게 되어 뿌듯했다.

교실에 갔을 때, 엘로나는 없었다. 몸이 아파서 며칠 동안 학교에 나오지 않았다고 했다. 일주일이 지나도 엘로나는 돌아오지 않았다. 다시 일주일이 지났다. 그리고 봄 방학이 되었다.

4월 말에 다시 학기가 시작되었지만, 엘로나는 여전히 돌아오지 않았다. 나는 엘로나의 집을 찾아가 몸은 괜찮은지 확인하기로 했다. 밀카 초콜릿은 다 먹어 버렸지만, 추잉 껌과 목욕 스펀지는 남겨 둔 상태였다. 엘로나의 집 문을 두드렸다. 엘로나의 아빠가 문을 열었다. 「엘로나를 보러 왔어요. 아프다고 들었는데, 만날 수 있을까요?」

「엘로나?」 마치 자기 딸의 이름을 못 알아듣는 것처럼 그가 되물었다. 「엘로나, 그 나쁜 계집애. 아주 못된 녀석이야. 아주 못됐어.」 그가 내 앞에서 문을 쾅 닫았다. 나는 어떻게 하면 좋을까 생각하며, 몇 분 동안 그 자리에 서 있었다. 아마 창문으로 나를 보았거나, 아직도 내가 문간에 있다는 것을 눈치챈 모양이었다. 그가 다시 문을 열었다. 「이것 좀 전해 주시겠어요?」 나는 떨리는 목소리로 말하고는 내 손에서 파들파들 떨고 있는 비닐봉지를 내밀었다. 그는 그 비닐봉지를 잡아채더니 몇 미터나 멀리, 길 한가운데로 내던지면서 소리쳤다. 「걔는 여기 없다. 못 알아듣겠니? 여기 없어.」

머지않아 엘로나의 이름은 학교 출석부에서 지워졌다. 선생님들은 엘로나가 아팠다는 것까지 부정했다. 「전학 갔어.」 선생님들이 말했다. 우리는 엘로나가 어디로 갔는지 생각했다. 어떤 아이들은 엘로나가 시내의 다른 구역에 있는 조부모의 집에 살고 있다고 했다. 어떤 아이들은 엘로나의 동생처럼, 엘로나가 고아원에 보내져서 유일하게 나이 많은 원생이 되었다고 했다. 아예 이 나라를 떠났다고 말하는 아이들도 있었다. 이런저런 추측마저 다 바닥나자 엘로나는 더는 우리의 대화에 오르지 않았다. 나는 부모님께 물어보았다. 부모님은 어깨를 으쓱해 보였다. 「엘로나가 딱하게 됐구나.」 할머니가 말했다. 「그 애 엄마가 아주 착한 사람이었지. 그 딱한 아이가 어디로 갔는지 누가 알겠니?」

그해 10월 말의 어느 날, 할머니와 함께 산책을 하고 돌아오는 길에 우리는 진실을 알게 되었다. 나는 길에서 엘로나의 할아버지를 알아보았다. 그 전해 5월 5일에 엘로나의 할아버지가 학교에 방문해 그리스 근처 산악 지대에서 빨치산이 되어 영웅적으로 싸웠던 이야기를 들려준 적이 있었다. 할아버지의 이름은 정확하게 기억나지 않았다. 엘로나는 항상 〈할아버지〉라고만 했다. 나는 큰길 건너편에서 소리쳤다. 「동지! 동지!」 그는 돌아보지 않았다. 「선생님! 선생님!」 할머니가 나보다 더 크게 외쳤다. 그가 걸음을 멈추었고 나를 알아보았다. 나는 엘로나가 보고 싶고, 또 어디 있는지 알고 싶다고 말했다. 그는 깊게 숨을 들이마시더니 한숨을 내쉬었다. 「엘로나, 그 망할 것. 요번에 그 아이한테서 편지가 왔다. 어느 쪽 길로 가니?」 그는 우리와 나란히 걸으면서 사연을 들려주었다.

1991년 3월 6일 아침, 엘로나는 학교에 간다며 집을 나갔다. 교복을 입었고, 그날 수업에 필요한 교과서와 연습장이 든 무거운 책가방을 들고 있었다. 그즈음 몇 주 동안 엘로나는 평소보다 일찍 집을 나섰는데, 얼마 전 사귄 한 남자를 만나기 위해서였다. 아리안이라는, 열여덟 살 정도의 젊은 남자였다.

아리안에 관해서는 나도 알고 있었다. 그가 사는 집이 우리 집이 있는 거리에 있었다. 우리는 그에게 말을 걸어 본 적이 거의 없었다. 심지어 플라무르도 겁을 먹고 아리안 근처에는 가지 않았다. 언젠가 고아원에 있는 엘로나의 동생을 만나러 갔을 때, 엘로나가 아리안을 알게 되었다고 말해 주었다. 하지만 나는 그 둘이 자주 만난다고는 생각하지 않았다. 그런데 알고 보니, 아침마다 엘로나의 집에서 학교로 가는 큰길에서 떨어져 있는 으슥한 골목

길에서 만나고 있었다. 나도 아는 장소였다. 작은 아파트 단지 후문 쪽에, 사람들의 눈을 피해 연인들이 만날 수 있는 아늑한 곳이자 〈못된 계집애들〉만 가는 곳이었다. 엘로나와 아리안이 같이 있는 모습을 상상하니 이상했다. 엘로나가 왜 나에게 말하지 않았는지 궁금했다. 엘로나는 최근 열세 살이 되었지만, 나는 엘로나도 나처럼 우리보다 나이 많은 남자아이들에게 전혀 관심이 없고 심지어 경멸한다고 늘 짐작하고 있었다. 아마도 엘로나는 내가 그리스 여행을 떠난 사이 아리안을 만나기 시작했을 것이다.

그 3월 6일 아침, 도로에는 사람들이 바글바글했다. 심지어 엘로나와 아리안이 만나던 그 으슥한 골목길도 이상한 억양을 쓰는 사람들로 붐볐다. 그곳에서 밤을 보내고 또 다른 여행을 준비하는 사람들인 듯했다. 주민들 역시 황급히 거리로 나와 항구 방향으로 몰려갔다. 아이들, 공장 작업복을 입은 노동자들, 담요에 싼 아기를 안은 여자와 남자들 모두가 그곳으로 향하고 있었다.

엘로나는 학교 시작종이 울릴 때까지 아리안을 기다렸다. 엘로나가 막 자리를 뜨려는 찰나, 마침내 아리안이 나타나서 말했다.

「항구에 경비대가 없어. 컨테이너선마다 사람들이 가득해. 다들 떠나려는 거야. 군인들도 총을 쏘지 않아. 군인들이 군중이랑 같이 배에 올라탔다니까. 난 갈 거야. 너도 갈래?」

「가다니, 어디로?」 엘로나가 물었다.

「이탈리아로. 아니, 외국으로. 나도 모르겠어. 어디든 배가 닿는 곳으로 가려고. 거기가 마음에 들지 않으면 돌아오면 되지.」

그때쯤은 학교에 가기에는 너무 늦은 시간이었다. 엘로나는 아리안을 따라 항구로 갔다. 처음에는 그냥 구경만 할 생각이었다. 컨테이너선들이 정박한 구역으로 다가갈수록, 도로에는 사람들이 더욱 빽빽했다. 두 사람은 군중을 비집으며 계류장으로 향했고, 그곳에서 가장 큰 화물선, **파르티자니호**로 다가갔다. 한 남자가 **파르티자니호**는 곧 출항한다고 소리쳤다. 아리안은 펄쩍 배 안으로 뛰어들면서 뒤에 있는 엘로나를 잡아끌었다. 배의 사다리가 올라갔다.

그 여행은 일곱 시간이 걸렸지만, 배에서 내리려면 공식 허가가 떨어지기를 기다려야 했다고, 엘로나는 편지에 썼다. 스물네 시간 뒤에 명령이 내려왔다. 새로 도착한 사람들은 현지의 학교에 설치된 난민 캠프에 수용되었다. 며칠 후, 그들은 이탈리아 전역으로 분산되었다. 엘로나와 아리안은 이탈리아 북부에 정착했다. 그들은 배에서 만났던 몇몇 사람과 함께 조그만 아파트에서 살았다. 엘로나는 아직 어려서 일할 수 없었지만, 아리안은 현지 가게에서 냉장고를 배달하는 일을 구했다. 엘로나는 아리안이 돈을 많이 벌지는 못하지만 굶지 않을 정도는 된다고 전했다. 그 증거로 2만 리라 상당의 이탈리아 지폐를 봉투에 넣어 편지와 같이 보냈다. 엘로나는 또 우편 주소를 함께 적었는데, 자기는 아리안의 누이인 척하고 있으니 편지는 아리안 앞으로 보내라고 부탁했다.

도무지 믿어지지 않았다. 몇 달 전만 해도, 나와 함께 해바라기 씨앗을 사고 인형 놀이를 했던 친구가, 우리가 사는 소도시 밖으로 나가 본 적이 없는 친구가 이 나라를 떠날 용기를 냈다니. 엘로나는 어떻게 집과 학교, 가족, 심지어 여동생까지 두고 떠날 수 있었을까?

「내가 가보려고 했어요.」 엘로나의 할아버지가 우리 할머니에게 말했다.「손녀를 찾고 싶었거든요. 엘로나를 찾아서 데려오려고 했어요. 난 8월에 떠났습니다. **블로러호**를 타고요. 우리를 개처럼 취급하더군요.」

나는 **블로러호**가 떠난 날을 기억하고 있었다. 그날 아침, 플라무르의 엄마가 절박하게 그 거리의 집집마다 문을 두드리면서 아들을 보았냐고 물었다. 플라무르는 엄마에게 말하지도 않고 그 배를 탔던 것이다. 내 친구 마르시다와 그 부모님도 떠났다. 마르시다의 아빠가 망가진 구두 한 켤레를 수선하고 있을 때, 손님이 가게 안으로 헐레벌떡 들어와서는 당장 그 구두를 돌려 달라고, 망가진 채로 그냥 신겠다고 말했다. 항구가 개방되었으니, 더 허비할 시간이 없다는 것이었다. 마르시다의 아빠는 재봉틀 앞을 떠나 학교로 달려가서 딸을 데려왔고, 공장에서 일하던 아내도 데려왔다. 그들 역시 **블로러호**에 뛰어올랐다.

수만 명이 항구로 몰려들었다. **블로러호**는 쿠바에서 설탕을 가득 싣고 방금 돌아온 배였다. 독에서 주 모터가 수리되기를 기다리는 동안 배가 징발되었다. 군중은 배 안으로 쳐들어갔고 선장에게 이탈리아로 가자고 강요했다. 목숨의 위협을 느낀 선장은 보조 모터로, 레이다도 없이 출항하기로 결정했다. 수용 인원은 3천 명밖에 되지 않았지만, 그날 **블로러호**는 거의 2만 명을 싣고 떠났다. 지난 3월에 수천 명의 사람이 무사히 내렸던 브린디시항에 닿기까지는 영겁처럼 느껴지는 오랜 시간이 걸렸다. 그러나 이번에 이탈리아 당국은 선장에게 배를 돌리라고 지시했고, 브린디시에서 110킬로미터나 떨어진 바리항으로 항로를 정해 주었다. **블로러호**가 그 항해를 마칠 때까지 다시 일곱 시간이 걸렸다.

블로러호가 바리항에 도착하던 모습은 지금도 머릿속에 생생하다. 우리가 얼마 전에 샀던 작은 컬러텔레비전 화면은 꾸역꾸역 돛대 꼭대기에 올라간 수십 명의 남자를 보여 주고 있었다. 그들은 웃통을 벗은 채로 목덜미에서 뚝뚝 땀을 흘리고 있었다. 또 얼굴은 면도도 제대로 못 해 더러웠으며, 앞이 짧고 옆과 뒤를 길게 기른 머리카락이 등까지 내려왔다. 위태롭게 서서 돛대를 붙잡고 안간힘을 쓰는 그들은 전투가 시작되기도 전에 사기를 잃어버린 군대에서 저 혼자 장군이라고 주장하는 사람들 같았다. 그들은 텔레비전 카메라를 향해 의미 없이 팔을 흔들며 〈친구여, 우리를 받아 줘요!〉, 〈내립시다!〉, 〈우리는 배가 고프다!〉, 그리고 〈물이 필요해요!〉 하고 외쳤다. 그들 위로 헬리콥터 두세 대가 맴돌고 있었다. 그 아래쪽 갑판은 그야말로 사람들의 바다였다. 뜨거운 열기에 피부가 그을리고, 다닥다닥 붙어서 기다리느라 다친 수천 명의 남자, 여자, 아이가 서로 밀치고 울부짖으며 필사적으로 배에서 내리려 시도하고 있었다. 선실 안에 꽉 들어찬 나머지 승객들은 선창에 매달려서, 갑판에 있는 사람들을 향해 물속으로 뛰어들라고 부추기는 몸짓을 하거나 소리를 질러 댔다. 몇몇은 그 말대로 했다가 체포되었고, 몇몇은 간신히 도망쳤다. 남은 사람들은 계속 소리쳤다. 그들은 화물칸에 있던 마지막 설탕 덩어리를 몇 시간 전에 다 먹어 버렸고, 심한 탈수 증세를 보여 바닷물을 마시고 있었으며, 임신한 여자들이 타고 있다고 절박하게 외쳤다.

그 후의 사건 내용은 그곳에서 살아나온 사람들에 의해, 그들의 실수를 되풀이하지 말라는 경고 차원에서 처음 전해졌다. 일곱 시간의 여행이 서른여섯 시간 동안 지속되었다. 마침내 하선 명령이 떨어졌고, 군중은 경찰이 지키는 가운데 강제로 버스에 실려 이동한 후 사용되지 않는 스타디움에 갇혔다. 그 운동장을 떠나려 시도했던 사람들은 체포되어 뭇매를 맞았다. 포장된 음식과 물병이 헬리콥터에서 떨어졌다. 남자, 여자, 아이 할 것 없이 보급품을 차지하려 싸웠다. 몇몇 사람은 칼을 이용해, 다른 사람들을 잔인하게 살육하기 시작했다.

스타디움 안에서는 우리 나라가 더는 공산주의 국가가 아니기 때문에 정치적 망명 신청이 거부될 가능성이 크다는 소문이 퍼졌다. 그 대신 새로 도착한 사람들은 경제적 난민으로 여겨질 것이라고 했다. 이것은 새롭고도 낯선 범주였다. 똑같은 사람들에게 모호하게나마 다른 의미로 적용되었고, 며칠 후에야 그 의미가 명확해졌다. 그 스타디움에서 거의 2주를 보낸 뒤, 사람들은 여러 대의 버스에 꾸깃꾸깃 타야 했다. 서류 정리 작업을 위해서 로마로 간다고 했지만, 곧 그들은 버스가 항구로 향하고 있음을 알았다. 그들은 회항 여객선에 탄 것이었다. 저항하는 사람은 두들겨 맞았다.

「나는 이탈리아에 남고 싶지 않았어요.」 엘로나의 할아버지가 할머니에게 말했다. 「그냥 엘로나를 찾아서 데려오고 싶은 마음뿐이었어요. 하지만 그들은 누구의 말도 들을 생각이 없더군요. 난 그들에게 체류 허가 서류 따위는 필요 없다고, 내 손녀딸을 찾고 있을 뿐이라고 말하고 싶었어요. 하지만 당최 듣지를 않았죠. 그들은 우리에게 각각 2만 리라를 주고는 강제로 배에 태웠어요. 내 말은 들으려고 하지도 않고요.」

「대사관을 통해 다시 시도해 보면 어때요? 비자를 신청할 수 있지 않을까요?」 할머니가 물었다.

「비자요?」 그가 코웃음을 쳤다. 「대사관이 어떻게 생겼는지 본 적은 있어요? 그 문 근처에 가지도 못할 거요. 거기는 군사 구역이에요. 사방에 경비가 있어요. 5중으로 보호 장치가 되어 있고요. 안과 밖, 모든 곳에 말이죠.」

「약속을 잡으려고 전화는 해보셨어요?」 내가 물었다. 우리가 비자를 받기 위해 그리스 대사관과 약속을 잡았던 일이 떠올랐던 것이다.

「전화?」 그가 웃었다. 「전화?」 그가 다시, 더 크게 웃었다. 「차라리 저승사자가 전화하기를 기다리는 게 낫지.」

「우리는 그리스에 갔다 왔어요. 비자를 받았거든요. 우리는 대사관에서 약속을 잡았어요.」 내가 말했다.

「그게 언제였니?」

「올해 초요.」 할머니가 대답했다.

「엘로나가 떠나기 직전이었어요. 돌아와서 엘로나를 만나지 못했어요.」 내가 덧붙였다.

「바로 그거야. 이제 그들이 도로를 폐쇄해 버렸어. 전부 다 막았단다. 일하러 갈 때가 아니면 어디에도 못 가.」 그가 말했다.

「우리 정부가—」 할머니가 말을 시작했다.

「아니, 정부가 그런 게 아니에요.」 그가 할머니의 말에 끼어들었다. 「우리 정부야, 다들 떠나면 좋아할 거예요. 어쩌면 정부에서 직접 선단을 조직했을지도 모르죠. 사람들을 제거할 수 있을 테니까. 그러고 나면 사람들에게 먹을 것을 주거나 일자리를 찾아 줄 필요가 없지 않겠소. 어차피 공장들도 모두 문을 닫고 있고요. 내 말은 대사관, 외국 대사관 얘기입니다. 그들은 더 이상 이민을 받을 수 없답니다. 하지만 난 다시 시도해 볼 생각이에요. 꼭 방법을 찾을 겁니다. 사실 남쪽도 생각해 봤어요. 육로요. 그리스와의 국경을 넘을 생각입니다. 위험하겠죠. 총에 맞을 수도 있고요. 난 그 지역을 잘 알아요. 전쟁 때 거기서 싸웠어요. 하지만 몸이 옛날처럼 날래지 않아요. 더 이상 빨치산이 아닌걸요.」 그가 엷게 웃었다.

「어떤 사람들은 어떻게든 떠나요. 엘로나와 아리안처럼요. 그 두 사람은 용케 갔잖아요.」 내가 말했다.

그는 고개를 저으며 생각에 잠겼다. 「3월에 그들은 우리더러 피해자라고 했어요. 그때는 우리를 받아들였지요. 그러더니 8월에는 우리가 무슨 위험한 부류라도 되는 것처럼 바라보더군요. 우리가 자기네 아이들을 잡아먹기라도 할 것처럼요.」

할머니가 고개를 끄덕였다. 나는 우리 부모님은 이곳을 떠날 생각을 해본 적이 있을지 생각하고 있었다. 마르시다와 마르시다의 부모님이 그 화물선을 타고 이탈리아로 가기 전, 작별 인사를 하기 위해 우리 집에 들렀다. 그때 니니는 그런 위험을 무릅쓰지 말라며 그들을 단념시키려 했다.「그건 위험해. 만에 하나 성공한다고 해도 위험한 일이야. 나는 이민자로 태어났어. 이민자의 삶이 어떤지는 내가 잘 알아.」

「오스만 제국에서는 충분히 힘들었겠죠. 파샤와 장모님 가문의 고관대작들이 나라를 다스리고 있었을 때니까요.」 아빠가 놀렸다.「그래도 여기만큼 나쁘지는 않을 거예요.」 아마도 떠날 시도는 해보고 싶었을 엄마가 말했다. 니니는 계속 고개를 젓기만 했다.

나 역시 떠나고 싶지 않았다. 아테네에 갔을 때, 할머니와 함께 지내기가 힘들어지기 전까지는 즐거웠지만 결국에는 집이 그리워졌다. 그 언어를 이해할 수 없어서 답답했다. 사람들이 나를 쳐다보며 손가락질해도, 그들의 말을 알아들을 수 없어서 점점 화가 났다. 적어도 관광객들이 우리 나라를 방문했을 경우에는 상호적이었다. 그들은 우리를 쳐다보았고, 우리는 그들을 쳐다보았다. 우리의 세계는 분리되어 있었다. 이제 우리는 더 이상 분리되어 있지 않았다. 그러나 우리는 동등하지 않았다.

「그 사람들이 다시 도로를 열어 줄지도 몰라요.」 내가 말했다.

「그럴 것 같지는 않구나.」 엘로나의 할아버지가 대답했다. 그는 할머니를 바라보며 덧붙였다.「그들은 월경을 더 힘들게 만들고 있어요. 해양 순찰을 강화했거든요. 사람들이 거기 도착할 때까지 기다리지도 않아요. 처음에 그들은 아무런 준비도 안 되어 있었죠. 그런데 지금은 무엇이 오고 있는지 알거든요. 장담하지만, 그들은 어떤 통제도 해제하지 않을 겁니다. 오히려 통제를 더 효율적으로 만들고 있어요.」

그는 마치 국경 통제의 기술적인 세부 내용을 이해하는 사람처럼, 젊은 시절 게릴라 전략을 해독했던 것과 똑같은 방식으로 그것을 해독할 수 있다는 것처럼 말했다.「국경을 건너려는 사람을 발견하면 그들은 수용소에 집어넣어 버릴 겁니다. 그렇게 영원히 거기 갇혀 있을 수도 있어요.」

「돈도 필요하겠군요.」 할머니가 말했다.

「우리가 아테네에 갔을 때, 모든 게 너무 비쌌어요. 우린 돈이 없었거든요. 너무 끔찍했죠. 가게에 물건이 그렇게나 많아도, 아무것도 살 수 없었어요. 줄도 전혀 없었는데도요.」 내가 말했다.

「돈이라. 예, 돈은 또 하나의 방법이에요. 물론 돈이 있다면 길은 닫히지 않는 법이죠. 만약 돈을 은행에 넣어 두고 내 계좌에 돈이 있다는 확인서 같은 걸 은행에서 발급받는다면, 일은 훨씬 더 쉬울 겁니다.」 그는 우리의 말보다 자기 계획에 더 몰두해 있는 듯했다.

「엘로나는 분명 잘 있을 거예요. 잘 있다고 편지를 보낸 걸 보면, 이탈리아에서 지내는 게 좋은 모양이죠. 십 대잖아요. 중대한 결정을 내리는 일도 성장에 큰 도움이 되고요. 내가 자랄 땐 그 또래 여자아이들은 기숙 학교에 다녔는걸요.」 할머니가 말했다.

「아니면 일터에 다녔죠.」 엘로나의 할아버지가 말했다.

할머니는 고개를 끄덕였다.「머지않아 엘로나가 한번 찾아올 거예요. 아마 서류 작업이 필요하겠죠. 엘로나가 계속 연락하는 한…….」 할머니는 그를 안심시키려 애썼다.

나에게는 그 모든 소리가 터무니없게 들렸다. 어떻게 집보다 외국에 있는 것이 더 행복할 수 있을까? 설사 이탈리아에 있다고 해도, 어떻게 아리안과 함께 사는 것이 더 잘 사는 것인지 상상이 되지 않았다. 생각할수록 말이 안 되는 이야기 같았다.

〈모두가 떠나고 싶어 한다. 우리만 빼고 모두 다.〉 나는 일기장에 1991년 3월과 8월의 사건들을 언급하며 그렇게 썼다. 대부분의 친구와 친척은 떠날 방법을 계획하며, 며칠, 몇 주, 심지어 몇 달을 보냈다. 서류 위조, 선박 나포, 육로를 통한 월경, 비자 신청, 그들을 초대하고 체류를 보장할 수 있는 서유럽 사람 찾기, 돈 빌리기 등 그 방법은 아주 다양하고 많았다. 하지만 사람들은 목적에 대해서는 거의 생각하지 않았다. 자신을 어딘가로 데려다줄 **방법**을 아는 것이 그 **이유**를 아는 것보다 더 중요했다.

어떤 이들에게 떠난다는 것은 〈전환〉이라는 공식 명칭 아래에서 진행되는 필연이었다. 우리는 사회주의에서 자유주의로 옮겨 가는 전환기에 있는 사회라고들 했다. 일당 지배에서 다원주의로, 한 장소에서 다른 장소로 넘어가는 전환기. 기회를 찾으러 떠나지 않는 한, 기회는 결코 오지 않을 것이었다. 알바니아의 옛 민담에 나오는 반쪽이 수탉도 자신의 운명을 찾아 멀리 여행을 떠났다가, 마침내 배 속에 금을 가득 채우고 돌아오지 않았던가.* 또

* 옛날에 가진 것이라고는 고양이와 수탉밖에 없는 노부부가 크게 싸운 후, 할머니는 고양이를, 할아버지는 수탉을 가지고 갈라서기로 했다. 고양이는 요리해 먹을 수 있는 새

어떤 이들에게는 나라를 떠난다는 것이 하나의 모험, 마침내 실현된 어린 시절의 꿈, 또는 그 부모를 기쁘게 만들 하나의 방법이었다. 영영 돌아오지 않는 사람들도 있었다. 얼마 후 돌아온 사람들도 있었다. 이동의 조직화를 직업으로 삼은 사람들, 여행 대리점을 열거나 사람들을 배로 밀항시키는 사람들도 있었다. 살아남아서 부자가 된 사람들, 살아남아서 계속 허덕이는 사람들, 그리고 국경을 건너다가 죽은 사람들도 있었다.

과거에는 떠나고 싶어 한다는 이유로 사람들이 체포되기도 했다. 이제는 아무도 우리의 이민을 막지 않았지만, 저쪽에서 우리는 더 이상 환영받지 못했다. 경찰 제복의 색깔만 달려졌을 뿐이었다. 우리는 우리 정부의 이름이 아니라 다른 나라의 이름으로, 과거 우리에게 자유를 찾아 떠나라고 촉구했던 바로 그 정부들의 이름으로 체포될 위험을 무릅쓰고 있었다. 수십 년 동안 서유럽은 동유럽의 국경 폐쇄를 비판하면서, 이동의 자유를 요구하는 운동에 자금을 지원했고 탈출할 권리를 제한하는 국가들의 비도덕성을 비난했었다. 망명자들은 영웅 대접을 받았다. 이제는 그 사람들이 범죄자 취급을 당하고 있었다.

어쩌면 이동의 자유는 전혀 중요하지 않았는지도 모른다. 누군가 감금이라는 더러운 짓을 할 때 그것을 변호하기는 쉬웠다. 하

를 잡아 왔지만, 배를 곯던 할아버지는 수탉에게 양해를 구하고 반쪽을 먹었다. 반쪽이 된 수탉은 한쪽 발로 뛰면서 모험을 떠나고 도중에 사귄 동물 친구들의 도움으로, 마침내 배에 금덩이를 가득 채우고 돌아왔다. 그 수탉은 할아버지에게 대접받으며 날마다 금을 내주었다. 이를 시샘한 할머니는 고양이도 그러라고 보냈지만, 고양이는 배에 도룡뇽, 도마뱀 같은 것들만 가득 담고 돌아왔다.

지만 들어갈 권리가 없다면, 탈출할 권리는 무슨 가치가 있을까? 국경과 장벽은 사람들을 못 들어오게 막는 용도가 아닌, 사람들을 그 안에 가두는 역할을 할 때만 비난할 수 있는 것일까? 그 몇 해 동안, 남부 유럽에서 처음 도입되었던 국경 수비대와 경비정, 그리고 이민자들에 대한 구금과 탄압은 표준적인 관행이 되어 수십 년 동안 이어질 터였다. 초기에 서유럽은 다른 미래를 기대하며 도착한 수천 명을 맞을 준비가 되어 있지 않았지만, 조만간 가장 취약한 사람들을 배제하고 더욱 숙련된 사람들을 끌어들이는 시스템을 완성해 갔다. 그러는 동안 〈우리 삶의 방식을 보호〉하기 위해 국경을 방어하게 되었다. 그럼에도 이민을 바라던 사람들이 기어코 이민을 실행했던 이유는 바로 그 삶의 방식에 끌렸기 때문이다. 그들은 시스템에 위협이 되기는커녕, 가장 열렬한 지지자들이었다.

우리 나라의 관점에서 보면, 이민은 단기적으로는 축복이었고 장기적으로는 저주였다. 이민은 실업의 압박을 완화하는 즉각적인 안전밸브 역할을 했다. 한편으로는 가장 젊고, 가장 유능하고, 종종 더 많은 교육을 받은 시민들을 국가에서 앗아 가고 가족을 찢어 놓았다. 정상적인 상황이었다면, 이동의 자유에는 자신의 장소에 머무를 자유를 포함하는 것이 더 바람직했을 것이다. 그러나 이 시기는 정상적인 상황이 아니었다. 수천 개의 공장과 작업장, 국영 기업이 폐쇄와 감원에 맞닥뜨린 상황에서 떠난다는 것은 해고에 직면해 자발적인 퇴사를 감수하는 것과 같았다.

그러나 모두가 떠나려 시도하지는 않았다. 그리고 떠나려 시도

했던 모두가 성공한 것도 아니었다. 남은 사람들 가운데 다수는 직장이 없는 삶이 어떤지 스스로 질문해야 했다. 나의 부모님도 곧 그들 중에 포함될 것이었다.

14장

경쟁 게임

최초의 다당제 선거가 치러지고 얼마 후, 아빠는 직업을 잃었다. 어느 날 오후 집으로 돌아온 아빠는 몇 주가 지나면 아빠의 사무실이 영원히 문을 닫을 것이라고 선언했다. 산림 공학을 공부한 아빠는 삼림을 설계하고, 새로운 나무들, 특히 월계수를 심고 보살피는 일에 반평생을 바쳤다. 이제 국가의 우선순위는 다른 데 있었다. 나무를 더 이상 심지 않는 것으로 그치지 않았다. 기존의 나무들이 잘려 나가고 있었다. 한편으로는 정전과 난방 요구 때문에, 또 한편으로는 자유로운 개인이 주도하는 전혀 새로운 경작 때문에 밤마다 숲에서는 더 많은 나무가 사라져 갔다. 누군가는 그것을 절도라고 할 수도 있었다. 다만 공동 자원을 개인이 유용하는 것이 사유 재산의 토대 자체라는 점만 아니라면 말이다. 그보다는 상향식 민영화가 더 나은 설명일 것이다.

아빠가 사무실이 문을 닫는다고 선언할 때의 어조는 과거 직장 생활에서 발생했던 다른 행정적 변화를 선언할 때와 똑같았다.

예를 들어, 한 마을에서 다른 마을로 전출되었다거나, 지금의 감독관 대신 새 감독관이 온다고 말하는 경우와 다른 점이 없었다. 아빠는 이제 더 이상 약력을, 가족의 과거사를 설명하는 자료를 제출할 필요가 없다고 했다. 지금은 아무도 그 과거에 관심이 없었다. 필요한 것은 단 하나, 커리큘럼 비타이Curriculum Vitae,* 줄여서 〈CV〉라고 부르는 라틴어 텍스트뿐이었다.

「누가 그걸 라틴어로 써요?」 내가 물었다.

「그걸 라틴어로 쓸 필요는 없어, 브리가티스타. 첫 줄만 라틴어로 쓰는 거야. 하지만 영어로 쓰면 유용하겠지. 민간 부문 지원서에는 그게 좋을 거야.」 아빠가 대답했다.

정리 해고 소식에도 다들 느긋해 보였다. 마치 오븐 안에서 구워지면서 먹어 주기를 기다리는 비스킷처럼, 훨씬 더 좋은 수십 개의 일자리가 줄지어 있으며 최대한 빨리 CV를 제출하기만 하면 되는 것 같았다.

「다음 주에 시작할 거예요?」 옛날에 아빠가 전출되던 때를 생각하며 내가 물었다.

「그렇게 쉽게 당신한테 일자리를 줄 사람은 없어요!」 마치 그 암시만으로도 아빠의 존엄성에 모욕이 된다는 듯 엄마가 소리쳤다.

「두고 보면 알겠지. 지금은 자본주의 시대야. 일을 놓고 경쟁이 벌어지지. 하지만 지금 당장 나는 자유야!」 아빠가 말했다.

* 〈이력서〉라는 뜻이다.

아빠가 퇴사를 선언한 그 순간에 감돌던 자신감 때문에, 어느 날 학교에서 돌아와 소파에 누워 있는 아빠를 발견한 나는 혼란스러웠다. 아니, 거의 불안할 정도였다. 아빠는 파자마 차림이 아니라, 얼마 전 엄마가 중고 시장에서 사 온 노란색과 초록색의 헐렁한 운동복을 입고 있었다. 새로 산 작은 필립스 텔레비전의 리모컨을 두 손으로 꼭 쥐고, 마치 궤도 위 행성들의 회전을 지시하는 것처럼 허공에 대고 리모컨을 흔들고 있었다. 잔뜩 집중한 표정이었다.

「너무 맥이 빠진다. 너무 슬프다. 도대체가 견딜 수가 없어. 어떻게 해야 할지 모르겠구나.」 아빠는 나를 보자 텔레비전을 끄며 말했다. 아빠의 표정은 이제 슬픔으로 덮여 있었다.

「나아질 거예요. 틀림없이 좋아질 거예요.」 나는 내가 무슨 말을 하는지도 모르면서 모호하게 말했다.

아빠는 고개를 저었다. 「유러피언 챔피언십을 보려고 하는데 볼 수가 없어. 그게 가슴이 아파. 유고슬라비아가 이제 다섯 번째 우승을 앞두고 있는데 말이야. 작년에는 그 팀이 월드컵에 진출했잖아.」

「그건 좋은 소식이잖아요, 아니에요?」

「어쩌면 이번이 그들이 한 팀으로 싸우는 마지막 경기일 수도 있어. 슬로베니아가 이미 독립을 선언했거든. 크로아티아도 곧 나갈 거야. 그건 인후암에 걸렸는데 노래 경연 대회에서 우승한 사람을 보는 것 같아. 너무 슬픈 일이다. 내가 아는 한 농구는 죽었고.」 아빠가 침울한 표정으로 말했다.

엄마는 엄밀히 말해, 직장을 잃지는 않았다. 엄마는 46세의 나이에 조기 퇴직을 권고받았고, 그 제안을 받아들였다. 마지막 급료를 막 받았던 아빠는 그 일을 기념하기 위해, 새로 생긴 미니 마켓에서 암스텔 맥주를 사 왔다. 완벽하게 즐거운 가족 모임이었다. 엄마가 은퇴 기간을 어떻게 보낼 계획인지 발표하기 전까지는 그랬다. 엄마는 야당에 입당하겠다고 선언했다. 바로 그날이 야당이 설립된 날이었다.

니니와 나는 얼어 버렸다. 접시를 보다가 고개를 든 아빠는 놀라서 어리둥절한 표정이었는데, 나는 그 표정이 곧 완전한 분노로 폭발하리라는 것을 알았다. 그것은 엄마가 아무런 상의도 없이 중요한 결정을 내렸을 때 아빠가 엄마를 바라보는, 바로 그 표정이었다. 어리둥절한 표정으로 시작했다가 꼬치꼬치 캐묻는 심문으로 바뀌고, 질책과 분노, 상호 공격이 이어졌으며, 그 후에는 침묵이 계속되었다. 그 침묵은 몇 주 동안 이어지기도 했다. 그다음 단계에서는 이혼하겠다는 위협이 있을 뿐이었다.

지금까지 그런 일은 두 번 있었다. 첫 번째 일은 엄마가 협동 농장에서 일하는 사람으로부터 병아리 50마리를 불법으로 사 왔을 때였다. 엄마는 달걀 때문에 줄을 서지 않아도 되도록, 그 병아리들을 우리 마당에서 키울 생각이었다. 엄마가 아빠에게 그 생각을 통보하자, 아빠는 불같이 화를 냈다. 우리가 체포될 것이라고 걱정했다. 마당의 크기가 작아서 50마리나 되는 병아리를 감출 수 없었다. 엄마는 병아리들을 화장실 안에 둘 예정이라고 말했고, 생존율이 아주 낮을 것으로 예상한다고 덧붙였다. 잘해야 열

마리 정도가 살아남을 것이었다. 엄마는 협동 농장의 그 남자 역시 그렇게 말했다고 설명했다. 결국에는 그 사람과 엄마의 생각이 옳았다. 그러나 그 일은 긴장을 악화시키기만 했다. 아빠로서는 체포될 위험보다 더 견디기 힘든 것이 있다면, 그것은 어린 닭의 대멸종으로 인한 슬픔이었다. 화장실에 들어가서 죽은 병아리를 발견하면, 아빠는 상심해서 나왔고 엄마에 대한 원망은 더욱 커졌다. 몇 달 뒤, 병아리의 사망률이 감소하고, 니니가 두 사람에게 화해하지 않으면 양로원에 들어가겠다며 협박하고 나서야 겨우 휴전이 이루어졌다.

두 번째 일은 엄마가 나에게 주요 대로의 보도에서 립스틱과 머리핀을 파는 집시 소녀들 옆에서 목욕용 스펀지를 팔아 보라고 권유했을 때였다. 아테네에서 이오르고스가 가족과 친척들에게 나누어 주라며, 목욕용 스펀지가 가득 들어 있는 가방 하나를 주었다. 그것이 선물이었는지, 아니면 그의 공장을 광고하려던 목적이었는지는 분명하지 않았다. 엄마는 자기 할아버지가 그보다 훨씬 더 시시한 물건으로 시작해서 가문의 부를 일구었다는 사실을 기억하고 있었다. 마을에서 장작을 패서 도시에 가져가 팔았던 그 과거를 말이다. 「우리도 우리 사업을 시작할 수 있어. 하지만 빨리 움직여야 해.」 엄마가 말했다. 조금 있으면 모두가 자유시장에서 물건을 사고팔아 이익을 남기려고 할 터였다. 하지만 엄마는 자신이 그 집시 소녀들 옆에 앉아 있기가 너무 뻘쭘할 것이라고 생각했다. 엄마가 가르치는 학생들이 지나가다 엄마를 알아볼 수도 있었고, 그렇게 되면 교실에서 권위가 서지 않을 테니까 말이다. 엄마는 가격표를 적어 주며, 나에게 그 보도에 앉아서 이렇게 외치라고 시켰다. 「멋진 그리스산 목욕 스펀지 있어요! 여러 가지 색깔, 여러 가지 모양이 있어요!」 그것이 내가 한 말이었다. 그날 오후가 저물 때쯤, 모든 물건이 동났다.

내가 번 돈을 고스란히 집에 가져갔을 때 아빠가 그렇게 화를 내리라고는 생각하지 못했다. 처음에 아빠는 그것이 내 머리에서 나온 아이디어라고 생각했다. 아빠가 내 행동을 반성하라며 나를 내 방으로 보내려고 하자, 나는 엄마가 시킨 대로 했을 뿐이라고 설명했다. 그러자 아빠는 분노로 눈을 번쩍이며 엄마를 보았다. 아빠는 이제 누구든 자신이 원하는 것을 팔 수 있다고 해서, 당신 아이를 착취할 권리가 있다는 의미는 아니라고 소리쳤다. 엄마는 아빠의 말을 무시했다. 「너도 나가고 싶지 않았어?」 엄마가 물었다. 나는 열심히 고개를 끄덕였다. 아빠는 화가 나서 고개를 젓고 소리를 질렀다. 「물론 재도 나가고 싶었겠지! 동의가 없었다면 착취가 아니라, 폭력이 되는 거야!」 하지만 엄마는 차분했다. 엄마는 내가 더는 어린아이가 아니라고, 곧 열두 살이 된다고, 그리고 가족 사업을 번성시키는 데 참여하는 것은 서유럽의 십 대들에게는 지극히 정상적인 일이라고 주장했다. 「하지만 우리한테는 가족 사업이 없잖아! 망할 건더기도 없고, 번성할 건더기도 없어!」 아빠가 소리를 지르며 대답했다. 「당신은 절대 하지 않을 거니까.」 엄마가 중얼거렸다.

엄마가 미리 허락을 구했더라도, 아빠는 내가 목욕용 스펀지 장사에 관여하는 것을 금지했을 것이다. 하지만 엄마가 누구와도

상의하려 하지 않았다는 사실이 아빠의 분노를 더욱 키웠다. 대체로 자신의 견해를 알리려는 아빠의 결의는 그 견해를 무시하려는 엄마의 결의와 맞먹었다. 부모님은 항상 언쟁을 벌였다. 그러나 항상 동등한 사람으로서 언쟁했다. 그러다 엄마가 아빠에게 물어보지도 않고 결정을 내리면 그 균형이 깨졌고, 아빠는 마음의 상처를 입었다. 부모님은 비아냥거리며 관계를 쌓아 왔고, 해가 갈수록 장난스러운 대화와 쓰라린 말대꾸 사이의 경계는 더욱 모호해졌다. 부모님의 결혼 생활은 험준한 바위산 같았다. 노련한 등반가인 두 사람은 위험한 봉우리를 어떻게 올라야 하는지, 수많은 사람이 빠졌던 심연을 어떻게 피해야 하는지 잘 알고 있었다. 그러나 두 사람이 그곳에 빠질까 봐 내가 두려워했던 적이 있었다. 그 세 번째 일이 엄마가 정계에 진출하겠다는 결심을 선언한 때였다.

아빠는 자신의 처지가 결코 친구들, 그러니까 립스틱을 바르는 것조차 남편의 승인이 필요한 아내를 둔 친구들처럼 되지는 않으리라는 것을 알고 있었다. 엄마는 립스틱을 바르지 않았을뿐더러, 엄마의 의지는 단단한 포금(砲金)으로 되어 있었다. 자신과 상의해 주길 바라는 아빠의 마음이 엄마의 완강한 태도에 부딪힐 때마다, 아빠는 딜레마에 빠졌다. 아빠는 엄마의 행동을 통제하는 척하면서, 예상했던 대로 분노할 수 있었다. 아니면 패배를 인정하고, 그것이 별 문제가 아니라는 듯 행동할 수 있었다. 다만 아빠는 엄마를 너무 사랑했기 때문에, 그것을 문제 삼지 않을 수 없었을 뿐이다. 아빠는 싸우지 않고 그냥 넘어갈 수가 없었다. 아빠는 엄마에게 절대 폭력을 휘두르지 않았다. 그 대신 그릇을 부수는 행위로 분노를 쏟았다. 하지만 아빠가 분노로 온몸을 떨고 격분해서 목소리가 떨리면, 그로 인한 사상자가 접시와 잔 받침밖에 없을 것이라고 장담하기는 힘들었다.

엄마가 야당 운동에 동참했다고 선언했을 때, 나는 늘 그랬던 것처럼 그런 장면이 펼쳐질 것이라고 추측했다. 그러나 아니었다. 아빠는 나에게 익숙한 그 어리둥절한 표정으로 엄마를 보았다. 그다음에는 창백해졌다. 아빠는 일어서지 않았다. 아빠는 엄마에게 다가가지 않았고, 위협하듯 손가락을 흔들지도 않았다. 소리치지도 않았다. 그저 믿을 수 없다는 표정으로 계속 엄마를 바라보았다. 찌푸린 아빠의 표정은 그대로 얼어 버렸고, 몸은 마비된 듯 의자에서 꼼짝하지 않았다.

엄마는 눈치를 챘다. 어느 정도는 미안한 마음이 들었던 모양이다. 엄마 역시 다르게 반응했다. 예전처럼 아빠의 위협이 엄마에게 아무 의미 없다는 것을 나타내기 위해, 아빠의 뒤쪽을 바라보지도 않았다. 아마 해명해야 한다고 느낀 듯했다. 엄마는 여전히 스파이들이 모든 것을 통제하고 있다고 말했다. 어디를 가든, 정부 내에도 야당 내에도 공산당 출신들이 있었다. 두 사람과 같은 약력을 지닌 사람들이 참여해야 했다. 누군가는 용기를 내야 했다. 그러지 않으면 상황은 결코 바뀌지 않을 것이며, 예전과 똑같은 사람들이 우리를 대변하게 될 것이었다. 우리는 스스로 문제를 해결하고, 우리 자신을 대변해야 했다. 물론 엄마가 아빠의 조언을 듣고서 결정을 내렸다면 더 나았을 것이다. 엄마는 아빠가 회의적이라는 점을 알고 있었다. 아빠의 정치적 견해는 엄마의 견해와 같지 않았다. 하지만 엄마는 그것을 해야 했다. 이제 아빠에게는 직업이 없었고, 미래에 기회라도 찾아보려면 두 사람에게도 연출이 필요했다. 엄마는 이 일에 관해서도 어느 정도 생각해 둔 것 같았다.

아빠는 말없이 엄마의 말을 듣고 있었다. 계속해서 분노를 안에 가두고 있었다. 훗날 내가 그 일을 떠올렸을 때, 직장을 잃은 것에 관해 아빠는 대수롭지 않다는 듯 말했지만, 어쩌면 훨씬 더 신경이 쓰였을 것이라는 생각이 문득 들었다. 어쩌면 아빠가 생각하기에는, 정리 해고와 조기 퇴직 사이에 중대한 차이가 있었을 것이다. 어쩌면 아빠는 두 여자의 연금에 의존하는 신세가 되었으니, 남자답지 못하다고 느꼈을 것이다. 더 이상 아빠는 다른 남자들처럼 할 수가 없었다. 소리치고, 위협하고, 분노로 몸을 떨고, 접시를 벽에 던지는 것을 말이다. 아니, 어쩌면 아빠 주변의 모든 것이 너무 많이 바뀌어 버린 탓에 평소와 같은 모든 반응이 부적절하게 느껴졌을 것이다. 그런 반응은 마치 다른 시대의 것 또는 다른 사람, 아빠가 더는 알아보지 못하는 옛날의 아빠에게서만 나올 수 있는 것처럼 여겨졌을 것이다. 익숙한 좌표가 모두 사라지면서 아빠는 방향을 잃어버렸다. 아빠는 자신이 처한 곤경을 설명할 수 없었다. 해결책 또한 없었다. 남은 것이라고는 조용한 끄덕임, 평소 직장에서 상사에게 보였던 것과 같은 끄덕임뿐이었다.

엄마는 은퇴 후에도 일을 그만두지 않았다. 엄마는 삶에서 가장 분주한 시기로 접어들었다. 민주당에 입당하고 얼마 후, 엄마는 그 당의 전국 여성 협회 지도자 중 한 명이 되었다. 엄마는 당 회의에 참석했고, 선거 입후보자를 선정했고, 집회를 조직했고, 개혁 캠페인을 운영했고, 전국 당원 위원회에 들어갔고, 외국의 대표단을 만났다. 또 남는 시간에는 옛날에 몰수당했던 가족 소유의 재산을 반환받기 위해서 문서 보관소와 법원을 들락거렸다.

「집에서 더 많은 시간을 보내야지, 애들도 좀 돌보고.」 니니가 엄마에게 말했다. 「전 괜찮아요.」 나는 학기마다 한 번씩 내 수학 실력을 점검하는 일이 엄마의 일정에서 사라진 것이 기뻐서 보통 그렇게 대답했다. 「엄마, 엄마는 운전면허를 따야죠.」 나는 대안을 제시했다.

「우리한테 운전면허는 필요 없어. 그건 환경에도 좋지 않다고.」 아빠가 끼어들었다. 그것은 당장에 반대하지 않았다가는 계속되는 실업자 신세에서 가족의 운전기사로 승진할 수도 있다는 걱정에서 한 말이었다.

그 주제는 보통 또 다른 논쟁으로 이어졌다. 「다들 차를 사고 있어요. 차는 필수품이에요. 체르노빌이 환경에 훨씬 더 안 좋다고요!」 엄마가 말했다. 「체르노빌이 자동차와 무슨 상관이야?」 아빠가 대답했다. 「중국인들이 지어 준 야금 공장, 그게 환경에 무슨 도움이 됐어요? 우리가 가진 문제는 환경이 아니에요. 우리가 충분히 저축하지 않아서, 차를 한 대도 못 산다는 게 문제예요!」 엄마는 동요하는 기색 없이 계속 주장했다. 「잘못을 잘못으로 응수하면, 더 나빠질 뿐이야!」 아빠가 지적했다.

우리가 차를 사야 하는지 말아야 하는지 하는, 단순해 보이는 논의는 보통 광범위한 세계 역사를 둘러싼 논쟁으로 번지곤 했다. 산업 혁명이 환경에 미치는 피해부터 우주 탐사 경쟁으로 가능해진 지식의 진보까지, 유러코뮤니즘부터 중국의 책임까지, 오염시킬 권리가 누구에게 있는지부터 누가 어디서 무기를 파는지까지, 걸프 전쟁부터 전 유고슬라비아의 해체까지 다양했다. 「그건 말이 안 돼! 그런 억지가 어디 있어!」 아빠는 달리 할 말을 찾을 수 없는 경우에 엄마에게 그렇게 대꾸했다. 엄마는 웬만해서는 생각을 바꾸는 법이 없었다. 「당신, 집회에서 그런 식으로 말해? 집회 연설을 그런 식으로 준비하는 거야?」 마침내 아빠는 포기하면서 말하곤 했다.

엄마는 연설을 준비하는 법이 없었다. 엄마는 수백 번의 연설을 했다. 내가 열세 살이 되면서부터는 저녁 식탁에서 엄마를 보는 시간보다 정치 집회의 단상 위에서 발언 차례를 기다리고 있는 엄마를 보게 되는 경우가 더 많았다. 엄마는 높은 단상에 꼿꼿이 서서 연설했다. 수만 명의 사람을 상대로, 자주 말을 멈추면서 상황에 따라 목소리를 바꾸는가 하면, 때로는 청중을 무시무시한 침묵으로 몰아넣고, 때로는 군중을 자극해 우레와 같은 박수를 일으켰다. 엄마는 늘 메모 없이 연설했다. 마치 몇 년 전부터 머릿속에 미리 연설문을 써놓은 사람처럼, 마치 발언할 문장들을 날마다 평생 연습해 온 사람처럼 보였다. 그러나 엄마의 말은 과거에서 날아온 것 같지 않았다. 개인 주도, 전환, 자유화, 충격 요법, 희생, 재산, 계약, 서구 민주주의 등 외국의 것처럼 낯설게 들리면서도 새로웠다. 다만 **자유**라는 단어는 예외였다. 그것은 오래된 말이었다. 하지만 엄마는 그 말이 끝날 때마다 항상 느낌표를 달아 가며 다르게 발음했다. 그러면 그 말이 새롭게 들렸다.

엄마는 정치 모임에 나가지 않는 날이면, 가족 소유의 재산을 찾기 위해 시내의 문서 보관소들을 뒤졌고, 종종 지도와 지적도를 참고했다. 또는 형제자매들과 법원에 가 있었다. 전쟁이 끝나기 직전까지 나무꾼 출신으로 백만장자가 된 할아버지가 소유했던 수천 제곱마일의 땅과 수백 개의 아파트, 그리고 수십 개의 공장의 소유권을 되찾기 위한 싸움을 이끌기 위해서였다. 하지만 아빠와 할머니는 그런 일에 전혀 관심이 없었다. 재산을 되찾을 수 있다고 생각하지 않았기 때문이기도 하고, 굳이 되찾아야 하는지 의심스럽기 때문이기도 했다.

「정말 시간 낭비야.」 할머니는 가끔 고개를 저으며 한마디 했다. 정치 활동이 시간 낭비라는 것인지, 엄마의 그 유명한 재산을 조사하는 일이 시간 낭비라는 것인지, 또는 둘 다를 가리키는 것인지는 모호했다. 「지나간 일은 지나간 일로 둬야 하죠.」 언젠가 할머니가 말했다. 과거 반체제 인사였던 할머니를 인터뷰하러 온 어떤 외국인 기자가 할머니 가족의 재산에 관해 물었을 때였다. 「지금은 누구나 반체제 인사예요. 그리스에 있는 땅이요? 그냥 진흙에 불과해요.」

반면에 엄마는 지난 일로 묻어 둘 생각이 없었다. 그것은 수입원을 찾아야 할 필요성이었을 뿐 아니라, 원칙의 문제였다. 그 두 가지는 결합되어 있었다. 엄마에게 〈세계〉란 사유 재산의 규제를 통해서만 자연적인 생존 투쟁이 해결될 수 있는 곳이었다. 엄마는 모든 사람이 당연히, 남자와 여자, 청년과 노인, 현재 세대와 미래 세대 할 것 없이 싸운다고 믿었다. 사람들은 본래 선하다고 생각하는 아빠와는 달리, 엄마는 사람들이 본래 악하다고 생각했다. 엄마에게는 사람들을 선하게 만들려고 애쓰는 것은 소용없는 짓이었다. 다만 그 악을 다른 곳으로 돌려, 피해를 제한하도록 해야 했다. 사회주의는 아무리 최고의 상황이라고 할지라도 절대 성공할 수 없다고 엄마가 확신했던 것도 바로 그런 이유였다. 사회주의는 인간의 본성에 반하는 것이었다. 사람들은 무엇이 자신의 것인지, 그것으로 자신이 원하는 것을 할 수 있는지 알 필요가 있었다. 그러면 사람들은 자신의 자산을 돌볼 것이며 더 이상 싸우지 않을 수 있었다. 그것은 건전한 경쟁이었다. 엄마는 어떤 것의 애초의 주인이 누구인지 그 진실을 알아낼 수만 있다면, 이후에 따라오는 모든 상호 작용을 규제할 수 있고, 그렇게 된다면 우리 가족은 물론이고 나머지 사람들도 전부 한때 엄마의 조상들만큼 부자가 될 기회를 누릴 수 있다고 믿었다.

그것은 도중에 중단되었던 체스 대회를 재개하는 것과 같다고, 엄마는 그렇게 말했다. 모든 참가 선수가 애초에 동등한 위치에서 시작했고, 그중 일부는 차곡차곡 우위를 쌓아 왔다. 그러다가 그들은 다른 게임을 강요받았다. 그것이 사회주의였다. 냉전이 막을 내리자, 체스를 재개할 수 있었다. 그러나 옛 선수들은 세상을 떴고, 그들을 대신해 지정된 후계자들만 그 체스 판으로 돌아갈 수 있었다. 새로 게임을 시작하는 것은 불공평하다는 것이 엄마의 생각이었다. 새로운 선수들은 자기 조상들의 수를 되짚어 보고, 이전과 똑같은 말들을 유지한 채, 똑같은 규칙에 따라 체스를 두어야 했다.

엄마에게 가족의 재산에 대한 진실을 찾는 일은 재산권 규제만큼 중요했고 역사적 부조리를 바로잡는다는 의의가 있었다. 엄마가 보기에 국가의 유일한 목적은 그런 거래를 용이하게 하는 것, 그리고 필요한 계약을 보호함으로써 모든 사람이 자신이 벌어들인 것을 지킬 수 있게 하는 것이었다. 나머지 모든 것, 그것을 넘어서는 모든 것은 돈과 자원을 낭비하는 기생충의 성장을 독려할 뿐이었다. 그것은 다른 이름의 사회주의였다. 국가는 규칙을 집행하고, 때때로 시계를 확인하는 체스 대회의 감독관과 같다. 그러나 감독관은 선수들에게 훈수를 두거나, 그들의 움직임을 바꾸거나, 말을 체스 판 위에 되돌려주거나, 실격되었던 선수를 데려올 수는 없다. 그것은 그 역할의 악용일 것이다. 결국 승자와 패자가 나올 것이다. 그래서 어쩌라고? 모두가 그 사실을 알고 있다. 모두가 그 규칙에 동의했기 때문이다. 그것은 그 게임의 본질에 내포되어 있었다. 설사 건전하다고 해도, 어쨌거나 그것은 경쟁이었다.

15장

나는 항상 칼을 가지고 다녔다

1992년 늦여름의 어느 날, 엄마가 이끄는 조직과 제휴한 단체의 프랑스 여성들이 우리 집을 방문하겠다고 발표했다. 우리는 마치 새해 전야라도 맞이하듯, 그들의 방문에 앞서 여러 준비를 했다. 벽을 새로 칠하고, 커튼을 떼어서 빨고, 매트리스를 바람에 내놓고, 찬장 안쪽을 문질러 닦고, 서가의 모든 책에서 먼지를 털어 냈다. 그들이 도착하기 몇 시간 전, 우리 집은 솔과 걸레, 스펀지, 대야, 양동이, 대걸레, 그 밖에도 작전에 필요한 온갖 가정용 대포로 무장하고 있는, 고도로 조직화되고 규율 잡힌 군대의 전쟁터가 되었다. 엄마는 장군처럼, 아빠에게 큰 소리로 날카롭게 명령을 내리면서 지칠 줄 모르고 뛰어다녔고, 탁자와 의자를 뒤집어 놓고, 청소가 되지 않은 부분을 점검하고, 발견하지 못하고 지나쳤던 먼지 쌓인 구석들을 드러냈다. 일단 집이 반짝반짝해지자, 엄마는 손님들이 도착하기 30분 전의 그 치명적인 시간에 나와 동생을 붙잡고 욕실로 데려가서 씻기기 시작했다. 우리에게 쏟아지는 물의 온도를 확인할 겨를도 없이, 엄마는 마룻바닥을 닦을 때 보인 그 열정으로 우리의 얼굴을 문질렀다. 그 일까지 끝나자, 엄마는 자신의 몸단장을 하러 갔다.

엄마는 여성의 대의 추구에 헌신하는 단체의 대표들을 맞이할 때의 가장 적절한 복장에 대해 할머니에게 의견을 구했다. 니니는 원피스가 좋겠다고 대답했고, 엄마는 얼마 전 중고 시장에서 산 옷을 골랐다. 엄마가 서유럽의 여성 해방과 연관시킨 비누 광고에 등장하는 온갖 여자에게 영감을 받기도 했고, 등에 〈Gloria〉라고 쓰여 있기도 해서 샀던 옷(엄마는 그것이 고급 명품 패션 브랜드를 가리킨다고 생각했다)이었다. 짙은 빨간색의 그 실크 원피스는 무릎 길이였는데, 아랫단이 검정 레이스로 장식되어 있었고, 소매에 리본이 있었으며, 목선이 V 자로 파여 있었다. 당시에는 지역 중고 시장에서 파는 서유럽의 잠옷들이 일반 의복으로 혼동되는 경우가 흔했다. 그 무렵 우리 학교의 몇몇 선생님도 원피스 잠옷이나 실내용 가운을 입고 교실에 들어왔다. 엄마는 그때까지 그런 적은 없었는데, 그 차이를 알아서라기보다는 프릴 같은 장식을 좋아하지 않았기 때문이다. 엄마는 바지를 입었고, 화장을 경멸했고, 거울도 없이 머리를 빗었다. 엄마가 아는 리본과 레이스라고는 엄마와 니니가 나에게 해주었던 것이 전부였다. 그것은 프롤레타리아 독재 50년도 그들의 의지, 즉 벨라스케스가 그린 마르가리타 테레사 공주의 발칸판으로 나를 키우겠다는 그들의 의지를 꺾을 수 없다는 공개적인 확언이었다.

다섯 명의 손님은 전문가 느낌의 짙은 색 정장을 입고 나타났다. 부엌에 있던 아빠는 마오쩌둥주의 사절단 같은 차림이라고 평했다. 우리는 거실에서 손님들 주변에 둘러앉았고, 커피와 라키, 튀르키예 과자를 접대했다. 그들은 엄마의 잠옷을 보고도 눈 하나 깜짝하지 않았다. 그들은 분명 그것이 우리 문화의 표현이거나 우리가 새로 획득한 자유의 표현이라고 짐작했을 것이다. 「저번 회의에서 당신의 연설에 대한 대중의 반응에 큰 감명을 받았습니다. 그렇게 오랜 갈채를 듣는 건 경이롭더군요.」 그들 가운데 마담 데수라는 사람이 엄마에게 말했다. 「물론 우리는 알바니아어를 알아듣지는 못했지만요. 당신이 여성의 자유에 관해 뭐라고 했는지 정말 듣고 싶어요.」 그녀는 미안하다는 미소를 덧붙였다.

할머니가 마담 데수의 말을 통역했다. 엄마는 깜짝 놀란 표정이었다. 시험장에 앉아 있다가 엉뚱한 문제를 대비하고 있었다는 사실을 갑자기 깨달은 사람 같았다. 「어느 연설을 말하는 걸까요? 난 여성에 관해 말한 적이 없어요.」 엄마가 할머니에게 알바니아어로 물었다. 그러나 엄마는 서서히 자제력을 되찾고 손님들에게 몸을 돌려 자신 있게 말했다. 「전 모두가 자유로워야 한다고 생각해요, 비단 여성만이 아니라.」

「돌리는 이것이 매우 복잡한 문제라고 믿는대요.」 할머니가 통역했다.

손님들은 고개를 끄덕였다. 「아, 그건 분명해요.」 마담 데수는 스스럼없이 동의하면서 말을 이었다. 「우리가 알기로 사회주의 아래에서는 여성의 평등에 관해 훨씬 많은 수사가 있었지요. 하지만 현실은 어땠어요? 이곳 알바니아의 여성들은 **성희롱**을 경험했나요?」

할머니가 다시 통역을 머뭇거리는 사이, 잠깐의 침묵이 흘렀다. 그 단어가 내 머리에 맴돌았지만, 그때 나는 그 의미를 제대로 이해할 수 없었다. 다만 엄마가 커피에 넣은 설탕을 젓다 말고 상대방을 물끄러미 바라보면서, 엄마가 하려는 말이 불러올 파장을 예상할 때의 그 당황스러운 표정은 기억난다. 엄마가 입은 원피스 잠옷의 장난스러운 관능성과 엄마가 취한 자세의 엄숙함 사이의 날카로운 대조, 거기에는 고통스러운 만큼 희극적인 것이 있었다.

엄마는 커피 잔을 탁자에 내려놓았고, 다음 순간 긴장감을 느꼈는지 튀르키예 과자를 하나 집어서 입에 넣었다. 「그럼요.」 엄마는 아직 과자를 우물거리면서 대답했다. 그리고 목청을 가다듬고 말을 이었다. 「저는 항상 칼을 가지고 다녔어요.」

마담 데수가 깜짝 놀랐다. 그녀는 엄마와 좀 더 거리를 두려는 듯, 소파 깊숙이 물러나 앉았다. 나머지 여자들도 불편한 표정을 주고받았다. 「그냥 식칼이요. 예쁜 건 아니었어요.」 엄마는 자신의 고백이 불러일으킨 반응을 눈치채고 해명하듯이 황급히 덧붙였다. 손님들이 한층 더 움츠러든 기색을 보이자, 엄마가 말을 늘어놓기 시작했다. 엄마의 말은 가파른 비탈을 굴러 내려오는 작은 돌멩이처럼 쉴 새 없이 빠르게 흘러나왔다.

「제가 젊을 때, 스물다섯 살도 채 안 된 때였어요. 북부에 있는 한 마을에서 매일 원거리 통근을 했었죠. 집에 올 때는 지나가는 트럭 기사가 태워 주기를 기대해야 했어요. 겨울에는 날이 빨리 어두워지죠. 칼이 없으면 차를 얻어 탈 수 없었어요. 딱 한 번 사용했어요. 죽이거나 뭘 하려고 한 건 아니에요.」 엄마는 머릿속의 한구석에 방치되어 있던 재미있는 세부 내용이 뜻밖에 떠올랐다는 듯 혼자 미소를 짓고 말했다.「그 남자 손만 살짝 건드린 정도였요. 그 남자가 내 허벅지에 손을 얹고 있었거든요. 그게 불편했어요.」

할머니는 단어 하나하나를 그대로 통역했다. 엄마는 깊은 안도의 한숨을 내쉬었다. 충격적인 에피소드였을 뻔한 일을 가볍게 요약하는 데 성공해서 만족스러운 모양이었다. 그러나 엄마의 말은 의도했던 효과를 거두지 못했다. 손님들은 계속 꼼짝도 하지 않았다. 엄마는 도움을 구하려는 듯 아빠를 쳐다보았다. 틀림없이 그 이야기를 이미 알고 있었을 아빠는 그때까지 잠자코 있으면서, 문장 하나하나가 자신이 자랑스러워할 새로운 이유를 준다는 것처럼 반응하고 있었다. 아빠는 엄마와 눈이 마주치자, 마치 엄마에게 그 칼을 건넨 사람이 자신이었다는 것처럼 공모자의 미소를 지어 보였다. 이윽고 아빠는 손님들을 향해, 엄마가 실패한 것을 자신은 해낼 수 있다는 확신에 차서 말했다.「이 여자가 여간 화끈한 게 아니라서요! 보통이 아니랍니다. 라키 좀 드세요. 돌리가 직접 빚은 거예요.」

아빠의 개입도 도움이 되지는 않았다. 여자들은 술잔에 손을 뻗어 입에 가져가면서, 소심하게 수긍의 소리를 냈지만 술을 삼키는 것은 피했다. 새로운 의혹으로 공격을 받으며, 자신의 설명

능력이 한계에 다다랐다고 느낀 엄마는 다시 튀르키예 과자 하나를 집었다. 과자를 입으로 가져가다가 마음이 바뀌었는지, 엄마는 그 과자를 그릇에 도로 내려놓고는 다른 전략을 쓰기로 했다.

「자유의 나라에서는,」 엄마는 한 편의 연설을 막 시작하려는 듯 입을 열었다. 「아메리카 합중국에서는 총기 소지가 허락되어 있어요. 그렇게 하면 분명 자기방어는 훨씬 더 쉬워질 거예요. 과거 알바니아에서는 선택지가 제한되어 있었어요. 사회주의는 개인적인 총기 사용을 허가하지 않았거든요. 물론 우리는 총기 사용법을 알고 있답니다. 16세부터 학교에서 의무 군사 훈련을 받았거든요. 하지만 그 무기에 대한 어떤 통제권도 우리에겐 없었어요. 아메리카 사람들과는 달리, 우리가 원할 때 무기를 사용할 자유가 없었어요.」

엄마는 자신이 이끄는 단체의 여성들에게, 칼을 사용해 성희롱으로부터 스스로를 보호하는 방법을 훈련시킬 수 있었다면 대체로 그렇게 했을 것이다. 그러지 못했기 때문에, 엄마는 이민을 간 자녀들의 집을 방문하고 싶어 하는 여성들의 비자 신청을 지원하는 것으로 자신의 지도자 역할을 한정했다. 엄마는 이름을 취합해 명단을 만들고, 금전적 지원이 필요한 사람들을 위한 기금을 모금하고, 그들이 양식을 작성하도록 돕고, 관련 대사관에서 약속을 잡았다. 공식적으로 그 여행의 목적은 아테네, 로마, 빈, 파리 등 유럽의 여러 수도에 있는 제휴 협회를 방문하는 것이었다. 그러나 실제로는 국경을 넘자마자 사람들은 여러 소도시로 흩어졌다. 오직 엄마와 한두 명 정도의 동료만 계획된 모임에 참석했다. 나머지 여성들은 자기 자녀와 손주들과 시간을 보냈다. 그러다 마지막 날이 되면 그들은 노점을 방문하고 쇼핑센터를 견학하기 위해 재소집되었다. 물건을 사기 위해서는 아니었는데, 가장 싸다는 물건도 말도 안 되게 비쌌기 때문이다. 그들의 말에 따르면, 그저 〈눈을 뜨기 위해서〉였다.

엄마는 그 여행의 진짜 목적을 밝히면 어떤 대가가 따를지 잘 알고 있었다. 엄마는 비자 인터뷰를 통과하기 위해 반복해야 하는 공식을 기민하게 터득했고, 지식 전수 효과, 팀 시너지 개발, 교습 기술 작업, 비전 선언문 작성, 전략 계획 이해 같은 말을 활용했다. 한번은 엄마가 비자 인터뷰 도중에 겪은 일을 들려주었다. 어떤 외교관이 엄마가 이끄는 여성 단체가 페미니즘 캠페인에도 참여할 예정인지 물었다. 「나는 〈페미니즘〉이 무슨 뜻이냐고 되물었지. 그 사람이 무슨 말을 하는지 몰랐거든.」 그러자 그 외교관은 할당량과 차별 철폐 조치에 관해 말했다. 엄마는 바로 그것 때문에 서유럽 방문이 정말 귀중한 경험이라고 그를 확신시켰다. 엄마의 단체는 이미 행동 방침을 확정했고, 경험 많은 파트너들과 지식을 교환해 더 많이 배우기를 희망한다고 말이다. 「할당량! 평등!」 엄마는 그날 집에 와서 코웃음을 쳤다. 「그 모든 것에 네, 하고 대답해야 했어. 우리가 비자를 받으려면 그 방법밖에 없었거든. 장담하지만, 그 사람 아내는 집안일을 대신할 청소부를 고용했을 거야. 그리고 조깅하러 나가서 여성들의 권리에 대해 투덜거릴 게 틀림없어.」

엄마가 비자 인터뷰가 어떻게 진행되었는지 이야기할 때, 엄마의 뺨과 목에 커다란 붉은 반점이 올라왔다. 「적극적 우대 조치!」*
엄마가 소리쳤다. 「페미니즘! 어머니들과 그 자녀들은 어쩌고?
우리 단체의 여성들은 몇 년째 자기 자녀들을 보지 못했어. 로마
행 명단에 올라 있는 사니에는 자기 딸이 어떻게 사는지 전혀 몰
라. 아는 거라고는 쪽지에 갈겨쓴 거리 이름뿐이지. 나한테는 걱
정 때문에 밤에 잠을 못 이룬다고 했어. 사니에가 할당량을 걱정
할까? 만약 내가 대사관에 그렇게 말하면, 그들은 곧바로 나를 되
돌려 보낼 거야. 그들은 사니에가 비자를 받을 수 없다고 하겠지.
사니에는 직업이 없고, 돌아온다는 보장이 없으니까. 심지어 비
자 발급비도 돌려주지 않겠지. 그 문제에 대한 약간의 **적극적 우대**
라도 있었으면 좋겠네. 하지만 천만에, 그들은 이 엄마들이 자녀
들을 만나는 데는 별 관심이 없어. 우리한테 그런 식의 참여, 또는
그 비슷한 어떤 환상을 가르치고 싶어 할 뿐이지. 그렇고말고. 그
렇다고 해서 그들이 어떤 대가를 치르는 건 아니니까.」

엄마는 갑자기 아빠를 돌아보며 물었다. 「당신은 적극적 우대
조치에 관해 어떻게 생각해요?」

아빠는 어깨를 으쓱했다. 「좋지. 그건 누가, 어떻게 실시하느냐
에 따라 다른 것 같아. 그게 변명이 될 수도 있고, 오히려 흑인에
게 낙인을 찍을 수도 있으니까.」 아빠는 시민권과 관련해 자신이
인정한 유일한 권위를 예로 들면서 자세히 설명하려고 애썼다.
「얼마 전에 무하마드 알리의 인터뷰를 봤는데 —」

* 차별의 구제와 예방을 목적으로 소수 인종, 성별, 국적을 고려하는 적극적 노력.

엄마가 얼른 끼어들었다. 「난 여성에 관해 얘기하는 거예요, 흑인이 아니라. 내 말을 듣기는 했어요? 서유럽 여성들, 이 사람들은 여러 가지를 동시에 못 해요. 정말 실패자들이죠. 만약 그들이 공부하면서 일해야 한다면, 또는 일하면서 아이들을 돌봐야 한다면, 또는 아이들을 돌보면서 요리해야 한다면, 도저히 감당하지 못해요. 그들은 이 나라의 모두가 자기네와 비슷하다고, 어떻게든 이것이 국가의 문제가 되어야 한다고 가정하죠. 그래서 또 다른 실패자가 여성에게 기회를 주는 법에 관한 바보 같은 기준 목록을 제시할 수 있도록 말이에요.」

「적극적 우대 조치가 뭐예요?」 내가 물었다.

엄마는 설명을 시작했지만, 이내 신경이 날카로워졌다. 「네가 여학생이라는 이유만으로 누군가 학교에서 네 성적을 올려 주었다고 상상해 봐. 네 기분이 어떨 것 같아? 왠지 모욕당한 것 같지 않겠어?」 엄마가 질문을 할 때마다 목소리는 더 커졌다. 나는 말을 하려 했지만, 엄마가 직접 대답했다. 「너와 네 친구들, 그러니까 최고의 점수를 받으려고 열심히 공부하는 너와, 너와 비슷하다는 이유, 그들 역시 여학생이라는 이유만으로 성적이 올라간 네 친구들 사이에는 전혀 차이가 없어지겠지. 그러면 네 기분은 어떨 것 같아?」

나는 내 기분을 상상해 보았다. 하지만 엄마는 내 의견에는 관심이 없었다. 엄마의 질문은 형식적이었다. 그저 화를 식히고 싶을 뿐이었다. 「만약 그게 네가 하는 모든 일에도 적용된다고 상상해 봐. 열심히 노력해서 최고 성적을 받은 사람과 그렇지 않은 사람이 무슨 차이가 있는지 어떻게 알 수 있을까? 사람들이 너를 볼 때마다, 네가 친구들에게서 받은 도움 덕택에 지금 그 자리에 있다고 생각하면 넌 어떻게 할래?」

엄마는 적극적 우대 조치와 성별 할당제를 옹호하는 사람들을 측은히 여기는 만큼이나 그것들 자체를 경멸했다. 만약 누군가 감히, 엄마가 성취한 것들이 엄마에게 그럴 자격이 있어서가 아니라 엄마가 여자이기 때문이라는 암시라도 했다면, 엄마의 식칼이 그 사람을 건드렸을 것이다. 엄마는 제휴 단체의 여성들과 가진 모임에서, 과거 공산주의의 유산을 평가할 때 자랑스러운 점이 딱 하나 있다고 종종 강조했다. 그것은 남녀 사이에 어떤 양보도 없이, 엄격한 평등을 강요하던 당의 방식이었다. 남성이든 여성이든 모든 사람은 일하는 것이 당연시되었고, 두 집단 모두 어떤 직업이든 구할 수 있었을 뿐 아니라, 두 집단 모두 그 일을 하도록 적극적으로 장려되었다. 심지어 복장 제한마저 평등하게 적용되었다. 우리가 동맹국이던 중국을 본받으려 했던 문화 대혁명 시절에, 누군가 서유럽의 트렌치코트를 입었다면 성별에 상관없이 그 사람은 곤경에 처했을 것이다.

엄마의 말이 옳았다. 그러나 부분적으로만 옳았다. 과거에는 모든 여성이 일해야 했다. 여성은 어디에서나 일해야 했다. 내 친구의 엄마들 모두 일했다. 그 누구도 집에 있지 않았다. 그들은 새벽에 일어나 집을 청소했고, 아이들의 등교를 준비했고, 그런 다음 출근해서 열차를 몰았고, 석탄을 캤고, 전선을 설치했고, 학교에서 가르치거나 병원에서 간호했다. 몇몇은 그들이 일하는 사무실이나 농장, 공장에 출근하기 위해 몇 시간을 이동해야 했다. 그들은 늦게, 기진맥진해서 퇴근했다. 그래도 다시 저녁을 준비해야 했고, 아이들의 숙제를 도와야 했고, 설거지를 해야 했다. 그들은 다음 날 먹을 식사를 준비하느라 밤까지 요리해야 했다. 밤에는 아기들을 돌보거나 남편을 사랑해 주어야 했다. 또는 둘 다 해야 했다.

집에 오면 남성들은 쉬었다. 그들은 신문을 읽었고, 텔레비전을 보았고, 아니면 친구들을 만나러 외출했다. 많은 남성이 셔츠가 다림질되어 있기를 기대했고, 혹시라도 커피가 조금 덜 뜨겁게 나오면 빈정거리며 농담했다. 아내들이 친구를 만나러 외출할 때면, 그 남편들은 외출의 이유를 알 권리가 있었다. 때때로 그들은 그 이유가 충분히 설득력이 없다고 생각했고, 또는 방문 목적을 못마땅하게 여겼다. 그들은 아내에게 집에 있으라고, 또는 이 친구나 저 친구를 그만 만나라고 명령했다. 그들은 사랑하기 때문에 그러는 것이라고 늘 강조했다. 그들의 머릿속에서는 여성을 사랑하는 것과 여성을 통제하는 것은 사실상 구별이 불가능했다. 그들은 아버지에게서 그것을 배웠고, 그 아버지는 그 아버지에게서 배웠고, 그 아버지의 아버지는 그 아버지에게서 배웠다. 그들은 자신들이 배운 대로, 그것을 자녀들에게 물려주었다.

지시를 따르는 것을 더러 마뜩잖게 생각하는 아내들도 있었다. 가끔은 통제권 행사와 통제권 상실 사이의 경계가 사랑과 통제의 경계처럼, 빈틈이 많아질 수도 있었다. 그러면 부러진 손목이나 피 흘리는 코가 등장하는 장면으로 이어지곤 했다. 아이들은 코를 훌쩍이며 비밀스러운 은폐 장소에서 모든 것을 지켜보고, 다음 날 학교에서 친구들에게 시시콜콜한 내용까지 곁들여 이야기할 수도 있었다. 그 소식이 선생님의 귀에 들어가게 되고, 때로는 당이 개입하는 경우도 있었다. 상황이 악화되면, 직장이나 주민 협의회에서 회의가 열리기도 했다. 동지들은 본질적으로 인간 본성, 공동체 규범, 종교 유산의 한계에서 비롯된 행위를 소리 높여 비난했다. 사회주의는 여성의 머리에서 베일을 벗기는 데 성공했지만, 남성들의 머릿속에 있는 베일은 벗기지 못했다. 사회주의는 그 아내들의 가슴에서 십자가를 매단 쇠줄을 뜯어내기는 했지만, 그 쇠줄은 여전히 그 남편들의 두뇌를 옥죄고 있었다. 시대가 변하기를 기다리거나, 또는 엄마가 이해했던 것처럼 스스로 방어하는 것 말고는 할 수 있는 일이 거의 없었다.

아빠는 자기 아버지가 시도했던 것처럼, 달라지기를 원했다. 할아버지는 감옥에 있을 때 올랭프 드 구주*의 『여성과 여성 시민의 권리 선언』을 알바니아어로 번역하고 그 원고를 하키에게 보여 주었지만, 하키는 할아버지에게 그것을 먹게 했다. 총리를 지냈던 증조할아버지가 알바니아 여성을 위해 공식적으로 기여한 업적은 성 노동을 합법화하는 법을 제정한 것이었지만 전쟁이 끝난 직후 당은 그 법을 폐지했다. 우리는 증조할아버지의 머릿속에 관해서는 알지 못한다. 그의 머리는 폭탄에 산산조각 났고, 우

* Olympe de Gouges(1748~1793). 프랑스 혁명기에 여성에게도 참정권을 요구했던 여성 혁명가이자 극작가. 1789년 프랑스 혁명 당시 국민 의회가 채택한 「인간과 시민의 권리 선언」에 대응해 1791년 9월 14일 「여성과 여성 시민의 권리 선언」을 발표했다.

리는 어떤 경우에도 그를 떠올리는 것이 허락되지 않았다. 그럼에도 우리의 가족사는 여러 세대의 남성들이 여성의 존재는 전적으로 자신의 삶으로 축소시킬 수 없는 실체임을, 적어도 이론적으로는 인정해 왔음을 암시하고 있었다.

이것이 좀 더 일상적인 문제, 이를테면 누가 요리하고 청소할지, 또 설거지할지 등의 문제로 얼마나 잘 옮겨질 수 있는가는 별개의 문제였다. 집안일과 아빠의 관계는 양배추와 어린아이의 관계와 같았다. 아빠는 집안일을 하는 것이 자신에게 좋다는 사실을 알고 있었지만, 결국 그것 때문에 욕지기가 나기도 했다. 그나마 칭찬할 만한 것은 아빠는 자신의 천식을 핑계 삼았을 뿐 염색체를 들먹이는 일은 없었다. 아빠는 엄마를 위해 종종 자신의 어머니에게 도움을 청했다. 그러나 할머니도 나름대로 불만이 있었다. 집안일을 여자들에게 맡겨서는 안 된다고 생각했기 때문이 아니라, 하인들이 그런 일을 하는 것을 늘 보며 살았기 때문이다. 결국 아빠와 할머니 모두 고된 육체적 일은 엄마에게 의지했다. 두 분은 교육을 담당했다.

엄마는 자신의 상황이 달라졌을 수 있다는 생각은 꿈에도 하지 못했다. 엄마는 어떤 문제를 보면, 스스로 그것을 해결할 방법만 생각했을 뿐, 다른 사람에게 호소할 수 있다는 생각을 하지는 못했다. 엄마가 지닌 카리스마, 엄마가 지휘하는 권위는 엄마를 다른 사람으로부터 독립적으로 만들었는데, 때로는 그것이 지나쳤다. 엄마가 다른 여성들에게 제공할 수 있는 유일한 무기는 엄마 자신의 힘이었다. 엄마가 나에게 물려준 유일한 방어책은 자신의 본보기였다. 나는 사람들이 엄마에게 겁을 먹은 것처럼 매우 공손하게 대하는 모습을 보면서 자랐다. 엄마의 반 학생들, 우리 동네 아이들, 그리고 엄마의 자녀인 우리만 그런 것이 아니라, 남자들을 포함해 다른 어른들도 마찬가지였다. 나는 엄마의 힘이 어디에서 나오는지 궁금했고, 어쩌면 엄마는 어떤 것도 두려워하지 않았기 때문에 사람들에게 두려움을 심어 주었을 것이라고 생각했다. 하지만 내가 엄마처럼 되려고 애쓰고, 내 두려움을 통제하고 심지어 지배하려고 노력했을 때, 나는 몹시 힘들었다. 엄마는 내가 따라갈 수 없는 모델이었다. 엄마는 자신의 두려움과 싸워서 그것을 정복한 것이 아니었다. 애초에 두려움을 모르는 사람이었다.

엄마가 도우려고 했던 다른 여자들도 마찬가지였다. 남자들이 엄마에게 겁을 먹을 정도였으니, 다른 여자들이 엄마를 자신들과 동등하게 여길 리는 만무했다. 엄마는 공통의 약점, 도움의 필요성, 구조 요청을 절대 받아들이지 않을 테니까 말이다. 엄마가 제공하는 지원은 자선의 양상이었을 뿐, 결코 연대의 양상이 아니었다. 엄마에게 도덕적 딜레마, 타인에 대한 의존, 타인과 함께하는 공동의 대의 추구는 그저 집중에 방해되는 것, 자신의 목표 달성을 가로막는 무의미한 걸림돌이었다. 바로 이것이 엄마가 다른 사람들과 상의하기 어려운 이유였다. 엄마는 자신 외에는 아무도 믿지 않았다.

무엇보다 엄마는 국가를 믿지 않았다. 엄마는 평등이나 정의를 진작하는 제도의 역할에 관한 추상적 토론에 알레르기성 반응을 보였다. 어떤 것이 이래야 하는지 저래야 하는지 스스로에게 묻는 것은 애초에 잘못된 출발점이었다. 국가가 나를 위해 무엇을 해줄 수 있는지 궁금해해서는 안 되며, 다만 국가에 대한 의존도를 낮추기 위해 내가 무엇을 할 수 있는지 고민해야 한다고, 엄마는 그렇게 생각했다. 엄마는 적극적 우대 조치와 여성 할당제를 둘러싼 모든 토론은 관료주의 기관에 더 많은 조사권을 부여하고, 기생충 같은 개인들에게 부패할 기회를 더 많이 주는 방해 요인이라고 의심했다. 엄마는 결코 국가를 진보의 수단으로 보지 않았다. 엄마는 집단의 힘을 믿지 않았다.

많은 세월이 지난 후에야 비로소, 어떤 새로운 생각이 떠올랐다. 엄마는 얼마나 외로웠을까. 그와 비슷한 시기에, 결국 엄마가 특출하지 않았을지도 모른다는 생각이 스쳤다. 어쩌면 엄마와 비슷한 여자들이 수백, 아니 수천 명은 있었을 것이다. 그들은 서로의 존재를 모르는 채, 자족감에 만족해서, 서로의 용기 부족, 또는 의욕이나 투쟁 의지의 부족을 원망하며 자신들의 삶을 살아갔을 것이다. 엄마가 사람은 다른 사람과 싸울 수 있을 뿐이지 함께할 수는 없다고 확신하면서, 사회주의 국가에서 평생을 살았던 것은 제도가 실패했거나 상상력이 부족했다는 의미였다. 엄마가 모욕감을 느끼지 않을 것 같았다면, 나는 동정을 표했을 것이다.

16장

모든 것이 시민 사회의 일부다

1993년 10월의 어느 오후, 학교를 마치고 집에 돌아왔는데 할머니가 심란한 표정으로 문간에 나와 있었다. 할머니는 말없이 나를 따라다니면서, 내가 책가방과 책을 내려놓고, 실내복으로 옷을 갈아입고, 할머니가 데워 둔 미트볼을 먹을 때까지 기다렸다. 그런 후에야 거실 소파를 가리키면서 나에게 앉으라는 몸짓을 하고는 평소 할머니가 앉는 맞은편의 안락의자에 앉았다. 마침내 할머니가 느닷없으면서도 황당하게 들리는 질문을 했다.

「콘돔이 뭔지 어디에서 배웠니?」

「어디에서, 뭐를요?」 내가 되물었다. 내 반응 속도가 너무 빨랐기 때문에, 할머니는 자신이 캐고자 하는 진실을 내가 부정하고 있다고 받아들였다. 「콘돔이 뭔지 모르는데요.」

「알잖니. 네 아빠가 길에서 우연히 카젬을 만났어. 그가 너에 관해 경고했다고 하더구나. 네가 콘돔을 사용해야 한다고 말할 때, 그 아들이 거기 있었대. 교실에는 남학생이 스무 명 정도 있었다는데, 모두 너보다 나이가 훨씬 많았겠지. 심지어 그 학생들은 괜찮은 가정에서 자란 어린 여자가 그런 말을 해서 무척 당황했다는 거야. Ton père est en colère(네 아빠는 화가 났어). 무척 화가 났다고.」 할머니는 프랑스어를 섞어 가며 주장했다.

「아, 그 프랑스어 통역을 말하는 거예요? 특별히 누군가한테 한 말이 아니었어요. 그냥 프랑스 영화의 끝부분에 나온 대사를 통역하고 있었어요.」 나는 할머니가 프랑스어로 말하는 것을 듣자, 할머니가 어떤 일을 언급하고 있는지 마침내 떠올랐다.

그 말이 사태를 더욱 악화시켰다.

「네가 왜 학교에서 콘돔에 관한 영화를 통역하고 있었니?」 할머니는 계속 심문하듯 물었다.

「〈노새〉가 시킨 거예요. 전 그냥 사전에서 〈préservatif(콘돔)〉을 찾아본 거고요. 그게 뭔지는 전혀 몰라요.」 내가 대답했다.

〈노새〉는 내가 막 다니기 시작했던 중등학교 교사의 별명이었다. 그녀는 예전에 마르크스주의를 가르쳤다. 그녀가 걸을 때면 노새가 잰걸음을 걷는 듯했다. 숨을 헐떡거렸고, 마치 금방이라도 떨어뜨릴 것만 같은 무거운 배낭을 어깨에 메고 다녔다. 부모님은 그녀가 과거에 시구리미 요원이었다고 의심했다. 길에서 그녀를 볼 때마다, 부모님은 길 반대편으로 건너가곤 했다. 노새는 얼마 전 시민 사회단체에 가입했다. 그녀는 우리 소도시에 지부를 차린 외국의 NGO 두 곳을 도우면서 빈약한 교사 급여를 보충했는데, 종종 행사를 준비할 때 도우미 명단에 자기 학생들의 이름을 올렸다. 그녀가 공산주의 청년 단체를 위한 저녁 행사를 조직하고 엔베르 호자의 생일 축하 쇼를 열던 시절로부터 현재로의 전환은 매끄럽게 이루어졌다. 아빠는 일부 기술은 굉장히 잘 전수된다며 농담했다.

「왜 노새는 콘돔이 뭔지 알지도 못하는 애한테, 콘돔에 관한 영화를 통역하라고 시키는 거지?」 니니는 서서히 화를 가라앉히나 싶더니, 이번에는 당혹스러워했다.

「노새가 그 영화를 통역하라고 시키지는 않았어요. 그냥 끝부분만 통역하라고 했어요. 에이즈에 걸려 죽는 여자 얘기인데, 에이즈는 생명을 위협하는 감염병이래요. 영화 끝부분에 그 여자가 자기 얘기를 들려주거든요. 그 여자가 하는 말을 내가 전달해야 했어요. 모두가 있는 앞에 서서 〈콘돔을 사용하세요〉라고, 그 여자의 대사가 그거였거든요. 우리는 영화 전체가 아니라, 일부분만 봤어요. 아주 효율적이죠. 그 여자는 눈물을 글썽이고, 모두가 그 장면에 감동을 받았어요. 노새는 지금 〈액션 플러스〉라는 새로운 NGO의 대표예요. 그 단체의 사명은 에이즈에 관한 의식을 높이는 거래요. 우리 학교에서 두 달에 한 번씩 오후 행사를 하는데, 저번 행사 때 캠페인의 일부로서 그 프랑스 영화의 끝부분을 보게 된 거예요. 그리고 다른 친구들도 저마다 일을 할당받았어요. 베사는 러디어드 키플링의 시 〈만약에〉를 낭송해야 했고, 또 다른 아이들은 에이즈로 죽은 프레디 머큐리의 노래 〈난 자유롭고 싶어〉를 불러야 했고요. 난 그 영화의 끝부분을 통역하기로 되어 있었던 거죠. 노새가 그 영화를 제대로 이해한 것 같지는 않았지만, 매우 감동적이라고 생각한 것 같아요. 프랑스어를 할 줄 아는 사람이 나밖에 없잖아요. 액션 플러스에 기금을 지원하는 몇몇 미국인도 그 행사를 보러 왔는데, 나중에 박수를 치더니 우리의 의식 고취 캠페인이 **환상적일 만큼 고무적**이라고 했어요.」

긴 설명을 마치고 나자 숨이 가빴다. 비록 할머니에게 나의 결백을 확신시키는 데 성공했지만, 액션 플러스에 어떤 더러운 것이 있다는 의심이 들기 시작했다.

할머니는 아무 말도 하지 않았다. 할머니는 안락의자에서 일어나 내 옆으로 자리를 옮기더니, 내 생애 첫 성교육 강의를 해주었다. 할머니는 콘돔이 무엇이고, 그것이 왜 필요한지 설명했다. 나는 할머니에게 HIV에 관해 말했고, 할머니는 들어 본 적도 없는 에이즈가 어떻게 전염되는지 나와 함께 알아내려고 했다. 나는 에이즈로 죽은 유명한 사람들에 관해 말해 주었다. 예를 들어, 1961년 소련에서 서유럽으로 탈주해서 유명해진 탓에 할머니도 아는 루돌프 누레예프, 그리고 할머니가 잘 알지는 못해도 영화 「사이코」에서 노먼 베이츠 역으로 나왔다는 설명에 금방 기억해 낸 앤서니 퍼킨스 같은 사람들의 이야기였다.

「끔찍하구나. 정말 끔찍해. 그런 얘기는 처음 듣는다. 하지만 누가 알겠니, 그게 조만간 여기에도 올지.」 할머니는 믿기지 않는 듯 고개를 저으며 말했다. 할머니는 액션 플러스가 무해할 뿐 아니라 매우 필요한 조직이며, 내가 노새의 활동에 참여하는 것을 검열할 이유는 없다고 아빠를 설득하겠노라고 약속했다. 할머니는 가정 교육을 잘 받은 여성들이 혼전 성관계를 가질 가능성이 거의 없는 나라에서는 에이즈가 발생한 사례가 없었지만, 그럼에도 곧 생길 수 있다고 설명했다. 마약과 서유럽의 성도착 때문에 결국 에이즈는 우리에게도 도달한다고 가정하는 것이 안전하며, 따라서 그런 예방 조치들은 적절한 수준이 아니라 의무적이기도 하다는 것이었다.

「그게 자유야.」 할머니가 결론을 내렸다. 「지나치게 많은 자유가 가져오는 것들이 바로 그런 거지. 거기엔 좋은 것도 있고 나쁜 것도 있어. 사람들을 항상 통제하는 일은 불가능해. 모든 사람이 이 바이러스에 걸리지 않도록 하는 일도 불가능할 테지. 그래서 이런 조직들이 필요한 거 같구나. 이 모든 새로운 병으로부터, 다가오는 이 모든 재앙으로부터 우리를 보호하기 위해서 말이야. 그걸 국가에 의존할 수는 없어. 우리한테 시민 사회가 필요한 이유도 바로 그 때문이지.」

〈시민 사회〉는 최근에 정치 어휘에 새로 등장하기 시작한 용어로, 어느 정도는 〈당〉의 대체물이었다. 시민 사회가 동유럽에 벨벳 혁명을 가져왔다고 알려져 있었다. 그것은 사회주의의 쇠퇴를 더욱 앞당겼다. 우리의 경우, 그 용어는 벨벳 혁명이 이미 완결되었을 때 유행하게 되었다. 아마도 처음에는 가능하지 않을 것 같던 일련의 사건에 의미를 부여하기 위해서, 그다음에는 의미를 갖기 위한 꼬리표를 붙이기 위해서였을 것이다. 그 용어는 새로운 핵심 단어들의 대열에 합류했다. 〈민주 집중제〉를 대체한 〈자유화〉, 〈집산화〉를 대신한 〈민영화〉, 〈자기비판〉을 대신한 〈투명성〉, 그대로 남아 있기는 하지만 사회주의에서 공산주의로 가는 대신 지금은 사회주의에서 자유주의로 가는 것을 가리키는 〈전환〉, 그리고 〈반제국주의 투쟁〉을 대체한 〈부패 척결〉 등이 그것이었다.

이런 새로운 관념들은 모두 자유와 관련이 있었지만, 개인의 자유에 관한 것이었지 집단의 자유에 관한 것은 아니었다. 집단은 그새 더러운 단어가 되어 있었다. 한편에는 가시지 않는 의심이랄까, 문화적 기억의 잔여물 같은 것이 있었다. 사회적 통제가 없이 개인적 자유가 더 커진다면, 개인이 스스로를 해칠 자유를 수반할 수 있다는 것이었다. 이제 그 사회적 통제를 더 이상 국가에 맡길 수 없다는 가정이 존재하고 있었다. 시민 사회를 포용해야 할 필요성은 더욱 다급해졌다. 시민 사회는 국가의 밖에 있지만, 국가를 대신할 수도 있는 어떤 것이어야 했다. 그리고 유기적으로 등장한다고 여겨지지만, 자극할 필요도 있었다. 아울러 몇몇 차이는 결코 해결될 수 없다는 것을 인정하면서도 조화를 가져와야 했다. 시민 사회는 서로 다른 수많은 공동체 집단과 조직으로 이루어져 있었다. 그런 단체들은 사회주의 시절의 대기 줄에서 우정이 싹트듯 생겨나기도 했고, 더러 지역 주도의 결과로 생기기도 했다. 하지만 대부분은 외국 친구들의 도움으로 만들어졌다. 종종 듣는 바에 의하면, 우리 나라의 문제 중 하나는 제대로 기능하는 시민 사회가 없다는 것이었다. 과거에는 시민 사회가 있었는데, 자기 아이들이 태어나는 순간 삼켜 버리는 크로노스처럼 당이 그것을 잡아먹어 버렸다는 것인지, 아니면 우리가 처음부터 새로 그것을 만들어야 한다는 것인지는 분명하지 않았다. 어떤 경우든 그 두 가지가 모두 필요한 것처럼 진행하는 편이 더 안전하게 느껴졌다. 크로노스더러 아이들을 토하게 하고 활기찬 사회생활을 만드는 것이다. 개인들이 자발적으로 조직하고, 아이디어를 교환하고, 서로 상호 작용을 하며 상호 학습과 상업적 거래를 위한 공간을 창조할 수 있을 뿐 아니라, 다가오는 위험으로부터 스스로를 보호할 수 있는 사회생활 말이다.

나의 십 대는 시민 사회에서 과잉 행동주의를 보인 시기였다. 많은 사람이 그랬듯, 나는 그것의 혜택을 모르지 않았다. 그 혜택은 정신적이기도 했고 물질적이기도 했다. 예를 들어 〈열린 사회 재단〉의 토론 팀과 있으면, 〈사형은 정당하다〉와 같은 발의로 토론하면서 미국 수정 헌법 제8조에 관해 배울 수 있었고, 또 〈열린 사회는 열린 국경을 요구한다〉와 같은 주제로 토론하면서 세계 무역 기구의 기능에 관해 배울 수도 있었다. 에이즈에 관한 액션 플러스의 정보 캠페인 덕분에 스포츠 궁전의 옛 탁구실에서 공짜 땅콩을 먹고 코카콜라를 마시며 오후 시간을 때울 수 있었다. 〈에스페란토 친우회〉는 파리 여행을 약속했다. 적십자에 나가서 가난한 사람들에게 식료품을 나누어 줄 때 얼쩡거리면, 무료로 쌀 한 포대를 얻을 수 있었다. 이 쌀은 우리가 이웃들에게서 꾸었던 쌀과는 달랐다. 첫째, 쌀이 더 많았다. 둘째, 그 쌀은 서유럽산이었다. 그리고 셋째, 언제까지 그 쌀을 먹어야 한다는 〈사용 기한〉이 쓰여 있었는데, 보통은 일주일이 남아 있었다.

내 친구 마르시다는 코란 독서 모임에 들어갔다. 마르시다의 가족은 **블로러호**를 타고 알바니아를 떠났지만, 다른 사람들과 마찬가지로 도로 보내졌다. 마르시다의 아빠는 구두 공방이 나이트 클럽으로 바뀌면서 일자리를 잃었고, 결국 그 아버지의 발자취를 따라 이맘*이 되기 위한 훈련을 받기로 했다. 마르시다는 나에게 〈수라 알이클라스Surah Al-Ikhlas〉를 가르쳐 주었다. 〈**가장 은혜롭고 가장 자비로우신 알라의 이름으로, 알라는 유일하며 나눌 수 없습니다, 알라는 우리 모두가 의지하는 분입니다, 그는 후손이 없고 태어나지도 않았습니다, 그분과 견줄 만한 사람은 없습니다Bismillah Hir Rahman Nir Raheem, Que huwa Allahu ahad, Allahu assamad, Lam yalid walam yulad, Walam yakullahhoo, kufuwan ahad.**〉 마르시다가 말하기를, 코란에서 배워야 할 최고의 장(章)은 신의 속성, 즉 통일성, 권위, 영원함에 관한 이 선언이었다. 그 장을 소리 내어 읊는 데 12초가 걸렸지만, 예언자에 따르면 그 장을 암송하는 것은 코란의 3분의 1을 아는 것과 같았다. 마르시다가 그것을 번역해 주었고, 알라는 우리가 의지하는 분이라는 것을 알게 된 나는 그 무슬림 신에 관해 더 많은 이야기를 듣고 싶어서 모스크에 나가기로 했다.

「아빠가 일자리 구하게 해달라고 기도했어?」 아빠는 내 시민 사회 활동 목록에 모스크를 추가했다는 말을 듣고 농담했다. 「기도는 도움이 되지 않을 거예요. 아빠는 CV의 폰트를 바꿀 필요가 있어요. 타임스 뉴 로만체에서 가라몽체로 바꾸세요.」 내가 대답했다.

효과가 있었다. 그것이 기도 때문인지 폰트 때문인지 몰라도 — 어쩌면 엄마의 새로운 정치적 연출 때문인지도 모르지만 —

* 이슬람 교단의 지도자.

나의 열네 살 생일 무렵, 아빠에게 일자리 제안이 들어왔다. 아빠는 국영 기업 플란텍스의 관리자로 취직했다. 예전에는 약용 식물 수출을 담당했지만, 이제 막대한 부채를 줄여야 하는 목표를 당면하고 있는 곳이었다.

아빠는 전임자가 모든 정리 해고를 처리했다는 확언을 여러 번 받은 후, 그 일자리를 수락했다. 아빠는 새로운 전망에 흥분했고, 도전을 받아들일 준비가 되어 있다고 느꼈다.

아빠는 플란텍스에 취직하기 몇 주 전, 로널드 레이건이 지미 카터를 이겼던 1980년 11월 4일에 빌렸던 돈을 겨우 갚았다. 내가 날짜를 정확하게 기억하는 이유는 외삼촌이 마지막으로 빌린 돈을 우리 가족이 그렇게 기록했기 때문이다.

지금 돌이켜 보면, 나무를 심는 일에서 돈을 마련하는 일로 바뀐 아빠의 직업 전환은 피노키오를 욕망의 놀이공원에 보낸 것과 약간 비슷하다는 느낌이 든다. 그러나 아빠의 자신감에는 특별히 거만하거나 유별난 것은 없었다. 금융에 대한 아빠의 태도는 나라 전체가 공유하는 것이었다.

1993년에는 우리에게 모아 둔 돈이 없었다. 친척과 이웃들 사이에 돈을 빌리는 일은 서서히 사라지고 있었다. 이제 해외여행이 가능해졌고, 전에는 드문 일이었지만 저축한 돈을 **소비**할 가능성도 있었기 때문이다. 한편으로는 사람들의 수입이 서로 크게 달라지기 시작했고, 따라서 누군가의 집 문을 두드려 도움을 청한다면 곧 패배자로 낙인찍힐 위험이 있었다. 이른바 〈직장 복권〉, 즉 동료들이 세탁기나 텔레비전을 사는 데 보탬이 되도록 급여에서 분담금을 공제하는 자발적 형태의 신용 역시 사라지고 있었다. 개인적인 거래는 익명화되었고, 대출 회사와 보험 회사는 증가하고 있었다. 우리 가족은 돈을 예금하거나 대출을 받을 만큼 그런 회사들을 신뢰하지 않았다. 「다들 『세자르 비로토』에 나온 파산에 관한 장을 기억하지?」 할머니는 마치 발자크의 『인간 희극』에 나오는 허구의 인물들에 대한 인용이 신용 시스템의 부도덕성을 뒷받침하는 결정적 증거라도 된다는 듯 말했다. 그 주제에 관한 엄마의 견해는 더욱 미묘했다. 엄마는 과거에 외가가 그랬듯이, 우리도 부동산이 있다면 괜찮을 것이라고 제안했다. 나중에 엄마는 생각을 바꾸었지만, 한동안 할아버지의 낡은 외투 안주머니에 우리가 모은 푼돈을 보관했다. 〈행운을 가져오기 위해서〉였다.

그 외투는 자본주의에서도 사회주의였을 때와 똑같은 방식으로 작동한 몇 안 되는 것 중 하나였다. 우리는 빚을 지지 않으려 애썼다. 할머니는 아이들을 상대로 프랑스어와 이탈리아어를 가르치기 시작했다. 할머니가 여느 사람들처럼 노래와 영화를 통해 그 언어들을 배운 것이 아니라, 프랑스 고등학교에서 공부했다는 소문이 곧 퍼져 나갔다. 그 결과, 할머니가 만족스러운 정도를 넘어설 만큼 많은 개인 교습 요청이 들어왔다. 우리의 침실은 교실로 탈바꿈했다. 접는 탁자와 의자들, 이젤, 분필까지 있었고, 그것이 묘사하는 행동에 불멸성을 부여하려는 것처럼 칠판 위에는 동사 활용형들이 영구적으로 써 있었다. 〈je viens d'oublier, tu viens d'oublier, il/elle vient d'oublier(나는 방금 잊었다, 너는 방금 잊었다, 그/그녀는 방금 잊었다).〉 나는 마치 학교 영주권을 얻은 느낌이었다. 아빠는 수업이 끝날 때마다 현금을 걷었고, 은혜와 권위를 섞어서 미납금을 요구했으며, 과거의 아빠와는 전혀 연관시키지 못할 절제된 검소함으로 재정을 관리했다. 할머니는 아빠에게도 엄마 못지않은 타고난 사업 수완이 있다고 생각했다. 그러나 사실 아빠는 빚이 두려웠다. 아빠는 빚은 다른 모든 것과 마찬가지로, 사회주의에서는 잠을 자다가 자본주의에서는 깨어 있는 맹수 같다고 말했다. 그것이 우리를 죽이기 전에, 우리가 그것을 죽여야 했다. 아빠는 우리가 빚진 돈을 전부 갚을 때까지 쉬지 않았다. 일단 한 종의 맹수를 제거하고 나면, 다음번 맹수에 맞설 준비가 되어 있다고 느끼는 듯했다. 따라서 아빠가 이제 열정을 쏟을 영웅적 임무는 플란텍스를 구하는 것이었다.

엄마는 아빠를 위해 중고 시장에서 작고 하얀 코끼리들이 그려진 검은색 타이를 사 왔고, 할아버지가 예전에 입던 재킷과 바지를 수선했다. 아빠의 첫 출근 날, 그때까지 한 번도 종교적 성향을 드러낸 적 없는 할머니는 아빠가 집을 나서기 전에 코란에 세 번 키스하게 했다. 〈그저 안전을 위해서〉였다. 최근 우리의 재정과 넥타이의 코끼리들, 아빠가 출근하면서 입은 행운의 옷차림, 그리고 알라신에게 바치는 존경 사이에 불행이 닥칠 수 있는 유일한 전선 하나가 남아 있었다. 바로 아빠의 부족한 영어 실력이었다.

처음에 그것은 사소한 걱정거리로 보였다. 아빠는 알바니아어 외에도 다섯 개 언어에 능통했다. 아빠는 어릴 때 프랑스어를 배워서, 나머지 식구들처럼 유창하게 구사할 수 있었다. 밀반입한 루이지 피란델로의 단편집 『1년 동안의 소설』을 읽으며 이탈리아어를 통달했고, 우리 나라가 아직 모스크바와 좋은 관계를 유지하던 시절에 러시아어 대회에 나가 우승했다. 아빠는 러시아어를 바탕으로 유고슬라비아 텔레비전의 도움을 받아 세르보크로아트어와 마케도니아어를 독학했으며, 마케도니아어는 불가리아어만큼 할 줄 안다고 큰소리쳤다. 하지만 아빠는 이 언어 중 어느 것도 자신이 저지른 일생일대의 실수, 즉 영어를 배우지 못한 것을 보상해 주지 않는다는 사실을 알 수 없었을 것이다. 아빠는 나머지 언어들에서 아무런 위안도 얻지 못했을 뿐 아니라, 자신이 그 언어들에 유창한 것은 악의적인 세력이 조종했기 때문이라고까지 생각했다. 그들이 아빠가 진정 배워야 했던 유일한 언어인 영어에서 아빠를 멀어지게 만들었다고 여겼다. 「텔레비전에서 〈가정에서 배우는 외국어〉를 보기만 했어도, 〈이센시헬〉을 공부하기만 했어도…….」 아빠는 종종 머리를 감싸 쥐고 나에게 말했다.

「〈외국 학생을 위한 에센셜 잉글리시〉예요.」 내가 정정해 주었다.

그 말에 아빠는 더욱 역정을 냈다. 「넌 운이 좋았던 거야, 브리가티스타. 네가 학교에서 영어를 배우게 된 건, 우리가 이미 소비에트와 갈라섰기 때문이야. 난 러시아어만 배웠다고.」 영어는 아빠의 새로운 악귀였으며, 밤새 잠 못 들게 만드는 악몽이었다. 「머지않아 그들이 도착해. 외국인 전문가들 말이야. 그들이 곧 여기 오는데, 난 소통할 수 없을 거야. 난 정부가 바뀌는 즉시 잘릴 거야. 내가 알아. 난 영어를 못하니까.」 아빠는 떨리는 목소리로 말했다.

「하지만 자포, 배우면 되잖아. 그리고 넌 프랑스어를 할 수 있잖니. 너도 알다시피 브뤼셀은 중요해. 우리는 곧 유럽 연합에 가입하니까 말이야. 프랑스어를 배우는 사람은 아직도 많아.」 할머니가 상냥하게 말했다.

「그럼요. 프랑스 사람들은 여전히 배우죠. 그들은 프랑스어를 두 번 배워요. 일단은 모국어로 배우고, 두 번째는 외국어로 배우고.」 엄마가 아빠를 놀렸다. 엄마는 기초 영어를 어느 정도 할 줄 알았기 때문에 우월감을 느꼈다. 엄마는 전쟁이 일어나기 전에, 부잣집 여학생들을 위한 미국 기숙 학교에 다녔던 외할머니 노나 포지 덕분에 영어를 배웠다. 「하지만 맞는 말씀, 영어를 배워요! 걱정하느라 시간 낭비를 하지 말고요.」 엄마가 명령했다.

평소 아빠는 걱정하면서 〈시간 낭비〉를 하지는 않았다. 그 반대였다. 아빠는 일단의 걱정에서 다음의 걱정들로 떠다니면서, 오히려 시간의 흐름을 구분하고, 사건들을 구조화하고, 기대를 형성했다. 걱정은 아빠의 존재에서 기본 조건, 그러니까 숨 쉬고 자는 것만큼이나 자연스러운 고충이었다. 아빠는 비록 영어보다 훨씬 덜 중요한 것에 성패가 달렸더라도, 새로운 직장에서 불안감을 느낄 이유를 찾아냈을 것이다. 아빠가 걱정했던 것은 영어로 인한 문제가 아니라, 아무도 안심시켜 줄 수 없다는 사실이었다. 영어가 중요하지 않다고 말해 줄 수 있는 사람은 없었다.

처음에 아빠는 과거에 해오던 방식으로, 그 도전을 마주했다. 일단 사전을 구하고 번역할 책 한 권을 골랐다. 아빠의 노력은 곧 실패로 끝났다. 아마도 자신이 아는 언어에 기대어 진도를 나갈 수 없다는 것을 깨달았기 때문일 것이다. 아니, 어쩌면 문제의 그 책이 반세기 후 아빠에게 굴욕을 안겨 주기 위해 가족 소유물에서 몰수를 모면한 듯한 『셰익스피어 전집』의 19세기 고급 판본이었기 때문일 수도 있다.

나는 아빠에게 내가 등록한 오후 영어 프로그램을 권유했다. 〈케임브리지 스쿨〉이라는 그 프로그램은 무료 강의였다. 그 대신 영국 내 임의의 주소로 50~60통의 편지를 써 보내야 했다. 그 강의를 듣는 사람은 전화번호부를 복사한 종이들이 담긴 꾸러미를 받았고, 그곳에서 수신인을 선택할 수 있었다. 편지에 자기와 가족을 소개하고, 사진 한두 장을 첨부하고, 해외 친구를 사귀고 싶다는 바람을 표현하고, 영어 강좌를 후원할 돈을 요청해야 했다. 나에게는 〈F〉 자가 할당되었다. 답장을 받은 다음의 단계를 나는 알 수 없었다. 답장을 받은 적이 없었기 때문이다. 그것은 바다에 안약을 던지는 일과 같았다. 몇몇 수강생이 재정적 후원자를 구했다거나, 아니면 영국을 방문하거나 영국에서 공부하라는 초대를 받았다는 소문이 돌았다. 그러나 누구도 그 증거를 보지는 못했다. 그런 초대를 받은 사람들은 그들보다 운이 없는 누군가가 〈후원자의 주소를 훔쳐〉 갈까 봐 강의실에 편지를 가져오지 않았다. 나는 영어 실력이 향상되는 혜택만 얻었다. 각각의 편지는 서로 달라야 했는데, 이는 궁극적으로 똑같은 기본 사실을 표현하기 위한 다양한 어구를 찾는 데 도움이 되었다. 아빠도 열광했다. 그러나 아빠가 등록을 하려고 하자, 그 프로그램은 아동과 청소년만 등록할 수 있다고 했다. 알바니아의 중년 남성이 보낸 편지는 답장을 받을 가능성은 별로 없다는 이유였다. 말할 것도 없이, 그 소식은 아빠를 더 큰 실의에 빠뜨렸다.

하지만 퇴근을 하고 집으로 오는 버스에서 젊은 미국인들을 우연히 만나면서, 아빠에게 희망이 찾아왔다. 「아마 해병대원일 거야.」 아빠가 말했다. 마린스, 아빠가 그들이 그렇게 자신들을 소개하는 것을 들었기 때문이다. 그들의 검은색 배낭, 몸에 꼭 맞는 바지, 빳빳하게 다림질한 흰색 셔츠, 깨끗하게 면도한 얼굴, 짧고 흠잡을 데 없이 단정한 머리 등에서 풍기는 규율만 보아도 알 수 있었다. 그들이 아빠에게 다가와서 길을 물었고, 아빠는 한 마디도 알아들을 수 없다고 설명했다. 아마 아빠가 처한 그런 곤경에서 느낀 슬픔도 그들에게 전달된 모양이었다. 그들은 종이에 무언가를 쓰더니 아빠의 주머니에 넣어 주었다. 무료로 들을 수 있는 영어 수업 야간반을 만들었으니 아빠에게 등록하라고 권유한 것이었다.

아빠는 기회를 놓칠세라 그 수업에 합류했고, 굉장히 만족스러워했다. 지금은 이맘이 되기 위해 훈련받고 있는 우리의 이웃이자 제화공인 무라트를 비롯해 아빠가 아는 사람들을 그곳에서 만났다. 아빠는 원어민들로부터 매우 빠른 속도로 영어를 습득하고 있었다. 또 그 수업에서 사용하는 교재들도 나름대로 흥미롭다고 했다. 아빠는 말일성도 예수 그리스도 교회라는 것에 관해 배웠고, 한 번도 들은 적 없는 새로운 교리에 관해서도 배웠다. 이슬람처럼, 그것도 일부다처제를 허용했다. 아빠가 말하길, 수업 중의 논쟁은 늘 심오하고, 매우 실질적이었으며, 초등부 영어 수업에서 나올 법한 사소한 부류의 토론은 전혀 없었다고 했다. 몇몇 수강생은 예언자 마호메트의 우월성을 옹호했다. 자신이 하느님의 아들이라고 주장하는 예수와는 달리, 마호메트에게는 그런 무모함이 전혀 없었다. 마호메트는 많은 예언자 중 한 사람일 뿐이지만, 가장 나중이고 따라서 가장 옳다는 이점이 있다고 주장했다. 아빠는 누구의 편도 들지 않았다. 이성의 문제와 신앙의 문제는 같은 기준으로 판결할 수 없다는 글을 어디선가 읽었던 것이다. 하지만 아빠는 경청하고 중재하는 것을 즐겼다. 그 수업에서 몇몇 사람은 말일성도에 대한 비판에 꽤나 공격성을 보이기도 한다고 아빠가 설명했다. 무라트는 청소년 센터로 바뀌었다가, 최근에 사우디아라비아의 무슬림 친구들의 도움으로 새롭게 개조한 옛 모스크를 점검하는 자리에 그 해병대원들을 초대했다.

아빠는 그들은 사실 해병대원, 즉 마린스가 아니었다는 사실을 알게 되었다. 아빠의 영어 이해력이 형편없어서, 버스에서 잘못 들었던 것이다. 그들은 모르몬스, 즉 모르몬교도였다. 그들은 자기네들이 선교사라고 했지만, 그 선교의 정확한 성격과 관련해서는 우리 가족 내에서 약간의 논쟁이 있었다. 아빠는 그들이 영어를 가르치고 싶어 할 뿐이라고 생각했다. 니니는 만약 영어를 가르치고 싶은 것이라면, 자신들을 선교사가 아니라 교사라고 할 것이라고 주장했다. 선교사라고 하는 이유는 그들의 임무가 사람들을 그들 종교로 개종시키는 것이기 때문이라고 말이다. 「그 모든 것이 시민 사회의 일부예요.」 이것은 엄마가 그 논쟁에 기여한 말이었다. 마치 그 한마디를 언급하기만 해도, 모든 종교 논쟁을 끝낼 수 있다는 듯했다.

「딱한 청년들이네.」 할머니가 한숨을 쉬었다.

「정말 딱한 청년들이죠. 하지만 그들이 사람들을 개종시키려 한다는 말은 전혀 옳지 않아요. 그들은 그 수업에서 소수 집단이고, 항상 자신들을 방어해야 하거든요. 오히려 무라트와 그 친구들이 그들을 이슬람으로 개종시키려 하고 있어요.」 아빠가 그렇게 대답했다.

「내 말이 그 말이에요. 그게 다 토론의 일부라니까요.」 엄마가 말했다.

「딱한 청년들.」 니니가 반복했다.

그날부터 아빠가 영어 수업에 갈 때마다, 할머니는 아빠가 〈그 딱한 청년들〉을 보러 갔다고 말하곤 했다.

17장

악어

한편 아빠는 〈딱한 남자〉와도 영어를 연습했다. 그의 이름은 빈센트 반 데 베르그였는데, 처음에는 다들 〈악어〉라고 불렀다. 헤이그에서 태어난 그는 평생의 대부분을 외국에서 살았다. 그 역시 일종의 선교사였다. 그는 세계은행에서 일했다. 그러나 배낭에 성서를 넣고 다니지는 않았다. 성서 대신 분홍색 『파이낸셜 타임스』를 들고 다녔다. 그가 그 신문을 넣고 다니는 작은 가죽 가방에는 멋진 컴퓨터도 들어 있었다. 내가 태어나서 처음 본 컴퓨터였다. 그는 다양한 민영화 프로젝트에 관해 정부에 조언하기 위해 알바니아에 온 사람으로서, 〈전문가〉였다. 우리가 곧 만나게 될 것이라고 아빠가 정확히 예측했던 그런 전문가 말이다. 아빠가 빨리 영어를 배워야 한다고 느낀 계기도 그 때문이었다.

반 데 베르그는 전환기 사회 전문가였다. 그 또한 나름의 전환기 속에 살고 있었다. 그는 한 전환기 사회에서 다음의 전환기 사회로 늘 이동하고 있었다. 얼마나 많은 나라에서 지냈던지, 내가 기억하건대 그에게 수입을 물었을 때보다도 그가 더 당황했던 유일한 질문은 이것이었다. 〈전에는 어디서 살았어요?〉 그는 자신이 방문했던 그 많은 장소의 이름을 대지 못했다. 가볍게 어깨를 으쓱하고는, 눈을 가늘게 뜬 채 말없이 허공을 바라보았다. 그는 마치 구름이 지구본 모양으로 모여서, 그가 거쳐 온 그 많은 나라를 보여 줄 지도를 그리기를 기다린다는 듯 지평선을 응시했다. 그는 머리를 긁적였고, 후회와 미안함 사이의 알 수 없는 엷은 미소를 지으며 거의 얼굴을 붉혔다.「아, 아주아주 많은 나라에 살았죠. 아프리카, 남아메리카에 있는 나라, 동유럽에 있는 나라, 지금은 발칸반도에 있는 나라, 전부 다요. 난 세계 시민이거든요.」

반 데 베르그는 군데군데 짧은 회색 머리가 있기는 했지만 대체로 대머리였고, 얇은 은테의 커다란 안경을 걸치고 있었다. 또 짙은 색 청바지와 미국 해병대원들이 입은 것과 약간 비슷해 보이는 반팔 셔츠를 입고 있었는데, 다만 주머니가 있어야 할 자리에 작은 악어가 있었다. 천으로 만들어진 그 악어는 항상 같은 방향을 바라보고 있었고, 입을 크게 벌린 채 몸에 비해 어울리지 않게 큰 이빨을 날카롭게 드러내고 있었다. 그는 셔츠를 자주 갈아입었다. 날마다 다른 색의 셔츠를 입었지만, 그 악어는 그대로 있었다. 그는 자신이 방문했던 모든 이국적인 곳을 떠올리게 해주는 악어를 좋아하는 모양이라고, 나는 농담했다. 아빠는 그 악어 때문에 사람들이 반 데 베르그를 더 잘 알아볼 것 같다고 대답했다. 반 데 베르그가 우리 동네에 살기 위해 왔을 때, 모두가 그를 〈악어〉라고 불렀다. 그러다 그에게 〈딱한 남자〉라는 별명을 안겨 준 사건이 벌어졌다.

반 데 베르그를 우리 골목에 데려온 사람은 플라무르였다. 두 사람은 플라무르가 소매치기를 일삼던 식료품 시장에서 만났다. 자기 엄마가 다니던 공장이 문을 닫고, 이 나라를 뜨려는 여러 번의 시도가 실패로 끝나게 된 플라무르는 어쩔 수 없이 학교를 중퇴하게 되었고, 그 소매치기 일을 천직으로 삼았다. 그는 반 데 베르그의 지갑을 훔치려 시도하다가, 자신이 무엇을 맞닥뜨렸는지 깨달았다. 전환기 관리 전문가 반 데 베르그는 자기 주머니 안에서 움직이는 물체를 식별하는 데에도 그에 못지않은 전문가였다. 「지갑은 원래 자리에 두었어. 그러고는 시치미를 떼고, 시장에서 도움이 필요하냐고 물었지. 그를 여러 가판대에 데리고 다녔지. 이제 막 도착해서 세 들어 살 집을 구하고 있다고 하더라. 그래서 우리 집을 제안했지.」 나중에 플라무르가 설명했다.

그렇게 플라무르의 집을 보러 갔고, 반 데 베르그는 그 집의 외관을 마음에 들어 했다. 그가 언제 들어갈 수 있냐고 물었는데, 플라무르는 현재 세입자들이 곧 나가기로 약속했다며 길어야 일주일 이내라고 대답했다. 그 한 주 동안 우리는 플라무르와 그의 엄마 슈프레사를 도와, 모든 세간살이를 시모니 가족의 셋방으로 옮겼다. 옆집에 살던 시모니 가족이 이탈리아로 이민을 간 뒤에, 그 집을 빌려 쓰기로 했기 때문이다. 그로 인한 차액으로 돈이 생긴 데다 슈프레사가 반 데 베르그에게 청소와 요리를 해주는 서비스를 제공한 덕에 플라무르는 복학할 수 있었다. 플라무르는 학교에 오면 그 네덜란드 남자의 활동을 소상히 보고했다. 악어는 아침 일찍 나가, 악어는 저녁 식사에 외국인들만 초대하는데 알바니아인은 초대한 적이 없어, 악어는 정원에서 친구들과 저녁 식사로 샐러드를 먹었어, 악어가 말하기를 그것이 그리크 샐러드를 떠올리게 한대, 악어는 이탈리아 가톨릭 학교에서 일하는 젊은 여자와 데이트를 하다가, 다음엔 그 여자의 친구인 소로스 재단에서 통역 일을 하는 여자와 사귀었어, 악어가 어젯밤 빨랫줄에 널었던 속옷을 도둑맞았대, 하는 식이었다.

악어는 플라무르의 집에 이사를 한 지 몇 주가 지난 후부터 〈딱한 남자〉로 불리기 시작했다. 그가 우리 골목에 살게 된 일을 환영하기 위해, 이웃들이 모여서 준비한 첫 번째 만찬이 그 계기가 되었다. 그는 사실 딱한 사람이 아니었다. 적어도 우리가 짐작하기로는 그랬다. 만약 그가 매우 가난했다면, 모두가 그랬던 것처럼 우리 나라를 떠나려고 했을 것이다. 이 나라에 눌러살려고 오지는 않았을 것이다. 모두들 악어가 매우 부자라고 추정했다. 그러면서도 매우 인색하다고 여겼다. 그는 길에서 누군가를 만났을 때 무언가를 주는 법이 없었다. 우리가 어렸을 때 마주쳤던 그 모든 관광객과는 달리, 추잉 껌 하나, 사탕 한 알 내밀지 않았다.

반 데 베르그를 환영하는 만찬은 즐거운 행사로 시작되었다. 우리는 과거에 늘 그랬던 것처럼, 파파스 부부네 마당에 식탁과 의자를 놓았다. 여느 때와 다름없는 떠들썩한 분위기가 이어졌다. 아이들은 식기와 접시를 가지러 달려갔다 오기를 반복했고, 개들은 식탁 밑을 뒤졌고, 확성기에서는 음악이 흘러나왔다. 서로 다른 집에서 만든 여러 코스의 메제가 나왔고, 그와 함께 비렉,

미트볼, 소를 채운 피망, 가지구이, 올리브, 다양한 요거트 소스, 양고기 꼬치, 튀르키예 과자, 바클라바, 카다이프,* 맥주, 와인, 슬리보비츠,** 포도 라키, 우조,*** 튀르키예 커피, 에스프레소, 허브차, 중국차, 그리고 아주아주 많은 캔 음료, 코카콜라뿐 아니라 이제 막 가게에 등장하기 시작했던 온갖 소프트드링크 캔이 있었다. 플라무르는 디제이 역할을 자청하고는 베란다 꼭대기에 앉아서, 모두의 스타일과 취향을 만족시키기 위해 끊임없이 카세트테이프를 바꿔 끼웠다. 그러다 레퍼토리에 틈이 생길라치면 어린아이들에게 더 많은 카세트테이프를 가져오라고 시켰다. 댄스 플로어는 저녁 내내 빌 틈이 없었다. 전통적인 라인 댄스에 합류하기 위해 일어난 이들이 있는가 하면, 코사크 노래가 들릴 때만 일어나서 펄쩍펄쩍 뛰는 이들도 있었고, 「아름답고 푸른 도나우」 연주가 나오자 식탁 뒤편에서 이미 짝을 이룬 채 우아하게 등장하는 이들도 있었으며, 아빠처럼, 빌 헤일리나 엘비스 프레슬리의 노래가 나와야만 춤을 추려는 이들도 있었다. 춤을 추지 않으면, 사람들은 노래를 불렀다. 「검은 눈동자」부터 비틀즈의 「렛 잇 비」까지, 알 바노와 로미나 파워의 「펠리치타」부터 그나마 원곡의 가사를 어느 정도 비슷하게 부를 수 있었던 유일한 노래인 「룰레보레」까지 불렀다.

반 데 베르그는 정원 한가운데에 있는 탁자에, 만약 결혼식이

* 필로 반죽을 가느다랗게 잘라 견과류를 넣고 말아서 만든 파이.

** 자두 와인을 증류해서 만든 브랜디.

*** 아니스 열매로 담은 식전용 술.

었다면 신랑과 신부가 앉았을 자리에 앉아 있었다. 그는 노래를 부르거나 춤을 추지는 않았지만, 탁자를 두드리며 리듬에 맞추어 좌우로 머리를 흔들었고, 아는 노래를 흥얼거렸다. 그는 만족스러운 듯 보였다.「가나의 파티가 떠오르네요.」그가 말했다. 남자들은 차례로 자기소개를 하고, 격렬하게 그와 악수하고 그의 등을 쳤다.「환영해요, 빈센트! 라키 한 잔 더 들어요! 내가 빚은 겁니다.」누군가는 그렇게 말했다.「이번 잔은 당신의 건강을 위하여!」다른 누군가는 그렇게 덧붙였다. 그리고 이렇게도 말했다.「네덜란드 출신이라고요, 맞아요? 이번 잔은 알바니아와 네덜란드의 우정을 위하여!」그리고 이렇게도.「마셔요, 빈센트! 세계은행 만세! 아메리카 만세!」

밤이 깊어지면서 여자들이 주도권을 쥐었다. 여자들은 남자들만큼 시끄럽지는 않았지만, 그에 못지않게 성의를 다해 반 데 베르그가 환영받는다고 느끼도록, 활기를 띠어 가는 토론에 계속 참여했다. 무엇보다 그가 음식을 충분히 먹게끔 신경 썼다.

「빈센트, 고기와 양파를 넣은 비렉은 맛보셨어요?」누군가가 물었다.「정말 맛있네요. 전에 사모사*를 먹은 적이 있는데, 그건 좀 더 매웠어요.」반 데 베르그가 대답했다.「**사모바르**?** 그게 뭐죠? 러시아 음식, 맞죠? 여기, 미트볼을 토마토소스랑 같이 드셔보세요. 미트볼은 그렇게 먹어야 제맛이죠. 아니, 그거 말고요, 빈센트. 그 소스는 다 식었어요. 여기 이 소스랑 함께 드셔야 해요.

* 튀긴 만두 비슷한 인도식 페이스트리.

** 찻물 끓일 때 쓰는 러시아 주전자.

아니면 저 요거트 소스나, 이거요. 이게 훨씬 나아요. 레우슈카, 가서 막자사발이랑 막자 가져와라. 후추 가는 걸 깜빡했구나. 빈센트가 저걸 후추랑 함께 먹어야 하는데…….」

식사의 중간쯤 되자, 반 데 베르그는 피곤해 보였다. 탁자를 두드리는 횟수가 줄었고 배가 아픈 것처럼 한 손으로 배를 쥐고 있었다. 사람들은 계속해서 그에게 어디서 살았는지 물었고, 어떻게 알바니아에서 일을 구했는지 알고 싶어 했으며, 그의 가족 상황에 관해 질문했다. 「헤이그에서 태어났다고 그랬죠? 내 사촌이 헤이그에 살아요. 1950년대에 유고슬라비아 국경을 통해 이 나라를 떠났어요. 사촌 이름이 기에르기예요, 기에르기 마시. 거기에서는 요리스라고 부를 텐데, 혹시 만난 적 있어요? 요리스, 요리스 마시. 물론 지금은 죽었을지도 모르지만…….」 반 데 베르그는 고개를 저었다. 그는 보일 듯 말 듯 미간을 찌푸렸고, 아까보다 덜 웃었지만 아무도 눈치채지 못한 것 같았다.

얼마 후 그가 일어서더니 화장실이 어디에 있냐고 물었다. 여러 명의 남자가 그와 동행해서 안으로 들어갔고, 이어서 그의 볼일이 끝나자 그와 함께 나왔다. 그가 자리에 앉자 도니카가 물었다. 「빈센트, 결혼 안 했다고 했죠? 어째서요? 나이가 아주 많지는 않네요. 몇 살이라고 했죠? 걱정 말아요, 사랑스러운 알바니아 여자를 만날 수도 있잖아요. 알바니아 여자들은 아주 예쁘답니다. 일도 아주 열심히 하고! 자, 바클라바 좀 드세요. 내가 직접 만든 파이예요. 안에 호두가 들었죠.」 반 데 베르그는 도니카의 권유를 정중히 거절했다. 「땅콩이 든 건 먹어 봤지만, 호두가 든 건 안 먹어 봤네요. 하지만 지금은 배가 불러서요, 감사합니다.」 도니카가 대답했다. 「배부르다고요? 배부르지 않으면서! 당신처럼 몸집이 큰 남자가 배부르다니! 혹시 더워서 그런가? 재킷 좀 벗을래요? 먹을 게 얼마나 많은지 보세요. 슈프레사가 만든 카다이프를 맛보지 않으면 그녀가 속상할 거예요. 맛이 끝내주거든요. 지금은 바클라바를 조금 드셔 보세요. 나중에 카다이프를 먹을 배는 조금 남겨 두시고요.」

그의 인내심을 무너뜨린 마지막 지푸라기는 플라무르가 스테레오의 볼륨을 높이며 재생한 나폴로니 전통 춤곡이었다. 첫 소절이 나오자 그때까지도 자리에 앉아 있던 사람들이 그 노래를 알아듣고, 마치 자연재해가 일어나서 피난처를 찾을 때처럼 다급하게 너 나 할 것 없이 우르르 임시 댄스 플로어로 달려갔다. 몇몇 사람이 반 데 베르그가 식탁에 홀로 남아 있다는 것을 기억해 냈다. 두 남자 — 한 명은 좀 젊고, 또 한 명은 좀 나이가 있었다 — 가 급히 돌아가더니, 나머지 사람들이 노래하고 춤추며 손수건을 흔들고 있는 구역을 가리켰다. 그리고 그의 귀에 대고 소리쳤다. 「빈센트, 춤춰야 해요. 나폴로니예요. 이 춤을 배워야 해요. 나폴로니를 배우지 않으면 알바니아에서 살 수 없어요, 어서요!」

반 데 베르그는 별로 춤출 생각이 없다는 몸짓을 했다. 남자들은 그의 의자를 잡아끌고, 다시 외쳤다. 「어서, 부끄러워 말아요. 이건 나폴로니라고요. 이 곡에 맞춰 춤춰야 한다니까요. 자, 여기 손수건!」 그는 그들의 손에서 빠져나가려고 어깨를 비틀었다. 「난 춤 못 춰요. 춤이라면 젬병이에요. 구경하는 게 좋아요. 나폴로니는 조르바의 춤과 약간 비슷한 것 같군요.」 춤이 이어지고 음악이 막바지를 향해 치닫자, 자신들이 좋아하는 노래를 놓칠까 봐 약간 짜증이 난 남자들은 더 강하게 그를 재촉했다.

「빈센트! 어서, 어서요, 빈센트. 거의 끝나 가요. 나폴로니가 거의 끝나 가요. 춤을 못 춘다니, 그게 무슨 말입니까! 누구나 나폴로니를 출 수 있어요. 여기 봐요, 그냥 이렇게 손수건을 쥐고 허공에 흔드는 거예요. 비행기처럼 두 팔을 계속 벌리고, 이렇게 위로, 위로, 위로, 활짝 벌리고 있으면 돼요. 팔을 흔들지는 말고, 그리고 이렇게 배를 움직이면…….」 두 남자 중 젊은 쪽이 거의 절망적으로 외쳤다.

춤을 가르쳐 주기 위해, 나이 많은 남자가 반 데 베르그의 왼팔을 붙잡고 젊은 남자가 오른팔을 붙잡더니 둘 다 그 팔을 올리려고 했다. 반 데 베르그의 얼굴이 붉어졌고, 이마에서는 작은 땀방울이 떨어졌다. 그는 두 남자를 옆으로 밀쳐 내고 다시 자리에 앉았다. 음악이 멈추는 바로 그 순간, 그는 주먹으로 식탁을 쾅 쳤다. 그 바람에 잔 하나가 넘어지며 라키가 바닥에 쏟아졌다. 그는 화가 나서 이성을 잃고 소리쳤다. 「이봐요, 난 자유요! 알아들었어요? 난 자유롭다고요!」

모두가 댄스 플로어에서 그대로 얼어 버렸고, 그렇게 식탁 쪽을 바라보았다. 도니카의 남편 미할은 반대편에 앉아 있어서 식탁 쪽이 잘 보이지 않았는데, 그는 취한 남자들끼리 싸움이 났다고 생각한 듯했다. 이윽고 그는 반 데 베르그에게 문제가 있다는 것을 눈치챘다. 미할은 모국어 외의 다른 언어로는 소통할 수 없었기 때문에, 통역을 요청했다. 이성을 찾은 반 데 베르그는 자기 물건을 챙기더니, 자리에서 일어나서 미할에게 말했다. 「죄송합니다. 난 가야 해요. 매우 피곤합니다. 멋진 만찬을 준비해 주셔서 감사합니다.」

사람들이 식탁으로 돌아가면서 두런거렸다. 미할은 문까지 반 데 베르그를 배웅했다.

「배가 부르다고 했어요. 하지만 난 우리더러 음식을 아끼라는 말인 줄 알았지. 우리가 돈을 많이 썼을까 봐 걱정하는 줄 알았어. 딱한 양반.」 그가 떠난 후 슈프레사가 말했다.

「딱한 양반. 아마 모기 때문이었을 거야. 아니면, 더워서 그랬거나. 관광객들은 더위를 참지 못하더라고요. 내가 그 양반한테 여러 번 말했는데도, 도무지 재킷을 벗으려 하지 않더라니까.」 도니카가 못을 박았다.

「딱한 양반. 전에 나한테 자기는 춤을 잘 못 춘다고 했어요. 춤을 좋아하지 않는다고 말이죠.」 아빠가 거들었다.

「**나는 자유요!**」 반 데 베르그에게 춤을 가르치려 했던 두 남자가 그의 말을 따라 했다. 그들은 눈을 굴리며 어깨를 으쓱했다. 「대체 그게 무슨 말이야? 마치 누가 자기 자유를 빼앗으려 한다는 말 같잖아. 여기 있는 우리 모두 자유로운데 말이지. 춤추고 싶다면, 좋아. 춤추고 싶지 않다고 해도, 괜찮아. 그것만 분명히 하면 되지. 주먹으로 식탁을 칠 것까지는 없잖아. 딱한 양반. 아마 너무 더웠던 거야.」

그날의 만찬 이후, 우리가 아무리 반 데 베르그를 받아들이려 애쓴다고 해도, 그는 결코 우리 일원이 되지 않을 것이라는 암묵적인 동의가 있었다. 아빠는 우리 골목에서 유일하게 그와 정기적으로 연락을 유지한 사람이었다. 아빠는 대문 너머로 축구 스코어 이야기를 하면서 영어로 숫자 연습을 하고 싶어 했고, 어쨌거나 민영화 논의를 위한 회의에서 주기적으로 그와 만나야 했기 때문이다. 나머지 사람들은 그를 보면 멀리서 정중하게 인사하면서도 〈딱한 양반〉, 때로는 〈딱한 네덜란드 사람〉, 또는 드물게 〈악어〉에 관한 뒷말을 계속했다. 그가 골목 끝에 나타나면, 여자들은 각자의 집 문간에서 수다를 떨다가도 사라졌고, 몇 분이 지나서 다시 모였다. 그들은 환자가 없는 자리에서 정신 분석을 하는 심리 치료사들처럼, 딱한 양반의 습관을 세세하게 분석했다. 매일 아침 그가 조깅하는 거 알았어? 마치 문화 혁명기에 자란 사람 같지 않아? 혹시 스파이는 아닐까? 그가 누구와도 포옹하거나 악수하지 않는 건 좀 이상하지 않아?

나는 그의 부모가 아직 살아 있는지 궁금했다. 아마 어딘가의 요양원에 있을 것이다. 그것이 그들의 방법이니까. 그는 길게 늘어선 그 모든 줄과 정전을 무릅쓰고 살고 싶을 만큼 많은 돈을 받고 있는 것이 틀림없었다. 아마 하루에 1백 레크, 아니 1천 레크인가?

주말이면 반 데 베르그는 시골로 나갔다. 여전히 악어 셔츠를 입고 있었다. 그러나 배낭 대신 노트북 가방을 들었고, 짙은 청바지 대신 베이지색 반바지를 입고서, 〈Ecuador〉라고 쓰여 있는 밀짚모자와 카메라를 가지고 나갔다. 그는 다른 관광객과 똑같아

보였다.

「빈센트, 다이티산에 가봤어요?」 아빠는 대문 너머로 환담을 나누면서 그에게 물었다. 그러면 반 데 베르그가 대답했다. 「아직요. 하지만 조만간 갈 계획을 세우고 있어요. 그리고 또 다른 곳도 가보려고요. 거기 이름은 지금 기억나지 않네요. 정확히 기억나지 않아요. 발음이 어려웠거든요. 발음해 볼 엄두가 나지 않을 만큼요!」

반 데 베르그의 모든 습관 중에서도, 그것이 사람들을 가장 당혹스럽게 만들었다. 그는 자기가 보았던 장소나 자기가 만났던 사람, 자기가 했던 일의 정확한 이름을 제대로 떠올리지 못했다. 온갖 다른 소리, 다른 맛, 다른 만남 들은 오직 그 주인만이 순서를 알고 있는 어지러운 책상의 문서처럼, 그의 머리에 쌓여 있었다. 우리가 그에게 맛보라고 새로운 요리를 주거나, 가볼 만한 관광지를 제안할 때마다, 또는 우리 언어에서 상용어를 가르쳐 주려고 할 때마다, 그는 놀라지도 않고 기꺼이 받아들였고, 그에 견줄 만한 또 다른 경험을 생각해 냈으며, 혼란스러운 기색 없이 우리가 인도하는 대로 따랐다. 우리가 그에게 난관을 경고하려는 경우나 어려움을 극복하도록 그를 도우려는 경우에도 마찬가지였다. 반 데 베르그는 우리의 귀띔을 고맙게 받아들였지만, 우리는 왠지 그에게 그런 정보가 꼭 필요하지 않다는 인상을 받았다.

그가 화를 냈던 그 한 번의 만찬을 제외하면, 나는 그에게서 어떤 불안의 흔적도 보지 못했다. 우리는 그에게 말하곤 했다. 「빈센트, 오늘 저녁에 정전이 있을지 몰라요. 낮에도 전기가 안 들어

왔거든요. 집에 양초 있어요?」 또는 이렇게도 말했다. 「빈센트, 오후 2시네요. 이때쯤이면 물이 다시 나오곤 하죠. 여러 개의 병에 물을 받아 두는 게 최선이에요. 안 그랬다가는 30분 안에 물이 바닥날 거예요.」 그러면 그가 대답했다. 「알겠습니다! 알려 줘서 고마워요. 옛날에도 똑같은 일이 있었죠. 그게 어디였더라……. 중동이었는데, 거기도 물 공급 문제가 있었죠. 정전이 잦았고요. 그나마 여기엔 폭탄은 안 떨어지네요!」 그런 복제 가능성은 반 데 베르그가 가진 비밀 무기였다. 그가 전달하는 데자뷔의 인상은 하나의 마법이자 새로운 모든 것에 그를 길들이는 비법처럼, 낯선 것들을 친숙한 범주로 축소해 주었다.

우리에게는 이것이 정반대의 효과로 나타났다. 반 데 베르그가 자신이 가보았던 장소와의 연관성을 떠올리며 과거 경험을 이야기하면, 친숙했던 것들이 낯설어졌다. 우리가 반 데 베르그에게 새로운 무언가를 가르치고 있던 것이 아니라는 사실을 알았다고 해서 불쾌하지는 않았지만, 우리가 유일하게 우리 것이라고 생각했던 것이 결국 그다지 독특하지 않다는 사실을 발견하는 경험에는 무언가 불편한 것이 있었다. 우리만 뛰어나다고 여겼던 모든 것이 세계가 돌아가는 방식을 아는 사람들에게는 익숙한 패턴의 일부였다. 우리가 여러 음식을 함께 나누는 일, 전통 노래와 춤의 리듬, 우리 언어의 소리, 이 모든 것을 우리만 가지고 있는 것이 아니라 다른 사람들도 가지고 있는 듯했다. 그런 사실을 몰랐던 것은 우리의 잘못이었다. 우리의 영웅들은 평범한 사람들이었고, 세계에는 그들과 같은 사람이 수백만 명이나 있었다. 우리의 언어는 그 기원도 알 수 없는 단어들의 조각보였다. 우리는 우리 노력의 결과물로서 존재하는 것이 아니라 다른 이들, 어쩌면 더욱 막강한 적들이 베푼 자비의 산물일 수 있었다. 어쩌면 그 적들은 우리가 존재하도록 결정했던 것이다. 그들이 승리했다는 표지는 그들이 그린 이미지 속 수많은 작은 장소, 서로가 모두 비슷하지만 저마다 스스로는 다르다고 생각하는 장소일지도 몰랐다.

반 데 베르그의 능력, 가장 이질적인 경험들 사이의 유사점을 끄집어내고, 세계 각지의 사람들 사이의 공통점을 찾아내는 능력, 그리고 상대에게 알바니아의 비렉이 맵지 않은 사모사와 전혀 다르지 않은 맛이라고, 또는 두러스의 쓰레기장이 보고타의 쓰레기장과 꼭 닮았다고 깨닫게 만드는 능력을 보면, 나는 가끔 노라 선생님이 떠올랐다. 그들이 말하는 내용은 전혀 겹치지 않았지만, 일반화에 대한 태도, 미세한 세부에서 추상을 끌어내는 능력, 상황을 비교하고 그 비교를 이용해 더 넓은 세계 전망을 설명하고, 전체 시스템에 대한 지식을 드러내는 방식에는 유사성이 있었다. 노라 선생님은 세계의 다른 지역에 있는 우리의 형제자매들과 우리는 우리가 생각하는 것보다 공통점이 훨씬 많다고 했다. 우리처럼 스스로 해방되지 않는 이상, 모든 사람은 똑같은 자본주의적 착취의 대상이라고 설명했다. 우리는 모두 똑같은 세계적 반제국주의 투쟁의 일부였으며, 억압은 어디에서나 똑같은 얼굴을 가지고 있다고 말했다.

반 데 베르그는 자본주의를 인정하지 않았다. 아니, 적어도 자본주의가 어떤 역사적 발전을 가리키는 그럴듯한 용어라고 생각하지는 않았다. 하나의 현상을 지칭하는 꼬리표로서 그것은 그가 살았던 장소들의 정확한 이름보다 더 유용하지는 않았다. 그가 인정했던 것은 전환기 사회와 이미 전환한 사회의 차이, 현재 이동 중인 사람들과 과거에 이동을 마친 사람들의 차이뿐이었다. 물론 그에게는 목적지에 대한 막연한 감각이 있었다. 그러나 어디로 가고 있는지 설명하는 것보다 따라잡는 것이 더 중요했다. 노라 선생님이 세계 프롤레타리아 투쟁을 조직할 필요성을 주장했던 것과는 달리, 반 데 베르그는 어떤 저항을 동원하기 위해서가 아니라 〈투명성 제고〉, 〈인권 수호〉, 〈부패 척결〉을 위해서 그곳에 있었다. 그에게는 〈국제 공동체〉나 〈시민 사회 관계자〉 같은 변화의 다른 대리인이 있었다. 그리고 다른 의도가 있었다.

18장

구조 개혁

「아빠가 살면서 가장 힘들었던 일이 뭔지 아니?」 돌풍이 거셌던 11월의 어느 날 아침, 아빠가 출근하기 전에 물었다. 아빠는 거실의 커튼 앞에 서서 외풍에 달그락거리는 창틀 소리를 들으며 커피를 젓고 있었다. 커튼은 닫혀 있었다.

「이피 총리와 우리의 관계를 두고 나한테 거짓말했던 때요? 그건 힘들었을 것 같아요.」 내가 말했다.

아빠는 고개를 저었다.

「잠깐, 알겠다. 내가 엔베르 호자의 사진을 서가에 놓고 싶어 안달하던 때 아니에요? 그때 아빠가 그 사진을 놓을 멋진 액자가 필요하니, 액자가 준비될 때까지 기다려야 한다고 했잖아요. 난 그 말을 믿을 뻔했어요.」 내가 깔깔 웃었다.

사회주의가 무너지고 5년이 지나자, 그 시절 벌어졌던 우리 삶의 사건들은 즐거운 가족 일화의 레퍼토리가 되어 있었다. 그 기억들이 터무니없든, 우스꽝스럽거나 고통스럽든, 아니면 그 전부에 해당되든 간에 상관없었다. 우리는 난파선에서 살아남아 서로에게 즐겁게 흉터를 보여 주는 취한 선원들처럼, 식사를 하며 옛일을 떠올리고 우스갯소리를 했다. 아빠는 누구보다 농담을 즐기는 사람이었다. 늘 농담을 입에 달고 지냈기 때문에 질문의 어조만으로는 그것이 진지하게 의도한 말인지, 아니면 그냥 우리를 웃기려고 하는 말인지 짐작하기 힘든 경우가 많았다. 아이러니가 수사적 장치 이상이라는 것, 하나의 생존 방식이라는 것을 아빠는 삶의 어느 시점에서 이해했다. 아빠는 아이러니를 풍부하게 사용했고, 동생과 내가 그것을 흉내 내려고 하면 대체로 좋아했다.

「그게 아니면 내가—」

「세계가 항상 너를 중심으로 돌아가는 건 아니야, 레우슈카.」 아빠가 무뚝뚝하게 끼어들었다. 평소처럼 장난스러운 분위기가 아니었다.

아빠는 얼마 전, 이 나라에서 가장 큰 항구이자 아드리아해에서도 손꼽히는 큰 항구의 총괄 이사로 승진했다. 우리 집에 전화선이 설치되었다. 아빠는 매일 아침마다 항구 사무소에 전화하는 일로 하루를 시작했다. 아빠는 폭풍 때문에 여객선 정박이 어렵지 않은지, 크레인이 바람에 넘어지지 않는지, 세관 줄이 길어지지 않는지 걱정했다. 아빠는 2년 동안 플란텍스를 경영하면서, 비용 절감과 부채 축소라는 입증된 기록을 쌓았다. 그래서 고위층의 사람은 아빠에게 더 큰 책임을 맡겼다. 아빠는 더 높은 급료를 받았고, 매일 아침 아빠를 메르세데스 벤츠에 태워 출근시킬 운전기사를 할당받았다. 아울러 아빠가 잠들기 전에 삼키는 발륨*의 복용량은 두 배 늘었다.

나는 내 대답의 어조를 고치면서 다른 추측을 했다. 아빠가 예닐곱 살 때쯤 경찰의 발길질로부터 할머니를 보호하려고 애쓰던 때? 아니면 가족들이 추방당하는 바람에 반려견을 포기해야 했던 때? 아니면 감옥에서 석방되어 가족들과 함께 살려고 온 자기 아버지를 보고 그 낯선 사람이 궁금했던 때? 아빠의 가장 친한 친구가 스파이라는 의심이 들었던 때?

아빠는 고개를 저었다. 농축된 검은 액체가 그것보다 더 어두운 생각들을 씻어 주리라 기대하는 듯, 손에 든 조그만 커피 잔만 바라보았다.

「바로 이거야.」 아빠는 천천히 커튼을 열어, 마당에 모여 있는 20~30명의 집시들을 보여 주었다. 몇몇 여자는 등에 어린아이를 둘러업고 있었다. 나머지 여자들은 바닥에 앉은 채 아기에게 젖을 먹이고 있었다. 대문 밖은 더 많은 사람으로 북적거렸는데, 창살 뒤에서 얼어 버린 죄수들처럼 금속 문살에 얼굴을 눌러 대고 있었다. 그들이 커튼 사이로 아빠의 모습을 본 순간, 갑자기 마당에서 움직임의 물결이 번졌다. 모두가 손가락으로 우리 집 창문을 가리키며 소리치기 시작했다. 「저기 있다! 저기 있어! 그가 일어났어! 이제 곧 나올 거야!」

아빠는 커튼을 닫았다. 그리고 소파에 앉아 흡입기를 집어 들

* 진정 및 안정 효과가 있는 항불안제.

고는 몇 번 깊이 숨을 들이쉬며, 약을 흡입했다. 아빠는 항상 손을 떨었다. 어릴 때 천식에 걸려 오랜 세월 항히스타민제를 복용한 결과였다. 이번에 아빠는 더 심하게 손을 떨고 있었다.

「부두에서 일하는 사람들이야. 우리가 저 사람들을 뭐라고 부르는지 아니? 구조 개혁.」 아빠가 말했다.

아빠의 얼굴은 방금 분장실 문에 손가락을 찧었다가 무대에 등장한 배우의 얼굴처럼, 애써 참은 고통으로 일그러져 있었다. 항구에서 업무 계약을 시작한 때부터, 아빠는 반 데 베르그 같은 외국인 전문가들과 함께 협상을 벌이면서 세계은행이 〈구조 개혁〉이라고 부르는 것을 논의하고 있었다. 나머지 모든 국영 기업과 마찬가지로, 항만은 적자 상태였고 비용 절감 요구에 시달렸다. 이번에는 정리 해고가 없을 것이라고 약속하는 사람이 없었다. 전문가들은 〈로드 맵〉을 작성했는데, 그 첫 단계가 주로 미숙련 노동자를 대상으로 일련의 해고를 하는 것이었다. 그 항구에서는 하역부, 청소부, 화물 운송부, 창고 작업부 등 수백 명의 집시가 일하고 있었다. 아빠는 그들 모두를 해고하는 책임을 맡았다.

부두 노동자들은 곧 일자리를 잃게 될 것이라는 소식을 들었고, 꼭두새벽부터 찾아와 아빠가 집을 나설 때까지 밖에서 끈질기게 기다렸다. 처음에는 너더댓 명이었는데, 구조 개혁에 관한 소식이 퍼지면서 사람들이 점점 늘어났다. 그들은 마당에 서 있다가 아빠가 문간에 나타나자, 아빠에게 다시 생각해 달라고 애원했다.「안녕하세요, 사장님. 사장님은 좋은 분이시잖아요. 그러지 말아 주세요. 그 도둑놈들 말을 듣지 마세요.」

「술 때문인가요, 사장님? 그게 문제라면, 내일이라도 술을 끊을 수 있어요. 내일 술 끊는다니까요. 원하시면 담배도 끊을게요. 요즘 같은 시절에 라키 살 돈이 어디 있겠어요? 사장님, 저 정말 많이 줄였어요. 술 많이 줄인 거, 아시잖아요.」

「전 은퇴까지 2년밖에 안 남았습니다. 고작 2년요. 열세 살 때부터 항구에서 일해 왔어요.」

「사장님, 전 아무것도 훔치지 않았어요. 사람들은 집시가 뭐든 훔친다고들 하죠. 내가 창고 물건을 훔쳤다고, 누군가 사장님한테 말한 모양인데요. 저는 땡전 한 푼 훔친 적이 없어요, 사장님. 우리 애들 머리에 대고 맹세해요, 전 아무것도 훔치지 않았어요.」

「일하게 해주세요. 제 일이 좋아요. 일은 힘들지만, 저는 좋아요. 항구에서 제가 모르는 사람이 없어요. 항구는 저에게 집과 같아요. 항구에서 자고, 항구에서 먹고, 모든 걸 항구에서 하죠. 집에 가면 아이들이 잠자고 있어요.」

「어떻게 밖에 나갈지 모르겠구나.」 그날 아침 아빠가 말했다. 「날마다 더 많은 사람이 찾아와. 어제는 사무실에서 저 사람들하고 또 한차례 회의를 했지. 항상 회의만 해. 처음엔 세계은행이랑 하고, 다음엔 저 사람들이랑 하고, 그다음엔 다시 세계은행이랑 하지. 저기 서 있는 저 사람들 좀 보렴. 저들은 그게 나한테 달려 있다고 생각해. 내가 무언가 할 수 있다는 거지. 저들한테 뭐라고 얘기해야 할지 모르겠어. 이제 새로운 규칙이 생겼어. 세상은 다르게 돌아가고, 회사들도 다르게 운영되지. 항구의 몇몇 부분은 민영화가 필요할 거야. 누군가는 그 일을 해야 해. 그게 하필 나한테 떨어진 거지. 하지만 만약 내가 아니라 해도, 다른 누군가가 그 일을 맡았겠지. 그게 누가 됐든, 누군가는 해야 해.」

「왜 아빠가 그걸 해야 하는데요?」 내가 물었다.

「저들 모두에게 계속 급여를 줄 수가 없거든. 반 데 베르그는 우리가 현대화되어야 한다고 말해. 돈을 아끼고, 새 장비를 사야 한대. 사람들이 무슨 기계라도 되는 것처럼, 저 사람들을 대체해야 한다는 거야. 낡은 기계를 치우고 더 빠른 기계를 사는 것처럼 말이야. 아주 딱 그거야. 난 그걸 어떻게 해야 할지 모르겠구나. 난 기계가 아닌데, 차라리 내가 기계였으면 싶다. 누군가 나를 프로그래밍해서 내가 그 일을 할 수 있었으면 좋겠구나. 반 데 베르그의 말로는, 볼리비아에서 그렇게 했다는 거야. 난 볼리비아에 가본 적이 없어. 이 사람들은 볼리비아가 어디 있는지도 모를 테지. 볼리비아에서 그렇게 했다는 게, 무슨 뜻일까? 그래서 뭐 어쩌라고? 저 사람들을 봐라. 저들은 기계가 아니야. 저들은 사람들이야. 눈에 눈물이 그렁그렁하고, 이마에서 땀을 흘리지. 만약 희망이라는 게 남았다면, 저 사람들에게도 희망이 있겠지. 창가에 가보렴. 거기 서서 한번 봐. 구조 개혁, 저들은 그렇게 불린단다. 구조 개혁.」

아빠는 불안해하면서 옷걸이에서 우비를 내리고는 문을 쾅 닫고 집을 나섰다. 나는 아빠가 말한 대로 했다. 창가로 돌아가서 창문을 열고 귀를 기울였다. 아빠가 마당에 등장하자, 군중은 조용해졌다. 대문이 열리더니, 한 남자가 나타났다. 키가 다섯 살 아이만 한 그 남자는 두 손으로 땅을 짚고 깡충거렸고, 절단된 허벅지를 물고기 꼬리처럼 좌우로 흔들었다. 창가에 있던 나는 어릴 때 보았던 집시, 묘지 입구에서 돈을 구걸하던 지쿠를 알아보았다.

지쿠는 미소를 짓더니, 옛 친구를 본 사람처럼 손을 흔들었다. 나는 그의 앞니가, 그의 다리처럼 없다는 사실을 그제야 알게 되었다. 그가 웃는 모습을 그때 처음 보았다. 그것은 일그러진 미소였는데, 거의 찡그리는 것 같았다.

「저를 기억하시죠, 사장님! 사장님은 그럴 마음이 없을 거라고, 제가 이 사람들한테 말했습니다. 사장님은 이 불구자에게 작은 것 하나라도 주지 않고서 그냥 지나친 적이 없었죠. 조금 더 줄 때도, 조금 덜 줄 때도 있었지만, 매번 뭔가를 조금씩 주셨습니다. 이 사람들한테 사장님은 인민의 편이라고 제가 말했습니다. 사장님은 이들을 실망시키지 않으시겠지요. 집시를 사랑하는 사람, 불구자를 사랑하는 사람이 많지 않지만, 사장님은 사랑해 주시거든요. 저는 압니다. 사장님은 절대 제가 배를 곯게 놔두지 않으셨잖아요. 그리고 이 아이들이 굶주리게 두시지 않을 거고요. 사장님은 그러실 분이 아니라고 제가 말했습니다. 사장님은 좋으신 분이니까요.」 지쿠가 소리쳤다.

아빠는 창문 건너편에서 내 눈을 응시했다. **지쿠가 불구가 된 것은 그 사람 잘못이 아니야**, 내가 어릴 때 아빠는 그렇게 말했다. **그것은 내 잘못이 아니야**, 지금 아빠의 얼굴은 그렇게 말하고 있었다. 아빠는 잔돈을 찾는 것처럼 바지의 오른쪽 주머니에 손을 넣었다. 이번에는 손수건 한 장만 있었을 뿐 동전은 없었다. 아빠는 손수건으로 얼굴을 닦았다. 지쿠가 아빠를 쳐다보더니, 몸을 끌고 아빠의 발치로 다가왔다. 「사장님이 우신다. 봤지, 울고 계셔.」 지쿠가 사람들을 돌아보며 말했다. 그리고 이렇게 덧붙였다. 「사장님, 제가 이들에게 말했습니다. 사장님이 할 수 있는 건 뭐든 하실 거라고요.」

「사장님이 좋은 분이라는 거, 우리는 알아요.」 다른 남자들도 거들었다. 「그러지 마세요. 그들 말을 듣지 마세요. 그들은 자신을 위해 돈을 벌고 싶은 거예요. 사장님은 돈 버는 걸 원치 않으시잖아요. 가난한 사람들한테 돈을 주고 싶어 하시는 거지, 돈을 갖고 싶으신 게 아니잖아요.」 어린아이를 돌보던 두 여자가 흐느끼며 아빠의 발밑에 몸을 던지고는 남편의 일자리를 지켜 달라고 빌었다. 엄마가 우는 모습을 본 아이들은 따라 울었다. 그것은 항의가 아니었다. 그보다는 상을 당한 것에 가까웠다. 어떤 분노도 없이, 절망만 있을 뿐이었다.

「여기서 이러지 마세요. 여기선 안 돼요, 제발. 여긴 제 집입니다. 사무실에서 논의해요. 만약, 만약 저라면……. 그 돈은 제 돈이 아니에요. 저라면 모두의 일자리를 지키겠지만, 그건 저와 관련이 없어요. 결정을 내리는 사람은 제가 아닙니다. 제 말은…… 네, 결정은 제가 하지만, 그 결정은…… 그러니까, 제가 내린 것이 아닙니다.」 아빠가 죽어 가는 목소리로 지쿠에게 말했다. 아빠는 자신이 횡설수설하고 있다는 것을 깨닫고 정신을 가다듬으려 애쓴 다음, 군중을 향해 말했다. 「여러분, 이건 지쿠에게 돈을 주는 것과는 다릅니다. 전혀 다른 일이에요. 아시다시피 우리에겐 〈**라트마트**(속도)〉가 주어졌습니다. 그걸 이해하셔야 해요. 규칙이 있습니다. 우리는 시장 경제가 돌아가게 해야 합니다. 우리가 따라야 할 길이 있습니다. 우리가 그걸 적절하게 해낸다면, 모두가 더 좋아질 겁니다. 우리 모두가 말이에요. 이것이 구조 개혁입니다. 모든 걸 바꿔야 하고, 우리는 우리가 일하는 방식을 바꿔야 합니다. 모든 사람을 계속 일하게 할 수는 없어요. 그건 불가능합니다. 곧 모두를 위한 일자리가 생길 겁니다. 사정이 좋아질 거예요. 하지만 지금 우리에겐 선택의 여지가 없습니다. 모두가 희생을 감수해야 해요. 우린 그냥 그것을 해야 합니다. 그것은 완수되어야 합니다.」

아빠는 상관들에게 자신이 그것을 하겠다고 약속했지만, 약속을 지키지 않았다. 아빠는 정리 해고에 서명하지 않았다. 아빠는 구조 개혁이 불가피하다는 말을 반복했지만, 아빠가 할 수 있는 한 오래도록 그것을 피했다.「그건 정치 문제야. 이런 건 정치적 결정이지. 아빠는 일개 행정가, 관료일 뿐이야. 내가 할 수 있는 건 일을 늦추는 것이 전부야. 아빠가 그걸 막을 수는 없단다.」아빠가 말했다. 아빠는 여러 밤 동안 숫자와 도표, 그래프를 보면서 사람들을 해고하지 않고 비용을 절감하는 방법을 찾아내려 애썼다. 아빠는 그 결과를 자랑스러워하지 않았다. 마음 한구석으로는 주어진 임무를 수행할 용기를 내지 못했다는 사실에 당혹스러워했고, 심지어 부끄러워했다. 아빠는 평생 양심적으로 일해 온 사람이었다. 할머니는 우리 모두에게, 아무리 무의미한 일에도 최선을 다하라고, 설사 원인을 인정할 수 없다 하더라도 결과는 항상 인정하라고 가르쳤다. 아빠는 맡은 역할에 실패했다는 것을 인정할 수 없었다. 「조만간, 조만간 될 거야.」 단지 그렇게만 말했다.

아빠는 정부 부서 실장, 다음에는 장관, 그 다음에는 총리와 여러 차례 회의를 했다. 그들 모두 반 데 베르그의 경고를 반복해서 말했다. 「구조 개혁은 치과에 가는 것과 같습니다. 미룰 수는 있지만, 미룰수록 더 큰 고통을 받을 겁니다.」 그러나 아빠는 치과의사가 되고 싶은 마음이 없었다. 비록 그것이 무엇인지 알 기회는 없었지만, 아빠는 지금의 자신이 아닌 다른 무엇이 되기를 원했다. 아빠는 마음속으로는 반체제 인사로 남아 있었다. 아빠는 자본주의에 비판적이었다. 지금 아빠가 시행하도록 요구받는 그 규칙들을 결코 믿지 않았다. 아빠는 사회주의 역시 별로 믿지 않았다. 아빠는 모든 형태의 권위를 싫어했다. 그런데 지금 그 권위를 대변하고 있으니, 그 역할을 원망했다. 아빠는 구조 개혁을 지지하지도, 방해하지도 않으려 했다. 아빠는 사람들의 삶을 파괴하는 것도 싫었고, 그 더러운 일을 남에게 맡기는 것도 싫었다.

처음에 아빠는 승진을 자랑스러워했다. 오랫동안 상사들의 선의에 의지하고, 평생을 당 간부들의 자비에 의지했던 아빠는 새로운 역할이 안겨 줄 것 같은 독립을 소중히 여겼다. 그러나 아빠는 독립에는 한계가 있다는 것을, 상상했던 것만큼 자유롭지 않다는 것을 머지않아 깨달았다. 아빠는 상황을 바꾸고 싶었지만, 자신이 할 일이 거의 없다는 사실을 알았다. 누군가 그 생김새를 채 이해하기도 전에, 세계는 이미 확실한 형태를 갖추고 있었다. 도덕적 명령과 개인의 신념은 거의 중요하지 않았다. 아빠에게 이런 말을 하라고, 또 어디로 가라고 명령하는 사람은 없었다. 하지만 이익을 고려하고 비용을 저울질할 시간을 갖기도 전에, 무언가를 말해야 하고 어딘가에 가 있어야 했다. 과거에는 딜레마에 부딪히거나 약속을 지키지 못했다면, 시스템을 탓할 수 있었다. 이제는 달랐다. 시스템은 바뀌었다. 아빠는 그 변화를 중단시키려고 애쓰지 않았다. 오히려 변화를 환영했고, 장려했었다.

아니, 어쩌면 아니었을지도 모른다. 아빠는 그 세대의 많은 사람이 그랬듯, 다른 사람들이 우리에게 어떻게 생각할지, 무엇을 할지, 어디로 갈지를 말할 때 자유는 사라진다고 생각했다. 하지만 아빠는 곧, 강압이 항상 직접적인 형태를 띠지는 않는다는 것을 깨달았다. 사회주의는 아빠에게, 원하는 사람이 될 가능성, 실수하고 그것을 통해 배울 가능성, 아빠 자신의 방식으로 세계를 탐험할 가능성을 부정했다. 자본주의는 다른 사람들에게, 아빠의 결정에 좌우되는 사람들, 그러니까 항구에서 일하는 사람들에게 그것을 부정했다. 계급 투쟁은 끝나지 않았다. 아빠는 그것을 충분히 이해할 수 있었다. 연대가 파괴되고, 적자(適者)만이 생존하며, 누군가의 성취의 대가가 다른 누군가의 희망을 파괴하는 곳, 아빠는 세계가 그런 곳으로 남아 있기를 원하지 않았다. 인간은 본래 서로에게 해를 끼치기 마련이라고 생각하는 엄마와는 달리, 아빠는 모든 사람의 마음에는 선함이 있으며, 그것이 발현되지 않는 유일한 이유는 우리가 잘못된 사회에서 살고 있기 때문이라고 믿었다.

그러나 아빠는 그 옳은 사회의 이름을 댈 수 없었다. 모든 것이

제대로 작동하는 장소의 예를 하나도 들지 못했다. 아빠는 거대 이론들을 불신했다. 「철학적 이론은 그만!」 아빠는 종종 나를 꾸짖었다. 아빠는 사회주의 리얼리즘 소설을 읽고, 무엇이 옳고, 무엇이 그른지, 정의는 어떻게 찾아오는지, 자유는 어떻게 실현되는지를 설명하는 소비에트 영화를 보며 자란 사람이었다. 아빠는 그 의도는 높이 사지만, 그 처방을 승인하는 데 주저했다. 아빠가 보고 싶어 하는 세계는 아빠가 살고 있는 세계와 늘 달랐다. 기존 상황에 저항하는 운동의 시작을 목도했을 때, 아빠는 가능성이 있다고 생각했다. 그러나 그 운동이 구체화되자마자, 그 운동에 지도자들이 등장하고 나름의 제약과 관습을 갖추자마자, 그것이 다른 것에 대한 거부가 아닌 어떤 것이 되자마자, 아빠는 믿음을 잃었다. 모든 것에는 대가가 있다는 사실을 알고 있었지만, 아빠는 그 대가를 받아들일 준비가 되어 있지 않았다. 아빠가 칭찬하는 사람들은 니힐리스트와 반란자들, 그저 자신이 사는 세계를 비난하는 데 평생을 바쳤지만 어떤 대안도 약속하지 않았던 남녀들이었다.

구조 개혁에 관한 똑같은 결정에 직면했던 아빠의 동료들은 냉소적이 되었다. 「아, 글쎄. 우리는 튀르키예인들에게서 살아남았어. 파시스트와 나치에게서도 살아남았지. 소비에트인과 중국인들에게서도 살아남았으니, 우리는 세계은행으로부터도 살아남을 거야.」 아빠는 그 생존이 어떤 대가를 치렀는지 잊을까 봐 두려워했다. 이제는 본인이 안전했으므로, 이제는 우리 가족이 더는 살해되거나 투옥되거나 추방당할 위험이 없었으므로, 아빠는 아침에 일어나서 하루가 어떻게 될지 걱정하는 일이 어떤 것인지 조만간 기억을 못 하게 될까 봐 불안해했다. 아빠는 항구에서 일하던 모든 사람의 이름을, 설사 그들이 수백 명일지라도 그 이름들을 기억하려고 했다. 「내가 그들의 이름을 잊어버리면, 그들의 삶도 잊게 될 거야. 그렇게 되면 그들은 더 이상 사람들이 아니라 숫자로 전락할 거야. 그들의 열망, 그들의 두려움은 더는 중요하지 않게 될 거야. 우리는 그저 규칙만 기억하고, 그 규칙이 적용되었던 사람들은 기억하지 못하겠지. 오직 질서만 생각하고, 질서의 존재 목적은 생각하지 못하겠지. 어쩌면 노새가 학생들의 가족에 관해 말하면서 생각했던 게, 그리고 하키가 고문 장비에 손을 뻗으면서 혼자 반복해 말했던 게 바로 그거였을지도 모르겠구나.」 아빠는 말했다.

그들과 닮았다는 생각, 똑같이 추상적이고 비정한 방식으로 규칙을 따른다는 생각 하나만으로도 아빠는 밤잠을 못 이루었다. 아빠는 일단 전환이 완료된 후 모든 것이 작동하게 될 방식에 관한 반 데 베르그의 생각에 수긍하지 않았다. 아빠는 시장 경제와 같은 것이 필요하리라고 알고는 있었지만, 그것이 어떤 형태를 취할지에 대해서는 깊이 생각해 본 적이 없었다. 그 세대 대부분이 그랬듯이, 아빠는 생각의 자유, 저항할 권리, 자신의 도덕적 양심에 따라 살아갈 가능성 등에 더욱 몰두해 있었다.

설사 아빠가 그 이론을 공유했다고 해도, 설사 아빠가 지금 모두가 받아들이는 진실을 확신했다고 해도, 아빠는 너무 많이 믿는 것을 걱정했을 것이다. 아빠는 이론을 우선시하는 사람들을 너무 많이 보았다. 그리고 선의의 행동이 다른 사람들을 다치게 할 수 있다는 것을 잘 알고 있었다. 이제 이상은 다르게 보였다. 어쩌면 그것들을 이상이라 부르는 것조차 과장일 것이며, 그것들은 그저 신중한 처방에 지나지 않았을 것이다. 그것들은 실행에 옮겨지기 위해서 여전히 인간의 개입을 요구했다. 과거에 아빠는 결백했다. 아빠는 피해자였다. 그런 아빠가 어떻게 갑자기 가해자가 될 수 있단 말인가?

19장

울지 마

1990년대 중반, 나에게는 싸워야 할 내 몫의 고통이 있었다. 나의 십 대 시절은 대체로 비참한 나날이었고, 식구들이 나에게 그것이 존재할 이유를 부정할수록 그 곤경은 더욱 심해졌다. 우리 가족은 객관적인 근거가 있을 때만 비참하다고 느낄 자격이 있다고 생각하는 듯했다. 굶어 죽거나 얼어 죽을 위기에 처했거나, 잠잘 곳이 없거나, 폭력의 위협을 받으며 살고 있는 사람들만 비참하다고 말이다. 이것들은 절대적 임계점이었다. 만약 자신을 그 임계점 이상으로 끌어 올릴 수 있는 무언가를 할 수 있는 상황이라면, 그 사람은 저항할 권리를 상실하게 되었다. 그것이 아니라면, 불행한 사람들을 모욕하는 것일 터였다. 그것은 사회주의 시절의 배급표와 약간 비슷했다. 모두가 어떤 것을 공유하고 있었으므로, 굶주림은 가히 존재할 수 없었다. 만약 배가 고프다고 말하면, 그 사람은 인민의 적이 되었다.

나는 자유라는 더없는 행복을 고맙게 여기고, 감사를 표해야 한다고 강요받았다. 부모님에게는 자유가 너무 늦게 찾아온 탓에 제대로 누리지 못했으니, 나는 더욱 책임감 있게 자유를 행사해야 한다는 이유였다. 내가 부모님의 곤경에 공감하지 못하면, 이기적이다, 내 선조들의 고통에 둔감하다, 나의 가벼운 행동으로 그들의 역경에 관한 기억을 지워 버린다는 식의 꾸지람을 들었다. 나는 전혀 자유롭다고 느끼지 못했다. 겨울이면 특히 더 제약을 받는 느낌이었다. 겨울에는 날이 일찍 어두워졌고, 해가 진 뒤에는 외출이 허락되지 않았다. 「그러다 큰일 나.」 부모님은 어떤 부류의 일인지 굳이 구체적으로 말할 필요도 없다는 듯 말했고, 나도 명확하게 말해 달라고 요구할 필요를 느끼지 않았다.

큰일은 여러 가지 형태를 띨 수 있었다. 같은 반 친구였던 드리스탄처럼, 자동차에 치여 죽을 수도 있었다. 그는 어느 날 저녁 해변을 걷다가, 혼자 운전을 배워 삼촌의 아우디를 몰던 한 청년에 의해 사고를 당했다. 또는 베사의 아버지 소크라트처럼, 흔적도 없이 사라질 수도 있었다. 한쪽 다리를 절며 작은 보트를 몰던 그는 매일 밤 이탈리아로 사람들을 밀입국시키다가 집에 돌아와서 자기 침대에서 잤는데, 어느 날 밤에 돌아오지 않았다. 아니면, 어두운 길을 걷다가 부러진 가로등에 부딪히거나, 강철을 노리고 누군가 뚜껑을 훔쳐 간 맨홀 구멍에 빠지는 등 온갖 작은 사건을 겪을 수도 있었다. 집에 돌아오는 길에 굶주린 떠돌이 개들에게 시달릴 수도 있었다. 그것도 아니면 술에 취한 남자들이나, 휘파람에 여자들이 어떻게 반응하는지 내기를 건 소년들에게 괴롭힘을 당할 수도 있었다. 그러나 부모님에게 이런 것들은 진짜 큰일이 아니었다. 어쨌거나 우리는 전환기에 있었다. 우리는 그저 인내심을 가져야 했다. 그런 불행을 피하기 위해 할 수 있는 것은 늘 있었다. 그냥 집 밖에 나가지 않으면 되었다.

그래서 나는 그렇게 했다. 나는 내 방에 틀어박혀서 해바라기 씨를 씹으며 긴긴 오후를 보냈다. 내가 지루했다고 말한다면, 그 상황을 수식하고, 또 주목할 가치가 없는 수많은 사건에 설명을 첨부함으로써, 그것을 흥미롭게 만들 위험이 있을 것이다. 시간은 똑같은 일상의 영원한 회귀였다. 내가 어릴 때 참여하곤 했던 시 클럽, 연극 동아리, 노래 동아리, 수학 클럽, 자연 과학 클럽, 음악이나 체스 클럽 들이 모두 1990년 12월에 갑자기 끝나 버렸다. 학교에서 진지하게 배워야 할 과목은 물리학, 화학, 수학 같은 자연 과학뿐이었다. 인문학의 경우는 〈시장 경제〉가 〈변증법적 유물론〉을 대체했을 때처럼, 새로운 과목이 도입되었지만 교과서가 아예 없거나, 또는 역사와 지리학 자료와 마찬가지로 우리 나라를 여전히 〈세계 반제국주의 투쟁의 등대〉로 묘사하고 있었다. 나는 얼른 숙제를 끝내 버리고 남은 시간을 어떻게 보낼지 고민하게 되었다. 이제 전화가 생겼으므로 친구들과 수다를 떨었고, 그러고 나면 침대에서 소설을 읽었다. 담요를 덮고 머리맡에 양초를 얹은 채 덜덜 떨면서 소설을 읽은 적도 많았다. 전기는 툭하면 나가기 일쑤였고, 슬픔보다 추위가 더 힘든 겨울밤도 여러 번 견뎌야 했다.

할머니는 45분마다 우유 한 잔이나 약간의 과일을 들고 노크도 없이 내 방으로 들어와서 물었다. 「괜찮니?」 나는 고개를 끄덕였다. 할머니는 십 대 소녀를 덮치고 있다는 서유럽의 거식증에 관해 들은 적이 있었다. 할머니는 그 새로운 질병이 어떻게, 왜 퍼지는지 몰랐지만, 안전하게 주기적 간격을 두고 억지로라도 나를 먹이기로 했다. 할머니가 가지고 온 간식 대신 내가 가진 해바라기씨를 먹기로 협상했을 때, 할머니는 그 껍질을 보여 달라고 했다. 그렇게 할머니의 방문 간격은 50분이 되었다. 「우리는 정말 운이 좋은 편이야.」 할머니는 방을 나가면서, 불쑥 혼잣말을 하곤 했다. 나는 그 혼잣말이 우유를 두고 한 말이라고 짐작했다. 우유를 사려고 더 이상 줄을 서지 않아도 되었기 때문이다.

몇몇 펍과 클럽이 문을 열기 시작했다. 이런 곳들은 대체로 밀입국 중개업자, 마약상, 성매매 중개업자 들이 운영하는 업소였다. 모두 정상적인 직업으로 언급되었다. 과거에 아무개는 협동농장 일꾼이니, 공장 노동자니, 버스 운전기사니, 병원 간호사니 하며 설명하던 것과 다를 바가 없었다. 종종 똑같은 사람에게 다른 시대의 꼬리표가 붙기도 했다. 「저 남자, 차창이 어두운 BMW에 탄 남자 말이야, 그 남자가 하피제의 아들이야.」 이웃들이 발코니에서 커피를 마시며 수다를 떨었다. 「옛날엔 비스킷 공장에서 일했었지. 그 공장이 완전히 문을 닫기 전에 정리 해고를 당했어. 그 후 어찌저찌 스위스로 넘어갔는데, 지금은 사업을 한대. 수입하고 수출하는 일을 한다나. 마리화나, 코카인, 뭐 그런 것들 말이야.」

나는 낮에 열리는 파티에 한해서 클럽에 방문할 수 있다는 허락을 받았다. 그곳은 마치 밤인 것처럼 커튼이 내려져 있었고, 편치*와 담배가 밀반입되었으며, 또래 친구들은 해외에서 들여온 새로운 게임인 〈병 돌리기〉를 했다. 나도 그 게임을 했는데, 병이 내가 있는 쪽을 가리킬 때 소년들의 일그러진 표정을 못 본 척하거나, 마침내 내가 소년들에게 키스할 차례가 왔을 때 그들의 신음을 못 들은 척했다. 그때마다 소년들은 말했다. 「난 남자랑 키스하지 않아! 난 게이가 아니라고!」

난 게이가 누군지 또는 무엇인지 몰랐지만, 그것을 물어보기가 창피하다는 느낌이 들었다. 내가 소년처럼 보인다는 것에는 의문의 여지가 없었다. 학교에서는 더 이상 교복을 착용하기를 요구하지 않았다. 우리는 원하는 대로 옷을 입을 수 있었다. 다른 여학생들이 학교 화장실에 화장품을 몰래 가져가고 치마 길이를 줄였던 것처럼, 나는 큰 사이즈의 바지와 아빠의 체크무늬 셔츠를 받아들였다. 그들이 머리를 곧게 펴고 금발로 염색하기 시작했던 것처럼, 나는 이발사에게 머리를 짧게 잘라 달라고 요청했다. 그들은 「머티리얼 걸」 속의 마돈나를 흉내 내면서 가족들에게 반항했고, 나는 문화 혁명 포스터 속의 소녀가 됨으로써 나에게 부여된 리본과 레이스에 반항했다. 집에서의 내 별명은 브리가티스타에서 가브로슈로 바뀌었다. 학교에서의 내 별명은 마무아젤에서 퀴피(꽃병을 뜻하는 〈퀴피qypi〉는 내 성인 〈이피Ypi〉와 운을 맞춘 것이다)가 되었다. 늘 호리호리하고 약했던 내 체형 탓이 아니라, 꽃병이 가득 그려진 옷 때문이었다.

* 과일즙에 설탕, 양주 등을 섞은 음료.

나는 종종 엘로나가 곁에 있었다면, 내 상황이 달라졌을지 상상했다. 엘로나의 아버지가 새 아내와 새 아이와 함께 있는 모습을 가끔 보았는데, 그는 나를 못 알아본 척했다. 어쩌면 엘로나도 짙은 화장을 하고, 가짜 손톱을 붙이고, 미니스커트를 입고 다닐 것이다. 어쩌면 금발 머리를 더 밝은 금빛으로 염색했을 것이다. 어쩌면 해가 진 후의 외출을 허락받았을 것이다. 어쩌면 최근에 『죄와 벌』이나 『카라마조프가의 형제들』에 관심을 가졌을 것이다.

1996년 겨울, 나는 아리안을 보았다. 우리 골목에 살았던 소년 — 지금은 청년이 된 — 이자, 엘로나와 함께 달아났던 소년이었다. 그의 부모는 한때 마르시다네 집이었던 자기네 옆집을 사서 집을 넓혔다. 그러더니 동네를 떠나서 도시의 다른 구역에 있는 더 작은 집에 세 들어 살았다. 어릴 적 아리안이 거리에 나타날 때마다 마르시다와 내가 숨곤 했던 바로 그 집 문간에 그가 서 있는 모습을 보니 기분이 이상했다. 그는 머리를 길러 어깨까지 늘어뜨리고 있었고, 두꺼운 금목걸이를 하고, 등에 해골이 그려진 짙은 색 가죽 재킷과 가죽 바지를 입고, 은색 체인으로 덮인 묵직한 검은 부츠를 신고 있었다. 그는 커다란 메르세데스 벤츠를 몰았다. 부모님을 모시고 떠나기 위해 그가 이탈리아에서 가져온 차였다. 그 차는 요란하게 긁는 소리를 내며 출발했다. 이제 거리에서 노는 아이들은 전보다 적었지만, 아이들은 그 자동차 소리가 들리면 옛날에 아리안이 나타날 때마다 우리가 그랬던 것처럼 집 안으로 달려갔다. 엘로나의 흔적은 보이지 않았다. 나는 감히 물어보지 못했다.

내 친구가 보고 싶었다. 나는 엘로나에게 학교 근처에서 우리에게 해바라기씨를 팔던 그 여자는 사라졌지만, 열 살쯤으로 보이는 귀여운 소년이 그 자리를 차지한 채 바나나와 갑담배를 팔고 있다고 말해 주고 싶었다. 발루타는 문을 닫았지만, 그녀가 좋아하던 빨간 브라는 어디에서나 살 수 있다고, 그리고 중고 시장에 가면 바나나 두 개 또는 해바라기씨 다섯 컵의 값으로 그 브라를 살 수 있다고 말해 주고 싶었다. 심지어 지금은 나도 브라가 필요하다고, 할머니가 우리에게 곧 그렇게 될 것이라고, 우리 마음이 변하듯 우리 몸도 변할 것이라고 예고했던 대로 되었다고 말해 주고 싶었다. 할머니는 또 우리가 곧 〈**데 아미티에 아무뢰스**des amitiés amoureuses〉*라는 것을 만들 수 있다고 이야기해 주었다. 나는 엘로나에게 그것이 무엇인지 알아냈는지, 혹시 그녀가 아리안과 함께한 것이 그것인지, 그리고 훨씬 더 날것이고, 외롭고 고통스러운 것, 책에서 사랑이라고들 하는 것에 관해 들어본 적은 있는지 물어보고 싶었다.

학교가 문을 닫은 여름에는 삶이 덜 제약되어 있었지만, 우울하기는 마찬가지였다. 1995년 6월, 똑같은 의식을 치르듯 해변에 가고, 집에 돌아와 점심을 먹고, 오후에 낮잠을 자고, 초저녁이면 새로 산 여름 원피스를 선보이며 수다를 떠는 친구들을 만나려고 의무적으로 부둣가를 산책했다. 그렇게 한 주를 보내다가 재앙이

* 〈사랑의 우정〉이라는 뜻으로, 성적이지 않되 낭만적이고 열정적인 관계를 뜻한다.

일어났다. 할머니는 평소 나에게 어떤 상황에서도 절대 사랑에 빠져서는 안 될 딱 한 부류의 소년이 있다고 경고했다. 바로 전직 비밀경찰의 자녀들이었다. 하지만 그 여름에 그 일이 일어났다, 그것도 두 번이나. 나는 너무 죄책감이 든 나머지, 모스크를 더 자주 찾기로 결심했다. 베일을 쓰려고도 했지만, 우리 가족은 그것을 금지했다. 종교와 광신주의는 서로 다르다며 니니가 말렸다. 모스크에 오는 많은 소녀가 베일을 쓰고 있었고, 나는 눈에 띄고 싶지 않았기 때문에 새 종교로 갈아탔다. 불교였다. 더 읽을 책이 없을 때 할아버지의 낡은『라루스 백과사전』을 읽다가 알게 된 종교였다. 나는 일과에 명상 시간을 넣었지만, 울지 않고 명상하는 법을 배우지는 못했다. 나는 우리 가족이 시구리미 요원들의 손아귀에서 박해당하던 이야기를 떨쳐 버리지 못했고, 그런 생각은 내가 그 비밀경찰의 아들들과의 사랑에서 헤어나는 데 도움이 되지 않았을뿐더러 오히려 사랑을 더 절박하게 만들었다.

「우리 레우슈카가 젊은 베르테르를 닮아 가네.」 아빠는 내 눈물의 이유도 모르고 농담했다. 「울지 마. 우는 건 누구에게도 도움이 안 돼. 내가 한 번이라도 울 생각을 했다면, 지금 여기 없었을 거다. 기차 밑으로 내 몸을 던졌거나, 내 사촌들처럼 정신 병원에 들어갔겠지. 뭐라도 해라. 새 책을 읽든가, 새 언어를 배우든가. 무슨 활동이라도 찾아봐.」 니니가 나무랐다.

나는 적십자에서 자원봉사를 시작했고, 지역 고아원에서 진행하는 한 프로젝트에 참여했다. 나는 매일 오전마다 아이들을 데리고 해변에 나갔고, 보육사들과 함께 모래에서 장난을 치거나 바다에서 물장구를 치는 아이들을 돌보았다. 「이 일이 네 삶을 조망하는 데 도움이 될 거다. 네가 얼마나 운이 좋은지 넌 몰라. 세상에는 비참한 일이 정말 많단다.」 할머니가 나를 격려했다.

「명심해. 고아원은 옛날의 그곳이 아니야. 옛 건물이 주인들에게 돌아갔거든.」 내가 자원봉사를 시작하던 날, 엄마가 말했다.

엄마가 말하는 〈주인들〉은 항상 **예전**의 주인을 뜻했다. 엄마에게 국가란 절대 어떤 것의 주인으로 간주될 수 없었으며, 그저 다른 사람들의 노고를 폭력적으로 전유해 세워진 하나의 범죄 조직일 뿐이었다. 나는 우리 집 마룻바닥에 흩어져 있던 부동산 지적도에서 보았던 그 주인들의 성을 기억하고 있었다. 「이 지도들 때문에 아주 난리야. 이것들 때문에 자포의 천식이 심해지는 거야. 네 아빠는 먼지 알레르기가 있거든. 돌리에게 수백 번 얘기했건만, 수백 번이나. 그래도 네 엄마가 토지 등기소에서 이것들을 가져와서 바닥에 늘어놓는구나. 그걸 법정에 가져가고 싶다면, 그러라지. 하지만 이 부동산에서는 아무것도 나오지 않을 거야. 이것들은 단지 종이에 그려진 선에 불과해.」 할머니는 청소하다가 툴툴거리곤 했다.

그러나 그 고아원은 단지 종이에 그려진 선이 아니었다. 예전 주인들은 국가로부터 그 건물을 되찾는 데 성공했고, 그 후 어떤 교회에 되팔았다. 결국 고아원은 버려진 2층 건물에 있는 세 개의 방으로 이사했다. 그 건물은 거의 햇빛이 들지 않았고, 신 우유의 독특한 냄새가 났으며, 오후의 낮잠 시간이면 1층에서 쥐가 무언가를 갉아먹는 소리만 간간이 들릴 뿐 부자연스러운 침묵이 배어 있었다. 최근 몇 년 사이에 신생아부터 미취학 아이들까지, 버려진 아이들의 수가 늘었다. 주로 지역 출신의 아이들이었다. 그 아이들은 여섯 살이 되면, 아직 입양되지 않고 부모가 다시 데려갈 의향이 있을 경우 부모에게 돌아갔고, 아니면 더 큰 아이들을 위한 북부의 고아원으로 가야 했다.

예전에 엘로나와 고아원을 방문했을 때 보았던 보육사 중 상당수는 정리 해고가 되었거나 이 나라를 떠난 상태였다. 나는 그때 만났던 테타 아스파시아를 알아보았다. 그녀는 중년이었는데, 영아반을 맡고 있었고 늘 명랑했다. 내가 엘로나와 함께 엘로나의 동생을 보러 갔을 때 그녀는 우리에게 설탕물을 대접해 주기도 했었다. 「몰라보게 자랐구나!」 그녀가 소리쳤다. 「꼬마 미미도 많이 자랐어. 지금은 저기 위쪽 슈코더르에 있는 다른 고아원에서 지내. 그 애 아빠는 한 번도 안 왔어. 그 애 할머니랑 할아버지가 이따금 찾아왔었지. 두 분이 미미를 캐나다 부부에게 입양하는 걸 허락했어. 그랬는데, 그 캐나다 부부가 집시 쌍둥이를 데려가기로 한 거야. 영아반에 있던 꼬마 집시들 기억하지? 부모가 감옥에 있던 애들 말이야. 그 부모가 1990년에 사면을 받고 나왔는데, 석방되자마자 그 쌍둥이를 팔려고 하다가 기소되었지 뭐니. 그 부모는 곧바로 다시 감옥에 갔어. 그들에겐 이제 기회가 없어. 집시 아이들의 입양처를 찾아 주는 일은 무척 어려워. 집시 아이를 원하는 사람이 없거든. 다들 〈제발, 집시는 안 돼요. 통제하기 힘들고, 아무거나 훔치거든요〉 하고 꺼려 해. 알고 보니, 쌍둥이 중 하나는 모종의 장애가 있었어. 정확히 기억나지는 않지만, 정신적 문제라고 하더라. 장애가 있는 아이들은 입양이 더욱 힘들어. 그 캐나다 부부는 미미를 만나고 있었는데, 그때 쌍둥이가 좋으냐고 물어봤지. 그동안 모두한테 물어봤지만, 쌍둥이를 원하는 사람이 없었거든. 그런데 놀랍게도 그들이 동의한 거야. 아마 종교를 믿는 사람들이었나 봐. 원장은 미미의 입양이 더 쉬울 거라고 생각했지만, 미미는 아직도 슈코더르에 있어. 네 친구, 미미의 언니도 편지를 보내곤 했는데 —」

「엘로나요? 엘로나가 어디 있는지 아세요? 뭐 하고 있대요?」 내가 소리쳤다.

「한동안 소식을 못 들었어. 요즘은 편지가 온다고 해도 하세월이 걸리니까. 두어 번 전화도 왔었어. 그래, 그 애가 뭐 하는지는 알아. 보육사 중 한 명이 지금 밀라노에 사는데, 기차역 근방에서 그 애를 봤대. 길거리를 다니면서, 일한대. 무슨 뜻인지 알지? 그 애는 **엑소더스** 행렬을 따라, 여기 어떤 남자애랑 같이 떠났었지. 그 남자애도 일하고 있어. 무슨 불법 거래를 한다던데, 아마 여자들을 매매하는 거겠지. 엘로나랑 같이 시작했을 거야……. 이제 가봐야지? 승합차가 아래층에서 기다리고 있어. 승합차가 새것 같더라. 프랑스인들한테 기증받은 거야. 꼬마들이 정말 신났어. 한 번도 바다를 본 적이 없거든. 햇볕을 쬔 적도 거의 없지, 불쌍한 것들. 이 건물에는 정원이 없어서 말이야. 꼬마들이 햇볕에 화상을 입지 않도록 조심해야 한다. 아, 그리고 내가 집에서 올리브

기름 좀 가져왔어. 이틀 정도 아이들이 햇볕에 적응할 시간이 있으면 좋을 텐데. 자, 일리르를 맡아 줘. 애는 준비가 다 됐네. 드리타가 너랑 같이 갈 거야.」 그녀가 자기 동료를 가리켰다. 「일리르는 오전반이야. 너도 일리르를 좋아할 거야. 아주 착하거든. 그 애 엄마가 네 옛 친구를 좀 닮았어. 그 애 엄마도 같은 일을 하고 있지. 일리르, 이리 와. 여기는 레아란다. 레아가 너를 해변에 데려다줄 거야.」

나는 여전히 엘로나 소식을 곱씹고 있었지만, 더 물어볼 시간이 없었다. 일리르는 문밖에 숨어 있었다. 자기 이름을 듣자, 일리르가 걸어왔다. 처음에는 수줍은 눈치였지만 이내 자신이 생긴 모양이었다. 일리르는 두 살 정도로 보였고, 곱슬머리와 커다란 갈색 눈을 가진 통통한 사내아이였다. 「엄마.」 일리르가 다가오면서 마치 자신의 가장 깊은 비밀을 나에게 털어놓으려는 것처럼 소곤거렸다. 그 얼굴이 밝게 빛났고 동공이 확장되었다. 「엄마 왔다……. 엄마―」

「아니, 엄마 아니야. 엄마가 아니야. 엄마는 아직 그리스에 계셔. 여기는 레아야. 레아가 너를 해변에 데려다줄 거야.」 아스파시아가 끼어들었고, 나를 돌아보았다. 「엄마를 기억하고 있어서 놀랐네. 작년에 자기 엄마를 봤던 게 전부거든. 일주일 정도, 날마다 보러 왔었어. 요즘은 애 엄마가 사진을 보내면, 우리가 보여 주고 있지. 넌 애 엄마랑 닮지 않았어. 나이가 비슷할 뿐이지. 그런데 네가 몇 살이더라? 열다섯, 그래. 그럴 거라 생각했어. 애 엄마가 조금 더 나이가 많네, 열일곱일 거야. 네 친구랑 같은 나이지.

엘로나와 비슷하지만, 얘 엄마는 이탈리아가 아닌 그리스에서 일해.」

그날 오후, 나는 일리르 엄마의 모든 사연을 알게 되었다. 그녀가 예전에 보육사들에게 말해 주었다고 했다. 그녀는 남자 친구에게, 나중에는 남자 친구의 친구들에게 강간을 당했다. 그녀는 아기를 낳고 얼마 후 그리스로 인신매매를 당했지만, 아기를 데리고 있겠다고 주장했다. 출산한 지 3주쯤 지났을 때 그녀는 강보에 싸인 일리르를 고아원 계단 밑에 두고 갔다. 아기 옷과 젖병 몇 개, 그리고 아이의 여섯 살 생일에 데리러 오겠다고 약속하는 편지가 든 상자도 함께 두었다. 그녀는 주기적으로 전화를 하고, 편지를 쓰고, 선물을 사 주라고 돈을 보냈다. 보육사들은 그녀가 돌아오리라고 굳게 믿었다. 일리르는 입양 명단에 없었다. 일리르도 언젠가 자기 엄마가 돌아올 것이라고 믿었다. 그런 일리르가 나를 보자, 그날이 왔다고 생각한 것이 분명했다.

「일리르 엄마, 가자. 일리르 엄마, 바다에 가자.」 아이가 고집했다.

「엄마가 아니란다. 넌 레아랑 바다에 가는 거야. 여기는 레아야, 엄마가 아니라. 엄마는 그리스에 계셔. 엄마는 곧 돌아오실 거야.」 아스파시아가 다시 일러 주었다. 그녀가 나에게 돌아서며 강조했다. 「네가 엄마가 아니라고, 계속해서 말해야 해. 그래, 선생님 중 한 명이라고 설명해 줘. 아이들이 가끔 그래, 우리를 엄마라고 부르지. 하지만 아주 엄격한 태도를 보여야 해. 그러지 않으면 아이들이 애착을 갖게 되고, 저녁에 널 집에 보내려 하지 않을 거야. 아주 힘들어질 거야. 그러니까 일리르한테 그걸 설명하려고 애써 봐, 알았지? 엄마는 그리스에 있다, 엄마가 네 생일날과 새해에 장난감을 사 주라고 우리한테 돈을 남겼다, 그렇게 말해. 일리르가 그건 이해하거든.」

그러나 일리르는 이해하지 못했다. 아니, 그 말을 받아들이지 않은 것인지도 모르겠다. 내가 고아원을 몇 번 방문해서 같이 놀아 주고, 이야기를 읽어 주고, 해변에 데려가자, 일리르는 더욱 고집스러워졌다. 「엄마 왔다! 엄마, 바다 가자!」 일리르는 나를 볼 때마다 소리쳤다. 그러다가 내가 떠날 시간이 되면, 내 다리에 매달리고, 바닥에 드러눕고, 보육사들을 발로 차며 내가 자기와 같이 있어야 한다거나 자기를 데려가야 한다고 떼를 쓰며 울었다. 「일리르 집에 데려가. 엄마, 일리르 데려가.」 일리르는 내가 있으면 다루기가 점점 더 힘들어졌다. 해변에서는 물 밖으로 나오지 않으려 했고, 음식을 먹거나 낮잠을 자는 것도 거부했다. 내가 떠날 시간이 되면, 내 가방이 없어지거나 아니면 내 샌들이 사라졌다. 그것은 정상적인 유아의 행동일 수 있었다. 다만 고아원에 있는 아이들은 그런 행동을 하지 않았다. 그들은 절대 울지 않고, 떼를 쓰지 않았다. 내가 그곳에 있다는 것, 일리르가 나에게 애착을 가진 것이 문제라고, 보육사들이 설명했다. 일리르는 그렇게 비참해질 필요가 없었다. 그냥 내가 보이지 않으면 괜찮을 것이었다. 나는 유아반 방문을 줄이고 그 건물의 다른 구역, 더 어려서 사람들을 더 쉽게 잊는 영아반에 가달라는 부탁을 받았다.

그리고 그 여름이 끝났다. 날씨가 바뀌자, 그 프로젝트의 기금은 바닥났고, 나는 고아원을 방문하는 일을 중단했다. 일리르가 어떻게 되었는지 알 수 없었고, 엘로나와 그녀의 동생에 관해 다른 소식을 듣지도 못했다. 엘로나가 아직도 거리에 있는지, 미미가 캐나다인 부모를 찾았는지 이따금 궁금했다. 나는 다시 내 방으로 돌아갔다. 우리 할머니는 50분 간격을 두고 주기적으로, 우유 한 잔이나 약간의 과일을 들고서 노크도 없이 들어왔다. 「우리는 무척 운이 좋아.」 할머니는 방을 나갈 때마다 그렇게 혼잣말을 했다.

20장

유럽의 나머지처럼

1996년, 국회 의원 선거에 출마할 것으로 예정되었던 사람은 원래 엄마였다. 엄마는 그 당이 설립된 날부터 당원이었다. 엄마는 당내 서클의 모든 사람을 알고 있었고, 심지어 성명서도 읽었다. 그 당이 유일 정당이 아니었음에도, 우리는 그 당을 〈당〉이라고 불렀다. 그 당은 알바니아 민주당으로 예전 공산주의자들의 주요 맞수였다. 그렇더라도 우리가 무슨 당을 말하는지 모두가 이해했다. 우리 가족이 전 공산주의자들을 지지할 위험은 없었다. 그들에게 당이 하나뿐인 것처럼 우리에게도 당은 하나뿐이었다.

당시 엄마는 5년째 정치 활동을 하고 있었다. 엄마는 당의 주요 슬로건을 지지했는데, 사람을 무장 해제 시키는 그 슬로건의 단순함에는 좌절된 수십 년의 열망이 감추어져 있었다. 〈알바니아를 유럽의 나머지처럼.〉 내가 〈유럽의 나머지〉가 무엇을 뜻하는지 물었을 때, 엄마는 몇 단어로 요약했다. 부패 척결, 자유 기업

장려, 사유 재산 존중, 개인의 주도권 권장, 한마디로 자유였다.

그렇지만 엄마가 곧 깨달았듯이, 슬로건을 설명하는 것만으로는 유망한 국회 의원 후보가 될 수 없었다. 다른 덕목들이 필요했다. 엄마는 무대 위에서는 카리스마가 있었지만, 회의할 때는 인내심을 잃었다. 엄마는 예언자의 열성에 사로잡혀 있었고, 엄마의 연설은 비록 단기적으로는 사람들을 열광시켰지만, 장기적으로는 사람들을 두렵게 만들었다. 엄마는 약속을 받아들이는 진지한 태도 때문에 타협하기를 꺼렸다. 엄마에게는 엄격한 수학 교사의 방식이 그대로 남아 있었다.

엄마는 자진해서 아빠에게 그 자리를 넘겼다. 「그이는 남자잖아요. 그게 도움이 되죠. 그리고 마치 여자처럼 사랑받고 있어요. 그것도 도움이 되고요.」 엄마는 아빠를 내세우면서 설명했다. 대체로 아빠는 엄마보다 훨씬 인기가 많았다. 항구의 일자리를 지키기 위해 투쟁하는 집시 노동자들은 물론 조부의 재산을 되찾기 위해 싸우는 과거의 반체제 인사 가족들에게도 호소할 수 있는 후보자는 많지 않았다. 아빠는 반대파인 사회주의자들 사이에서도 평판이 좋았다. 논쟁을 하면서도 그들을 중단시키지 않았고, 비판을 사적으로 받아들이지 않으면서 자신의 견해를 제시하려고 노력했기 때문이다. 「필요하다면 그이도 싸울 수 있어요. 그이는 부패와 싸울 수 있어요. 이 나라에 부패가 얼마나 많은지 다들 알잖아요. 우리에겐 정직한 정치가가 필요해요.」 마치 아빠의 상냥한 태도 때문에 아빠에게 찾아온 기회가 위태로울 수 있다는 생각이 방금 들었다는 듯, 엄마가 서둘러 덧붙였다.

〈부패〉는 새로운 유행어였다. 그것은 현재와 과거, 개인적인 것과 정치적인 것을 막론하고, 인간의 문제와 제도적 결함 등 온갖 부류의 악에 대한 포괄적인 설명이었다. 부패는 경제 자유화와 정치 개혁이 만나서 약속대로 조화롭게 통합하는 대신 썩기 시작한 현장이었다. 때로 그것은 도덕적 의무의 유기, 때로는 직무의 남용으로 묘사되었지만, 그보다는 사회주의 변혁이 시도된 이후 드러난 인간 본성의 실패로 여겨지는 경우가 더 많았다. 더욱이 부패와 싸우는 것은 굉장히 어려웠다. 히드라처럼, 머리를 베어 낼 때마다 두 개의 머리가 다시 자라나곤 했다. 부패는 그 자체의 논리를 가지고 있었지만, 누구도 그것을 해독하려 들지 않았고, 하물며 그 전제에 도전하는 것은 더더욱 시도하지 않았다. 그 단어 자체만으로도 문제는 충분히 설명되었다.

처음에 아빠는 공직에 출마하기를 꺼렸다. 아빠는 당원이었던 적이 없었다. 아빠는 자신의 관점이 지나치게 모호하지 않은지, 심지어 논쟁적이지는 않은지 걱정했다. 아빠는 민영화와 자유 시장에 대해 확신이 없었다. 이 나라가 나토에 가입해야 하는지 알 수 없었다. 심지어 우리의 가장 큰 문제가 부패라고 확신하지도 못했다. 아빠는 자신의 견해가 어느 쪽에 해당하는지, 좌파인지 우파인지 판단할 수 없었다. 정의에 관해서는 〈좌파〉이지만, 자유에 관해서는 〈우파〉라고 느꼈다.

엄마가 그런 아빠의 생각을 수정해 주었다. 과거 공산주의였던 나라에는 좌파나 우파가 없으며, 〈공산주의적 향수론자〉와 〈자유주의적 희망론자〉밖에 없다고 말이다. 아빠는 희망론자의 범주에 꼭 들어맞지도 않았다. 하지만 아빠는 관료의 삶에서 점점 더 좌절감을 느끼고 있었다. 항구에서 퇴근할 때마다, 노력이 빗나간 이야기와 서명하지 말았어야 할 서류 때문에 불안해하고 원망하는 일이 늘어났다. 만약 아빠가 관심이 있다면, 그러니까 아빠가 좋은 일을 하고 싶거나 나쁜 일을 제한하고 싶다면, 가만히 있어서는 안 된다고 아빠를 설득하기는 쉬웠다. 엄마는 아빠에게 행동을 취해야 한다고, 적극적으로 행동한다는 것은 정치에 가담한다는 의미라고 강조했다. 「정치가 중요해요. 왜냐하면 단지 다른 사람의 결정을 이행하는 게 아니라 당신이 그 결정을 내리게 되잖아요.」 엄마가 말했다. 바로 그런 것이 민주주의였다.

그러나 어떤 정당도 구조 개혁을 방해할 수는 없었다. 구조 개혁은 본질적으로, 솔직하게 자축하는 어조로 〈유럽 가족으로 통합되는 과정〉이라 불리는 것과 연결되어 있었기 때문이다. 우리나라의 역사에서 그런 시기와 장소가 있었을 수는 있다. 정치가 변화를 만드는 시기, 관료가 아닌 활동가가 되어 법의 적용이 아닌 입법의 수준에서 개입함으로써 규칙을 바꾸려 시도할 수 있는 시기 말이다. 그러나 지금은 그런 시기가 아니었다. 구조 개혁은 날씨처럼 피할 수 없었다. 구조 개혁은 어디에서나 똑같은 형태로 적용되었다. 그것은 과거가 실패했기 때문이며, 미래를 어떻게 형성해 갈 수 있는지 배운 적이 없었기 때문이다. 정치는 없고, 오직 정책만 남아 있었다. 그리고 정책의 목적은 자유의 새 시대를 위해 국가를 준비시키는 것, 사람들에게 마치 〈유럽의 나머지〉에 속한다고 느끼게 해주는 것이었다.

몇 년 사이에 〈유럽의 나머지〉는 하나의 캠페인 슬로건, 그 이상의 것이었다. 그것은 이해하기보다는 모방하고, 정당화하기보다는 그냥 흡수해 버리는 경우가 더 많았던 삶의 특정 방식을 상징했다. 유럽은 하나의 터널, 그 입구에 밝은 빛이 비치고 번쩍이는 간판이 있지만, 내부는 어두워서 처음에는 앞이 안 보이는 기다란 터널 같았다. 그 여행을 시작할 때, 어느 누구도 그 터널이 어디에서 끝나는지, 빛이 안 들어오지는 않는지, 반대편에는 무엇이 있는지 물어볼 생각을 하지 않았다. 누구도 횃불을 가져가거나, 지도를 그릴 생각을 하지 못했고, 지금까지 그 터널을 빠져나간 사람이 있는지, 또는 출구가 하나뿐인지 아니면 여러 개인지, 모두가 같은 길로 가야 하는지 물어볼 생각도 하지 않았다. 다만 우리는 계속 나아가기만 했다. 우리가 충분히 열심히 했다고 생각하면서 터널이 계속 밝기를 바랐고, 사회주의 줄에서 기다리던 것처럼 오래도록 기다렸다. 시간이 흘러도 개의치 않고, 희망을 잃지 않고서.

「유럽의 나머지처럼.」 포근한 5월의 어느 날 오후, 지역 이맘인 무라트가 반복해서 중얼거렸다. 선거를 앞두고 아빠가 그의 지지를 기대해도 되는지 물어보려고 우리가 그를 찾아갔을 때였다. 「물론이지, 자포. 우리는 물론 자네를 지지할 거야. 하지만 돈이 필요할 거야. 돈이 없으면 이런 일을 할 수 없어.」 무라트가 말했다.

무라트의 가족은 아리안의 부모에게 집을 팔고 난 후, 우리 동네를 떠나 묘지 근처의 작은 아파트에 세 들어 살았다. 그 아파트는 바리케이드처럼 쌓아 올린 가구들 때문에 비좁았다. 옛날 집에 있던, 꽃과 나비가 인쇄된 녹색 폴리에스터 커튼이 여전히 걸려 있었다. 컬러텔레비전을 놓을 공간을 마련하느라 치워 버렸는지 서가는 보이지 않았다. 바닥에는 서로 다른 언어로 된 코란들이 흩어져 있었고, 여러 켤레의 신발이 신문에 싸여 있었다. 무라트는 틈이 날 때마다 여전히 구두 수선을 하고 있었다.

「요전에 베를루스코니 인터뷰를 봤어.」 그가 말을 이었다. 「베를루스코니 알지? 대단한 사람이야. 아주 건강해 보이더군. 이십 대 같아. 항상 웃고 있잖아. 그 인터뷰에서 베를루스코니가 자기가 살아온 이야기를 했는데, 건축 일부터 시작했다는군. 그러다가 배 위에서 음악을 연주했고, 그다음엔 민영 텔레비전 채널을 사버렸대. 사람은 다른 일을 시도해야 해. 어디서 성과가 나올지 알 수 없거든. 베를루스코니가 직접 그렇게 말했어. 그자는 사업가야. 지금은 다른 사람들이 그의 사업을 돌보지. 그는 정계에 있으니까. 그자가 돈 버는 법을 안다면, 선거에서 이길 방법도 알 거야. 물론 그에겐 적이 많아. 사람들은 시기하니까, 늘 그래요. 하지만 베를루스코니는 그들을 무시할 수 있어. 자기 소유의 텔레비전 방송국이 있고, 자기 소유의 신문사도 있잖아. 자포, 자네가 선거에서 이기고 싶다면, 돈이 필요해. 사람은 항상 돈이 필요해. 자기가 쓸 돈이 없으면 남한테 돈을 줄 수가 없지. 자네 돈은 어디에 있나?」

「아버지의 외투 주머니에.」 아빠가 농담했다.

무라트가 피식 웃었다.

「돈이 아주 많이 필요할 거야, 자포. 아주 많이. 이런 일이 어떻게 돌아가는지, 내가 잘 알아. 모스크에 기부하는 아랍인들 때문에 그런 일들을 알게 되었거든.」 무라트가 말을 멈추고 담배에 불을 붙였다. 「플루투라가 다니던 공장이 문을 닫았을 때,」 그는 자기 아내가 있는 쪽을 바라보며 말을 이었다. 「나는 생각했어. 우리는 어떻게 될까? 우리 모두 굶어 죽겠군, 그렇게 생각했지. 알라 케림.* 하지만 알라께서는 스스로 돕는 자를 도우시네. 그 후 다행히도 상황이 좋은 쪽으로 흘러갔어. 회사가 생긴 거야. 무슨 말인지 알지. 그 회사들 —」

「무라트 아저씨, 여쭈어보고 싶은 게 있어요.」 내가 끼어들었다. 「아저씨는 매일 오전과 오후에 미나렛에서 〈알라후 아크바르〉를 부르시잖아요. 그거 진짜 노래를 하는 거예요, 아니면 녹음을 트는 거예요? 학교에서 내기했거든요. 어떤 애들은 아저씨가 날마다 노래하는 거래요. 전 녹음이라고 했고요.」

「그건 녹음한 거란다, 레우슈카. 이제 네가 아저씨한테 1만 레크 빚진 거다.」 그가 한쪽 눈을 찡긋했다. 그는 다시 진지한 표정을 짓고 아빠를 보았다. 「수데, 포풀리, 캄베리, 베파. 그 회사들에 약간의 돈을 넣으면, 그보다 많은 돈을 받을 수 있어. 하지만 우리에겐 넣을 돈이 한 푼도 없었지. 우리가 무얼 할 수 있었겠나? 그

* 알라는 자애로우십니다 — 원주.

래서 이 나라를 떠나려고 했었지. 기억하겠지만, 우리는 **블로러호**에 몸을 실었어. 이탈리아로 향하던 그 여행에서 우리가 얻은 것은 약간의 멍이 전부였네. 집을 팔기로 결심한 때는 그때였어. 아이들은 정든 골목을 떠나게 되어 슬퍼했지. 우리도 슬프더군. 이웃들이 좋은 사람들이니까. 난 그 집을 내 손으로 지었다네. 자네의 그 모든 구두를 지었던 바로 이 손으로.」 그는 잠시 말을 멈추더니, 자신이 만든 모든 구두를 들고 있다는 듯, 두 손을 올렸다. 「사람은 희생을 해야 해. 우리 이웃인 바키네 말이야. 그들이 우리 집을 현금으로 샀어. 그 돈으로 우리는 뭐든 할 수 있었지. 돈을 써버릴 수도 있었고, 아니면…….」 그가 잠시 생각했다. 「그걸 뭐라고 하더라? 투자. 우리는 그 돈을 투자했네. 한 푼도 남기지 않고 말이야. 유럽의 나머지는 돈을 가지고 무얼 할 것 같나? 그들은 돈을 투자한다네. 돈을 투자해서 돈이 불어날 수 있게 하는 거지.」

아빠는 생각에 잠겨 있었다. 아빠는 희미하게 죄책감 어린 표정을 짓고 있었다. 얼마 전 우리는 집에서 그 새로운 회사들에 관해 이야기한 적이 있었다. 수데, 포풀리, 캄베리, 베파 등은 저축의 대가로 높은 이자율을 약속하면서, 하나둘 등장한 회사들의 이름이었다. 그 회사들의 활동이 정점에 이르렀을 때는 전체 인구의 3분의 2 이상이 이 나라의 국내 총생산 중 절반에 해당하는 금액을 투자했다. 일부 회사들은 호텔, 레스토랑, 클럽, 쇼핑센터 등을 지었다. 그러나 우리 가족은 집에 보관했던 현금을 예금하기를 꺼렸다.

무라트는 담배 연기를 내뿜은 후 손가락 사이에 있던 담배를 비벼 끄더니, 다른 담배에 불을 붙였다.

「자포, 내 말 듣게. 모아 둔 돈을 전부 외투 주머니에 보관할 수는 없어. 시대가 바뀌었거든. 자네도 투자를 해야 해. 유럽의 나머지처럼. 무엇을 기다리고 있나? 우리가 저축한 돈은 전부 캄베리에 있었어. 하지만 그들이 이자를 고작 10퍼센트만 주기에 포풀리로 바꾸어 버렸지. 거기선 30퍼센트를 준다네. 그러다가 수데를 발견했는데, 거기선 매달 우리 저축을 두 배로 불려 줘. 아니, 그보다도 많지. 물론 우리는 그만큼 다 빼지는 않아. 더 불어날 수 있게 거기에 맡기지. 유럽의 나머지처럼 말이야. 자네도 저축하고 투자해야 해. 돈이 불어날 수 있게 저축하고, 투자하게.」 그는 진지했다.

아빠는 웃음을 지었고, 고개를 끄덕였다. 우리가 집에서 그 회사들에 관해 토론할 때마다 부모님은 언쟁을 벌였다. 엄마는 외투 주머니는 집어치우고 우리가 모은 돈을 그 회사들에 맡겨야 한다고 주장했다. 나머지 가족들은 주저했다. 「어떻게 10만 레크를 한 회사에 덜컥 예금할 수 있는지 이해가 안 가. 그리고 두 달 후면, 그 액수의 두 배를 받는다니. 무슨 도박 같잖아.」 아빠가 말했다.

「적은 액수로 시작해 볼 수도 있잖아요. 그다음에 어떻게 되는지는 두고 보자고요. 천천히 해도 돼요. 우리 집을 팔거나 다른 걸 팔아서 하자는 게 아니에요.」 엄마가 대답했다.

「하지만 그 돈이 다 어디서 나와? 여기엔 공장 하나 없고, 생산

품 하나 없는데.」 아빠는 물러서지 않았다.

「당신이 익숙하지 않다고 해서, 그게 더럽다는 뜻은 아니에요.」 엄마가 주장했다. 「그 회사들도 역시 투자해요. 그 회사들은 레스토랑, 클럽, 호텔 들을 가지고 있어요. 돈이 도는 거죠. 사람들은 이탈리아에서, 그리스에서 돈을 보내요. 많은 이민자가 부모님을 도우려고 돈을 부쳐요. 대부분이 정직하게 일해서 번 돈이죠. 바로 거기서 돈이 나오는 거예요. 이민자가 부모에게 돈을 보내고, 부모는 그 돈을 그 회사들에 저축하고, 그 회사들은 그 돈을 안전하게 보관했다가 투자하고, 그걸로 사람들에게 이자를 주는 거죠. 그러다가 누군가 돈이 필요하다면, 뭔가를 사야 한다면, 그 회사에서 돈을 내주는 거예요. 빌려주기도 하고요. 이건 핵 과학이 아니에요. 당신, 대학 졸업했잖아요. 뭐가 이해가 안 된다는 거예요?」

니니가 끼어들었다. 「**내가** 이해가 안 되는 건, 만약에 모든 사람이 한꺼번에 돈을 돌려 달라고 하면 그때는 어떻게 되는 거니? 그 회사들은 어떻게 모든 사람한테 돈을 내줄 수 있지?」 할머니의 마지막 말에 엄마는 유독 짜증을 냈다. 「사람들이 왜 한꺼번에 돈을 달라고 하겠어요? 그 모든 돈이 한꺼번에 필요한 일은 없을 거예요. 도대체 왜 회사가 아닌, 저 매트리스 밑에 돈을 보관하고 싶은 거예요?」

「자네는 왜 아버지의 주머니에 돈을 보관하려 하나?」 무라트도 아빠에게 똑같이 물었다. 「우리 가족은 이제 잘 지내고 있어. 언젠가 우리 집을 되살 수 있을 거야. Positive thinking(포지티브

씽킹). 유럽의 나머지처럼, 우리는 **포지티브 씽킹**을 배우지 못했네. 사실 그게 우리의 문제야.」 그가 영어를 섞어 가며 말했다.

결국 **포지티브 씽킹**이 이겼다. 우리는 집을 팔지는 않았지만, 우리가 모은 돈 대부분을 한 회사에 〈투자〉했다. 포풀리, 정식 이름은 데모크라시아 포풀로레(인민 민주주의)였다. 할머니는 결코 그 이름에 익숙해지지 못했다. 우리가 1990년 이전에 배급표를 받던 지역 의회 단위인 프론티 데모크라티크(민주 전선)와 계속 헷갈려 했다. 「민주 전선에서 이자 받았니?」 할머니는 첫 분기 말에, 아빠가 포풀리 사무소에서 예금액에 대한 이자를 들고 오자 그렇게 물었다. 「받았어요. 전부 주머니에 있어요.」 아빠가 대답했다.

포지티브 씽킹은 아빠의 국회 의원 선거와 관련한 일에서도 이겼다. 아빠는 투표에서 60퍼센트 이상의 표를 얻었다. 이것은 아빠의 짧은 국회 의원 경력에서 기록한 유일한 성공이었다. 국회에서 보낸 나머지 기간은 처참한 실패로 점철되었다. 아빠는 지도자의 두려움 없는 본능과 조언자의 계산된 인내심이 자신에게는 없다는 사실을 곧 깨달았다. 아빠는 당의 규율에 따르지도 않았다. 결정을 내리는 데 머뭇거렸지만, 다른 사람들의 결정을 지지하는 일도 꺼렸다. 아빠에게는 인도하려는 야망도, 따르려는 의향도 없었다.

국회 의원이 되기에는 저주받은 시기였다. 그해의 선거는 이 나라 역사상 가장 치열했던 선거 중 하나였다. 사회주의 야당은 현 정부가 사기라고 비난했다. 그들은 선거 결과를 인정하지 않았고, 국회에서 의석을 차지하지 못했다. 이 나라는 국제 참관인, 외교 중재자, 정치 고문 들로 넘쳐났다.

아울러 시급한 해결이 필요하다고 생각되는 문제에 대해, 기술 용어를 영어로 표현해 대중화하는 재주가 뛰어난 금융 전문가들도 넘쳐 났다. **이머징 마켓, 인베스터 컨피던스, 거버넌스 스트럭처스, 트랜스페런시 투 파이트 커럽션, 트랜지셔널 리폼스** 등 그들이 대중화하지 못한 유일한 기술 용어는 우리 동포의 압도적 대다수가 저축을 맡긴 〈회사들〉을 가리키는 말, 바로 **피라미드 조직**pyramid schemes이었다. 이것은 이 나라의 저개발된 금융 부문을 보완하기 위해 1990년대 초반에 등장하기 시작했고, 가족 간 유대를 기반으로 이민자의 송금에 의해 지지되는 비공식 신용 시장의 맥락과 닿아 있었다. 1995년 국제 연합이 옛 유고슬라비아에 대한 제재를 중단한 후, 밀수의 기회는 더욱 줄어들고 현금 보유자들은 더 많아졌다. 이는 피라미드 조직들이 예금을 대가로 점점 더 높은 이자율을 약속할 수 있다는 뜻이었다. 1996년의 선거는 이 문제를 더욱 악화시켰다. 몇몇 회사가 집권 민주당의 선거 운동에 기부하면서 인지도를 높이고, **유럽의 나머지처럼** 이익을 얻는 투자에 관해 전반적인 과대광고를 펼친 것이다.

몇 달이 지나자, 피라미드 조직들은 그들이 약속했던 높은 이자를 계속 지급할 수 없다는 사실이 드러났다. 모든 회사가 지급 불능에 빠졌다. 우리 가족을 포함해, 인구의 절반 이상이 저축금을 잃었다. 사람들은 정부가 그 회사들의 소유주와 결탁했다고 비난했고, 돈을 돌려 달라고 요구하기 위해 거리로 나섰다. 전통적으로 사회당을 강력하게 지지해 온 남부에서 시작된 시위는 곧 전국으로 확대되었다. 약탈, 민간인의 군 기지 공격, 그리고 전례 없던 이주의 물결이 이어졌다. 2천 명 이상의 사람들이 목숨을 잃었다. 이 사건들은 역사책에 알바니아 내전으로 기록되어 있다. 우리에게는 1997년, 그 연도를 언급하는 것으로 충분하다.

21장

1997년

내전에 관해 어떻게 쓸까? 다음은 1997년 1월에서 4월까지, 내가 일기에 썼던 글이다.

1997년 1월 1일

새해가 새 삶을 가져다줄 것이라고, 사람들은 왜 항상 나를 설득하려 드는지 모르겠다. 심지어 트리 조명도 재활용되는데, 심지어 불꽃놀이도 작년이랑 똑같은데.

1월 9일

전자 기술* 시험이 있었다. 10점을 맞았다.

* 중등학교의 필수 과목으로 기계와 공학을 주로 다루었다. 소비에트 중심으로 구성된 커리큘럼의 잔재였다 — 원주.

1월 14일

학교는 쓸모가 없다. 학교가 즐겁지 않다. 하지만 이제 학기는 끝나 가고 올해가 마지막이다. 성적에 집중해야 한다. 하루 종일 수학과 물리학을 공부했다.

1월 27일

수데*가 파산했다. 정부는 나머지 모든 회사의 계좌를 동결했다. 남부에서 시위가 벌어지고 있다. K가 보고 싶다. 그와 사랑에 빠진 것 같다. 하지만 그는 나를 무시한다.

2월 7일

날은 어둡고, 나는 침대에서 메탈리카의 새 앨범을 듣고 있다. 보나 마나 누군가 와서 너무 시끄럽다고 불평하겠지.

2월 10일

갈리카**가 파산했다. 사람들이 돈을 돌려 달라고 요구하고 있다. 블로러***에서 약간의 소요가 있었다. 시위대는 정부가 물러나기를 원한다.

* 처음 파산한 피라미드 조직 중 하나였다—원주.

** 또 다른 피라미드 회사로, 특히 남부 지역에 널리 퍼져 있었다—원주.

*** 전통적인 좌파 성향의 남부 소도시.

2월 13일

밸런타인데이를 앞두고 우리는 학교에서 〈노새〉와 행사를 가졌다. 프랑스 대사관에서 손님들이 왔는데, K가 왜 체육복을 입고 있었는지 이해가 안 갔다. 마치 신경 쓰지 않는다는 것 같았다. 그가 정치 상황에 대한 우리 아빠의 생각을 물었다. 아빠는 정부의 사퇴를 요구하는 국회 동의서에 서명했다고, 그에게 말해 주었다. K의 아빠는 돌아가셨다. 1990년대 초에 비밀스러운 상황에서 사망했다. 과거에 시구리미 요원이었다. 아, 짜증 나.

2월 14일

[K에게 쓰는 아주 긴 연애편지. 그가 받아 볼 일도 없고 이런 편지가 쓰였는지도 영영 모를 것이다.]

2월 15일

전국 소로스 토론 대회에서 우리가 이겼다. 발의안은 〈열린 사회들은 열린 국경을 필요로 한다〉였다.

2월 24일

오늘 물리 올림피아드에 나갔다. 문제를 보고 그 안에서 세 시간을 보내다가, 지루함에 관한 시 한 편을 써서 냈다.

2월 25일

정치 상황은 긴장의 연속이다. 블로러에서 학생들이 단식 투쟁을 하고 있다. 바비*가 다른 열세 명의 의원과 함께 서명한 발의안이 모든 신문에 실렸다. 그것이 큰 파장을 일으켰다. 당은 〈붉은 기회주의자들〉이라며 그들을 비난했다.

3월 9일에 국회에서 베리샤**를 대통령으로 확정하는 투표가 실시된다. 유럽 연합은 어제 회의를 열고 베리샤를 지지한다고 선언했다.

바비는 발의안에 서명한 의원들이 자신들은 친유럽이라고 썼기 때문에 입장이 곤란해졌다고 말한다. 유럽 연합은 베리샤를 지지하기 때문에, 베리샤에 대한 공개적인 반대를 〈불안정화〉라고 여긴다. 나는 아빠에게 만약 베리샤에게 투표한다면, 아빠는 겁쟁이라고 말해 주었다. 아빠는 정치가 복잡하다고 한다. 내 생각에는 상황이 요구하는 일이 아니라, 옳다고 생각하는 일을 하는 것이 맞는 것 같다.

2월 26일

오늘은 숙제를 하나도 하지 않았다. 블로러에서의 단식 투쟁과 연대하는 뜻으로, 내일 우리는 수업을 거부하기로 했다. 수업을 빠질 생각에 다들 몹시 신이 났다.

* 알바니아에서 〈아빠〉를 부르는 애칭 ― 원주.

** Sali Berisha(1944~). 심장병 전문의이자 전 당원으로, 1990년대에 사회주의를 전복시킨 학생 운동의 역사적 지도자였다. 내 아버지가 국회 의원이던 당시 알바니아 민주당 대표였고, 위의 사건들이 발생했을 당시 정부에 몸담고 있었다 ― 원주.

2월 27일

교장 선생님은 수업 거부에 반대하지는 않았지만, 교장 선생님이 개인적으로 받을 징계의 파장을 피하려면 우리에게 학교 전체가 서명한 탄원서를 제출해야 한다고 했다.

우리는 이런 초안을 작성했다. 〈블로러의 학생들과 연대하되 지난 몇 주 동안 일어난 폭력 행위와 거리를 두면서, 우리는 무기한 수업 거부를 할 것임을 선언합니다.〉 그러나 모두가 서명하지는 않았다.

오후에 집에 돌아오자, 민주당 청년 동맹 간사가 내게 전화를 걸어, 누가 수업 거부를 조직했는지 아느냐고 물었다. 나는 아무것도 모른다고, 모든 것이 즉흥적이었고, 우리에게는 지도자가 없다고 대답했다. 그는 우리가 추가 휴일을 원한다면 자신들이 해결해 줄 수 있다고, 그러나 우리가 한 일은 매우 불쾌하다고 말했다. 나는 단지 휴일을 원해서 한 것이 아니라고 설명했다. 그는 주최자 중 아는 사람이 있느냐고 물었다. 나는 모두라고 말했다. 그러자 그는 나처럼 당과 가까운 사람, 학교로 돌아가자고 친구들을 설득할 수 있는 사람이 있느냐고 물었다. 나는 누구에게든 학교로 돌아가라고 설득할 계획이 없다고 말했다. 그가 왜 그렇게 시위에 관심을 가지는지 나에게 물었다. 〈네 엄마는 당원이고, 아빠는 국회 의원이고, 너의 당이 정부 여당인데, 총리가 사임하면 너는 뭘 먹을 건데, 네 똥?〉 나는 친구들의 이름을 대지 않았다. 내가 무슨 스파이인 줄 아나?

2월 28일

K가 『코하 요네』* 5면에 실린 수업 거부 기사에 짜증을 냈다. 그는 그 기사가 2면에 실려야 했다고 말했다. 대체로 그는 나를 무시하는 편이지만, 오늘 우리는 즐겁게 수다를 떨었다. 그는 학교에 다니는 사람들 가운데 80퍼센트는 알바니아어를 제대로 말하지 못하고, 10퍼센트는 알바니아어를 하지만 신문을 읽지 않고, 5퍼센트는 신문을 읽지만 이해하지 못한다고 주장했다. 그는 괜찮은 친구다. 그와 사랑에 빠지는 것이 좋은 생각인지는 모르겠다. 좀 기이한 친구다.

청년 동맹에서 다시 몇 번 전화가 와서, 학교에서 당을 지원하라며 나를 압박했다. 무슨 소용이람? 권력은 빠져나갔다. 머리카락 몇 가닥으로는 그것을 붙들어 둘 수 없다.

3월 1일

블로러에서 경찰과 싸우는 도중에 아홉 명이 죽었다. 바비는 어젯밤 1시에 전화를 받았다. 오늘 아침에 임시 국회를 소집한다는 전화였다. 다른 도시에서도 소요가 벌어지고 있다. 남부로 향하는 많은 도로가 바리케이드로 봉쇄되었다. 〈내전〉이 곧 터질 것이라고 한다. 누가 누구와 싸운다는 것인지 이해가 안 간다. 모든 사람이 돈을 잃었다. 현명하게도 우리는 집을 팔지는 않았다. 엄마는 나더러 학교 밖에 서 있는 것은 괜찮지만, 시위를 선동하지

* Koha Jonë. 정부에 비판적인 좌파 신문—원주.

는 말고 입 다물고 있어야 한다고 했다. K를 보았다. 베사도 만났다. 베사는 하우스 파티에 가는 중이었다. 이번에 학교 전체가 수업을 거부한 것은 멋있다. 우리는 많은 시간을 같이 보낸다.

3월 2일 오전 8시

이상한 일이다. 총리가 사임했다. 베리샤 총리는 모든 당을 불러 원탁회의를 했다. 어제 사회당은 민주당이 이끄는 새 정부에 동의했다. 오늘 그들은 그 동의를 철회했다. 남부는 혼돈에 싸여 있다. 사란다와 히마레*에서는 무기고 다섯 곳이 습격을 받았고, 해군 무기고 한 곳이 폭파되었다. 살인죄를 선고받은 모든 죄수가 탈옥했다.

3월 2일 밤 10시

일기를 쓰다 말고 뉴스를 보았다. 바비가 국회에서 돌아왔다가 다시 나갔다. 바비는 티라나에서 돌아오는 길에 전화해서, 나더러 집 밖에 나가지 말라고 했다. 바깥은 안전하지 않고, 사람들이 바비한테 화가 나면 나에게 보복할 수 있다면서 말이다. 대통령은 비상사태를 선포하고 군대에 권력을 넘겼다. 군부 통치라니, 듣기에도 끔찍하다. 네 명 이상이 무리를 지어 외출하는 일이 금지되었고, 통금 시간이 생겼고, 문화적 목적의 활동을 포함해 조직적인 활동은 할 수 없게 되었으며, 법을 어기는 사람에게 발포

* 남부에 있는 전통적인 좌파 기반의 도시들이다 — 원주.

할 권리가 군인들에게 주어졌다. 사람들은 정부를 전복시키기 위해 블로러에서부터 티라나를 향해 행진하고 있다. 주변의 모든 사람이 소곤거린다. 전에 학교에서 만났던 몇몇 이탈리아 기자에게서 전화가 왔다. 「È grave(심각해요).」 내가 할 수 있는 말은 그것뿐이었다. 무섭다. 하지만 사방이 쥐 죽은 듯 고요하다. 어쩌면 그것은 말뿐인지도 모른다. 군부 통치, 비상사태. 느낌으로는 무시무시한 말들인데.

3월 3일

오늘 오전, 우리는 텔레비전에서 익살극 같은 대통령 선거를 지켜보았다. 민주당 의원 118명 가운데, 찬성 113명, 반대 1명, 기권 4명이다. 바비는 그 네 명 중 한 명이다. 오늘 오전 티라나에서는 코하 요네 신문사가 불에 탔고, 기자 한 명이 실종되었다. 군인들이 반란 세력을 진압할 만큼 힘이 세지 않은 것 같다. 지난밤 2시에 블로러의 학생들이 단식 투쟁을 포기했다. 학생들은 누구와 협상을 해야 할지 몰랐다. 서로 다른 갱단들이 군부대 막사를 공격하고, 무기를 훔치고, 가게를 약탈하고 있다. 우리의 탱크는 너무 낡았다. 작동이나 하려나.

무섭다. 바비는 나더러 절대 집 밖으로 나가지 말라고 했고, 혹시라도 방법을 찾게 되면 나를 이탈리아로 보내겠다고 했다. 좋은 성적을 받으면 신청할 수 있는 대학 장학금이 있다는 말을 어디선가 들은 것이다. 총책임을 맡은 바슈킴 가지데데가 오늘 휴교령을 발표했다. 그에게는 아무런 해결책도 없는 모양이다. 오후 8시부터 오전 7시까지는 통행금지다. 가게들은 오후 3시에 문을 닫는다. 여기 두러스는 조용하다. 어쩌면 떠나는 것이 괜찮을 수 있다. 이곳이 그리울 것이다. 모든 것이 망가졌다. 나는 가고 싶지 않다.

3월 4일 오후 1시 40분

엄마가 방금 당 회의에 다녀왔다. 엄마 말이, 사람들이 스스로 보호할 수 있도록, 이름을 등록하고 총을 나눠 주고 있다고 한다. 바비는 집에 총을 두기 싫다고 말한다. 어쨌거나 아빠는 총을 사용하지 않을 것이다. 엄마는 총이 억제책이 될 수 있다고 주장한다. 엄마는 총을 사용하겠다고 말한다. 오늘 두러스에서 블로러 번호판을 단 자동차들이 보였다. 정부는 남부로 탱크들을 보냈다. 확실히 탱크가 아직은 작동하나 보다. 시위대는 산으로 달아났고, 기자들은 모두 헬리콥터를 타고 대피했다. 만약 시위대가 두러스에 도착하면 우리는 어떻게 해야 할지 모르겠다. 여기는 아직 모든 것이 괜찮다. 나는 집에서 체스 게임과 카드 게임을 한다. 나는 떠나기 싫다. 학교를 마치고 싶다.

3월 5일

K가 보고 싶다. 떠나기 전에 그를 보았으면 좋겠다. 난 떠나고 싶지 않다. 떠나면 많은 것을 잊어버린다. 떠나면 사람들을 잊어버린다.

3월 7일 오후 12시 30분

대통령은 사람들이 무기를 버린다면, 48시간 내로 연립 정부가 들어설 것이며 사면이 있을 것이라고 말했다. 어제 각 당이 모여 원탁회의를 열었다. 국회의 분위기가 문명화된 모양이다. 나는 아직도 외출이 금지된 상태다. 나만 그렇다. 다른 사람들은 모두 밖에 나다닌다. 친구들은 통금 시간을 피해 여전히 모이고 있다. 왜 나는 외출을 못 하는지 모르겠다. 이해가 안 간다.

3월 7일 오후 8시 40분

유럽의 전문가들이 새 헌법 초안을 작성하고 새 선거를 실시하라고 조언했다. 그들은 정부가 반란을 진압하기 위해 필요한 수단을 사용해도 되는지에 대해서는 아무 말이 없었다.

3월 8일

48시간 동안 휴전이다. 반란군이 기로카스트라*를 점령했다. 많은 대표단이 오가고 있다.

3월 9일

상황이 개선되고 있다. 어제는 또 원탁회의가 있었고, 각 당은 연립 정부를 세워 6월에 새로 선거를 치르고, 일주일 내로 무기를 반납한 사람들을 사면하기로 동의했다. 어쩌면 나는 떠나지 않아

* 남부의 좌파 기반 도시. 엔베르 호자의 출생지이기도 하다 — 원주.

도 될 것이다. 오늘 오후에는 외출을 허락받았다. 비상사태는 곧 끝날 것이고 학교도 다시 문을 열 것이다. 정말 행복하다. 더는 참을 수 없을 정도가 되어 가고 있었는데 말이다. 우리는 하마터면 전쟁할 뻔했다. K가 보고 싶다. 내 시험은 다 잘 풀렸으면 좋겠다. 나는 다시 시작하기를 기대하고 있다. 바비는 비참한 상태다. 도저히 말을 걸 수 없다. 바비의 정치 생활이 너무 짧게 끝나서 유감이다. 바비가 새 선거에 다시 출마할지 모르겠다. 그것은 그들이 당을 개편하느냐에 달려 있겠지.

3월 10일

너무 지루하다. 열흘 동안 K를 보지 못했다. 열흘이나.

3월 11일

각 당이 합의했음에도 불구하고, 사회당 총리를 둔 현실적인 정부에도 불구하고, 위기를 해결하려는 〈쌍방의〉 모든 노력에도 불구하고, 시위는 계속되고 있다. 방금 슈코더르, 쿠거스, 트로포야 등 북부의 몇몇 도시 역시 반군의 수중에 있다는 뉴스를 들었다. 국회는 무기를 반납하는 사람들에 대한 사면을 승인했다. 그렇다고 해서 약탈이 중단될 것 같지는 않다.

3월 13일

눈물 때문에 앞이 보이지 않는다. 나는 지금 내 방에 있다. 내 흐느낌을 제외하고 귀에 들리는 것은 기관총의 굉음뿐이다. 그 소리가 어디서 나는지도 모르겠다. 사방에서 소리가 들린다. 이 난리 통이 여기까지 오리라고는 아무도 생각하지 못했다. 어제 여기저기서 폭발 소리와 헬리콥터 소리가 들렸는데도, 우리는 정말 아무 생각도 못 했다. 티라나에도 분쟁이 일어났다는 소문이 있었지만, 우리는 그런 소음이 메아리라고만 생각했다. 부엌 창가에 앉아 있다가 사람들이 뛰어다니는 모습을 보았다. 우리 골목에 사는 남자들 모두가 무기를 들고 언덕으로 걸어 올라가고 있었다. 누구는 칼라슈니코프 소총을, 누구는 권총을, 누구는 사제 폭탄을 들고 있었다. 우리 이웃인 이스마일도 있었다. 나이가 너무 많은 그는 지팡이를 짚고 걷는다. 그는 목재로 된 외바퀴 손수레에 커다란 금속 같은 것을 싣고서, 그것을 힘들게 끌고 있었다. 그는 그것이 중거리 RS-82 로켓이라고 했다. 그것이 끼익 긁는 소리를 냈다. 사람들이 그를 칭찬했다. 이스마일, 아주 근사해요, 발사대도 있어요? 그는 발사대는 없지만, 누군가 찾아 줄지 모른다고 대답했다. 언제 로켓이 필요할지 모르잖아, 그가 그렇게 말했다.

나중에 새로운 탈출에 관한 소문이 돌았다. 항구에 있는 배들이 사람들을 이탈리아로 실어 나를 것이라는 말이 퍼졌다. 몇몇 사람이 아드리아티카 여객선에 올라타서 총을 발사하고, 선장을 내리게 했다. 니니가 방에서 떨고 있었다. 할머니는 바비가 국회에 갇혀 있다고, 아마 지금 싸움이 벌어진 것 같다고, 의사당이 불길에 휩싸였다고 했다. 전화는 먹통이다. 할머니 얼굴이 무척 창백했다.

엄마는 라니와 함께 해변에 있다. 상황이 걷잡을 수 없어지기 전인 오늘 아침에 나갔다. 지금도 돌아오지 않고 있다. 나는 울기 시작했다. 그러다 베사가 와서, 항구에서 배를 구할 수 있는지 알아보기 위해 자기 엄마와 같이 나간다고 했다. 베사의 엄마가 할머니에게 나를 데려가도 되는지 물었지만, 할머니는 안 된다고 대답했다. 나는 더 크게 울었다. 나도 가고 싶다는 말을 하려고 입을 벌렸는데, 소리가 나오지 않았다. 다시 해보았다. 아무 소리도 안 나왔다. 어떤 말도 할 수 없었다.

목소리를 잃어버렸다. 다시 소리를 내려 시도하지는 않았다. 내가 더 이상 말을 할 수 있는지 모르겠다. 목소리가 나오지 않을까 봐 겁이 나서 다시 시도해 보고 싶지 않다. 사방이 소음으로 가득하다. 칼라슈니코프 소리만 들릴 뿐이다.

도니카가 와서, 할머니와 같이 있어 주었다. 다들 왜 나더러 말을 해보라고, 목소리를 내보라고 하는지 모르겠다. 만약 목소리가 나오지 않으면? 시험해 보고 싶지 않다. 아빠가 돌아오는 대로 나를 병원에 보내겠다고, 할머니가 그렇게 말했다. 사람들이 나에게 말하라고 재촉하면 곧바로 눈물이 난다. 눈물이 그치지 않는다. 그냥 줄줄 흐르기만 한다. 눈물을 멈추려고 애써 보지만, 안 된다. 말할 수도 없다. 어떻게 해야 할지 모르겠다. 지금은 나 혼자 있다. 목소리를 내보고 싶지만, 만약 목소리가 나오지 않으면 어쩌지? 만약 목소리가 영원히 사라져 버렸다면 어쩌지? 혹시 울면, 목소리가 돌아올지도 모른다.

3월 14일 오전 9시 50분

기관총 소리뿐이다. 엄마와 라니는 어제 이탈리아로 떠났다. 어떤 남자가 와서 우리에게 그 소식을 전해 주었다. 엄마와 라니가 해변에 있었는데, 배 한 척이 부두에 멈추어 있는 것을 보고는 뛰어올랐다고 했다. 우리에게 그 말을 전해 준 남자, 그 남자도 자기 가족들과 부두에 있었지만 떠나지 않기로 결정했다. 배 안에 칼라슈니코프를 든 사람들이 있었는데, 그들이 총을 쏘고 있었다. 엄마는 어디서나 총격이 벌어지고 있으니 이탈리아로 가는 것이 낫다고 그 남자를 설득하려 했지만, 그 남자는 가족들이 너무 겁에 질려 있어서 갈 수 없었다. 그 남자의 이야기로는, 엄마와 라니는 아마 지금 바리에 있는 난민 수용소에 있을 것이라고 했다. 하지만 엄마와 라니가 정말 잘 도착했는지는 모르겠다. 아직까지 전화가 없다. 뱃삯은 어떻게 냈을까. 엄마에게는 돈이 한 푼도 없었다. 어쩌면 수용소 밖으로 나가는 것조차 금지될 것이다. 그곳에서 2주 정도 지나면 그들은 결국 다시 돌려보낼 것이다. 전화는 연결되었다가 먹통이 되었다. 지금은 다시 되는 것 같지만, 아무도 전화하지 않는다. 도로가 봉쇄되었다. 만약 국회 의사당에서 죽은 사람이 있다면 텔레비전에서 보도할 테니까, 바비는 무사한 것 같다.

난 아직도 말을 못 한다. 목소리가 돌아오지 않은 것 같다. 과연 돌아올지 모르겠다. 니니는 아빠가 집에 왔을 때 충격을 받지 않도록 억지로라도 목소리를 내서 말해 보라고 한다. 니니가 내게 발륨을 주었다. 그게 도움이 될 것이라고 했다. 하지만 아무 효과도 없다. 니니가 한 알을 더 주었다. 여전히 말이 나오지 않는다. 시도해 보지는 않았지만, 만약 시도했다가 목소리가 영원히 사라져 버린다면? 할머니는 상황이 아주 나쁘지는 않다고 한다. 나더러 강해져야 한다고, 힘을 내야 한다고 강조한다. 할머니는 상황이 진짜 나빠질 때가 언제라고 생각하는 것인지 모르겠다. 내 목소리가 사라졌는데. 졸리다.

3월 14일 오후 3시 30분

칼라슈니코프 소리가 새해맞이 불꽃놀이처럼 되어 버렸다. 그저 계속되고 또 계속된다. 낮이고 밤이고 계속. 이것을 누가 예견이나 했을까? 비상사태가 역효과를 낳고 있다. 나토 군대가 들어올 것이라는 이야기를 들었다. 그러면 상황이 더 악화되는 것은 아닌지, 그래서 대규모 유혈 사태가 시작되는 것은 아닌지 걱정이다. 보스니아에서 평화 유지군이 그랬다. 그냥 기다려 보자. 할머니 말씀이 옳았다. 아마도 나는 이 상황에 익숙해져야 할 것이다. 나는 노력하고 있다. 어제, 사람들이 뛰어다니고, 자동차들이 전속력으로 달리고, 거리에서 총격이 벌어지던 상황을 생각하면 등줄기가 오싹하다. 오늘은 조금 나아졌다. 나의 대처 능력이 좋아지는 것 같다. 모든 사람이 동시에 미쳐 버려서, 모든 것을 파괴하고 있는 것 같다.

드디어 바비가 티라나에서 돌아왔다. 바비가 항구는 완전히 파괴되었다고 알려 주었다. 사무실들이 모두 불타 버렸다. 몇몇 가게만 온전히 남아 있고, 가게 주인들은 칼라슈니코프를 들고 가게를 방어하고 있다. 총소리밖에 들리지 않는다. 나라가 갱단의 수중에 있다. 완전한 무정부 상태. 더 이상 정치적 해법을 말하는 사람도 없다. 이것은 사회당 대 민주당의 문제가 아니다. 지금은 모든 정치 세력이 완전히 힘을 잃었다. 아무도, 어떤 것도 이해하지 못하고 있다. 나라 전체가 자살하고 있는 것 같다. 상황이 나아지고 있는 것처럼 보였던 순간, 모든 것이 내리막길로 접어들었다. 이제 모두가 절벽에서 떨어지고 있으며 다시 돌이킬 방법이 없다.

1990년보다도 훨씬 더 안 좋다. 적어도 그때는 민주주의에 대한 희망이 있었다. 지금은 아무것도 없다, 오직 저주뿐.

3월 14일 오후 5시

도저히 견딜 수가 없다. 여기 가만히 앉아 있느니 차라리 밖에 나가서 총알을 맞고 말지. 말을 나눌 사람이 없다. 늘 그런 생각을 했었다. 만약 전쟁이 난다면 나는 강해질 것이라고. 계속 울기만 할 것이라고는 결코 생각하지 못했다. 기다림. 기다림이 내 목을 조여 온다.

니니가 내 침대를 창가에서 멀리 옮기라고 했다. 창틀 위로 칼라슈니코프 탄환이 많이 떨어진다. 그것들이 어디서 왔는지 모르지만, 만약 여기서 그리 멀지 않은 곳에서 발사되어 계속 속도를 유지한다면 사람을 죽일 수도 있다. 니니는 그렇게 말했다. 그냥 침대를 옮겨라.

3월 14일 오후 6시

이 총성들. 그 소리가 내 머릿속에서 폭발하는 것 같다. 눈물은 그치지 않는다. 말을 해보려고 애쓸 때마다, 눈에 눈물이 고인다.

3월 15일

아까 니니가 나에게 진정제를 더 주었다. 자다가 방금 깼다. 기분이 좀 나아진 것 같다. 상황이 진짜로 나쁜 것인지, 아니면 내 상상력 때문에 상황이 더 악화되는 것인지 모르겠다. 베사도 떠나 버렸으니, 내가 말을 붙일 사람이 없다. 어쨌거나 나는 말을 못한다. 오늘은 총성이 좀 덜하다. 분명 국제 경찰들이 올 모양이다. 다시 학교에 돌아가고 싶다.

3월 15일 오후 12시 30분

자살에 관해 생각하다가 니니에게 미안해졌다. 그 생각에 딱 15분 동안 빠져 있었다. 읽을 만한 새 책을 찾아야겠다.

3월 15일 오후 8시 50분

오늘 오후는 좋았다. 아까 처음으로 엄마에게 전화가 왔다. 바리에 있는 난민 수용소에 있다고 했다. 바비는 엄마에게 화가 났다. 묻지도 않고 떠나 버리면 안 되었다는 것이었다. 니니가 먼저 통화하다가 바비에게 수화기를 건넸고, 바비는 아무 말도 하지 않고서 나에게 수화기를 건넸다. 하지만 나는 아무 말도 할 수 없었다. 아직 시도해 보지 않았지만, 말이 나올 것 같지 않다. 목소리가 돌아오지 않은 것 같다. 엄마는 배를 보고는 그냥 탔다고 했다. 라니를 구하기 위한 일이었다고 했다. 할머니는 한 아이만 데려가고 다른 아이는 남겨 두면 안 된다고 말한다. 아빠는 두 번 다시는 엄마와 말하지 않겠다고 맹세한다.

3월 16일

오늘 밖에 나갔다. 니니가 자고 있을 때 집을 나섰다. 더는 견딜 수가 없었다. 만약 죽는다 해도 뭐 어쩌라고, 그런 생각이었다. 언덕 꼭대기까지 올라가서 옛 왕궁을 둘러보았다. 아무것도 남아 있지 않았다. 난간은 부서져 있었다. 타일은 도둑맞았다. 꽃은 죄다 뽑혀 있었다. 샹들리에는 사라졌다. 천장은 금방이라도 머리 위로 무너질 것처럼 보였다. 그곳에 있을 때 소리를 질러 보았다. 목소리가 나왔다. 목소리는 그대로 있었다. 그냥 내가 목소리를 쓰고 싶지 않았나 보다. 왕궁은 텅 비어 있었다. 완전히 비어 있었다. 가구 하나 남아 있지 않았다.

『전쟁과 평화』를 읽기 시작했다. 등장인물이 아주 많다. 책을 읽는 것은 그 사람들을 알아 가는 것과 비슷하다. 다시 못 볼 사람을 그리워하느니, 허구의 인물들과 시간을 보내는 일이 차라리 나을 것이다. 학교 생각은 그만두었다. K 생각은 그만두었다.

3월 17일

플라무르가 자신을 죽였다. 그는 토카레프 TT-33 자동 권총으로 장난치고 있었다. 장전이 안 되어 있는 줄 알았다. 그의 엄마가 그 자리에 있었다. 그가 방아쇠를 당겼는데, 안에 총알이 하나 남아 있었다. 딱 하나. 거리에 있던 사람들은 굉음을 들었지만, 나는 아무것도 듣지 못했다. 여기저기서 폭발이 너무 많이 일어나니까. 내가 들은 소리는 슈프레사의 비명뿐이었다. 메마른 포효 같은, 동물 같은 소리. 그녀가 머리카락을 잡아 뜯으면서 거리로 나왔고, 머리카락이 그냥 빠졌다. 그녀는 누군가 안으로 들어가서 플라무르를 덮어 주어야 한다고 계속 말했다. 그녀가 한 말은 그것이 전부였다. 안에 들어가서 그 아이를 덮어 줘요.

3월 18일

바비와 함께 외출하면 무척 재미있다. 오늘 우리는 같이 가게에 갔다. 바비는 말이 많다. 그리고 사람들도 너무 많이 만나는데, 그것이 하세월이 걸린다. 오늘은 바깥에 사람들이 있었다. 상황이 좀 나아진 것처럼 보였다. 모든 것이 괜찮아지려는 모양이다. 나는 용감해져야 한다. 니니는 매우 용감하다. 어떻게 그렇게 용감한지 모르겠다. 우리 집 안에 뻐꾸기 한 마리가 갇혀 있다. 우리는 계속 찾아보았지만, 뻐꾸기가 어디 있는지 찾아내지 못했다. 하지만 소리가 들린다. 정말 시끄럽다. 니니는 뻐꾸기가 불운을 가져온다고 한다.

3월 19일

오늘은 엄마와 전화 통화를 했다. 그곳 사람들이 곧 수용소를 떠날 것이라고 했다. 엄마는 로마에서 몸이 마비된 노파를 돌보는 일을 구했다고 했다. 엄마는 정치적 망명을 신청하겠다고 했다. 그곳에서 음식과 숙소와 50만 리라를 주니, 라니를 데리고 있을 수 있다고 했다. 어느 정도 시간이 지나면 수학을 가르치는 가정 교사 자리를 찾아보겠다고 했다. 그런 다음에는 시민권을 신청하고 가족 재결합을 추진할 계획이라고 했다. 엄마는 아무것도 모르고 있다. 엄마는 텔레비전을 보지 않는다. 나는 이탈리아에 간 알바니아인들에 관한 프로그램을 본 적이 있다. 엄마는 시민권을 얻기보다 남자를 발견할 가능성이 더 높다. 바비는 아직도 엄마와 말하지 않으려 한다.

3월 20일

어젯밤에는 일기를 쓸 수 없었다. 오후 5시에 정전이 되었고, 오늘 아침에야 겨우 불이 들어왔다. 그러더니 다시 불이 나갔지만, 방금 양초 하나를 찾아냈다. 어제는 거리에 한 명도 없었다. 항구는 떠나려는 사람들로 가득하다. 사나운 광풍이 불었다. 마치 바람이 집을 통째로 들어 올려 멀리 내동댕이칠 것 같았다. 사람들은 그 바람을 타고 어디로 가게 될 것이라고 생각하는 걸까. 『전쟁과 평화』를 다 읽었다. 투르게네프는 이 책에는 참을 수 없는 부분도 있고 멋진 부분도 있지만, 멋진 부분이 지배적이라고 했다. 나는 참을 수 없는 부분을 찾지 못했다. 끝까지 손에서 책을 내려놓을 수 없었다. 아빠는 만약 엄마가 돌아오면, 엄마를 데리고 법원에 가겠다고 했다. 엄마를 절대 용서하지 않겠다고 했다. 싸움은 아직도 계속되고 있다. 내 머리가 폭발하고 있다. 머릿속에 무엇이 있는데, 그것이 무엇인지 모르겠다. 머릿속이 너무 소란스럽다. 바깥이 너무 소란스럽다. 거리에는 아무도 없는데, 정말 소란스럽다. 총성이 그칠 줄을 모른다.

3월 25일

올해 학교가 다시 문을 열 것 같지 않다. 내 마지막 시험이 어떻게 될지 모르겠다. 대학에 가는 것도 전혀 모르겠다. 내가 하고 싶은 공부가 무엇인지 아직 정하지 못했다. 곧 외국 군인들이 온다고 한다. 이탈리아, 그리스, 스페인, 폴란드 군인들이 말이다. 국제 평화 유지군. 그들이 이곳에 오면 경제에 좋고, 매매춘에도 좋을 것이다.

3월 29일

블로러에서 이탈리아로 가던 배 한 척이 어젯밤 오트란토 부근에서 침몰했다. 백 명 정도 되는 사람들이 타고 있었다. 그 배는 바다를 순찰하던 이탈리아 군함에 부딪혔다. 이탈리아군이 그 배를 멈추기 위한 작전을 펼치다가 배가 뒤집히고 말았다. 바다에는 시신 80여 구가 흩어져 있었다. 아직 수색 중이긴 하지만, 대부분 여자와 아이들이다. 그중에는 3개월 된 아기도 있었다. 그 전날 우리 총리가 프로디*와의 합의서에 서명했는데, 그 합의서는 이탈리아의 영해를 확실하게 통제하기 위한 무력 사용에 동의한

* Romano Prodi(1939~). 당시 이탈리아의 중도 좌파 총리 — 원주.

다는 내용이었다. 배를 돌려보내기 위한 방편으로 바다에서 배를 타격할 수 있다는 내용도 포함되어 있었다. 나는 이제 발륨을 먹지 않는다. 그 대신 발레리안*을 먹고 있는데, 약이 더 순해졌다는 뜻이다.

4월 6일

교육부 장관이 〈텔레비전을 통한 스쿨링〉이라는 우스꽝스러운 아이디어를 내놓았다. 그들은 학교를 다시 열지 않으려 한다. 학교는 안전하지 않다. 그들은 〈아무도 낙오되지 않게〉 텔레비전으로 수업을 하려 한다. 마지막 시험은 어떻게 될지 모르겠다. 어쩌면 그것도 텔레비전으로 실시하려나.

* 쥐오줌풀 뿌리에서 만든 신경 안정제.

22장

철학자들은 세계를 해석할 뿐이다, 중요한 것은 세계를 바꾸는 것이다

학교는 계속 닫혀 있다가 1997년 6월 말, 나 같은 졸업반 학생들이 시험을 치를 수 있도록 며칠 동안 문을 열었다. 그보다 몇 주 전에 나라를 안정시키려는 국제 평화 유지군이 도착했다. 폭력을 중단시키기 위해서라기보다는 국가가 다시 폭력을 독점하도록 돕기 위해서였다. 외국 군인들은 사방에 흩어져 있었다. 그들은 녹색 군복을 입고 회색 헬멧을 쓰고 있었고, 오직 소매에 붙인 기의 색깔로만 구분되었다. 〈알바(새벽)〉 작전은 이탈리아가 주도했는데, 〈문명화〉 임무를 위해 이탈리아군이 알바니아 땅을 밟은 것은 제2차 세계 대전 이후 두 번째였다.

곧 새 선거가 있을 예정이다. 이 나라가 공화국으로 남느냐, 아니면 군주제를 복원하느냐를 결정하는 국민 투표도 실시할 것이다. 왕의 후손들, 이 나라가 파시스트 보호국이 되면서 내 증조할아버지에게 잠시 통치권을 넘겼던 바로 그 조구 왕의 후손들이 무너진 나라의 관리권을 수중에 넣기 위해 돌아왔다. 1939년 국립 은행의 금을 가지고 알바니아를 탈출했던 그들은 텔레비전의 광고 시간을 사서 군주제 찬성 캠페인을 벌였다. 저녁마다 텔레비전 속 분할된 스크린에서는 화염에 휩싸인 알바니아와 나란히, 오슬로, 코펜하겐, 스톡홀름을 대표하는 사진을 보여 주었다. 그 사진들 밑에는 파란색으로 이렇게 쓰여 있었다. 〈노르웨이: 입헌 군주국, 덴마크: 입헌 군주국, 스웨덴: 입헌 군주국.〉

그 광고는 창밖에서 울리는 칼라슈니코프의 굉음보다 더, 할머니의 심기를 불편하게 만드는 즉각적인 효과가 있었다. 「조구! 나한테 조구 얘기는 하지 마라. 난 그의 결혼식에 갔었지. 조구! 이게 무슨 미친 짓이람? 정말 믿을 수가 없구나!」 할머니는 코웃음을 쳤다.

아빠의 개입은 그보다는 덜 감정적이었지만, 당황해하기는 마찬가지였다. 「스웨덴이라.」 아빠는 그 광고가 나올 때마다 설명도 없이 말하곤 했다. 「올로프 팔메. 레우슈카, 올로프 팔메에 관해 들어 본 적 있니? 훌륭한 사람이었지. 그에 관해 읽어 보렴. 그는 사회 민주주의자였단다. 진짜 사회 민주주의자. 너도 그 사람을 좋아할 거다. 올로프 팔메는 훌륭한 사람이었어.」 몇 년 후, 나는 올로프 팔메에 관해, 그리고 미국과 소련 모두에 대한 그의 맹렬한 비판, 탈식민지화에 대한 지지, 그리고 그의 암살에 관해 알게 되었다. 그제야 나는 아빠가 평생 칭찬했던 정치인들은 모두 죽은 사람들뿐이라는 생각이 들었다.

나의 마지막 시험인 물리학 시험이 있기 전날 밤, 나는 지도책을 펼쳐 놓고 세계의 수도들을 암기하려고 애썼다. 책을 다시 훑

어보는 것이 쉽지 않았다. 나는 지쳐 있었다. 몇 달 동안 매일 밤마다 쉬지 않고, 학교가 문을 열었다면 낮에 공부했을 방식으로 공부를 했다. 밤이면 칼라슈니코프 소리가 조금씩 뜸해졌다. 그래도 아직은 개 짖는 소리가 들렸고, 이따금 마당에서 귀뚜라미 우는 소리도 들렸다. 정전은 전보다 예측 가능한 일이 되었다. 밤에 전기가 들어오거나, 아니거나 둘 중 하나였다. 자정쯤이면 그것을 알게 되었다. 어둠 속에서는 삶이 거의 평소의 모습으로 돌아갔다. 다만 할머니는 자면서 뒤척거리고, 그러다가 일어나서 나더러 공부를 너무 많이 하면 몸이 축난다고 경고했다. 조금 특이했다. 예전에는 할머니가 나에게 책을 그만 보라고 한 적이 없었다.

학교에서는 시험 기간에 우리가 무엇을 하든 크게 달라질 가능성은 없을 것이라고 했다. 최종 점수는 각자가 예상했던 성적대로 매겨질 가능성이 높다는 이야기였다. 나는 시험을 대충 넘기기가 힘들었다. 혹시라도 일어날 수 있는 온갖 만일의 사태에 대비하고 싶었다. 모든 시험이 치러진다는 보장도 없었고, 우리가 받은 조언이 그대로 지켜진다는 보장도 없었다. 나는 1년을 다시 반복하게 될 수도 있었다. 어쩌면 세계의 수도를 다 배우지도 못한 채 학교를 마치게 될 수도 있었다.

마지막 시험이 있던 날, 쿠이팀 담임 선생님은 교육부 장관이 보낸 문제지가 든 봉투를 개봉했다. 부정행위를 방지하기 위해서 모든 책상이 1미터 간격으로 놓여져 있는 학교 체육관 안에 엄숙한 침묵이 흘렀다. 선생님이 평범한 상황에서 기대할 법한 엄숙한 분위기로, 이른바 〈시험 주제〉를 읽어 나갔다. 선생님의 어조를 듣자, 그 예외적인 맥락에도 불구하고 내가 진지하게 시험을 준비했던 것이 옳았다는 생각이 들었다. 「V의 속도로 지구를 향해 날아가는 우주 왕복선은 그것이 날고 있는 방향으로 광신호를 방출한다. 그렇다면 …….」

쿠이팀 선생님이 문제를 다 읽기도 전에, 교장 선생님이 강당 안으로 걸어왔다. 쿠이팀 선생님은 안경을 벗고 기다렸다. 교장 선생님이 쿠이팀 선생님에게 귓속말을 했고, 쿠이팀 선생님이 다시 귓속말을 했다. 이윽고 교장 선생님이 고개를 끄덕이더니 강당을 나갔다. 쿠이팀 선생님은 창밖을 바라보다가 헛기침을 하고는 침을 삼켰고, 안경을 도로 쓰지도 않은 채 다시 문제를 읽기 시작했다. 「V의 속도로 지구를 향해 날아가는 우주 왕복선은 그것이 날고 있는 방향으로 광신호를 방출한다. 그렇다면 지구에 대한 광자의 속도는 얼마인가?」

쿠이팀 선생님은 문제를 다 읽고 난 뒤 칠판으로 돌아섰고, 칠판의 양쪽을 그래프와 방정식으로 가득 채웠다. 그런 다음 선생님은 A4 용지를 방패처럼 얼굴에 바짝 대고서 우리 쪽으로 돌아섰다. 「여기 답이 있습니다.」 선생님은 마치 구름처럼 보이는 분필 가루에 둘러싸인 채 말했다. 「아무도 낙제하지 않을 겁니다. 여러분이 6점을 예상했다면, 두 개의 답만 베껴야 합니다. 8점을 예상한 사람은 세 개의 답을 베껴야 하고요. 10점을 예상했다면, 네 개를 모두 베끼세요. 직접 답을 쓰려고 하지 마세요. 교장 선생님이 익명의 전화를 받았습니다. 학교 안에 폭탄이 설치되었을 가능성이 있으며, 어쩌면 두 시간 후에 폭발한다고 합니다. 두 시간이라고 합니다. 경찰이 이미 수색하고 있습니다만, 아무것도 발견하지 못했습니다. 어쩌면 여러분 친구 중 한 명이 장난친 것일 수 있어요. 두려워할 필요는 없습니다. 하지만 빨리 시험을 끝내야 합니다.」

그것이 나의 마지막 시험이었다. 학교는 폭발하지 않았다. 가짜 경보였다. 집에 와서 그 이야기를 했더니 아빠가 웃었다. 아빠는 손바닥으로 탁자를 탕탕 두드리며 미친 듯이 웃었고, 뺨에 흐르는 눈물을 닦았다.「폭탄!」아빠가 소리를 질렀다.「폭탄이라니! 내가 잠 좀 자라고 했지, 레우슈카! 시험은 형식적으로 치를 거라고 했지! 폭탄이라니, 천재적이야! 폭탄이라니! 그들이 널 졸업시켜 주는 거야! 머리 좋아! 수를 잘 썼어!」

그날 오후, 나는 마음이 초조했다. 졸업 파티 때 입으려고 산 옥색 실크 드레스가 너무 길었는데, 짧은 시간 안에 기장을 줄여 줄 침모를 찾을 수 없었기 때문이다.「이미 네 무릎 위 길이잖니.」드레스를 가지고 끙끙대는 나를 보고 할머니가 말했다.「내 눈엔 커튼이 쳐져 있어서, 아무것도 할 수가 없구나.」할머니는 자신의 백내장을 언급하며, 미안한 듯 덧붙였다.

치맛단을 줄이는 일은 엄마에게는 아주 쉬운 수준의 옷 수선 작업에 속했다. 엄마가 여기 없다는 사실이 원망스러웠다. 학교 다닐 때는 바지만 입었지만, 나는 그 행사를 기념하고 싶었다. 아빠는 평소의 무기력한 표정으로 눈을 굴렸고, 얼굴에는 희미한 죄책감이 스쳤다. 적어도 아빠는 그 드레스가 이미 짧다는 말은 하지 않을 만큼 품위가 있었다.

다음 날, 우리는 호텔 캘리포니아라는 이름을 가진 낭만적인 해변 호텔에서 졸업 파티를 열었다. 그곳은 지역 주요 갱단의 소유였다. 엄마를 이탈리아로 밀입국시키고, 약탈한 무기의 대부분을 장악한 바로 그 갱단이었다. 호텔 캘리포니아는 총을 든 남자들로 에워싸여 있었고, 그들은 호텔이 잘 방어되고 있다고 라이벌 갱단에게 경고할 겸, 결혼식에서 총을 발사하는 발칸의 오랜 전통을 따라 축제 분위기도 돋울 겸 주기적으로 허공에 대고 총을 쏘았다. 파티는 결혼식과 비슷했다. 남학생들은 정장에 타이를 맸다. 나를 제외한 모든 여학생이 기다란 이브닝드레스를 입고 나타났다. 웨이터들은 온종일 메제를 날랐고, 라인 댄스는 총을 든 남자들이 들어와서 곧 통행금지가 시작된다고 알린 오후 4시경까지 계속되었다. 악단은 피날레로 「호텔 캘리포니아」를 연주했다. 우리는 홀을 나가려고 물건을 챙기면서, 우리를 겨눈 총구 앞에서 노래를 따라 불렀다. 「호텔 캘리포니아에 오신 걸 환영합니다! 정말 사랑스러운 곳이죠, 정말 사랑스러운 얼굴이죠!」 문밖으로 나왔을 때, 어떤 여학생이 말했다. 「정말 싫어! 이 더위가 너무 싫어! 더위 때문에 내 화장이 어떻게 됐는지 좀 봐. 얼굴이 완전 땀범벅이 됐잖아. 진흙탕 속에서 죽은 사람 같아.」

지금 학창 시절의 마지막 날들을 돌이켜 보면, 시험을 아주 가볍게 무사히 치렀다는 안도감과 함께, 시험 준비로 그 많은 밤을 허비했다는 억울함이 떠오른다. 주변에서 벌어지는 모든 일에도 불구하고 내 삶의 한 차원에서 질서를 유지하려던 나의 노력은 나름의 병처럼 느껴진다.

그 몇 달 동안 내가 받아들이게 되었던 것은 너무도 많았다. 나는 아빠가 주기적으로 국회 의사당에 갇혀서, 설사 무사히 집에 돌아온다고 해도 언제 올지는 모르는 채 지낼 것이라는 사실을 받아들였다. 나는 엄마가 전하는 이탈리아 취업 허가증에 관한 열정적인 소식을 받아들였고, 한동안 낯선 사람의 욕실을 청소하며 지내도 아무렇지 않다고, 덕분에 정치에서 마음이 멀어졌다며 나를 안심시키는 엄마의 익살스러운 말을 받아들였다. 나는 내 목소리의 상실을 받아들였다. 앞으로는 글을 쓰면서 내 생각을 표현해야 할 수도 있다는 사실을 받아들였다. 나는 어린 시절의 친구, 언젠가 내 앞에서 고양이를 죽였던 플라무르가 토카레프 TT-33을 가지고 놀다가 자기 엄마 앞에서 죽은 사건을 받아들였다. 나는 내 방 창틀에 칼라슈니코프 총알이 딸각거리며 떨어지는 소리를 받아들였다. 그 소리를 들으며 잠에 드는 법을 터득했다. 그리고 시험 도중의 폭탄과, 학교 무도회에서의 총을 받아들였다.

나는 내 존재의 위태로움을 느끼며 사는 법을 배웠다. 그다음 날도 내가 똑같은 것을 할 수 있을지 모르면서 먹고, 읽고, 잠자리에 드는 등의 일상적 행위를 한다는 것의 무의미함을 받아들였다. 나는 내 앞에서 펼쳐지는 그 모든 비극의 익명성을 받아들였고, 이웃이나 친척이 어떤 죽음을 당했는지 알아내는 것이 갑자기 무의미해졌음을 받아들였다. 그 죽음이 의도된 것인지 사고였는지, 외로웠는지 가족에게 둘러싸여 있었는지, 폭력적이었는지 평화

로웠는지, 희극적이었는지 존엄했는지는 상관없었다.

나는 이것 또는 저것을 유발한 것이 무엇인지, 국제 공동체는 이러저러한 결정에 관해 어떻게 경고했는지, 발칸반도는 어떻게 폭발적인 역사를 오래도록 갖고 있었는지에 관한 서로 다른 설명들을 받아들였다. 세계의 그 구석에 만연한 인종적, 종교적 분열과 사회주의의 유산을 어떻게 하나의 요인으로 고려해야 하는지에 대한 설명들을 받아들였다. 나는 외국 매체에서 들은 이야기, 즉 알바니아 내전은 미흡한 재정 시스템의 붕괴로 설명할 수 있는 것이 아니라 북부의 게그족과 남부의 토스크족 사이의 해묵은 적대감으로 설명할 수 있다는 이야기를 받아들였다. 그 이야기가 얼토당토않음에도 불구하고 **내가** 어느 쪽인지, 둘 다 인지, 둘 다 아닌지 모른다는 사실에도 불구하고 나는 받아들였다. 엄마가 게그족이고 아빠는 토스크족이긴 했지만, 두 분의 결혼 생활 동안 각자의 정치적, 계급적 분열이 문제였을 뿐이지 두 분의 억양이 문제였던 적이 없었음에도 불구하고 나는 그 이야기를 받아들였다, 우리 모두가 그랬듯이, 우리가 종교적 소명처럼 따랐던 자유주의 **로드 맵**을 받아들였듯이, 그 계획을 방해할 수 있는 것은 외부적 요인 — 우리 공동체 규범의 후진성 같은 — 일 뿐 결코 그 자체의 모순에 흔들리지 않는다는 것을 우리가 받아들였듯이, 나는 그 이야기를 받아들였다.

나는 역사가 반복된다는 사실을 받아들였다. 이런 생각을 했던 기억이 난다. 이것은 우리 부모님이 겪었던 일일까? 이것은 두 분이 내가 겪기를 바랐던 일일까? 범주화에 무관심해지고, 뉘앙스에, 구별에, 서로 다른 해석에 대한 타당성 평가에, 진실에 무관심해지면서 희망을 잃는다는 것이 이런 것일까?

1990년으로 다시 돌아간 것 같았다. 그때와 똑같은 혼돈, 똑같은 불확실함, 똑같은 국가 붕괴, 똑같은 경제적 재앙이 있었다. 그러나 한 가지 차이가 있었다. 1990년에 우리는 가진 것이 희망밖에 없었다. 1997년에 우리는 희망마저 잃었다. 그렇지만 나는 아직도 미래가 있다는 것처럼 행동해야 했고, 미래의 내 모습을 그리면서 결정해야 했다. 나는 어른이 되면 무엇이 되고 싶은지 결정해야 했고, 대학교에서 공부할 전공과목을 선택해야 했다. 그 선택은 고통스러울 만큼 힘들었다. 선택지들을 평가하고, 다른 삶이 아닌 어떤 삶을 사는 나를 상상하고, 각각의 선택지 속에서 내 미래를 생각하기란 쉽지 않았다. 법, 의학, 경제학, 물리학, 공학 같은 개별 학문 분야들을 생각하고, 그런 학문이 어떤 것인지, 그리고 어떻게 전문가가 될 수 있는지 생각하기는 불가능했다. 나는 그런 학문의 공유 가치에 관해서, 그리고 그것들의 공통점에 관해서, 그리고 그것들의 목적에 관해서 계속 고민했다. 우리는 역사를 인물과 사건의 혼돈스러운 연쇄 이상의 것으로 받아들이고, 역사에 의미와 방향 감각을 부여하고, 과거에 관해 배우고 그 지식으로 미래를 만들어 갈 가능성을 투사하지만, 우리가 역사라고 부르는 것을 이해하는 데 그 학문들이 어떤 역할을 하는지 궁금했다. 어느 것을 골라야 할지 나는 알 수 없었다. 나에게는 의심밖에 없었다.

하지만 그 의심이 내 결정에 도움이 되었다. 어느 날 저녁, 아빠와 할머니와 저녁을 먹는 자리에서 나는 그 결정의 결과를 선언했다. 올리브를 먹을 때였다. 아빠는 깜짝 놀랐다.

「철학이라, 철학. 노새처럼 말이지?」

「노새가요?」 아빠가 선생님을 거론하자, 내가 놀라서 되물었다.

「철학, 마르크스주의. 그게 노새가 공부했던 거야. 똑같은 거지. 심지어 마르크스도 철학은 연구할 가치가 없다는 걸 알고 있었어. 마르크스가 뭐라고 했는지 아니? 철학자들은 세계를 해석할 뿐이다, 중요한 것은 세계를 바꾸는 것이다. 〈포이어바흐에 관한 테제 11〉에서 그렇게 말했지. 너도 노새처럼 되고 싶니? 마르크스로부터 얻을 수 있는 진리가 많지는 않지만, 아마 그게 그중 하나일 거다.」

아빠는 무슨 코란이나 성서의 한 구절을 암송하듯이, 「포이어바흐에 관한 테제 11」을 암송했다. 「갈망하지 말지어다, 철학을 공부하지 말지어다.」

「그런 문장은 처음 들어요. 어쨌든 철학을 공부해서 세계를 바꿀 수도 있잖아요.」 나는 아직 입에 든 올리브를 씹으며 우겼다.

「바로 그게 마르크스의 요점이야. 철학은 죽었어. 철학자들은 이런저런 이론을 계속해서 제시하지만, 그 이론들이 모두 서로 모순되지. 누가 옳고, 누가 그른지 가려낼 방법이 없어. 넌 정확한 과학을 선택해야 해. 검증이나 위조가 가능한 과학, 뭐 화학이나 물리학이 있겠지. 아니면 사람들의 삶을 개선시킬 수 있는 기술을 배울 수 있는 학문을 선택하든가. 의사나 변호사가 되는 것, 그런 거 있잖아.」

「아뇨, 옳고 그름을 가려낼 방법은 물론 있어요.」 나는 아빠가 인용한 문장을 계속 생각하며 주장했다.

아빠는 당황한 눈치였다.

「아빠는 중요한 건 세계를 해석하는 게 아니라 바꾸는 거라고 하셨죠. 어쩌면 마르크스의 말은 옳은 방향에서 세계를 바꾸는 철학 이론이 옳다는 의미였을 거예요.」 나는 씨를 발라내려고 혀를 비틀어 입안의 올리브를 굴리면서 중얼거렸다.

「벌써 마르크스주의자처럼 말하는구나. 그들은 옳은 방향을 이미 알고 있다고 생각하지.」 아빠가 말했다.

마르크스에 대한 이 두 번째 언급은 첫 번째 것보다 더 두려운 것이었다. 부모님이 〈아무개가 마르크스주의자였어〉라든가 〈아무개는 지금도 마르크스주의자야〉라고 말한다면, 그것에 담긴 의미는 〈아무개는 어리석어〉부터 〈그런 사람은 믿으면 안 돼〉와 〈아무개는 범죄자야〉까지 어떤 뜻이든 될 수 있었다. 마르크스주의자로 불린다는 것은 결코 칭찬이 아니었다.

「철학은 직업이 아니야! 결국에는 심드렁한 16세 학생들에게 당의 역사나 설명하는 중등학교 교사가 되기 십상이야.」 아빠가 소리쳤다.

「무슨 당이요? 당은 없어요. 우린 당의 역사 같은 건 배우지 않아요.」 나는 다시 올리브를 우적거리며 말했다.

「요즘 노새가 가르치는 게 뭐든 간에.」 아빠가 인정하며 말을 바로잡았다.

「마르크스 얘기를 꺼낸 건 내가 아니에요.」 나는 목소리를 높이기 시작했다.「아빠가 꺼낸 거죠. 아빠가 철학에 관해 아는 건 그게 전부잖아요. 아빠는 온통 마르크스주의에 사로잡혀 있어요. 어쩌면 마르크스주의는 죽었을 거예요.」 그 대목에서 내 목소리가 떨렸다.「하지만 철학에는 훨씬 더 많은 것이 있어요. 난 마르크스주의에 관해 아무것도 몰라요. 다만 그것이 아빠의 삶을 어떻게 망쳤는지는 알아요. 하지만—」

「그건 네 삶도 망쳐 놓았을 거다. 네가 몇 년만 더 일찍 태어났다면 말이다.」 아빠가 끼어들었다.

「내 삶은 지금 이대로도 충분히 망가졌어요. 마르크스주의가 더 악화시키지는 않을 거예요.」

할머니가 접시를 치우기 위해 일어섰다가, 다시 생각한 듯 아빠에게 돌아섰다.「넌 대학교에서 네가 하고 싶은 공부를 하지 못했지. 왜 네 딸한테 똑같은 짓을 하려고 하니? 네가 평생 원망하던 일을 네 자식한테 그대로 하는 게 무슨 의미가 있어?」 할머니가 차분하게 말했다.

할머니의 말투는 그 말의 내용과는 너무도 대조적이었다. 할머니는 마치 미래를 위한 선택지를 논의하기보다 병의 진단을 돕고 있다는 듯, 열의 없이 느릿느릿 말했다. 나는 잠자코 있기로 했다.

「이해가 안 가요. 사람들은 학교에서 철학 같은 건 공부하지 않아요. 심지어 마르크스도 그랬고요. 그런데 재 학비를 빌려 달라고 어떻게 손을 벌려요? 무슨 공부를 한다고? 〈처얼,하악.〉 사람들은 우리가 정신이 나갔다고 생각할 거예요. 재가 철학에 관해서 뭘 안다고요?」 아빠가 신경질적으로 말했다. 아빠의 목소리에는 분노가 묻어 있었다.

그날 밤, 우리는 협정을 맺었다. 아빠와 할머니는 내가 철학을 공부하게 허락해 주겠다고 약속했고, 나는 마르크스와는 거리를 두겠다고 약속했다. 그렇게 나는 알바니아를 떠나 아드리아해를 건넜다. 해변에 나온 아빠와 할머니에게 손을 흔들었고, 이탈리아로 갔다. 배는 물에 빠져 죽은 수천 명의 시신들, 한때 나보다 더 희망에 찬 영혼을 담고 있었으나 나보다 불행한 운명을 맞았던 사람들의 시신 위를 항해했다. 나는 다시 돌아가지 않았다.

후기

매년 런던 정치 경제 대학에서 마르크스 강좌를 시작할 때마다, 나는 항상 학생들에게 이런 말부터 들려준다. 많은 사람이 사회주의를 물질적 관계나 계급 투쟁, 또는 경제 정의에 관한 이론이라고 생각하지만, 사실 더욱 근본적인 무언가가 사회주의를 살아 숨 쉬게 만든다고 말이다. 사회주의는 무엇보다도 인간의 자유에 관한 이론이며, 역사의 진보를 어떻게 생각할 것인지, 어떻게 상황에 적응하고, 또 그 상황을 뛰어넘으려 노력할지를 다루는 이론이라고 소개한다. 자유는 다른 사람들이 우리에게 무엇을 말할지, 어디로 갈지, 어떻게 행동할지 일러 줄 때만 희생되는 것이 아니다. 사람들이 각자의 잠재력을 실현할 수 있다고 주장하지만, 모두의 번영을 가로막는 구조를 바꾸지 못하는 사회 또한 억압적이다. 그러나 모든 제약에도 불구하고, 우리는 결코 내면의 자유를 잃지 않는다. 그것은 옳은 일을 할 자유다.

아빠와 할머니는 내 공부가 어떻게 되었는지 살아서 보지 못했다. 아빠는 국회 의원직을 그만두고 난 후 민영 기업 이곳저곳을 떠밀려 다니는 신세가 되었다. 그때마다 해고된 이유를 자신의 부족한 영어 실력 탓으로 돌렸고, 나중에는 초보적인 컴퓨터 기술 탓으로 돌리곤 했다. 아빠의 구직이 용이하도록, 우리 가족은 수도의 한 아파트로 이사했다. 옛 식물원과 가까운 그곳은 이때쯤 전국에서도 손꼽힐 만큼 오염이 심한 지역이었다. 아빠의 천식은 악화되었다. 아빠는 60세 생일이 얼마 지나지 않은 어느 여름날 저녁에 심한 천식 발작을 일으켰다. 아빠는 창가로 달려가 숨을 쉬려고 창문을 열었지만, 일산화 탄소와 먼지구름에 휩싸였다. 구급 대원들이 숨진 아빠를 발견했다.

그 일이 일어났을 때, 엄마는 이탈리아에 있었다. 부모님은 이미 화해했지만, 엄마는 우리가 새로 얻은 빚을 갚는 데 보태려고 계절에 따라 간병인이나 청소부로 일했고, 알바니아에 있는 엄마의 형제들은 몰수당했던 옛 재산을 추적하고 있었다. 할머니가 늘 〈시간 낭비〉라고 여겼던 그 노력은, 할머니가 아빠에 이어 돌아가신 지 몇 달 후에 열매를 맺었다. 해변에 있는 커다란 땅덩어리가 아랍 부동산 개발업자에게 팔렸고, 우리의 운명은 하루아침에 바뀌었다.

나는 더 이상 다음번 장학금이 나오기를 기다리며 마지막 남은 동전을 셀 필요가 없었다. 외식을 할 수 있었고, 밤늦도록 바에서 술을 마시면서 새로 사귄 대학교 친구들과 정치 토론을 즐겼다. 그 친구들 중 다수는 자칭 사회주의자였다. 그러니까 서유럽 사회주의자들 말이다. 그들은 로자 룩셈부르크, 레온 트로츠키, 살

바도르 아옌데, 또는 속세의 성인으로서 에르네스토 〈체〉 게바라 등에 관해 말했다. 어떤 면에서는 그 친구들이 아빠와 비슷하다는 생각이 들었다. 그들이 찬양할 가치가 있다고 여기는 혁명가들은 모두 살해당했다. 이 혁명가들의 도상은 포스터에, 티셔츠와 커피 잔에 등장했다. 내가 자랄 때 사람들의 거실에 엔베르 호자의 사진이 있던 것과 매우 비슷했다. 내가 그 점을 지적하자, 친구들은 내 나라에 관해 더 많이 알고 싶어 했다. 하지만 그들은 1980년대의 내 이야기가 어떤 식으로든 자신들의 정치적 신념에 의미가 있다고 생각하지는 않았다. 어쩌다 내 경험과 그들의 헌신, 두 가지를 같이 설명하기 위해 내가 사회주의자라는 꼬리표를 사용하면, 그들은 그것을 위험한 도발로 간주했다. 우리는 5월 1일이 되면 로마의 대형 야외 콘서트에 가곤 했는데, 그럴 때마다 나는 어린 시절에 보았던 노동절의 퍼레이드가 절로 떠올랐다. 「네가 경험한 건 **실은** 사회주의가 아니야.」 그들은 짜증을 감추지 못한 채 그렇게 말했다.

알바니아 사회주의에 관한 나의 이야기, 우리의 사회주의를 평가하면서 비교했던 나머지 모든 사회주의 국가에 대한 언급은 기껏해야, 아직 통합을 배우고 있는 외국인의 당황스러운 발언으로 용인되었다. 소련, 중국, 독일 민주 공화국, 유고슬라비아, 베트남, 쿠바 같은 나라들에 사회주의다운 것은 없었다. 그 나라들은 사회주의 타이틀의 진정한 보유자들이 아직 참가하지 않은 역사적 전투의 마땅한 패배자들로 여겨졌다. 내 친구들의 사회주의는 선명하고 밝았고, 미래에 있었다. 나의 사회주의는 지저분하고 피로 얼룩져 있었고, 과거의 것이었다.

그런데 그들이 추구하는 미래와 한때 사회주의 국가들이 구현했던 미래는 똑같은 책, 똑같은 사회 비평, 똑같은 역사적 인물들에게서 영감을 얻은 것이었다. 놀랍게도, 그들은 이것을 불행한 우연의 일치로 여겼다. 이 세계의 내가 속한 쪽에서 잘못된 것은 모두 우리 지도자들의 잔인성이나 독특하게 후진적인 우리 제도의 성격으로 설명될 수 있었다. 그들은 그곳에는 배울 것이 거의 없다고 믿었다. 동일한 실수를 되풀이할 위험은 전혀 없었으며, 무엇이 성취되었는지, 그것은 왜 파괴되었는지 톺아볼 이유도 없었다. 그들의 사회주의는 자유와 정의의 승리로 특징지어졌고, 나의 사회주의는 그 실패로 특징지어졌다. 그들의 사회주의는 올바른 상황에서, 올바른 사람들이 올바른 동기를 가지고, 이론과 실천의 올바른 결합으로 형성되는 것이었다. 나의 사회주의와 관련해서 내가 할 일은 딱 하나뿐이었다. 잊어버리는 것.

그러나 나는 잊기가 망설여졌다. 내가 향수를 느껴서가 아니다. 내가 나의 어린 시절을 낭만화해서가 아니다. 내가 자라면서 배웠던 개념들이 내 안에 너무 깊이 뿌리박혀 있어서 그것을 끊어 내기 불가능해서가 아니다. 내 가족과 내 나라의 역사에서 끌어낼 교훈이 하나 있다면, 사람들은 절대 자신이 선택한 상황에서는 역사를 만들지 않는다는 것이었다. 〈네가 가진 것은 진짜가 아니다〉라고 말하면서, 그것을 사회주의나 자유주의에, 또는 이념과 현실의 복잡한 혼종에 적용하기는 쉽다. 그렇게 하면 우리는 책임에서 벗어나게 된다. 우리는 위대한 이념의 이름으로 만들어진 도덕적 비극에 더 이상 연루되지 않게 되며, 반성하고 사과하고 배울 필요도 없어진다.

「우린 『자본론』 독서 클럽을 하고 있어. 여기 들어오면 진짜 사회주의에 관해 배우게 될 거야.」 어느 날, 한 친구가 나에게 말했다. 나는 그 클럽에 가입했다. 서문의 몇 페이지를 읽었을 때, 프랑스어를 듣는 기분이었다. 어릴 때 배우기는 했지만 좀처럼 사용할 기회가 없었던 외국어 말이다. 나는 수많은 키워드를 기억하고 있었다. 자본가, 노동자, 지주, 가치, 이윤. 그 단어들이 노라 선생님의 목소리와 그녀가 어린 학생들을 위해 단순화했던 공식의 형태로 내 머릿속에서 메아리쳤다. 마르크스는 서두에 이렇게 썼다. 〈개인은 다만 경제적 범주의 인격화, 특정 계급 관계 및 계급 이해의 구체화인 한에서만 다루어진다.〉 그러나 나의 경우에는 경제적 범주의 모든 인격화 뒤에 진짜 사람의 피와 살이 있었다. 자본가와 지주 뒤에는 나의 증조할아버지들이 있었다. 노동자 뒤에는 항구에서 일하던 집시들이 있었다. 농민 뒤에는 내 할아버지가 감옥에 간 기간 동안 할머니와 함께 들판에 보내졌던 사람들, 할머니가 젠체하며 입에 올리던 사람들이 있었다. 그 부분을 그냥 읽고 넘어가기는 불가능했다.

엄마는 내가 왜 마르크스를 가르치고 연구하는지, 내가 왜 프롤레타리아 독재에 관해 글을 쓰는지 이해하기 힘들어한다. 가끔은 내 논문을 읽고 당황한다. 엄마는 친척들로부터 받는 어색한 질문을 이겨 내는 법을 배웠다. 쟤는 이런 이념들이 설득력 있다고 진짜로 믿는 거야? 실현 가능하다고? 어떻게 그것이 가능하지? 대체로 엄마는 자신의 비판을 입 밖에 내지 않는다. 엄마는 딱 한 번, 내가 알바니아를 떠나 사회주의나 옹호하라고 할아버지가 15년을 감옥에 갇혀 지낸 것이 아니라고 말하는 사촌의 발언에 관심을 보였다. 엄마와 나는 어색하게 웃다가 화제를 바꾸어 버렸다. 그때 나는 마치 살인에 연루된 사람이 된 기분이었다. 우리 가문의 그 많은 삶을 파괴했던 체제의 이념과 연관이 있다는 사실만으로도, 나를 방아쇠를 당긴 책임자로 만들기 충분하다는 듯했다. 내 마음 한구석에서는 엄마가 그렇게 생각한다는 것을 알고 있었다. 나는 늘 명확히 해두고 싶었지만, 어디서부터 시작해야 할지 몰랐다. 그 질문에 답하기 위해서는 책 한 권을 써야 할 것 같았다.

이것이 그 책이다. 처음에는 자유주의 전통과 사회주의 전통에서 서로 겹치는 자유의 관념에 관한 철학적 책을 쓸 생각이었다. 그러나 글을 쓰기 시작했을 때, 『자본론』을 읽기 시작하던 그때처럼 관념들이 사람들로 바뀌었다. 지금의 나를 만든 사람들 말이다. 그들은 서로 사랑하고 싸웠고, 그들은 자신에 관해서, 그리고 타인에 대한 자신의 의무에 관해서 서로 다른 개념을 가지고 있었다. 마르크스가 썼듯이, 그들은 그들로서는 책임이 없는 사회관계의 산물이었지만, 그래도 그것을 뛰어넘으려 노력했다. 그들은 자신들이 성공했다고 생각했다. 그러나 그들의 열망이 현실이 되었을 때, 그들의 꿈은 나의 환멸이 되었다. 우리는 같은 장소에 살았지만, 다른 세계에 살고 있었다. 이 세계들은 잠깐 겹칠 뿐이었다. 이 세계들이 겹쳤을 때, 우리는 서로 다른 눈으로 사물을 보았다. 우리 가족은 사회주의를 부정(否定)과 동일시했다. 그들이 되고 싶었던 사람에 대한 부정, 실수를 저지르고 그로부터 배울 권리에 대한 부정, 자기만의 관점으로 세계를 탐험할 권리에 대한 부정. 나는 자유주의를 깨진 약속, 연대의 파괴, 특권 상속의 권리, 불의에 대한 외면과 동일시했다.

어떤 면에서 나는 완전한 사이클을 돈 셈이다. 하나의 시스템이 한 번 바뀌는 것을 본 사람은 그것이 다시 바뀔 수 있다고 믿는 것이 어렵지 않다. 냉소주의와 정치적 무관심과의 싸움은 일부에서 도덕적 의무라고 부를 만한 것으로 바뀐다. 나에게 그것은 내가 빚졌다고 느끼는 과거의 모든 이에 대한 부채감에 가깝다. **그들은** 무관심하지 않았기 때문에, **그들은** 냉소적이지 않았기 때문에, **그들은** 상황이 흘러가도록 그냥 내버려둔다면 모든 것이 제자리를 찾게 된다고 믿지 않았기 때문에, 모든 것을 희생했다. 만약 내가 아무것도 하지 않으면, 그들의 노력은 헛수고가 될 것이며 그들의 삶은 무의미해질 것이다.

나의 세계는 부모님이 탈출하려고 애썼던 세계만큼이나 자유와는 거리가 멀다. 두 세계 모두 그 이상(理想)에 미치지 못한다. 그러나 그 두 세계의 실패는 독특한 형태를 띠었다. 그것들을 이해하지 못한다면, 우리는 영원히 분리된 채 남을 것이다. 내가 나의 이야기를 쓴 이유는 그 투쟁을 설명하기 위해서, 그 투쟁과 화해하기 위해서, 그리고 그 투쟁을 계속하기 위해서다.

감사의 말

이 책의 대부분은 코로나19가 유행하던 동안 베를린의 어느 옷방에서 쓰였습니다. 사실상 그곳은 내가 홈스쿨링을 해야 하는 (나의) 아이들로부터 숨을 수 있으면서, 내 할머니의 다음과 같은 말을 곱씹을 수 있는 완벽한 곳이었죠. 〈미래를 선명하게 보기 힘들 때는 과거에서 배울 수 있는 것을 생각해야 한다.〉 기꺼이 나와 함께 과거를 돌아보고, **그들의** 이야기를 **나의** 글로 공유하게 해 주고, 늘 진실을 말해 주는 나의 어머니 돌리, 남동생 라니에게 감사드립니다.

내가 쓴 학술적인 글을 청중에게 소개할 생각을 한 적이 있는지, 나에게 처음으로 질문해 준 편집자 카시아나 이오니타에게 감사를 드립니다. 애초의 구상과는 매우 달라져 버린 프로젝트를 밀고 나가도록 자신감을 심어 준 에이전트 새라 챌펀트에게도 감사를 드립니다. 여러 단계에서 그들이 보여 준 지성과 질문, 촌평, 인내심, 그리고 훌륭한 유머가 없었다면 이 책은 나오지 못했을 거예요.

전체 원고에 대해 탁월한 편집적 제안을 해준 노턴 출판사의 앨런 메이슨과 펭귄 출판사의 에드워드 커크에게 감사를 드리며, 믿기 힘들 만큼의 재능과 열정으로 이 책을 물질적 실체로 만들어 준 팀들, 와일리 에이전시의 새라 챌펀드, 에마 스미스, 리베카 네이절, 펭귄 출판사의 카시아나 이오니타, 에드워드 커크, 새러 데이, 리처드 더기드, 타이 딘, 애냐 고든, 올가 코미니크, 잉그리드 매츠, 코리나 로몬티, 그리고 노턴 출판사의 앨런 메이슨, 모 크리스트, 보니 톰슨, 베스 스타이들, 제시카 머피, 새러메이 윌킨슨 등에게도 감사를 드립니다.

크리스 암스트롱, 라이너 포스트, 밥 구딘, 슈테판 고제파트, 찬드란 쿠카타스, 타마라 유고프, 캐서린 루, 발렌티나 니콜리니, 클라우스 오페, 데이비드 오언, 마리오 레알레, 파올라 로다노, 데이비드 런치먼에게, 이 책의 초기 원고에 탁월한 논평을 해주고, 지속적인 지원과 우정을 보여 준 데 감사를 드립니다.

알바니아의 내 친구들, 그리고 더 일반적으로는 철의 장막 〈저쪽〉의 친구들에게 감사를 드립니다. 그들은 자신의 어린 시절을 나와 공유해 주었고, 여러 사건과 인상들을 재구성하게 도와주었으며, 적절한 칭찬과 비평을 해주었습니다. 특히 원고에 대해 훌륭한 논평을 해주고, 지리적, 정치적으로 너무도 값진 비교 관점을 제공해 준 우란 페리치, 슈키포냐 텔하이(나의 비공식 편집자들!), 그리고 오데타 바르불루시, 미게나 브레구, 에리스 두로, 보라나 루샤이, 호아나 파파코스탄디니, 그리고 비밀 피오네르 단원 여러분께 깊은 감사를 드립니다.

이 프로젝트의 다른 측면에도 도움을 주고, 봉쇄 상황에서 급하게 부탁했는데도 티라나에서 자료를 보내 준 요니 바보치, 츠베티 게오르기예바, 아닐라 카디야, 블레다르 쿠르티, 빌렘 쿠르툴라이, 기제 마그리니, 아들레이 피키, 롤란드 카포쿠, 파토스 로사, 플로라 술라, 네리탄 세야미니에게도 감사의 마음을 전합니다.

자유에 관해 영감을 준 대화를 수없이 나누었던 런던 정치 경제 대학의 든든한 동료들, 훌륭한 학생들, 이 책을 구상하던 초기에 내 아이디어에 관해 멋진 토론을 벌였던 프랑크푸르트의 노머티브 오더스 학회의 회원들, 연구 휴가에 자금을 지원함으로써 이 책의 집필을 가능하게 해준 레버흄 트러스트와 훔볼트 재단에 감사를 드립니다.

이 책의 모든 고통과 기쁨을 함께 나눈 것에 대해, 그리고 나머지 모든 것에 대해 나의 가족 조너선(또 한 명의 비공식 편집자!), 아비엘, 루빈, 해나, 돌리, 라니, 노아나에게 감사를 드려요.

나의 아버지 자포, 나의 할머니 니니는 내내 나와 함께해 주었습니다. 자포는 이 대목에서 농담을 찾아냈을 겁니다. 아마도 마르크스주의자라고 자처하면서도 수없이 〈감사합니다〉라고 말하는 나에 관한 농담이겠죠. 할머니 니니는 나에게 어떻게 살 것인지, 산다는 것을 어떻게 생각할지 그 방법을 가르쳐 주었습니다. 날마다 니니가 그립습니다. 할머니를 기리며 이 책을 바칩니다.

옮긴이의 말

스탈린을 껴안는 다소 놀라운 장면으로 시작되는 이 이야기는 역사의 전환기 속에서 어른이 되어 가는 한 소녀의 철학적인 성장담이다. 거꾸로 보면 사회주의의 종말을 맞은 한 나라가 다당제 민주 사회로 넘어가던 시기인 1990년 전후를 어린 소녀의 시선으로 풀어낸 역사이기도 하다.

저자 레아 이피의 고국은 알바니아다. 아직까지 알바니아는 우리에게 그렇게 친숙한 곳은 아니어서, 우선은 이 나라가 어떤 나라인지 이 책과 관련해 간략하게나마 소개하는 것이 좋을 것 같다. 알바니아는 유럽의 남동부, 발칸반도에 있는 작고 아름다운 나라다. 그리스 북쪽에 있고 이탈리아와는 아드리아해를 사이에 두고 있다고 하면 독자들은 그 위치를 대강 짐작할 수 있으리라. 좀 더 자세히 말하면, 북쪽과 동쪽으로는 몬테네그로, 코소보, 북마케도니아에 에워싸여 있고, 그리스와는 남동쪽 국경이 맞닿아 있다. 알바니아 서쪽은 아드리아해를 향해 열려 있는데, 바다 건

너 장화 모양의 이탈리아반도의 뒷굽에 해당하는 곳과 직선거리가 72킬로미터밖에 안 될 정도로 매우 가깝다. 어린 레아가 살던 두러스는 알바니아 중부 아드리아해 해안에 있는 항구 도시로, 수도 티라나와는 차로 한 시간 정도 걸리는 거리에 있다.

레아가 자랄 당시 알바니아는 사회주의 국가였다. 독재자이자 총리였던 엔베르 호자의 영향으로 알바니아는 정통 스탈린주의를 표방하고 있었다. 따라서 스탈린 사후 수정주의를 채택한 소련을 맹비난하며 등졌고, 소련의 영향을 받던 동유럽 국가들과도 거리를 두었다. 마오쩌둥 이후의 중국에 대해서도 역시 수정주의라고 비난했던 알바니아는 결국 철저한 고립을 택했다. 국내적으로 호자는 공산주의로의 이행에 걸림돌이 될 파시스트와 우익을 척결하기 위해 비밀경찰인 시구리미를 설립했고, 문화 및 사상을 검열하고 사상범을 체포해 수용소에 수감하는 등 극단의 공안 통치를 폈다. 한편으로는 무상 교육을 실시해 교육의 기회를 제공하고 문맹을 퇴치했고, 무상 복지, 여권 신장, 주거 보장 등의 정책을 실시했다. 그러나 〈유럽의 북한〉으로 불릴 만큼 폐쇄적인 사회였던 알바니아는 다른 공산권 국가와의 교류 축소로 경제가 어려워진 탓에 자립 경제를 이루어야 했다. 여느 사회주의처럼 계획 경제를 실시했지만, 자립 경제의 달성은 만만치 않았고, 적의 침입에 대비해 전국에 수십만 개의 벙커를 짓느라 국민의 살림살이는 어려웠다. 공산주의를 향해 나아가고 있는 정통 사회주의 국가라는 자부심, 모든 이웃 나라를 적으로 여기는 외교 관계, 경제난으로 인한 물자 부족이 빚어낸 생필품 구매 대기 줄, 공안 통치와 그에 대한 공포 등 과거 알바니아 사회의 모습은 이 책의 곳곳에서 찾아볼 수 있다.

이런 환경 속에서 자란 어린 시절의 레아는 공산주의보다 나은 것은 없다고 생각하면서, 하루라도 빨리 공산주의의 실현을 앞당기기 위해 아침마다 잠에서 깨곤 했던 열혈 피오네르(공산당 소년단)였다. 그렇게 학교에 다니고, 친구들과 놀고, 텔레비전을 보고, 가족들과 둘러앉아 식사하는 레아의 평범한 일상이 계속되던 어느 날, 알바니아가 공식적으로 다당제 국가를 선언하는 믿지 못할 일이 벌어졌다. 사회주의의 종말. 동유럽을 휩쓸던 민주화의 물결, 다른 나라의 이야기라고만 생각했던 벨벳 혁명이 결국 알바니아에까지 들어온 것이다. 공산주의의 전 단계인 프롤레타리아 독재의 붕괴를 맞자, 레아가 짧은 삶에서 구축해 왔던 신념 체계는 송두리째 흔들리고, 똑같이 당을 지지하는 줄로만 알았던 부모님은 하루아침에 달라진 태도를 보인다. 부모님과 할머니가 숨겨 왔던 가족의 진실을 알게 되면서 레아는 정체성마저 흔들린다. 〈나는 누군가였고, 그러다가 다른 누군가가 되었다.〉

알바니아는 혼란스러운 전환기에 접어들고, 대규모 경제적 이민이 발생했다. 레아의 동네 사람과 친구들도 탈출하듯 이탈리아로 떠나지만, 레아의 부모님은 서유럽식의 시민 사회가 들어오고 시장 경제가 시작된 알바니아에 남았고, 사회주의 체제에서 숨겨 왔던 그들의 꿈을 이루기 위해 새롭게 정치 및 경제 활동을 하게 된다. 레아는 그 모든 과정을 지켜보는 사이 사춘기에 접어들고, 고통스럽고 힘든 성장의 시간을 보낸다. 새로 들어온 서유럽식의 제도들, 낯선 자유 시장 경제가 빚은 혼란 속에서 알바니아인들이 겪게 되는 참담하고 때로는 어처구니없는 사건들은 레아를 비롯해 모든 이에게 큰 트라우마를 안겨 준다. 레아는 그 후 일어난 알바니아 내전과 부모의 생이별 속에서 학교를 졸업하고 대학에 진학한다.

레아의 성장담은 알바니아 현대사에서 일어난 굵직한 사건들을 큰 틀로 삼고 있다. 그 안에서 사회주의 생활의 면면들이 유쾌하게 공간을 채우는 가운데, 어린 소녀로서는 이해하기 힘든 어두운 그림자도 종종 드리워진다. 자연스러운 상황이었다면 도저히 부부가 될 수 없었을 만큼 정반대의 생각과 성격을 가진 엄마와 아빠, 그리고 그 사이에서 레아에게 누구보다 큰 영향을 끼치면서 정신적 지주가 되는 할머니 니니 사이에 일어나는 크고 작은 갈등과 생기 넘치는 대화는 이런 사건들을 연결하면서 의미를 부여하는 중요한 요소다. 아울러 이런 장면들을 천진하고 태연하게, 때로는 생각 깊게 묘사하는 레아의 시선은 이 책을 더욱 사랑스럽게 만든다.

앞서 이 책을 소개하면서 굳이 〈철학적인〉 성장담이라고 소개한 이유가 있다. 스탈린을 껴안는 첫 장면에서 레아 이피는 자유의 의미를 묻는다. 어떤 결정이든 자유롭게 할 수 있는데, 시위대는 왜 〈자유〉를 외칠까 하는 의문을 품은 레아는 사회주의에서 말하는 자유와 그들이 요구하는 자유가 다를 수 있음을 어렴풋이 이해하기 시작한다. 그리고 나름대로 자유에는 대가가 따른다는 것, 그리고 도덕적 책임이 수반되어야 한다는 것을 점차 깨닫는다. 영국 혁명을 좋아하는 엄마와 프랑스 혁명을 좋아하는 할머니, 그리고 아직 일어나지 않은 혁명을 좋아한다는 아빠, 이렇게 서로 다른 성향을 가진 식구들은 자유를 바라보는 관점도 서로 다르다. 그들 사이에서 러시아 혁명을 좋아하는 어린 레아는 자유의 의미가 전환기에서는 어떻게 달라지는지를 탐색하다 방황하기도 한다. 훗날 자유주의 사회로 건너와 또 다른 부자유와 제약을 경험하게 된 레아는 자신의 세계가 〈부모님이 탈출하려고 애썼던 세계만큼이나 자유와는 거리가 멀다〉는 사실을 발견한다. 그리고 그 두 세계가 저마다의 이상에 미치지 못하고, 서로 다른 실패의 형태를 띤다는 점을 알게 되고, 철학자로서 그것들을 이해하려고 시도한다.

런던 정치 경제 대학교에서 마르크스 철학을 가르치는 레아 이피는 자유주의와 사회주의를 정반대의 개념으로 생각하는 사람들에게, 〈역사적으로나 철학적으로나 그 둘 모두 자유에 관해 생각하려는 시도〉임을 말하고 싶어 한다. 사회주의와 자유주의를 모두 경험했던 레아는 애초에 그 두 전통에서 〈서로 겹치는 자유의 관념〉에 관한 책을 쓸 생각이었다. 한편으로는 사회주의를 직접 겪었으면서도 굳이 마르크스 철학을 공부하는 레아를 이해하지 못하는 친척들에게, 그 많은 희생을 초래한 공모자를 보기라도 하는 듯한 그들의 시선에 대답하기 위해서였다. 그러나 책을 쓰는 동안 관념들이 살아나 피와 살을 가진 사람이 되기 시작했다. 코로나 봉쇄로 학교와 도서관이 문을 닫고 아파트에 갇혀 있을 때, 세 자녀의 극성을 피해 작은 옷방으로 피신해 있다가 자유를 생각하던 중 봇물 터지듯 쏟아진 기억들, 서유럽의 좌파 지향적 친구들의 책과 이론 속 관념이 아니라 사회주의를 살았던 진짜 사람들, 지금의 그녀를 만든 사람들에 대한 기억과 사건들을 회고록 형식으로 엮어 냈다.

그런데 이상하게도, 책에서 레아 이피가 회고하는 과거는 우리의 과거와 종종 오버랩되는 느낌을 받는다. 우리는 사회주의였던 적이 없건만, 이웃들의 정겨움이나 고단한 삶 속의 공동체 연대는 어딘가 낯이 익다. 분명 절대적인 시간대도 다르고, 사회 체제도 다른데, 어린 레아의 생활 속에서 나는 어린 날의 단편들을 발견하곤 했다. 소중하게 모았던 껌 종이, 초등학교에 입학할 때 다른 친구들의 것과는 달랐던 빨간 가죽 가방, 학교에 입고 가기 싫었던 예쁜 원피스, 까맣게 잊고 있었다가 글을 읽으면서 발견하게 된 자질구레한 기억들은 급속하게 레아에게 이입하는 계기가 되었다. 어쩌면 1990년을 향해 가던 알바니아 두러스의 삶의 정경은 국민 소득 1천 달러 이하의 시대 우리나라 소도시 삶의 모습과 닮지 않았을까 하는 생각도 해본다. 물론 알바니아 집단 체제에서는 공동체 의식이 훨씬 더 강했을 것이다. 하지만 그뿐이 아니다. 우리에게도 그들처럼 오랜 독재의 시대가 있었고, 우상화가 있었다. 자립 경제와 자주국방을 외치던 시대가 있었다. 낮은 목소리로 은밀히 친척의 소식을 전하고, 알아듣지 못할 은어를 써야 했던 억압의 구조는 오래도록 지속되었으며, 독재자의 죽음과 사람들의 엇갈린 반응도 경험했다. 그 후로도 다시 등장한 독재자와 폭정, 검열, 체포, 끝없는 시위들……. 글쎄다, 전혀 다른 역사적 맥락을 지닌 사회에서 이렇게 닮은 점을 찾는 것은 이 책에서 빈센트 반 데 베르그가 했던 것과 같은 일반화인지도 모르겠다. 레아가 그려 내는 알바니아인들의 독특한 삶과 투쟁이 그 일반화 때문에 약간은 희석되어 보이지 않을까 하는 우려가 마음 한편에서 올라오기도 한다. 그러나 보편성은, 아니 보편성이 아니라 해도 적어도 공통점은, 공감을 끌어낼 수 있는 막강한 무기가 아닌가. 이렇게 겹쳐 보이는 역사적, 사회적 단편들 덕택에 우리 독자들, 또는 이전 세대의 독자들에게 이 책이 훨씬 특별하게 다가가리라는 점은 부정할 수 없을 것 같다. 또한 바로 그 때문에 이 책을 대하는 우리의 시선은 서유럽과 미국 독자들의 그것과 다를 것이라고 감히 예상해 본다. 무엇보다도 레아가 보여 주는 따뜻한 애정과 유머, 기발함은 그런 일반화쯤은 얼마든지 뚫어내고 오래도록 빛을 발할 특별한 힘을 이 책에 부여하며, 모든 철학적 논쟁을 뛰어넘은 감동을 선사할 것이다.

이 책을 번역하는 사이 알바니아가 유럽의 새로운 여행지로 떠오른 모양이다. 전에는 보기 힘들었던 여행기와 영상들이 심심치 않게 보인다. 알바니아가 관광지로만 소비되지 않기를, 아름다운 풍광과 따뜻한 사람들 뒤에 놓인 역사와 삶에 대해서도 사람들이 한 번쯤 생각해 보기를 바라는 마음이다.

오숙은

옮긴이 **오숙은** 1965년 태어났다. 브리태니커 편집실에서 일했다. 현재 전문 번역가로 활동하고 있으며, 옮긴 책으로는 타네하시 코츠의 『세상과 나 사이』, 움베르토 에코의 『궁극의 리스트』, 『추의 역사』, 레슬리 제이미슨의 『공감 연습』, 『리커버링』, 에마 스토넥스의 『등대지기들』, M. 리오나 고댕의 『거기 눈을 심어라』 등이 있다.

자유

발행일 **2024년 9월 5일 초판 1쇄**

지은이 **레아 이피**
옮긴이 **오숙은**
발행인 **홍예빈 · 홍유진**
발행처 **주식회사 열린책들**

경기도 파주시 문발로 253 파주출판도시
전화 **031-955-4000** 팩스 **031-955-4004**
홈페이지 **www.openbooks.co.kr** 이메일 **humanity@openbooks.co.kr**

ISBN 978-89-329-2457-1 03840